喚醒你的英文語感！

Get a Feel for English !

TOEIC® Master
英語認證測驗國際標準版

New TOEIC® Vocabulary

新多益大師指引

字彙滿分關鍵

作者／多益王牌大師 王復國

就是要你全面搞定聽說讀寫關鍵字

合著／ David Katz

新制題型
制霸

貝塔｜語測
檢測學習平台
高點｜美語系列

字彙是語言的根基，如果字彙量不足，不論在聽、說、讀、寫各方面的表現一定會受到相當的限制。就多益考試而言，若單字認識不夠多，各部分的得分肯定都會受到很大的影響。有鑑於此，本社特別精選一千個與多益考試相關的字詞，分成 12 大類，50 個主題，來做介紹說明。

本書有別於其他多益字彙書籍之處在於：首先，為了使讀者對於這些單字有更深一層的了解，特別列出各個單字的字源，包括字首 (prefix)、字根 (root) 與字尾 (suffix)。事實上，探究英文單字的 etymology（字源）儼然已成為近年來單字學習的王道。的確，認識一些重要、常見的字首、字根、字尾有助於把單字記牢，而且還可以舉一反三，學習更多的單字。其次，為了幫助讀者準確使用這些字詞，我們在每個例句之後加上了文法、字義、發音、相關字等方面的補充說明。這個部分的知識對於單字學習而言非常重要，因為認識一個單字絕不僅侷限於這個字的中文翻譯，最重要的是知道如何正確無誤的使用它。

最後，為了求事半功倍，突破傳統「單點學習的方式」，本書還提供重要的同義字 (synonym)，以方便讀者做「帶狀學習」，意即，一次不只學習一個單字，而是「一串」單字。另外，除了同義字，我們也列出反義字 (antonym) 以及衍生字 (derivation)，如此一來，更可以把帶狀學習再提升至「全面」理解的層次。

我們相信，對於志在提升英文字彙能力的讀者大眾而言，這本「深」、「準」、「廣」兼顧的字彙學習書肯定是最佳的選擇！

Contents 目錄

Unit 9 Socializing 社交

Unit 10 Travel 旅遊

Unit 11 Leisure 休閒

Unit 12 Environment 環境

☆ 實戰評量

新多益測驗說明

多益英語測驗 (Test of English for International Communication, TOEIC)，由美國教育測驗出版社 (Educational Testing Service, ETS) 所研發製作，是針對母語非英語人士所設計之英語能力測驗，測驗分數反映受測者在國際生活及職場環境中的英語溝通能力，因此其成績也普遍被大型企業用為新進人員招募、內部晉升、語言訓練或海外派任的決策標準。

隨著網路科技及通訊軟體的發達，英語的使用現況也有所改變，ETS 為確保多益英語測驗能與時俱進，如實檢驗受試者是否具有在真實生活情境中所需之英語溝通技巧，測驗題型也歷經幾次更新。**台灣地區於 2018 年 3 月開始實施更新題型**，此次之題型更新包含近 10 多年來使用頻率更高的溝通用語，真實反映了現今英語使用上的改變，以及個人於日常生活及全球化工作環境中普遍的溝通情形。例如：從上下文掌握文意、整合及連結不同來源的文字訊息、能夠理解線上交談的非線性溝通內容，以及兩名以上對話者的談話內容等。

多益測驗考什麼？題型更新內容為何？

- 多益測驗為紙筆測驗，由「聽力測驗」與「閱讀測驗」兩部分所構成，各有 100 個考題（共 200 題），全部為單選題。
- 測驗時間為兩小時（聽力 45 分鐘、閱讀 75 分鐘），中間不休息。

以下彙整多益測驗之題型及測驗重點，供讀者精確掌握考試的趨勢：

聽力測驗 (Listening Comprehension)　測驗時間：45 分鐘

Part 1 照片描述 (Photographs) …………… 6 題

- 看照片，聽取錄音內容，從四個選項中選出最適當的描述。
- 使用英、美、加、澳四國口音出題。

Part 2 應答問題 (Question-Response) …………… 25 題

- 針對播放出的問題，從三個選項中選出最適當的回應。所有選項也用錄音播放，並不印在試題本上。
- 使用英、美、加、澳四國口音出題。

Part 3 簡短對話（Short Conversations）............... 39 題

■ 共有 13 段對話，針對播放出的每一段會話，回答三個問題。所有考題皆為四選一。問題與選項都印在試題本上，但問題也會以錄音播放。
■ 使用英、美、加、澳四國口音出題。
■ 為了更加口語化，句子有時會比較短，或者用一些不太完整的詞組（如：going to → gonna）或省去主詞或動詞的句子（如：Yes, in a minute）放在句式中，對話部分也包含兩人或三人對話，以符合真實生活情境。
■ 可能針對對話者的談話背景或對話中所隱含的意思進行提問。
■ 在題目中可能包含圖表，需根據圖表與對話內容的連結回答問題。

Part 4 簡短獨白（Short Talks）............... 30 題

■ 共有 10 段簡短獨白，針對播放出的每一段獨白內容，回答三個問題。所有考題皆為四選一。問題與選項都印在試題本上，但問題也會以錄音播放。
■ 使用英、美、加、澳四國口音出題。
■ 可能根據獨白內容所隱含的意思進行提問。
■ 在題目中可能包含圖表，需根據圖表與獨白內容的連結回答問題。

閱讀測驗 (Reading Comprehension)　測驗時間：75 分鐘

Part 5 句子填空（Incomplete Sentences）............... 30 題

■ 從四個選項中選出最適當的字詞，填入該句子的空格之中。

Part 6 段落填空（Text Completion）............... 16 題

■ 從四個選項中選出最適當的詞語，填入短篇文章的空白處，使整篇文章完整。
■ 短文共有 4 篇，每篇各有四個問題。
■ 問題類別除單字、片語、子句填空之外，也有將完整句子填入短文的題型。

Part 7 文章理解（Reading Comprehension）............... 54 題

■ **單篇閱讀 (Single Passages) 29 題**：閱讀 9 篇文章，並回答與該文章相關的問題。每篇文章包含 2-5 個問題，考題皆為四選一。
■ **多篇閱讀 (Multiple Passages) 25 題**：閱讀雙篇或三篇文章，並回答與該文章相關的問題。每篇文章包含 5 個問題，考題皆為四選一。
■ 包含文字簡訊、即時通訊，或多人互動的線上聊天訊息內容。
■ 題目中可能會引述文章部分內容，測驗考生是否理解談話者之意。
■ 部分文章中會標記數字，考生需將題目中的句子歸置於正確的段落。
■ 三篇閱讀題組測驗考生是否真正能夠掌握資訊並把資訊整合起來，進而運用。

本書特色及使用說明

本書架構

本書所收錄的字彙依各類範疇分別歸納整理，方便同時記憶。共分為 12 單元，50 個商務及生活高頻議題，可學習的字彙量如下表所示：

單元	Unit 1	Unit 2	Unit 3	Unit 4	Unit 5	Unit 6	Unit 7	Unit 8	Unit 9	Unit 10	Unit 11	Unit 12
主題字	60	100	120	120	80	100	40	100	60	80	80	60
相關用語	147	408	445	494	263	422	244	373	158	123	138	66
字彙量總計	4,000 字											

*「字彙量」是指每個 Topic 中所選錄的「主題字」加上同義、反義及衍生字等「相關用語」，當然有些字彙會重複出現，但實質上可學習達 4,000 個字彙。

字彙滿分學習法

在新多益測驗中，字彙扮演了極為重要的角色。無論是聽力、閱讀還是文法問題，都與字彙能力有著密切的關連。為了幫助讀者有效率的學習、記憶字彙，本書將多益核心字彙以「主題」分類，並精心規劃五個學習祕訣，只要確實利用本書，必可輕鬆充實字彙能力，有效提升測驗分數。

① 用「字源」幫助學習！

有效運用字首、字根、字尾等結構來認識並記憶字彙，單字學習事半功倍！

1

1	**assist** [əˋsɪst]	動 協助；幫助 源 **as** (to) + **sist** (stand)

② 由「相關用語」擴充字彙量！

主題字與同義字、反義字、衍生字一起記憶，搭配例句及重要用法提醒，學習更全面、更有效率！

註「同義字」表意思相仿、用法相近的字詞，不過有時候用法卻不盡然相同。在本書中請特別注意主題字和同義字之中文解釋、用法或舉例說明，將有助於了解兩者在使用上的細微差異。

③「大師提點」隨時補充學習之不足！

除了主題字及相關語彙的學習之外，進一步提供必學重要字詞或用法補充，增加字彙學習的廣度及深度，強化英語單字實力！

④ 以「練習」來驗收並鞏固學習成效！

每個單元結束後的克漏字練習，以及最後的「實戰評量」除了能有效提升字彙的使用及記憶能力，還能熟悉多益測驗各 Part 常出現的文章型態。

⑤ 透過「耳朵」來幫助記憶！

MP3 與正式考試相同，以自然的說話速度錄製而成。收錄本書 1,000 個主題字彙及例句，透過「聽」來幫助記憶，成效更顯著。

2

同 □ **help** [hɛlp] 幫助；幫忙

□ **aid** [ed] 援助；幫助

反 □ **hinder** [ˋhɪndɚ] 阻礙；妨礙

□ **impede** [ɪmˋpid] 妨礙；阻礙

□ **obstruct** [əbˋstrʌkt] 阻撓；妨礙

衍 □ **assistant** [əˋsɪstənt] 名 助手；助理

3

大師提點

assist 亦可作不及物動詞用，例如：The sales need the marketing department to assist with 做，但是回答問題的部分需要行銷部從旁協助。

4

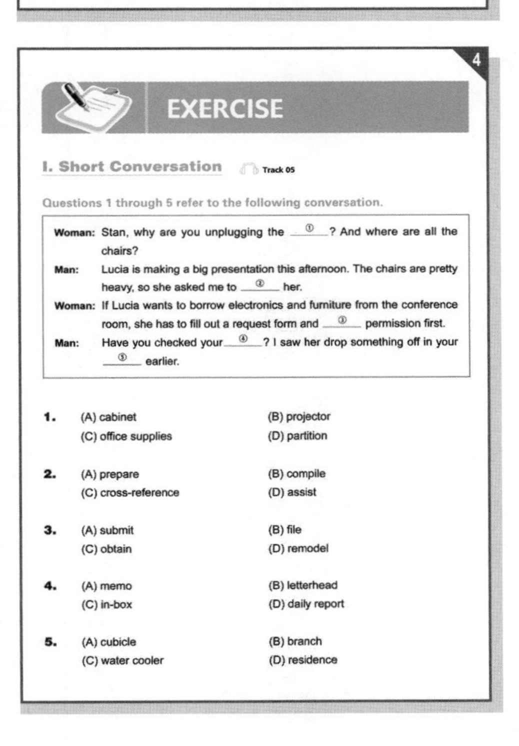
EXERCISE

I. Short Conversation Track 05

Questions 1 through 5 refer to the following conversation.

Woman: Stan, why are you unplugging the ___①___? And where are all the chairs?
Man: Lucia is making a big presentation this afternoon. The chairs are pretty heavy, so she asked me to ___②___ her.
Woman: If Lucia wants to borrow electronics and furniture from the conference room, she has to fill out a request form and ___③___ permission first.
Man: Have you checked your ___④___? I saw her drop something off in your ___⑤___ earlier.

1. (A) cabinet (B) projector (C) office supplies (D) partition
2. (A) prepare (B) compile (C) cross-reference (D) assist
3. (A) submit (B) file (C) obtain (D) remodel
4. (A) memo (B) letterhead (C) in-box (D) daily report
5. (A) cubicle (B) branch (C) water cooler (D) residence

➡ 本書使用符號說明

源 以「字首、字根、字尾」剖析字義

〈例〉extension = ex (out) + tens (stretch) + ion (n.)

＊括號中即為該字首、字根、字尾所表達的意思，可參考【附錄】之關鍵字源彙整表。

同 同義字	反 反義字	衍 衍生字
動 動詞	名 名詞	形 形容詞
副 副詞	連 連接詞	介 介系詞

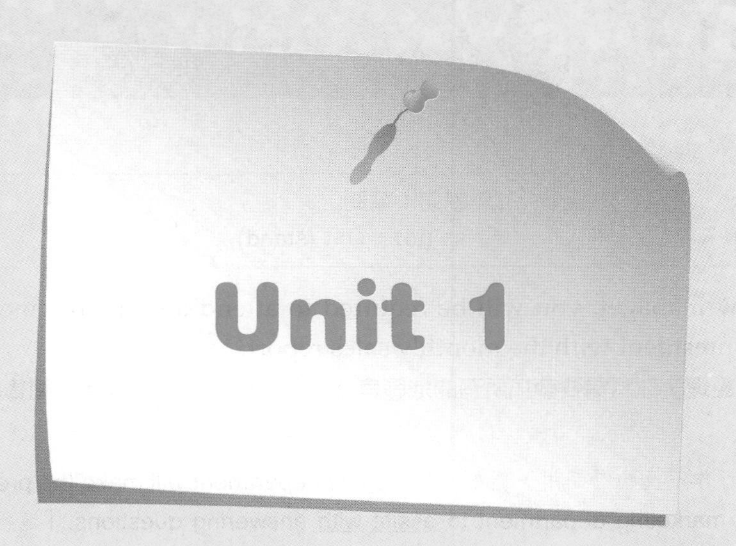

Office 辦公室

TOPIC 1 Office Work 辦公室作業

Track 02

1	**assist** [əˋsɪst]	動 協助；幫助 源 as (to) + sist (stand)

As a new manager, you will be required to attend all regional meetings and **assist** the vice president with the monthly sales report.
身為新任經理，你將需要參加所有的地區會議，並協助副總做每個月的銷售報告。

大師提點

assist 亦可作不及物動詞用，例如：The sales department will make the presentation, but they need the marketing department to assist with answering questions.「這份簡報將由業務部來做，但是回答問題的部分需要行銷部從旁協助。」

同 □ **help** [hɛlp] 幫助；幫忙
□ **aid** [ed] 援助；幫助
反 □ **hinder** [ˋhɪndɚ] 阻礙；妨礙
□ **impede** [ɪmˋpid] 妨礙；阻礙
□ **obstruct** [əbˋstrʌkt] 阻撓；妨礙
衍 □ **assistant** [əˋsɪstənt] 名 助手；助理

2	**compile** [kəmˋpaɪl]	動 編纂；編輯；彙編；彙整 源 com (together) + pile (fix firmly)

Your next task will be to **compile** a list of the top 100 electronics companies in Japan.
你的下一項工作將是彙整出日本前一百大電子公司的名單。

同 □ **collect** [kəˋlɛkt] 收集；蒐集；整理
反 □ **distribute** [dɪˋstrɪbjʊt] 分配；分發；分布

3	**file** [faɪl]	動 歸檔；存檔

These letters should be **filed** according to the sender, not according to the date.
這些信件應該以寄件者分類歸檔，而不是依照日期。

大師提點

file 亦可作名詞用，指「檔案」、「卷宗」、「文件匣」，例如：a confidential file「祕密檔案」。

同 □ **classify** [ˋklæsə͵faɪ] 把……分類；把……分級
□ **catalog** [ˋkætḷɔg] 編目錄；登記分類

4	**fill out**	填寫（表格、申請書等）

If you need to take a day off, please **fill out** this form and give it to Mr. Renard in the human resources department.
如果你需要請假一天，請填妥這張單子然後交給人事部的雷納德先生。

同 □ **fill in** 填入；填寫
You need to fill in this job application before the interview.
在面試前你必須先把這份應徵表格填好。

5	**obtain** [əbˋten]	動 獲得；得到；取得 源 ob (to) + tain (hold)

We decided not to open an office in London because it was so difficult to **obtain** the necessary local permits.
我們決定不在倫敦設辦事處了，因為要取得當地必要的許可證很困難。

同 □ **acquire** [əˋkwaɪr] 取得；獲得；學得（知識、技術等）
□ **gain** [gen] 獲得；得到；贏得
□ **procure** [proˋkjʊr] 獲得；取得；弄到
□ **attain** [əˋten] 獲得；達成
□ **secure** [sɪˋkjʊr] 取得；獲得；使安全；使牢固
反 □ **relinquish** [rɪˋlɪŋkwɪʃ] 放棄（權力、職位等）
□ **forfeit** [ˋfɔrfɪt]（因違反協議、犯規等而）喪失；失去

6	**prepare** [prɪˋpɛr]	動 準備；備齊；籌備 源 pre (before) + pare (get ready)

Jesse **prepared** an information packet for the new client that included a product catalog and the company history.
傑西為新客戶準備了一份資料，內含產品目錄及公司簡介。

大師提點
prepare 亦可作不及物動詞用，例如：They are preparing for the presentation this afternoon.「他們正在為今天下午的簡報做準備。」

衍 □ **preparation** [ˌprɛpəˋreʃən] 名 準備；預備
make preparations (for)（為……）做準備
□ **preparatory** [prɪˋpærəˌtorɪ] 形 預備的；準備的
a preparatory meeting 一場預備性會議

7	**submit** [səb`mɪt]	動 提交；呈遞；提出；使服從；屈服 源 sub (under) + mit (send)

Requests for office supplies must be **submitted** to the office manager at least a week before the supplies are needed.
辦公用品的申請必須在需要使用那些用品前的至少一個禮拜向經理提出 。

同 ☐ **present** [prɪ`zɛnt] 提出
☐ **tender** [`tɛndɚ]（正式）提出
The minister has tendered his resignation to the premier.
部長已經向總理提出了辭呈。

反 ☐ **withdraw** [wɪð`drɔ] 收回；撤回

衍 ☐ **submission** [səb`mɪʃən] 名 呈送；提交
☐ **submissive** [səb`mɪsɪv] 形 順從的；服從的

8	**cross-reference** [`krɔs`rɛfərəns]	動 前後參照

Make sure you **cross-reference** all of your sources and add them to your bibliography.
你要確定交叉列舉所有的參考資料，並將它們加註在參考書目裡。

大師提點
cross-reference 亦可作 cross-refer [ˌkrɔsrɪ`fɝ]。另，作為名詞用法時應寫成 cross reference，即，為一複合名詞，cross 指「交叉」，reference 指「參照」。

9	**type** [taɪp]	動 打字

May I write it by hand, or would you prefer me to **type** it up on the computer?
我可以用手寫嗎？還是您比較希望我用電腦把它打出來？

大師提點
type 作名詞用時指「類」、「型」、「樣式」，例如：The CEO is the type of person I admire.「執行長正是我佩服的那一類型的人。」

衍 ☐ **typical** [`tɪpɪkḷ] 形 典型的；具代表性的

10	**deadline** [ˋdɛdˏlaɪn]	名 截止日期；最後期限 源 dead + line

We were not able to meet the **deadline** because of manufacturing delays.

我們沒辦法在期限內完成，因為製造的進度有所延誤。

大師提點

請注意例句中 meet 的用法。在這裡 meet 有 fulfill「履行（責任）」、satisfy「滿足（需要）」之意，例如：Does our service meet your expectations?「我們的服務是否符合您的期待？」

11	**extension** [ɪkˋstɛnʃən]	名 延長；延期；伸展 源 ex (out) + tens (stretch) + ion (action)

There's no way we can get an **extension** on this project, so we'll all have to work overtime this month.

這個案子我們不可能獲得延期，所以這個月我們必須加班。

大師提點

extension 由動詞 extend [ɪkˋstɛnd] 變化而來。注意，extension 還可以指「(電話的）分機」，用法如：extension 213「分機 213 號」。

同 □ **lengthening** [ˋlɛŋθənɪŋ] 延長
□ **postponement** [postˋponmənt] 延期

反 □ **shortening** [ˋʃɔrtn̩ɪŋ] 縮短
□ **curtailment** [kɚˋtelmənt] 縮短；削減

12	**waste** [west]	名 浪費（時間、金錢等）

The meeting started 20 minutes late and none of the managers showed up — it was a complete **waste** of time.

會議晚了二十分鐘開始，而且沒有半個經理出席，根本就是浪費時間。

大師提點

waste 亦可作動詞用，例如：We've wasted a lot of time and money.「我們浪費了許多時間與金錢。」另外，作名詞用的 waste 還可以指「廢棄物」。

同 □ **squandering** [ˋskwɑndərɪŋ] 浪費

反 □ **thrift** [θrɪft] 節儉；節約
□ **frugality** [fruˋgælətɪ] 儉樸；節儉

13	**memo** [ˋmɛmo]	名 備忘錄；便條；便箋

Everyone's curiosity was piqued upon circulation of a **memo** announcing the senior vice-president's resignation.

每一個人的好奇心都因為一份宣布資深副總裁將離職的備忘錄開始流傳而被激起來。

大師提點

memo 是 memorandum [ˏmɛməˋrændəm] 的減略。

同 □ **reminder** [rɪˋmaɪndɚ] 提醒人之物

□ **note** [not] 便條；便箋

14	**data entry** [ˋdetə ˏɛntrɪ]	名 資料輸入

My previous job required so much **data entry** that my eyesight worsened from the constant computer usage.

我前一個工作需要做許多資料輸入的工作，以致於我的視力因為經常使用電腦而變得更糟。

大師提點

data 亦可念作 [ˋdætə]，原為 datum [ˋdetəm] (或 [ˋdætəm]) 的複數形，如今常作不可數名詞用。

15	**progress report** [ˋprɑgrɛs rɪˏport]	名 進度報告

The manager asked me to write a **progress report** on how our project is coming along.

經理要我寫一份進度報告來說明我們企劃案的進度。

大師提點

progress 由字首 pro (= forward) 加上字根 gress (= step) 而來，意思是「前進；進展；進步」；其相反詞為 regress [ˋrigrɛs]「倒退；退步」。（注意，re 是 back 的意思。）

16	**printed matter** [ˋprɪntɪd ˋmætɚ]	名 印刷品

Please check all the letters with "**printed matter**" on them as we can get a better rate for them at the post office.

請把註明印刷品的信件找出來，因為我們可以在郵局以比較低的郵資寄送。

大師提點

掛號郵件叫 registered mail [ˋrɛdʒɪstɚd ˋmel]；航空郵件叫 airmail [ˋɛrˏmel]；平寄（普通）郵件則稱為 surface mail [ˋsɝfɪs ˏmel]。

17 **mandatory** [ˋmændə͵torɪ]

形 強制性的；命令的；必須做的
源 manda (give an order) + tory (adj.)

All employees must attend a **mandatory** training session next week.
所有的員工下禮拜都必須參加員工訓練課程。

同
- ☐ **required** [rɪˋkwaɪrd] 必要的；需要的
- ☐ **compulsory** [kəmˋpʌlsərɪ] 強制的；強迫性的
- ☐ **obligatory** [əˋblɪgə͵torɪ] 義務的；必須的
- ☐ **imperative** [ɪmˋpɛrətɪv] 絕對必要的；命令式的

反
- ☐ **voluntary** [ˋvɑlən͵tɛrɪ] 自願的；志願的
- ☐ **optional** [ˋɑpʃənl̩] 可選擇的；非強制的
- ☐ **discretionary** [dɪˋskrɛʃən͵ɛrɪ] 自由決定的；隨意的

18 **time-consuming** [ˋtaɪmkən͵sumɪŋ]

形 耗時的

Learning how to use this computer program may be **time-consuming**, but it will save you time once you are used to it.
學習使用這個電腦程式也許很費時，但是只要上手了就可以幫你節省許多時間。

大師提點
consume [kənˋsum] 原指「消耗」，對象可以是時間、金錢、食物或是其他物品。

反
- ☐ **timesaving** [ˋtaɪm͵sevɪŋ] 節省時間的（注意，一般把 timesaving 視為一個字，在 time 與 saving 間不用 hyphen 。）

19 **tedious** [ˋtidɪəs]

形 冗長的；枯燥乏味的

Frankly, it's a lot of **tedious** paperwork that no one wants to do, which is why it still isn't finished.
坦白說，那是一大堆冗長乏味沒有人要做的文書工作，這正是為什麼它還沒有完成的原因。

大師提點
tedious 為由名詞 tedium [ˋtidɪəm]（冗長；沉悶）衍生出之形容詞。

同
- ☐ **long-drawn** [ˋlɔŋˋdrɔn] 持續很久的
- ☐ **drawn-out** [ˋdrɔnˋaʊt] 拖長的
- ☐ **long-drawn-out** [ˋlɔŋˋdrɔnˋaʊt] 拖得很長的
- ☐ **lengthy** [ˋlɛŋθɪ] 冗長的；漫長的
- ☐ **prolix** [ˋprolɪks] 冗長的；囉唆的
- ☐ **boring** [ˋborɪŋ] 無聊的

☐ **monotonous** [mə`nɑtənəs] 單調的

反 ☐ **brief** [brif] 簡短的；簡潔的；短暫的

☐ **concise** [kən`saɪs] 簡要的；簡潔的；簡明的

☐ **terse** [tɝs] 簡短的；簡潔的；言簡意賅的

☐ **succinct** [sək`sɪŋkt] 簡潔的；簡明的

☐ **interesting** [`ɪntrɪstɪŋ] 有趣的；令人感興趣的

☐ **exciting** [ɪk`saɪtɪŋ] 令人興奮的；激動人心的

20	**receptionist** [rɪ`sɛpʃənɪst]	名 接待員 源 re (back) + cept (take) + ion (action) + ist (one who)

Before entering the boardroom, Mr. White told the **receptionist** to hold all of his calls until after the meeting.

在進入董事會的會議室之前，懷特先生告訴接待員他在會議結束前不接任何找他的電話。

大師提點

叫人幫你 hold the call 指你不接電話；在電話上叫對方 hold the line 則指要他／她不要掛掉。

Unit 1

TOPIC 2 The Office Environment 辦公室環境

Track 03

1	**remodel** [ri`mɑdl̩]	動 改型；改造；再塑 源 re (again) + model

Mr. Willis decided to **remodel** his office after seeing the headquarters in Chicago.
威立斯先生在參訪位於芝加哥的總公司後決定改造他的辦公室。

大師提點
注意 model 本身即可作動詞用，指「塑造」。

同
- ☐ **make over** 重做；改造
- ☐ **restructure** [ri`strʌktʃɚ] 重建；改組
- ☐ **recast** [ri`kæst] 改造；改作；重鑄
- ☐ **remold** [ri`mold] 改造；再塑；改鑄

2	**aisle** [aɪl]	名 （座位間、列車內等的）通道、走道

More and more offices are arranging desks in small groups, rather than in traditional **aisles** and rows.
愈來愈多辦公室將座位以區塊的方式排放，而不採用傳統上的走道及一排排的座位。

大師提點
注意 aisle 字中的 "s" 不發音。

同
- ☐ **walkway** [`wɔk͵we] 走道；通道
- ☐ **passageway** [`pæsɪdʒ͵we] 通道；走廊

3	**cabinet** [`kæbənɪt]	名 a. 櫥櫃； b. 內閣（常用大寫 "C"） 源 cabin + et (small)

a. After we converted all our paper files to computer files, we were finally able to get rid of all of our old filing **cabinets**.
在我們將所有書面文件輸入電腦後，終於可以丟棄所有的舊文件櫃了。

b. The newspaper says that the **Cabinet** will meet tomorrow to discuss the new policy.
報紙上說內閣明天將會面討論這項新的政策。

大師提點
cabin [`kæbɪn] 指「船艙」或「小屋」。

同 a. □ **cupboard** [ˋkʌbɚd] 櫥櫃；壁櫥

□ **bureau** [ˋbjuro] 五斗櫃（= chest of drawers [ˋtʃɛst əv ˋdrɔɚz]）；辦公室；局處

b. □ **ministry** [ˋmɪnɪstrɪ] 內閣（常用大寫 "M"）

4	**conference room** [ˋkɑnfərəns ˏrum]	名 會議室

Progress meetings will be held in the **conference room** every Friday at 3:00.

進度報告會議將在每週五下午 3 點於會議室舉行。

大師提點

conference room 為複合名詞，主重音落在第一個字上。另，conference「會議」由動詞 confer [kənˋfɝ]（商議）衍生而來。

5	**copier** [ˋkɑpɪɚ]	名 影印機；抄寫員 源 copi (copy) + er (agent)

Printing long documents on the laser printer is expensive, so please use the **copier** if you need to make extra copies.

用雷射印表機列印頁數多的文件很貴，所以如需多印，請使用影印機。

大師提點

指「影印機」時 copier 為 photocopier [ˋfotəˏkɑpɪɚ] 之略。

同 □ **copy(ing) machine** [ˋkɑpɪ(ɪŋ) məˏʃin] 影印機

6	**cubicle** [ˋkjubɪkḷ]	名 辦公室隔間；個人閱讀座位；小臥室 源 cub(i) (lie down) + cle (place)

Martha's recent promotion means that she gets to move from her **cubicle** into an office.

瑪莎最近升官，這表示她可以從辦公隔間搬到一間辦公室了。

大師提點

cubicle 原指「小臥室」，尤其指宿舍裡的小房間。

同 □ **compartment** [kəmˋpɑrtmənt] 分隔間；（列車等之）小房間

□ **carrel** [ˋkærəl]（圖書館的）個人閱讀座位

7	**fire extinguisher** [ˋfaɪr ɪk͵stɪŋgwɪʃɚ]	名 滅火器

The city government requires that we keep at least three working **fire extinguishers** on each floor of the building.

市政府規定大樓裡的每一個樓層都必須放置至少三個可用的滅火器。

大師提點

fire extinguisher 為複合名詞，主重音應落在第一個字上。另，extinguisher 由動詞 extinguish [ɪkˋstɪŋgwɪʃ]（熄滅）衍生而來。

8	**in-box** [ˋɪn͵bɑks]	名 收文格

Please put all of Ms. Hoover's mail in her **in-box** so she can read it later.

請把所有給胡佛女士的信件放到她的收文格中，這樣她稍後就可以看。

大師提點

in-box（英國叫 in-tray [ˋɪn͵tre]）指放置尚未處理之信件、文件等之盒匣。另，inbox [ˋɪn͵bɑks] 則指電子郵件的「收件匣」。

反 ☐ **out-box** [ˋaʊt ͵bɑks] 發文格

大師提點

out-box（英國叫 out-tray [ˋaʊt͵tre]）指放置待發出之信件、文件等之盒匣。另，outbox [ˋaʊt͵bɑks] 則指電子郵件的「寄件匣」。

9	**letterhead** [ˋlɛtɚ͵hɛd]	名 箋頭；信頭 源 letter + head

If the company decides to change the logo, what are we going to do with the old **letterhead**?

如果公司決定更改標誌，那我們原有的信頭怎麼辦？

大師提點

letterhead 指信箋上方所印的公司名稱、地址等。

10	**projector** [prəˋdʒɛktɚ]	名 投影機；（電影）放映機 源 pro (forward) + ject (throw) + or (agent)

You'd better make copies of your report for everyone in case there is a problem with the **projector** during the meeting.

你最好把你的報告影印幾份，以防開會時投影機出狀況。

大師提點

overhead [ˋovɚ͵hɛd] projector 指「架設於頭頂上方的投影機」。

11	**stationery** [ˋsteʃən,ɛrɪ]	名 文具；信紙 源 stat (stand) + ion (action) + er (agent) + y (n.)

Due to the popularity of email, fewer and fewer companies are buying good quality **stationery** anymore.

由於電子郵件的普及，愈來愈少公司購買品質良好的文具。

大師提點

stationery 由 stationer [ˋsteʃənɚ]（文具商）衍生而來。注意，不可將 stationery 與同源、同音字 stationary「靜止的；不動的」混淆；後者為形容詞，字尾為 "ary"。

12	**water cooler** [ˋwɔtɚ ˏkulɚ]	名 飲水機

I heard Darren got fired for just chatting and hanging out around the **water cooler** all day.

我聽說達倫只不過因為聊天和整天在飲水機附近閒晃的緣故就被開除了。

大師提點

由於辦公室飲水機附近屬休息的地方，因此 water cooler 常被用來指「員工聚集的聊天處」。

13	**whiteboard** [ˋhwaɪt,bord]	名 白板 源 white + borad

The **whiteboard** in the conference room is still covered with notes from the last meeting.

會議室的白板上還寫滿了上個會議中的摘記。

大師提點

在 whiteboard 上用的是 eraseable marker [ɪˋresəbl̩ ˋmɑrkɚ]（字跡可擦掉的馬克筆）來書寫，而傳統的 blackboard「黑板」則用的是 chalk「粉筆」。

14	**partition** [pɑrˋtɪʃən]	名 隔板；隔牆；劃分；分割 源 partit (devide) + ion (action)

We don't have the money to add an entirely new office, but what we can do is add a **partition** and divide one or two of the larger offices into multiple smaller ones.

我們沒有錢增建一間全新的辦公室，但是我們可以用隔板把一兩間比較大的辦公室隔成幾間比較小的辦公室。

大師提點

partition 可轉作動詞用，指「隔開」、「分離」，例如：That big office was partitioned into three smaller ones.「那間大辦公室被分割成三間較小的辦公室。」

同 □ **divider** [də`vaɪdɚ] 分隔物；分割者
□ **separator** [`sɛpə͵retɚ] 隔離板；區分者
□ **division** [də`vɪʒən] 分割；區分；部門
□ **separation** [͵sɛpə`reʃən] 分離；隔離；分居
衍 □ **partitive** [`pɑrtətɪv] 形 區分的；表示部分的

15	**electronics** [ɪ͵lɛk`trɑnɪks]	名 電子學；電子器件（的製造） 源 electron + ics (science)

Our company is one of the big names in the **electronics** industry.
我們公司在電子業界赫赫有名。

大師提點
electronics 基本上指研究 electron [ɪ`lɛktrɑn]（電子）的學科。

衍 □ **electronic** [ɪ͵lɛk`trɑnɪk] 形 電子的；用電子操作的
electronic mail 電子郵件（= e-mail）

16	**appliance** [ə`plaɪəns]	名 家用電器；器具；裝置；用具；工具 源 ap (to) + pli (fold) + ance (n.)

We mainly manufacture household **appliances** such as dishwashers and washing machines.
我們公司主要製造生產家用電器，比如洗碗機和洗衣機。

大師提點
appliance 由動詞 apply [ə`plaɪ]（應用）衍生而來。

同 □ **device** [dɪ`vaɪs] 器械；裝置；策略；詭計
□ **implement** [`ɪmpləmənt] 器具；用具；工具
□ **instrument** [`ɪnstrəmənt] 工具；器具；儀器
□ **apparatus** [͵æpə`retəs] 裝置；器械；儀器
□ **equipment** [ɪ`kwɪpmənt] 裝置；設備；裝備（不可數）

17	**furniture** [`fɝnɪtʃɚ]	名 家具（不可數） 源 furnit (provide) + ure (instrument)

The new **furniture** makes the ambience of the office so different.
新的家具使辦公室的氣氛大為改觀。

大師提點
例句中的 ambience（可拼成 ambiance [`æmbɪəns]）指「氣氛；氛圍」，相當於 atmosphere [`ætməsfɪr]。

同 □ **movable** [`muvəb!] 家具
□ **furnishings** [`fɝnɪʃɪŋz] 家具（複數形）

18	**hall** [hɔl]	名 大廳；走廊；通道；玄關；會堂；禮堂

Although they were arguing in the **hall**, their voices were so loud that we could still hear them through the closed door.

雖然他們在大廳中爭吵，但是他們的聲音很大，我們隔著門還是聽得到。

同
- ☐ **lobby** [ˋlɑbɪ] 大廳；通道
- ☐ **hallway** [hɔl͵we] 走廊；門廳
- ☐ **corridor** [ˋkɔrədɚ] 走廊；通道
- ☐ **vestibule** [ˋvɛstə͵bjul] 玄關；門廳
- ☐ **auditorium** [͵ɔdəˋtorɪəm] 禮堂；會堂

19	**elevator** [ˋɛlə͵vetɚ]	名 電梯；升降梯 源 e (out) + lev (light) + at(e) (v.) + or (agent)

In an effort to promote healthy living, our supervisor is encouraging us to walk up the stairs instead of taking the **elevator**.

為了努力宣導健康生活，我們的主管鼓勵我們走樓梯上樓而不要搭電梯。

大師提點

注意 elevator 與 escalator [ˋɛskə͵letɚ]（電扶梯）之差別。

同
- ☐ **lift** [lɪft]（英）電梯；升降梯

20	**office supplies** [ˋɔfɪs sə͵plaɪz]	名 辦公室用品（複數形）

There is a big store around the corner that sells all kinds of **office supplies**.

轉角的地方有一家大型商店販售各種辦公室用品。

大師提點

supplies 指「日常用品」，注意須用複數形；單數形 supply 指「供給」、「供應」。

TOPIC 3 Corporate Property 公司資產

Track 04

1	**relocate** [ˌriˋloket]	動 遷移；搬遷；重新安置 源 re (again) + loc (place) + ate (v.)

The company **relocated** its headquarters from New York City to San Francisco.

該公司把總部從紐約市搬到了舊金山。

同 ☐ **move** [muv] 搬家；移動

衍 ☐ **relocation** [ˌriloˋkeʃən] 名 搬遷；重新安置

2	**renovate** [ˋrɛnəˌvet]	動 修復；翻修；革新；使恢復（精神、活力） 源 re (again) + nov (new) + ate (v.)

I heard that they are going to **renovate** the old office building instead of tearing it down and rebuilding it.

我聽說他們要翻修那棟老舊的辦公大樓而不是把它拆掉重蓋。

同 ☐ **repair** [rɪˋpɛr] 修理；修復

☐ **restore** [rɪˋstor] 修復；恢復

☐ **revamp** [riˋvæmp] 修補；更新

☐ **reinvigorate** [ˌriɪnˋvɪgəˌret] 使恢復生氣；使再振作

衍 ☐ **renovation** [ˌrɛnəˋveʃən] 名 翻修；革新；恢復精神

3	**rent** [rɛnt]	名 租金；租用費

Our company has decided to buy the building we occupy because we spend so much money on **rent** every month.

因為每個月都花這麼多租金，我們公司決定把目前租用的大樓買下來。

大師提點

rent 亦可作動詞用，意思是「租用」（例如：They rent a warehouse which is near the airport.「他們租了一間靠近機場的倉庫。」）或是「出租」（例如：We rent out offices to small companies.「我們出租辦公室給小型公司。」）。

衍 ☐ **rental** [ˋrɛntl̩] 形 租借的；出租的

a rental car 出租汽車

4	**lease** [lis]	名 租賃契約；租賃權；租賃期間

We began renting this building two years ago, but our **lease** expires in three months.
我們兩年前開始租用這棟大樓，可是我們的租約三個月後就到期了。

大師提點

lease 亦可作動詞用，指「出租」(例如：They plan to <u>lease</u> the building to a business.「他們打算把這棟大樓出租給一家企業。」) 或是「租用」(例如：We don't own this building; we <u>lease</u> it.「這棟大樓並非本公司所有，我們是租來的。」)。

5	**branch** [bræntʃ]	名 分枝；分店；分行；分公司

The head office doesn't want to deal with problems that could be solved by managers at local **branches**.
總公司不想處理分公司主管就可以解決的問題。

大師提點

branch 除了指植物的「分枝」外，常用來指 branch office「分公司」、「分行」。

同
- □ **offshoot** [ˋɔfˏʃut] 分枝；支脈
- □ **division** [dəˋvɪʒən] 部門；分行
- □ **extension** [ɪkˋstɛnʃən] 延伸；分行；分機

反
- □ **trunk** [trʌŋk] 樹幹；主幹
- □ **main/head/home office** [ˋmen / ˋhɛd / ˋhom ˋɔfɪs] 總公司
- □ **headquarters** [ˋhɛdˋkwɔrtɚz] 總部；總公司（複數形）

6	**down payment** [ˋdaʊn ˋpemənt]	名 頭期款；定金

We weren't able to buy the office building downtown because we couldn't afford the enormous **down payment**.
我們無法買市中心的辦公大樓，因為我們付不起巨額的頭期款。

大師提點

down payment 可指 installment [ɪnˋstɔlmənt]（分期付款）時所支付的第一筆款項（頭期款）或其他交易時首次支付的部分款項（定金）。

同
- □ **deposit** [dɪˋpɑzɪt] 訂金；押金

7	**facility** [fə`sɪlətɪ]	名（用於某種目的的）場所或建築 源 facil (easy) + ity (n.)

We have a small office downtown, but our main **facility** is about 100 kilometers from here.

我們在市中心有一間小辦公室，但是本部則是在離此處 100 公里的地方。

大師提點

facility 的複數形 facilities 則指「便利的設施」，例如：sporting facilities「運動設施」；另外，facilities 也可用來指「公共廁所」。

8	**headquarters** [`hɛd`kwɔrtəz]	名 總部；總公司 源 head (main) + quarters (place)

Because store managers are spending too much time traveling to **headquarters** and back, we've decided to change the weekly sales meeting to a monthly meeting.

因為店長們花太多的時間往返於總部和分店之間，所以我們決定把業務會議由每週改為每月舉行。

大師提點

注意 headquarters 必須為複數形，動詞則可用單數或複數：Our headquarters is/are in Paris.「我們的總公司在巴黎。」

同 □ **main/head/home office** [`men / `hɛd / `hom `ɔfɪs] 總公司

9	**landlord** [`lænd͵lɔrd]	名 地主；房東 源 land + lord

Mr. Jackson owns 14% of all downtown office buildings, making him the city's biggest **landlord**.

傑克森先生是這座城市最大的房東，他擁有市中心 14% 的辦公大樓。

大師提點

女性地主或房東稱為 landlady [`lænd͵ledɪ]。

反 □ **tenant** [`tɛnənt] 佃戶；房客

10	**location** [lo`keʃən]	名 地點；場所 源 loc (place) + at(e) (v.) + ion (n.)

If you can't find one of our shops, just call us — our operators will be happy to tell you the **location** of the store nearest you.

如果您找不到我們的分店，就打電話給我們，我們的總機會很樂意告訴您離您最近的店。

大師提點

location 由動詞 locate [`loket]（找到……的位置；使……座落於）衍生而來。

同
- ☐ **place** [ples] 地方；地點；位置
- ☐ **site** [saɪt] 場所；用地
- ☐ **locale** [lo`kæl] 場所；現場
- ☐ **whereabouts** [`hwɛrə,baʊts] 地點；所在之處；下落（複數形）

11	**property** [`prɑpətɪ]	名 a. 財產；地產；資產／b. 特質；特性 源 proper (one's own) + ty (n.)

a. The company owns a lot of **property**, but it only uses a small portion of the land for its buildings.

那家公司擁有很多地產，但只用了一小部分興建自家大樓。

b. This brand of mineral water is said to have healing **properties**.

這個牌子的礦泉水號稱具有療效。

同

a.
- ☐ **possessions** [pə`zɛʃənz] 財產（複數形）
- ☐ **belongings** [bə`lɔŋɪŋz] 財產（複數形）
- ☐ **effects** [ə`fɛkts] 財產（複數形）
- ☐ **real estate** [`ril ə,stet] 房地產；不動產
- ☐ **realty** [`riltɪ] 不動產

b.
- ☐ **quality** [`kwɑlətɪ] 品質；特質；素質
- ☐ **trait** [tret] 特質；特性；特色
- ☐ **feature** [`fitʃɚ] 特色；特徵
- ☐ **characteristic** [,kærɪktə`rɪstɪk] 特性；特徵
- ☐ **attribute** [`ætrə,bjut] 屬性；特質

12	**tenant** [ˋtɛnənt]	名 房客；承租人；佃戶 源 ten (hold) + ant (agent)

I'm sure you will love your new offices — some of the companies have been **tenants** here for over twenty years.

我確定你們會愛上你們的新辦公室——有些公司已經在這裡當了超過 20 年的房客。

大師提點

請注意同源字 tenure [ˋtɛnjur]（保有權），用法如：After three years on the job, Henry was offered tenure.「在擔任那項工作三年之後，亨利獲得了工作保有權。」

反 □ **landlord** [ˋlænd,lɔrd] 房東；地主

13	**rural** [ˋrurəl]	形 鄉下的；田園的；農村的 源 rur (country) + al (adj.)

Our office is in this city, but our factory is in a **rural** area down south.

我們的公司在這個城市裡，但是我們的工廠在南部鄉下。

同 □ **rustic** [ˋrʌstɪk] 鄉村的；田園的；鄉野的
□ **bucolic** [bjuˋkɑlɪk] 田園的；鄉下風味的
□ **pastoral** [ˋpæstərəl] 田園風光的；鄉村的；牧人的
反 □ **urban** [ˋɝbən] 都市的；住在都市的
□ **metropolitan** [,mɛtrəˋpɑlətn̩] 大都市的
衍 □ **ruralize** [ˋrurəl,aɪz] 動 田園化；成田園風味；過田園生活

14	**suburb** [ˋsʌbɝb]	名 郊外；郊區；近郊 源 sub (under) + urb (city)

More and more of my colleagues are moving into the **suburbs**, where there is less pollution.

我的同事有越來越多人搬到郊區去，因為那兒較少汙染。

大師提點

suburb 常用複數形並與定冠詞連用：the suburbs。

同 □ **suburbia** [səˋbɝbɪə] 郊外；近郊
□ **outskirts** [ˋaut,skɝts] 郊外；近郊（常用複數）
on the outskirts of Taipei 臺北市近郊
衍 □ **suburban** [səˋbɝbən] 形 郊區的；郊外的
□ **suburbanite** [səˋbɝbən,aɪt] 名 郊區居民；住郊外者

15	**urban** [ˋɝbən]	形 都市的；住在都市的 源 urb (city) + an (adj.)

Since relocating from Idaho to New York, Eddie has been struggling to get accustomed to the fast-paced **urban** lifestyle.

自從從愛達荷州搬到紐約後，艾迪一直很努力地適應快節奏的都會生活方式。

同 □ **metropolitan** [ˌmɛtrəˋpɑlətn̩] 大都市的；大都會的

反 □ **rural** [ˋrʊrəl] 鄉下的；田園的

□ **rustic** [ˋrʌstɪk] 田園的；鄉野的

衍 □ **urbanite** [ˋɝbənˌaɪt] 名 都市人

□ **urbanize** [ˋɝbənˌaɪz] 動 使都市化；使文雅

□ **urbane** [ɝˋben] 形 都市化的；有禮貌的；文雅的

16	**community** [kəˋmjunətɪ]	名 社區；共同生活團體 源 com (together) + mun (duty) + ity (state)

The main reason we moved here is that this **community** seems to be a nice place and the neighbors are friendly.

我們搬到這裡最主要的原因是因為這個社區似乎是一個不錯的地方，鄰居們都很和善。

同 □ **neighborhood** [ˋnebɚˌhʊd] 附近；街坊

17	**furnishings** [ˋfɝnɪʃɪŋz]	名 家具；室內陳設（複數形）

The apartment can be rented by the month and it is complete with **furnishings**.

這間公寓可以包月承租，而且家具一應俱全。

大師提點

furnishings 為複數形名詞，由動詞 furnish [ˋfɝnɪʃ]（提供；配置家具）衍生而來。

同 □ **furniture** [ˋfɝnɪtʃɚ] 家具（不可數）

□ **moveable** [ˋmuvəbl̩] 家具

衍 □ **furnished** [ˋfɝnɪʃt] 形 附有家具的

18	**laundry** [ˋlɔndrɪ]	名 要洗的衣物；洗好的衣物；洗衣店；洗衣室 源 laund (wash) + (e)r (agent) + y (n.)

As a bachelor, Ben has to do his own **laundry**.

身為單身漢，班必須自己洗衣服。

大師提點

laundry 由動詞 launder [ˋlɔndɚ]（洗滌）衍生而來。注意，launder 亦可作「洗錢」解。

衍 □ **laundromat** [ˋlɔndrə͵mæt] 名 自助洗衣店

19	**residence** [ˋrɛzədəns]	名 住所；住宅；住家；邸第 源 re (back) + sid (settle) + ence (n.)

Their office is in New York, but their **residence** is in New Jersey.

他們的辦公室在紐約，但是住家是在紐澤西。

大師提點

residence 由動詞 reside [rɪˋzaɪd]（居住）衍生而來。

同 □ **home** [hom] 家宅；住所

□ **house** [haʊs] 房子；住宅

□ **dwelling** [ˋdwɛlɪŋ] 住處；寓所

□ **abode** [əˋbod] 住所；住宅

□ **domicile** [ˋdɑməsḷ] 住宅；住處

衍 □ **resident** [ˋrɛzədənt] 名 定居者；居民

□ **residential** [͵rɛzəˋdɛnʃəl] 形 居住的；住宅的

a residential area 住宅區

20	**mortgage** [ˋmɔrgɪdʒ]	名 抵押；抵押貸款 源 mort (dead) + gage (pledge)

Tom's main expense each month is the **mortgage** payment that exceeds $1,500 a month.

湯姆每個月最主要的一筆支出就是超過 1,500 美金的房貸。

大師提點

mortgage 亦可作動詞用，例如：Mark's house was <u>mortgaged</u> to the bank for $ 40,000.「馬克的房子抵押給銀行，借了四萬美元。」另，mortgage rate 指「貸款利率」。

EXERCISE

I. Short Conversation

Track 05

Questions 1 through 5 refer to the following conversation.

Woman: Stan, why are you unplugging the ___①___? And where are all the chairs?

Man: Lucia is making a big presentation this afternoon. The chairs are pretty heavy, so she asked me to ___②___ her.

Woman: If Lucia wants to borrow electronics and furniture from the conference room, she has to fill out a request form and ___③___ permission first.

Man: Have you checked your ___④___? I saw her drop something off in your ___⑤___ earlier.

1. (A) cabinet (B) projector
(C) office supplies (D) partition

2. (A) prepare (B) compile
(C) cross-reference (D) assist

3. (A) submit (B) file
(C) obtain (D) remodel

4. (A) memo (B) letterhead
(C) in-box (D) daily report

5. (A) cubicle (B) branch
(C) water cooler (D) residence

II. Reading Comprehension

Track 06

Questions 6 through 10 refer to the following advertisement.

Apex Commercial Real Estate

Are you new to the ___⑥___? Is your ___⑦___ due to expire soon?

Whether you need a space for a small branch office or for your corporate headquarters, Apex Commercial's agents are ready to help your company find the perfect ___⑧___ for you. We have properties available in the heart of the city as well as low-cost facilities several hours away from downtown, but we specialize in helping companies looking to ___⑨___ somewhere in between. We have dozens of convenient ___⑩___ spaces just outside of town, and they're all a great value. Call Apex today!

6. (A) tenant (B) utility
(C) mortgage (D) community

7. (A) deadline (B) lease
(C) extension (D) down payment

8. (A) rent (B) type
(C) hall (D) location

9. (A) renovate (B) remodel
(C) relocate (D) recommend

10. (A) urban (B) suburban
(C) rural (D) occupied

答案

1. (B) 2. (D) 3. (C) 4. (C) 5. (A) 6. (D) 7. (B) 8. (D) 9. (C) 10. (B)

翻譯

【短對話】問題 1 到 5 請參照下列對話。

女：史丹，你為什麼把投影機的插頭拔掉？還有，所有的椅子都到哪兒去了？
男：露西亞今天下午要做一場大型的報告。椅子很重，所以她要我幫忙她。
女：假如露西亞想借會議室的電子設備和家具，她必須先填寫申請表並獲得許可。
男：妳有沒有看妳的收文格？我稍早看到她放了東西在你的隔間裡。

1. (A) 櫥櫃	(B) 投影機	(C) 辦公室用品	(D) 隔板
2. (A) 準備	(B) 彙整	(C) 參照	(D) 幫忙
3. (A) 提出	(B) 申請	(C) 獲得	(D) 重塑
4. (A) 備忘錄	(B) 信頭	(C) 收文格	(D) 日報表
5. (A) 辦公室隔間	(B) 部門	(C) 飲水機	(D) 住所

【閱讀測驗】問題 6 到 10 請參照下列廣告。

頂尖商用不動產

您是社區的新居民嗎？您的租約很快就要到期了嗎？

無論您是需要一個空間作為小型的分公司還是需要一個空間作為公司總部，頂尖商用的經紀人隨時都準備幫助貴公司尋找最適合您的地點。我們在市中心有現成的房子，也有離鬧區幾小時遠的廉價場地，但是我們專門協助想搬遷至介於兩者之間之地點落腳的公司。我們在城外就有幾十處方便的郊區空間，它們全都極具價值。今天就撥電話給頂尖！

6. (A) 房客	(B) 公用事業	(C) 抵押貸款	(D) 社區
7. (A) 最後期限	(B) 租約	(C) 延期	(D) 頭期款
8. (A) 租金	(B) 打字	(C) 大廳	(D) 地點
9. (A) 翻修	(B) 改造	(C) 搬遷	(D) 推薦
10. (A) 都市的	(B) 郊區的	(C) 鄉下的	(D) 占用的

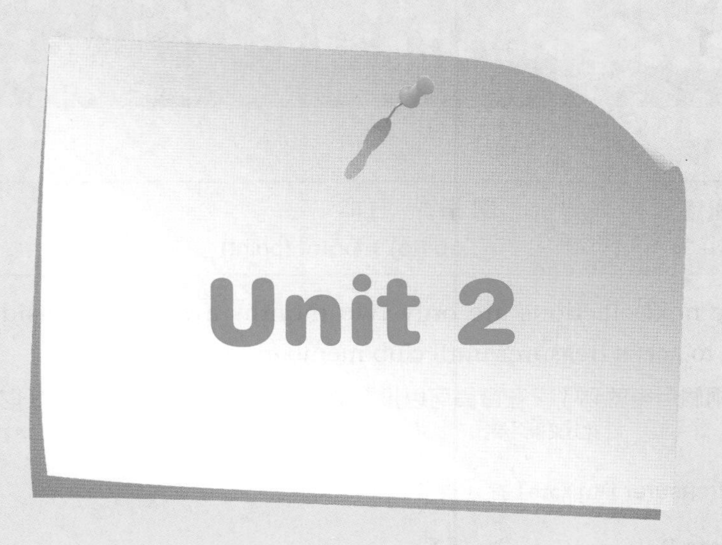

Management 管理

TOPIC 1 Leadership 領導力

Track 07

1	**appoint** [ə`pɔɪnt]	動 指派；任命 源 ap (to) + point (point)

Since the next elections are only two months away, the president will **appoint** someone to act as treasurer until club members can vote.

下屆選舉兩個月後就到了，在會員可以投票之前，會長會先指派一人擔任財務主管一職。

大師提點

例句中的 treasurer [`trɛʒərɚ] 指「財務主管；司庫」。

同 □ **nominate** [`nɑmə͵net] 任命；提名

□ **designate** [`dɛzɪg͵net] 指定；指派

衍 □ **appointment** [ə`pɔɪntmənt] 名 任命；委派；職位；（正式的）約會

have an appointment with 與……有約

2	**authorize** [`ɔθə͵raɪz]	動 授權；認可 源 author (author) + ize (v.)

Requests for purchases over $500 must be **authorized** by both the manager and the VP.

請購物品超過 500 美元時，須經經理及副總核准。

同 □ **empower** [ɪm`paʊɚ] 授以權力

□ **approve** [ə`pruv] 批准；認可

□ **permit** [pɚ`mɪt] 允許；許可

反 □ **forbid** [fɚ`bɪd] 禁止；不准

□ **proscribe** [pro`skraɪb] 禁止

衍 □ **authority** [ə`θɔrətɪ] 名 權力；權限；當局（用複數形）

□ **authoritative** [ə`θɔrə͵tetɪv] 形 有權威的；官方的

□ **authoritarian** [ə͵θɔrə`tɛrɪən] 形 威權的；獨裁主義的

□ **authorization** [͵ɔθərə`zeʃən] 名 授權；委任；認可

3	**be in charge of**	管理……；監督……

Starting from January 1, Mr. Fisher will not only manage the Sales Department but will also **be in charge of** the Marketing department.

從 1 月 1 日起，費雪先生將不只領導業務部，同時也負責行銷部。

大師提點

be in the charge of 則指「在……的管理、監督之下」。例如：These are in the charge of the Accounting Department.「這些是會計部管理的事務。」

4	**delegate** [`dɛlə͵get]	動 委派；把……委託給 源 de (away) + legate (send)

Our manager **delegates** almost all of her responsibilities to her staff, so she almost never works overtime.

我們經理幾乎把所有工作職務都委託給幕僚下屬，所以她幾乎從來不加班。

大師提點

delegate 亦可作名詞用，指「代表」、「代表團團員」，例如：We have chosen Mr. Bower as our official delegate.「我們已經選擇鮑爾先生作為我們的正式代表。」

同 □ **assign** [ə`saɪn] 分派；指定

衍 □ **delegation** [͵dɛlə`geʃən] 名 委任；代表團

5	**facilitate** [fə`sɪlə͵tet]	動 使容易；促進 源 facili(t) (easy) + ate (v.)

The consultant's main job will be to examine and restructure our organization to **facilitate** efficient work flow.

該顧問的主要工作將是檢視並重組我們的公司，以提高工作效率。

同 □ **expedite** [`ɛkspɪ͵daɪt] 促進；加快；迅速執行

反 □ **complicate** [`kɑmplə͵ket] 使複雜；使錯綜

衍 □ **facility** [fə`sɪlətɪ] 名 容易；便利；設備（用複數形）

□ **facilitation** [fə͵sɪlə`teʃən] 名 促進；簡化

6	**inspire** [ɪn`spaɪr]	動 鼓舞；啓發；激發；給予靈感 源 in (in) + spire (breathe)

Mr. Harper hoped that a brainstorming session would **inspire** the engineers to come up with a new and innovative solution.
哈波先生希望能藉由腦力激盪的時間激發工程師們想出創新的解決方式。

大師提點
例句中的 brainstorming [`bren,stɔrmɪŋ] 指「腦力激盪」。

同 □ **arouse** [ə`raʊz] 激發；喚起
□ **enlighten** [ɪn`laɪtn̩] 啓發；啓蒙
□ **prompt** [prɑmpt] 鼓舞；激勵
反 □ **discourage** [dɪs`kɜɪdʒ] 使沮喪；使受挫
□ **dampen** [`dæmpən] 使消沉；挫銳氣
衍 □ **inspiration** [,ɪnspə`reʃən] 名 鼓舞；激發；啓示；靈感

7	**motivate** [`motə,vet]	動 給予動機；激勵 源 motiv (move) + ate (v.)

The easiest way to **motivate** people to work harder is to offer large bonuses.
激發人們努力工作最簡單的方法就是提供高額獎金。

同 □ **stimulate** [`stɪmjə,let] 刺激；激勵
□ **prompt** [prɑmpt] 激勵；鼓舞
反 □ **discourage** [dɪs`kɜɪdʒ] 勸阻；使沮喪
衍 □ **motive** [`motɪv] 名 動機；動因
□ **motivation** [,motə`veʃən] 名 推動；刺激；積極性

8	**reprimand** [`rɛprə,mænd]	動 責難；斥責；責罵 源 re (back) + primand (press)

Anita was **reprimanded** by her supervisor for being late to work three days in a row.
安妮塔因連續遲到三天而被上司責罵。

大師提點
reprimand 亦可作名詞用，例如：Fred received a reprimand from the police officer for jaywalking.「弗萊德因闖紅燈被警察責罵。」

同 □ **scold** [skold] 責罵；斥責
□ **reproach** [rɪ`protʃ] 責備；斥責
□ **rebuke** [rɪ`bjuk] 斥責；非難
□ **reprove** [rɪ`pruv] 非難；申斥

□ **upbraid** [ʌp`bred] 申斥；責罵

反 □ **praise** [prez] 讚美；稱讚

□ **commend** [kə`mɛnd] 讚賞；推崇

□ **laud** [lɔd] 讚美；讚賞；讚揚

□ **applaud** [ə`plɔd] 讚賞；嘉許；（鼓掌）喝采

□ **compliment** [`kɑmplə,mɛnt] 稱讚；誇獎；恭維

9	**warn** [wɔrn]	動 警告；告誡

I'm **warning** you for the last time, Frank: if you don't start working harder, I'm going to tell Mr. Greene.

法蘭克，我最後一次警告你：如果你不開始努力工作，我會告訴葛林先生。

同 □ **caution** [`kɔʃən] 使小心；警告

□ **admonish** [əd`mɑnɪʃ] 告誡；警告

衍 □ **warning** [`wɔrnɪŋ] 名 警告；告誡；提醒

10	**be open to**	樂意接受……

The boss **is open to** suggestions, so you can tell him what you think.

老闆很樂意聽取建議，所以你可以告訴他你的想法。

大師提點

be open to 亦可作「易受到……」解，例如：His statement is open to question.「他的說法令人質疑。」

11	**judge** [dʒʌdʒ]	動 判斷；評價；審判；審理

Bob had a hard time **judging** the two proposals because both were put forward by his good friends.

對於那兩個提案鮑伯很難做評斷，因為兩個案子都是他的好朋友提的。

大師提點

judge 本身亦可作名詞用，但指的是「裁判」、「法官」、「鑑定人」。

同 □ **appraise** [ə`prez] 評定；評價

□ **assess** [ə`sɛs] 評價；估價

□ **evaluate** [ɪ`væljʊ,et] 評估；評價

衍 □ **judgement** [`dʒʌdʒmənt] 名 判斷；評價；見解；審判；判決

12	**ensure** [ɪn`ʃʊr]	動 確保；使確定；保證 源 en (cause) + sure

To **ensure** the success of this project, we'd better buckle down right now.

為了要確保這個企劃案能成功，我們最好現在就開始認真打拚。

大師提點

ensure 亦可拼成 insure，但須注意 insure 另可作「保險」解，其名詞為 insurance [ɪn`ʃʊrəns]。另，例句中的片語 buckle down 指「開始認真工作」。

同 □ **make sure** 確定

□ **make certain of** 確保……

□ **guarantee** [ˌgærən`ti] 保證

13	**implement** [`ɪmpləmənt]	動 施行；執行；實施 源 im (in) + ple (fill) + ment (n. / v.)

Our company recently **implemented** a "Casual Friday" dress policy, so I'm going shopping for jeans after work today!

我們公司最近實施了「輕便星期五」的衣著政策，所以我今天下班之後要去買牛仔褲。

大師提點

implement 原為名詞，意思是「用具」、「器具」、「工具」。

同 □ **put into effect** 實施；實行

□ **carry out** 實行；貫徹

□ **fulfill** [fʊl`fɪl] 實踐；履行

衍 □ **implementation** [ˌɪmpləmɛn`teʃən] 名 施行；履行；完成

□ **implemental** [ˌɪmplə`mɛntḷ] 形 器具的；有幫助的

14	**approve** [ə`pruv]	動 贊同；認可；批准；核准；同意；通過 源 ap (to) + prove (test)

The president didn't **approve of** the new policy, so it was revoked.

總裁並不贊同新的政策，所以它就被撤銷了。

大師提點

approve 亦可作及物動詞用，例如：The committee has approved the new housing project.「該委員會已經通過了新的建屋方案」

同 □ **consent** [kən`sɛnt] 贊同；同意（後接 to）

□ **ratify** [`rætəˌfaɪ] 批准；認可

□ **endorse** [ɪn`dɔrs] 認可；支持；背書

□ **sanction** [`sæŋkʃən] 批准；核准；制裁

衍 ☐ **pass** [pæs] 通過
☐ **approval** [ə`pruvḷ] 名 批准；認可；贊成

15	**handle** [`hændḷ]	動 處理；對付；負責；操縱；操作 源 hand (hand) + le (v.)

James decided to look for an assistant because the work was just too much for one person to **handle**.

詹姆士決定找一個助理，因為事情實在太多，一個人處理不完。

大師提點

handle 亦可作名詞用，指「柄」、「把手」，例如：a door handle「門的把手」。

同 ☐ **deal with** 處理；應付；與……交易
☐ **manage** [`mænɪdʒ] 處理；管理；經營
☐ **manipulate** [mə`nɪpjə͵let] 處理；操作；操縱

16	**encouragement** [ɪn`kɝɪdʒmənt]	名 鼓勵；激勵 源 en (cause) + cour (heart) + age (n.) + ment (n.)

Most managers are quick to point out mistakes, but they should remember to offer **encouragement** so employees aren't afraid to try.

大多數的主管一看到員工犯錯就會馬上指正，但是他們也應該記得鼓勵員工，這樣員工才會勇於嘗試。

大師提點

encouragement 由動詞 encourage 衍生而來，而 encourage 則由名詞 courage「勇氣」衍生而來。

同 ☐ **boost** [bust] 激勵；促進
反 ☐ **discouragement** [dɪs`kɝɪdʒmənt] 沮喪；洩氣
衍 ☐ **encouraging** [ɪn`kɝɪdʒɪŋ] 形 鼓勵的；促進的

17	**influence** [`ɪnfluəns]	名 影響（力）；作用 源 in (in) + flu (flow) + ence (n.)

Even though the former president has officially retired, she still exerts a strong **influence** on the company as an advisor.

縱使前任總裁已正式退休，但是身為顧問，她對公司仍極具影響力。

大師提點

influence 亦可作動詞用，意思為「影響」、「對……起作用」，例如：Don't let anybody influence your decision.「別讓任何人影響你的決定。」

同 □ **effect** [ɪˋfɛkt] 結果；影響

□ **sway** [swe] 影響力；支配力

衍 □ **influential** [ˏɪnfluˋɛnʃəl] 形 有影響力的；有勢力的

18	**perspective** [pɚˋspɛktɪv]	名 視角；遠景；展望 源 per (through) + spect (look) + ive (adj.)

If you try to look at things from the CEO's **perspective**, you might be able to come up with a proposal that he likes better.

如果你試著從執行長的角度來看事情，或許可以想出一個他比較喜歡的提案。

大師提點

注意，勿將 perspective 與 prospective [prəˋspɛktɪv] 混淆，後者為形容詞，指「有希望的；可能發生的」。

同 □ **view** [vju] 看法；視野；風景

□ **viewpoint** [ˋvjuˏpɔɪnt] 觀點；見解

□ **outlook** [ˋautˏlʊk] 展望；形式；遠景

□ **prospect** [ˋprɑspɛkt] 展望；前景；前途

19	**permission** [pɚˋmɪʃən]	名 許可；准許 源 per (through) + miss (send) + ion (n.)

Do we need to ask Mike for **permission** to reserve the hotel conference room, or can we go ahead and book it without him?

我們需要得到麥克的許可才可以訂飯店的會議室嗎？還是我們可以不問他就逕自訂下來？

大師提點

permission 由動詞 permit [pɚˋmɪt] 衍生而來。

同 □ **approval** [əˋpruvl̩] 准許；批准

□ **consent** [kənˋsɛnt] 應允；同意

反 □ **prohibition** [ˏproəˋbɪʃən] 禁止；禁令

□ **interdiction** [ˏɪntɚˋdɪkʃən] 禁令；禁止

□ **forbiddance** [fɚˋbɪdəns] 禁止；嚴禁

衍 □ **permissive** [pɚˋmɪsɪv] 形 許可的；寬容的

20	**strict** [strɪkt]	形 嚴格的；嚴厲的；嚴密的；嚴謹的

Mr. Madsen was so **strict** with his staff that he would yell at them for not answering the phone after one ring.

麥得森先生對員工十分嚴厲，電話如果響一聲沒人接，他便會對他們大聲咆哮。

同 □ **stern** [stɝn] 嚴格的；嚴厲的
□ **stringent** [ˋstrɪndʒənt] 嚴厲的；嚴格的；銀根緊的
□ **austere** [ɔˋstɪr] 嚴格的；嚴峻的；簡樸的
□ **exacting** [ɪgˋzæktɪŋ] 嚴厲的；嚴格要求的
□ **severe** [səˋvɪr] 嚴肅的；嚴酷的；嚴重的
□ **harsh** [hɑrʃ] 嚴厲的；嚴酷的；無情的

反 □ **lax** [læks] 鬆弛的；鬆懈的
□ **lenient** [ˋlinɪənt] 寬大的；仁慈的
□ **permissive** [pɚˋmɪsɪv] 許可的；寬容的；放縱的
□ **indulgent** [ɪnˋdʌldʒənt] 寬容的；縱容的；放任的

TOPIC 2 Planning 制訂計畫

Track 08

1	**examine** [ɪgˋzæmɪn]	動 檢查；檢驗；審查；考試；測驗

Before we decide to close the factory and lay off the workers, I think we should carefully **examine** all our other options.

在決定關廠、裁員之前，我認為我們應該好好地檢視所有其他的選擇。

大師提點

注意，exam [ɪgˋzæm] 為 examination 的簡略，不可作動詞。

同
- ☐ **inspect** [ɪnˋspɛkt] 檢查；視察
- ☐ **scrutinize** [ˋskrutn̩ˏaɪz] 仔細檢查；詳審
- ☐ **test** [tɛst] 測試；試驗

衍
- ☐ **examination** [ɪgˏzæməˋneʃən] 檢查；審查；考試

2	**devise** [dɪˋvaɪz]	動 策劃；設計；發明

I can't believe I was asked to **devise** a complete marketing plan in only three days.

我不敢相信我被要求在短短三天內設計出一套完整的行銷企劃案。

大師提點

devise 的名詞為 device [dɪˋvaɪs]，意思為「設計」、「策略」、「裝置」。

同
- ☐ **plan** [plæn] 計畫
- ☐ **plot** [plɑt] 策劃
- ☐ **design** [dɪˋzaɪn] 設計；籌劃
- ☐ **invent** [ɪnˋvɛnt] 發明；創造
- ☐ **contrive** [kənˋtraɪv] 發明；設計；籌劃

3	**figure out** [ˋfɪgjɚ]	想出；算出；理解

I can't **figure out** what has gone wrong with our new project.

我搞不懂我們的新企劃案到底是哪裡出錯。

同
- ☐ **understand** [ˏʌndɚˋstænd] 明白；理解；懂
- ☐ **calculate** [ˋkælkjəˏlet] 計算；估算

4	**research** [rɪˋsɝtʃ]	動（做）研究；探究 源 re (again) + search

The CEO postponed the decision until next week because he felt we hadn't **researched** the issue thoroughly enough.

執行長把決議時間延到下星期，因為他認為我們對這議題所做的研究不夠深入。

大師提點

research 亦可作名詞用，例如：They're doing some research on the side effects of the new drug.「他們正針對這種新藥的副作用在做研究。」

同
- ☐ **study** [ˋstʌdɪ] 研究；研讀
- ☐ **investigate** [ɪnˋvɛstə͵get] 調查；探查
- ☐ **probe** [prob] 探查；查究

5	**predict** [prɪˋdɪkt]	動 預測；預言；預見 源 pre (before) + dict (tell)

We had tried to **predict** how customers would react to our new product, but their responses still completely surprised us.

我們之前有試著預測顧客對我們新產品的反應，但是他們的回應還是讓我們大感意外。

同
- ☐ **forecast** [ˋfor͵kæst] 預測；預報
- ☐ **foretell** [forˋtɛl] 預告；預言
- ☐ **foresee** [forˋsi] 預見；預知
- ☐ **prognosticate** [prɑgˋnɑstɪ͵ket] 預知；預言
- ☐ **prophesy** [ˋprɑfə͵saɪ] 預言；預示

衍
- ☐ **prediction** [prɪˋdɪkʃən] 名 預測；預言；預告
- ☐ **predictable** [prɪˋdɪktəbḷ] 形 可預測的；可預期的

6	**situation** [͵sɪtʃʊˋeʃən]	名 情況；狀況；形勢；局勢；位置 源 situ (site) + at (v.) + ion (condition)

The economy is so bad that the board called for a meeting to discuss how our company should handle this serious **situation**.

由於經濟情況很糟，所以董事會召開會議商討我們公司應該如何因應這個嚴重的局勢。

大師提點

situation 由動詞 situate [ˋsɪtʃʊ͵et] 衍生而來。請注意 be situated in「位於……」這個用法。

同
- ☐ **condition** [kənˋdɪʃən] 狀況；形勢；狀態；情形
- ☐ **status** [ˋstetəs] 狀態；身分；地位
- ☐ **circumstances** [ˋsɝkəmstæsɪz] 狀況；環境（多用複數）

☐ **position** [pə`zɪʃən] 位置；地位；身分；狀況；立場
☐ **location** [lo`keʃən] 位置；地點
☐ **locale** [lo`kæl] 場所；現場
☐ **site** [saɪt] 位置；用地；場所

7	**procedure** [prə`sidʒɚ]	名 程序；步驟；手續 源 pro (forward) + ced (go) + ure (result)

During his first week on the job, Bill learned the company's **procedures** for dealing with different kinds of customer complaints.

比爾在上班的第一個禮拜中，學到公司面對客戶各種抱怨時的處理程序。

大師提點

procedure 由動詞 proceed [prə`sid]（開始；著手；繼續進行）衍生而來。

同 ☐ **modus operandi** [`modəs ˌɑpə`ræmdaɪ] 手續；方法

8	**mission** [`mɪʃən]	名 任務；使命；天職 源 miss (send) + ion (action)

The human resources department was given a **mission** — to find a health insurance company that costs 10% less but provides the same services.

人力資源部門獲派一項任務——尋找一家提供相同服務但費用少一成的保險公司。

同 ☐ **task** [tæsk] 工作；任務
☐ **assignment** [ə`saɪnmənt]（指派的）工作；任務
☐ **undertaking** [ˌʌndɚ`tekɪŋ] 任務；事業；企業

9	**proposal** [prə`pozḷ]	名 提案；提議；求婚 源 pro (forward) + pos (put) + al (n.)

Ms. Brook's **proposal** for a new advertising campaign has been approved, so she should begin contacting ad agencies soon.

布魯克女士新的廣告活動提案已經通過，所以她應該盡快著手聯絡廣告商。

大師提點

proposal 由動詞 propose [prə`poz] 衍生而來。

同 ☐ **suggestion** [səg`dʒɛstʃən] 建議；提議
☐ **proposition** [ˌprɑpə`zɪʃən]（商業或業務上的）提議；建議；主張；陳述

10	**objective** [əbˋdʒɛktɪv]	名 目標；目的 源 ob (against) + ject (throw) + ive (adj. / n.)

The CEO's **objectives** include international expansion, but at the moment she is focusing on the domestic market.

執行長的目標包括擴展國際版圖，但是現階段她只專注於國內市場。

大師提點

objective 亦可作形容詞，意思為「客觀的」、「如實的」，例如：an objective analysis「客觀的分析」。

同
- ☐ **aim** [em] 目標；標的
- ☐ **goal** [gol] 目標；目的；球門
- ☐ **target** [ˋtɑrgɪt] 標的；目標；靶子

11	**process** [ˋprɑsɛs]	名 過程；處理方法；作業程序 源 pro (forward) + cess (go)

We need to find a way to speed up the **process** while maintaining our high quality.

我們得找出一個方法來加快作業程序同時維持我們的高品質。

大師提點

process 亦可作動詞用，意思是「加工」、「處理」，例如：Many of the foods that we eat have been processed.「很多我們吃的食物都經過加工。」另注意，process 與 procedure 意思相仿，但不盡相同；前者著重「進行中的一連串程序步驟」，後者則強調「正確或慣常的手續方法」。

同
- ☐ **progress** [ˋprɑgrɛs] 進行；進展；進步
- ☐ **operation** [ˏɑpəˋreʃən] 運作；運轉；業務；手術

12	**factor** [ˋfæktɚ]	名 因素；要素 源 fac (make) + tor (agent)

It will be difficult to come up with a good solution because there are too many **factors** we have to take into account.

要想出一個解決方法會很困難，因為有太多的因素我們必須考量。

大師提點

例句中的 take (sth.) into account 指「考量（某事）」。

同
- ☐ **element** [ˋɛləmənt] 元素；要素

13	**goal** [gol]	名 目標；目的；球門；終點

The **goal** of today's meeting is to think of ideas for our campaign, not to argue over office politics!

今天會議的目的是要想出宣傳活動的點子，不是要為辦公室內的派系問題做爭論。

同 □ **aim** [em] 目的；目標

□ **end** [ɛnd] 目的；終點

□ **target** [ˋtɑrgɪt] 目標；標的；靶子

□ **objective** [əbˋdʒɛktɪv] 目標；目的

14	**strategy** [ˋstrætədʒɪ]	名 策略；戰略；行動計畫 源 strat (army) + egy (lead)

They have decided to come up with a new **strategy** for generating profit as their current one is placing them in more debt than before.

他們已經決定想出一個能獲利的新策略，因為依他們目前的方式他們的負債比以前還多。

同 □ **tactics** [ˋtæktɪks] 策略；謀略；戰術（複數形）

□ **scheme** [ˋskim] 計畫；規劃；計謀；陰謀；組織；體系

15	**scenario** [sɪˋnɛrɪ͵o]	名 情節：（對可能情況的）描述、推測

I really enjoyed reading your script, but I feel that some of the **scenarios** do not fit in the storyline very smoothly and probably should be changed.

我真的很喜歡讀你的劇本，但是我覺得有些情節跟整個故事的發展不太搭調，可能需要改變一下。

大師提點

scenario 由義大利文而來，與 scene [sin]（場景；景色）為同源字。

同 □ **plot** [plɑt] 情節；陰謀

16 **conclusive** [kən`klusɪv]

形 決定性的；確實的；無可置疑的
源 con (together) + clus (close) + ive (adj.)

The DNA testing of the bloody clothes was **conclusive** in its implication that this man is the murderer.

DNA 測試血衣的結果顯示，這個男人無庸置疑就是凶手。

大師提點

conclusive 由動詞 conclude [kən`klud]（結束；下結論）衍生而來。另，例句中的 implication [ˌɪmplə`keʃən] 指「含意；暗示」

同 ☐ **decisive** [dɪ`saɪsɪv] 決定性的；決然的
☐ **definite** [`dɛfənɪt] 確定的；明確的
☐ **unquestionable** [ʌn`kwɛstʃənəbl̩] 毫無疑問的；確實的
☐ **irrefutable** [ɪ`rɛfjʊtəbl̩] 不能反駁的；駁不倒的

反 ☐ **inconclusive** [ˌɪnkən`klusɪv] 非決定性的；無結果的
☐ **indefinite** [ɪn`dɛfənɪt] 不確定的；不明確的
☐ **questionable** [`kwɛstʃənəbl̩] 可疑的；有問題的
☐ **disputable** [dɪ`spjutəbl̩] 可質疑的；有爭論餘地的

衍 ☐ **conclusion** [kən`kluʒən] 名 結論；結束；歸結

17 **realistic** [ˌrɪə`lɪstɪk]

形 現實（主義）的；實際的；寫實（主義）的

I think the reason we missed all of our deadlines is that the original schedule was not very **realistic**.

我想我們所有的工作都逾期的原因是因為原本排定的時間表不太實際。

大師提點

realistic 由 realist [`rɪəlɪst]（現實主義者）變化而來，而 realist 則由 real 衍生而來。

同 ☐ **practical** [`præktɪkl̩] 實際的；實用性的
☐ **pragmatic** [præg`mætɪk] 實用（主義）的；實際的
☐ **down-to-earth** [`daʊn tə `ɜθ] 實際的；現實的

反 ☐ **unrealistic** [ˌʌnrɪə`lɪstɪk] 不實際的；不實在的
☐ **impractical** [ɪm`præktɪkl̩] 不切實際的；不實用的
☐ **idealistic** [aɪˌdɪə`lɪstɪk] 不現實的；理想（主義）的

衍 ☐ **realism** [`rɪəlˌɪzm̩] 名 現實主義；寫實主義

18	**short-term** [ˋʃɔrtˋtɝm]	形 短期的

The company's **short-term** goals include decreasing costs by 5% and increasing income by 5% in the next twelve months.

公司的短期目標包括在未來的 12 個月內，收入和支出各增減 5% 。

反 □ **long-term** [ˋlɔŋˋtɝm] 長期的

19	**long-range** [ˋlɔŋˋrendʒ]	形 長程的；射程長的

One of our **long-range** goals is to set up a branch office in every European capital within the next ten years.

我們的長程目標之一是在未來十年內在歐洲各個國家的首都設立一家分公司。

反 □ **short-range** [ˋʃɔrtˋrendʒ] 短程的；射程短的

20	**beforehand** [bɪˋforˌhænd]	副 事先；預先；先前 源 before + hand

We'll avoid a lot of problems if we spend some quality time planning out the project details **beforehand**.

如果我們事先花一些時間確實地規劃好這個案子的細節，之後就可以避免許多問題。

同 □ **ahead of time** 事前

□ **in advance** 事先

反 □ **afterward(s)** [ˋæftɚwɚd(z)] 事後；以後；後來

□ **subsequently** [ˋsʌbsɪˌkwɛntlɪ] 後來；隨後

TOPIC 3 Making Decisions 決策

Track 09

1	**assess** [ə`sɛs]	動 評估；估價 源 as (to) + sess (settle)

The accountant reviewed financial statements for the last ten years in order to more accurately **assess** the state of the company's finances.
會計審視過去十年的財務報表，希望能更準確地評估公司的財務狀況。

同 □ **evaluate** [ɪ`væljʊˌet] 估價；評價；評鑒
□ **appraise** [ə`prez] 評價；估價；鑒定
□ **estimate** [`ɛstəˌmet] 估計；估價
衍 □ **assessment** [ə`sɛsmənt] 名 評價；估價

2	**consult** [kən`sʌlt]	動 諮詢；商議；請教；查閱（書籍等）

Joe decided to **consult** a lawyer before signing the contract.
喬決定先和律師商議再簽合約。

大師提點
consult 源自拉丁文，原意即為 seek advice「徵求意見」。consult 亦可作不及物動詞用，例如：Jack always consults with his wife before making important decisions.「傑克在做重大決定之前都會和他老婆商量。」

衍 □ **consultation** [ˌkɑnsəl`teʃən] 名 商量；諮詢；求教
□ **consultant** [kən`sʌltənt] 名 顧問；商議者

3	**determine** [dɪ`tɜmɪn]	動 作出決定；下決心；決意；確定 源 de (down) + termine (limit)

It's time to **determine** which ideas are feasible, and which ones need to be tossed out.
該是決定哪些點子可行、哪些必須放棄的時候了。

同 □ **decide** [dɪ`saɪd] 決定；決意
□ **resolve** [rɪ`zɑlv] 下決心；決定；解決
□ **ascertain** [ˌæsɚ`ten] 確定；探查
□ **make up one's mind** 下定決心
衍 □ **determined** [dɪ`tɜmɪnd] 形 下定決心的；堅決的
□ **determination** [dɪˌtɜmə`neʃən] 名 決心；決意；確定
□ **determinant** [dɪ`tɜmənənt] 名 決定因素

4	**distinguish** [dɪˋstɪŋgwɪʃ]	動 區別；辨別；使顯著；使具特色 源 di(s) (apart) + stinguish (prick)

It's so hard to **distinguish** between their two reports that I think one must have copied the other's paper.

他們的兩份報告非常難區別，我想一定是一個抄襲另外一個的。

同 □ **differentiate** [ˌdɪfəˋrɛnʃɪˌet] 區別；區分；使與……不同

□ **discriminate** [dɪˋskrɪməˌnet] 區分；辨別；差別對待；歧視

衍 □ **distinguished** [dɪˋstɪŋgwɪʃt] 形 傑出的；卓越的；著名的

5	**evaluate** [ɪˋvæljʊˌet]	動 評估；評價；評鑑 源 e (out) + valu(e) + ate (v.)

As the manager of the research and development section, Ray's job was to **evaluate** proposals for new products and make recommendations to the board.

身為研發部經理，雷的工作是評估新產品的提案並向董事會做推薦。

同 □ **assess** [əˋsɛs] 評估；估價

□ **appraise** [əˋprez] 評價；鑑定

衍 □ **evaluation** [ɪˌvæljʊˋeʃən] 名 評價；估價；評鑑

6	**forecast** [ˋforˌkæst]	名 預測；預報 源 fore (before) + cast (throw)

The economic **forecast** doesn't look good — I think we're in for another recession.

經濟方面的預測並不看好——我想我們即將遭逢不景氣。

大師提點

forecast 亦可作動詞用，例如：We forecast that the CEO resign within two weeks.「我們預測執行長兩個禮拜內會辭職。」

同 □ **prediction** [prɪˋdɪkʃən] 預測；預言

□ **prognostication** [prɑgˌnɑstɪˋkeʃən] 預知；預言

□ **prophecy** [ˋprɑfəsɪ] 預言；預報

7	**resource** [rɪˋsors]	名 資源；財源；機智；應變能力；依靠；藉 源 re (again) + source (rise)

We'll never be able to compete with Global Control; they have almost unlimited marketing and product development **resources**.

我們永遠也無法和全球控管公司匹敵，他們有取之不盡的行銷及產品研發資源。

大師提點
作「資源」、「財源」解時多用複數 resources。

同 □ **means** [minz] 資產；財力（複數）
□ **funds** [fʌndz] 財源；資金（複數）
□ **assets** [ˋæsɛts] 資產；財產（複數）
□ **capital** [ˋkæpətḷ] 資本；資金

8	**consequence** [ˋkɑnsə͵kwɛns]	名 結果；後果；影響；重要性 源 con (together) + sequ (follow) + ence (n.)

The CEO's decision to cut expenses by 20% had serious **consequences**: three stores were closed and forty people were laid off.
執行長減少二成支出的決定造成了重大的影響，有三間店因此關閉，四十名員工遭到裁員。

同 □ **result** [rɪˋzʌlt] 結果；後果；效果
□ **outcome** [ˋaʊt͵kʌm] 結果；演變
□ **upshot** [ˋʌp͵ʃɑt] 結局；結果
□ **influence** [ˋɪnflʊəns] 影響（力）；作用
□ **significance** [sɪgˋnɪfəkəns] 重要性；意義
反 □ **cause** [kɔz] 起因；原因；由來
□ **source** [sors] 來源；出處
□ **origin** [ˋɔrɪdʒɪn] 起源；肇因
□ **insignificance** [͵ɪnsɪgˋnɪfəkəns] 不重要；不足道；無意義
□ **triviality** [͵trɪvɪˋælətɪ] 瑣碎；不重要；不足道
衍 □ **consequent** [ˋkɑnsə͵kwɛnt] 形 因……而發生的；作為結果的
□ **consequently** [ˋkɑnsə͵kwɛntlɪ] 副 因此；因而；所以
□ **consequential** [͵kɑnsəˋkwɛnʃəl] 形 重大的；隨之發生的

9	**option** [ˋɑpʃən]	名 選擇（權）；選擇的自由 源 opt (choose) + ion (action)

Based on what he's said, I don't think he's left us any other **option** but to sue him for the damages done.
依他的話看來，我認為除了因造成的損失控告他之外，我們別無選擇。

大師提點
option 由動詞 opt「選擇」衍生而來，用法如：They opted for higher salaries rather than longer vacations.「他們選擇較高的薪資而不是較長的假期。」

同 □ **choice** [tʃɔɪs] 選擇；挑選
反 □ **requirement** [rɪˋkwaɪrmənt] 需要；要求；必要條件

☐ **obligation** [ˌɑbləˋgeʃən] 義務；責任

☐ **compulsion** [kəmˋpʌlʃən] 強迫；強制

衍 ☐ **optional** [ˋɑpʃənl̩] 形 可任意選擇的；非強制的

10	**priority** [praɪˋɔrətɪ]	名 優先（權）；居先；優先考慮的事 源 prior (before) + ity (n.)

If we hope to survive in this difficult economic environment, the marketability of our products, not their quality, must be our first **priority**.

假如我們希望撐過經濟不景氣，產品的銷售性絕對是我們的第一優先考量，而不是品質。

大師提點

priority 由形容詞 prior [ˋpraɪə]（在先的；在前的）衍化而來，用法如：Prior to your departure, you should finish all your assignments.「在你出發之前，必須完成所有的指定工作。」注意，prior to = before 。

同 ☐ **precedence** [ˋprɛsədəns] 居先；優先（權）

11	**criterion** [kraɪˋtɪrɪən]	名 標準；準據；準則

One of the most important **criteria** for being considered for this position is three years of experience in a related field.

被考慮擔任本職務最重要的準據之一是必須具備三年相關的工作經驗。

大師提點

criterion 為不規則名詞，其複數形為 criteria [kraɪˋtɪrɪə]。

同 ☐ **standard** [ˋstændəd] 標準；基準；規範

☐ **yardstick** [ˋjɑrdˌstɪk] 衡量標準；評斷標準

☐ **touchstone** [ˋtʌtʃˌston] 標準；試金石

12	**aspect** [ˋæspɛkt]	名 方面；面向；觀點；外觀；樣子 源 a (to) + spect (look)

There are a lot of **aspects** we have to consider, such as time, cost and manpower.

有許多方面我們須要考慮，比如時間、成本和人力。

同 ☐ **facet** [ˋfæsɪt] 面向；局面

☐ **viewpoint** [ˋvjuˌpɔɪnt] 觀點；見解

☐ **appearance** [əˋpɪrəns] 外觀；樣子

13 **basis** [ˋbesɪs]

名 基礎；根據

We cannot predict the result on the **basis** of one single opinion poll.

我們不能僅僅根據一次意見調查就預測結果。

大師提點

basis 為不規則名詞，其複數形為 bases [ˋbesiz]

同 □ **ground** [graʊnd] 依據；基礎；地面；土地

□ **foundation** [faʊnˋdeʃən] 基礎；根據；根本；創立；基金

□ **cornerstone** [ˋkɔrnɚˏston] 基礎；基石；隅石

14 **efficiency** [ɪˋfɪʃənsɪ]

名 效率；效能；功效

源 ef (out) + fic (make) + (i)ency (n.)

Leonard's **efficiency** helped him finish his project a week before the deadline.

李奧納德的效率讓他能在最後期限前的一個禮拜完成他的案子。

大師提點

efficiency 由形容詞 efficient「有效率的；能勝任的」衍化而來。

同 □ **effectiveness** [ɪˋfɛktɪvnɪs] 有效（力）

□ **competence** [ˋkɑmpətəns] 能力；勝任

15 **premises** [ˋprɛmɪsɪz]

名 建築物及其周圍所屬之土地（複數）

源 pre (before) + mis (send) + es (pl.)

They decided in the last meeting that while on the **premises**, everyone should carry their identification at all times.

他們在上一次的會議中決定，在廠區時每一個人隨時都必須攜帶識別證。

大師提點

單數之 premise 常指邏輯中之「前提」，例如： major premise「大前提」、 minor premise「小前提」。

16 **preliminary** [prɪˋlɪməˏnɛrɪ]

形 預備的；初步的

源 pre (before) + limin (threshold) + ary (adj.)

Preliminary reports indicate that the economy is rebounding.

初步的報告顯示景氣正在回升。

同 □ **preparatory** [prɪˋpærəˏtorɪ] 準備的；預備的

□ **introductory** [ˏɪntrəˋdʌktərɪ] 介紹的；準備的

17	**primary** [ˋpraɪˏmɛrɪ]	形 主要的；首要的；最初的；原始的 源 prim (first) + ary (adj.)

The **primary** purpose of his visit is to negotiate a contract with us.
他來訪的主要目的是與我們商定一項合同。

大師提點

primary 由 prime [pram] 衍化而來，而 prime 可作形容詞（「最初的；首位的；最佳的」）、名詞（「初期；全盛時期；精華」）與動詞（「使準備好；事先指導」）。

同
- ☐ **main** [men] 主要的；最重要的
- ☐ **principal** [ˋprɪnsəpl̩] 主要的；首要的
- ☐ **cardinal** [ˋkɑrdn̩l] 主要的；基本的
- ☐ **initial** [ɪˋnɪʃəl] 最初的；初期的
- ☐ **original** [əˋrɪdʒənl̩] 最初的；原始的；本來的
- ☐ **primitive** [ˋprɪmətɪv] 原始的；遠古的

反
- ☐ **secondary** [ˋsɛkənˏdɛrɪ] 第二的；其次的；從屬的
- ☐ **supplemental** [ˏsʌpləˋmɛntl̩] 增補的；追加的
- ☐ **subsequent** [ˋsʌbsɪˏkwɛnt] 後來的；隨後的

18	**cost-effective** [ˋkɔstɪ ˋfɛktɪv]	形 有成本效益的；划算的

The engineering and marketing departments eventually decided that it was more **cost-effective** to create a new version of the software rather than to continue to fix the current version.
工程部及行銷部最後決定，製作新的軟體版本而不再繼續修改現有版本較符合成本效益。

同
- ☐ **cost-efficient** [ˋkɔstɪ ˋfɪʃənt] 符合成本效益的

19	**urgent** [ˋɝdʒənt]	形 緊急的；迫切的 源 urg (press) + ent (adj.)

You will just have to wait until the meeting is over unless this is an **urgent** call.
除非這是緊急電話，否則你只好等到會議結束。

大師提點

urgent 由動詞 urge「催促；力勸；激勵；極力主張；強烈要求」衍生而來。

同
- ☐ **pressing** [ˋprɛsɪŋ] 緊迫的；緊急的
- ☐ **imperative** [ɪmˋpɛrətɪv] 命令式的；緊急的

衍
- ☐ **urgency** [ˋɝdʒənsɪ] 名 急迫；迫切；緊急

20 **crucial** [ˋkruʃəl]

形 決定性的；關鍵性的；極重要的

源 cruci (cross) + al (adj.)

Cutting costs is **crucial** to the survival of the company, especially in this weak economy.

縮減開銷攸關公司的存亡，尤其是在經濟如此不景氣的時候。

同
- □ **decisive** [dɪˋsaɪsɪv] 決定性的；決然的
- □ **critical** [ˋkrɪtɪkl̩] 關鍵性的；緊要的；危急的；批評的
- □ **momentous** [moˋmɛntəs] 重大的；重要的
- □ **weighty** [ˋwetɪ] 重要的；重大的；沉重的；有勢力的

反
- □ **trivial** [ˋtrɪvɪəl] 瑣碎的；不足道的
- □ **paltry** [ˋpɔltrɪ] 不足取的；瑣碎的
- □ **negligible** [ˋnɛglɪdʒəbl̩] 無關緊要的；微不足道的；可忽略的

TOPIC 4 Taking Action 採取行動

Track 10

1	**assume** [ə`sum]	動 a. 負起（責任等）；採取（某種態度）；承擔／b. 假定；以為 源 as (to) + sume (take)

a. It's about time that someone **assumed** responsibility for this messy situation.
該是有人為這混亂的情勢負起責任的時候了。

b. We **assumed** that he wasn't there because no one answered the phone.
我們以為他不在，因為沒人接電話。

同 a. □ **take on/up** 承擔
□ **undertake** [ˌʌndɚ`tek] 承擔；承攬；著手；從事
b. □ **suppose** [sə`poz] 假定；以為；認為應該
□ **presume** [prɪ`zum] 推測；假定；認為；以為
衍 □ **assumption** [ə`sʌmpʃən] 名 承擔；假定；僭越
□ **assuming** [ə`sumɪŋ] 形 僭越的；傲慢的；不遜的

2	**institute** [`ɪnstətjut]	動 設立；設置；制定 源 in (in) + stitute (set up)

The company has decided to **institute** a policy forbidding the use of personal cell phones during working hours.
這家公司已經決定制定禁止在上班時間使用個人手機的政策。

大師提點
institute 亦可作名詞用，指「學會」、「學社」、「學院」、「大學」、「研究所」等。

同 □ **set up** 設立；建立
□ **establish** [ɪs`tæblɪʃ] 建立；設立；安置；制定
反 □ **abolish** [ə`bɑlɪʃ] 廢除；廢止
□ **cancel** [`kænsḷ] 取消；撤銷
衍 □ **institution** [ˌɪnstə`tjuʃən] 名 設立；制定；制度；公共團體；機構

3	**dictate** [`dɪkˌtet]	動 命令；指揮；要求；口述；口授；聽寫 源 dict (say) + ate (v.)

The types of product we produce will be **dictated** by our customers' needs, not by our engineers' imagination.
我們所製造的產品種類將以消費者的需求來決定，而非由工程師們憑空想像。

同 □ **command** [kə`mænd] 命令；指揮；支配；統率
□ **prescribe** [prɪ`skraɪb] 命令；指示；規定；開處方

衍 □ **dictation** [dɪk`teʃən] 名 命令；指揮；口授；聽寫
□ **dictator** [`dɪk,tetɚ] 名 命令者；獨裁者；口授者

4	**incorporate** [ɪn`kɔrpə,ret]	動 結合；合併；納入；使具體化；成為法人（組織）；組成（股份有限）公司 源 in (in) + corpor (body) + ate (v.)

If we are going to **incorporate** all of the CEO's suggestions for the product, we'll have to start all over again.

如果要把所有執行長的建議都融合到產品中，我們就得再從頭開始了。

大師提點

incorporate 亦可作形容詞用，意思為「合併的」、「法人組織的」、「公司組織的」。

同 □ **combine** [kəm`baɪn] 合併；結合；聯合；組合
□ **include** [ɪn`klud] 包含；包括；納入；含有
□ **embody** [ɪm`bɑdɪ] 具體化；體現；包含；編入

衍 □ **incorporated** [ɪn`kɔrpə,retɪd] 形 合併的；法人或公司組織的；有限責任的
□ **incorporation** [ɪn,kɔrpə`reʃən] 名 合併；法人組織；公司

5	**issue** [`ɪʃjʊ]	動 發出；流出；發布；發行

Managers were asked to **issue** letters of warning to employees who have missed two or more days of work without a note from their doctor.

經理們被要求對那些請假兩天或兩天以上卻未提出醫師證明的員工發出警告函。

大師提點

issue 亦可作名詞用，意思為「發出」、「發布」、「發行」、「出版物」、「(報刊) 期號」、「問題」、「爭議」等。

同 □ **give out** 發出；發放
□ **flow out** 流出
□ **distribute** [dɪ`strɪbjʊt] 分發；配給；分布
□ **publish** [`pʌblɪʃ] 發行；出版；公開；發表；頒布

6	**require** [rɪˋkwaɪr]	動 需要；要求；命令 源 re (back) + quire (seek)

New employees who are not able to use the office software are **required** to learn it on their own time — either before or after work.

不會用辦公室軟體的新進員工依規定要利用上班前或下班後的私人時間進修。

同 ☐ **call for** 需要
☐ **demand** [dɪˋmænd] 要求；請求
☐ **oblige** [əˋblaɪdʒ] 使不得不
☐ **command** [kəˋmænd] 命令；指揮；統率
衍 ☐ **requirement** [rɪˋkwaɪrmənt] 名 要求；必要（條件）；資格
☐ **requisite** [ˋrɛkwəzɪt] 形 必要的；非要不可的／名 需要品；要素；要件

7	**allocate** [ˋæləˌket]	動 分配；分派；安置 源 al (to) + loc (place) + ate (v.)

This department currently **allocates** 10% of its budget to training, but reducing employee turnover could lower that amount.

目前本部門撥出一成的預算作人事訓練用，但是減少員工流動率將可減低這個數額。

同 ☐ **set apart/aside** 撥出
☐ **allot** [əˋlɑt] 分配；撥給
☐ **apportion** [əˋporʃən] 分配；分攤
☐ **assign** [əˋsaɪn] 分配；分派
衍 ☐ **allocation** [ˌæləˋkeʃən] 名 分派；分配；安置；布置

8	**assign** [əˋsaɪn]	動 指定；選派；分派；分配 源 as (to) + sign (mark)

Each person on the R&D team will be **assigned** to research one of our competitors.

研發團隊中的每一個人都會被分派去研究公司的一家競爭對手。

同 ☐ **designate** [ˋdɛzɪgˌnet] 指定；指派
☐ **appoint** [əˋpɔɪnt] 指定；任命
☐ **allocate** [ˋæləˌket] 分配；分派
衍 ☐ **assignment** [əˋsaɪnmənt] 名 分派（的任務）；指定（的工作）；作業

9	**disseminate** [dɪˋsɛməˏnet]	動 散播（種子）；傳播；宣傳 源 dis (apart) + semin (seed) + ate (v.)

The best way to **disseminate** the latest research results is probably through the Internet rather than through TV or newspapers.

發表最新研究報告最好的管道可能是網路，而非電視或報紙。

同 □ **spread** [sprɛd] 散播；撒開；傳播；擴展；伸展；塗抹
□ **scatter** [ˋskætɚ] 散播；散開；驅散；使潰散
□ **disperse** [dɪˋspɝs] 分散；消散；傳播；驅散
□ **broadcast** [ˋbrɔdˏkæst] 廣為散播；傳布；廣播
□ **promulgate** [ˋprɑmәlˏget] 宣傳；廣傳；散布；公布
衍 □ **dissemination** [dɪˏsɛməˋneʃən] 名 散播；傳播；宣傳；普及

10	**inform** [ɪnˋfɔrm]	動 通知；告知；告發 源 in (in) + form (form)

If you are unable to come to work for any reason, you must **inform** your supervisor at least one hour before the start of your shift.

你若因任何原因無法來上班，在開始輪班前至少一小時必須告知主管。

同 □ **notify** [ˋnotəˏfaɪ] 通知；通告
□ **apprise** [əˋpraɪz] 通知；報告
衍 □ **information** [ˏɪnfɚˋmeʃən] 名 通知；消息；報導；新聞；情報
□ **informant** [ɪnˋfɔrmənt] 名 通知者；密告者（= informer [ɪnˋfɔrmɚ]）

11	**establish** [ɪsˋtæblɪʃ]	動 設立；建立；創辦；制定

Although our clothing company was **established** only six years ago, it has grown to have over one hundred employees, two factories and twelve stores.

雖然我們的服裝公司六年前才成立，但是現在已成長到擁有一百名員工、兩間工廠和十二家店。

大師提點

establish 源自拉丁文，原意為 stable [ˋstebḷ]（穩定的；牢固的）。

同 □ **set up** 建立；設立
□ **found** [faʊnd] 創立；設立
□ **institute** [ˋɪnstətjut] 設立；設置
反 □ **disband** [dɪsˋbænd] 解散；遣散
□ **dissolve** [dɪˋzɑlv] 解散；分解
衍 □ **establishment** [ɪsˋtæblɪʃmənt] 名 設立；建立；機構；體制；編制

12 carry out

執行；實行；完成；貫徹

Although he was only **carrying out** the president's orders, the CFO was thrown into jail for illegally transferring money.

雖然財務長只是照總裁的命令行事，他還是因非法讓渡資金而鋃鐺入獄。

同 □ **execute** [ˋɛksɪˌkjut] 執行；實行；履行

□ **fulfill** [fʊlˋfɪl] 實踐；履行；實行

□ **effectuate** [ɪˋfɛktʃʊˌet] 實行；完成

□ **accomplish** [əˋkɑmplɪʃ] 完成；貫徹；實現

13 coordinate

[koˋɔrdn̩ˌet]

動 統合；協調

源 co (together) + ordina (arrange) + (a)te (v.)

The research team will have members from engineering and sales departments, but it will be **coordinated** by Ms. Nash from marketing.

研究小組將包含來自工程部及業務部的人，但是會由行銷部納許女士統籌協調。

同 □ **organize** [ˋɔrgənˌaɪz] 組織；編制

反 □ **disorganize** [dɪsˋɔrgənˌaɪz] 瓦解；使混亂

衍 □ **coordination** [koˌɔrdn̩ˋeʃən] 名 統合；協調

□ **coordinator** [koˋɔrdn̩ˌetɚ] 名 協調人；統合者

14 integrate

[ˋɪntəˌgret]

動 整合；使成一體

源 in (not) + tegr (touch) + ate (v.)

In order to reduce management costs, the design department will be **integrated** into the marketing department at the end of the year.

為了減少管理的成本，設計部將在今年底併入行銷部。

大師提點

integrate 由 integer [ˋɪntədʒɚ]（整體；整數）衍化而來。

同 □ **combine** [kəmˋbaɪn] 合併；結合

□ **merge** [mɝdʒ] 合併；融合

□ **amalgamate** [əˋmælgəˌmet] 合併；混合

反 □ **separate** [ˋsɛpəˌret] 分離；分開

□ **divide** [dəˋvaɪd] 分開；劃分；分配

□ **segregate** [ˋsɛgrɪˌget] 分離；隔離

衍 □ **integration** [ˌɪntəˋgreʃən] 名 集成；整合

□ **integrity** [ɪnˋtɛgrətɪ] 名 完整；完全；誠實；正直

15 **reject** [rɪˋdʒɛkt]
動 拒絕；不接受；不受理
源 re (back) + ject (throw)

The board of directors **rejected** the proposal because it did not fit in with the company's image.
董事會否決了該提案，因為它不符合公司的形象。

同 □ **turn down** 拒絕
□ **refuse** [rɪˋfjuz] 拒絕；謝絕；不接受
□ **dismiss** [dɪsˋmɪs] 不考慮；不受理；駁回
□ **repudiate** [rɪˋpjudɪˌet] 拒絕；不承認；不接受
反 □ **accept** [əkˋsɛpt] 接受；收領；受理
□ **approve** [əˋpruv] 認可；贊成；批准
衍 □ **rejection** [rɪˋdʒɛkʃən] 名 拒絕；否決；駁回

16 **allow** [əˋlaʊ]
動 允許；容許
源 al (to) + low (place)

I'm sorry, but we cannot **allow** such negative behavior to continue — you're fired.
對不起，我們不能允許這樣負面的行為繼續下去——你被開除了。

同 □ **permit** [pɚˋmɪt] 准許；許可；容許
□ **let** [lɛt] 使……；讓……；准許
反 □ **disallow** [ˌdɪsəˋlaʊ] 不許；不准
□ **forbid** [fɚˋbɪd] 不許；禁止
衍 □ **allowance** [əˋlaʊəns] 名 許可；寬限；津貼；零用錢

17 **impose** [ɪmˋpoz]
動 強制；課徵
源 im (in) + pose (place)

The boss decided to **impose** a new rule which forbade his employees from chatting when at work.
老闆決定強行制定一條新規定，禁止員工在工作時聊天。

同 □ **set** [sɛt] 制定；設定；放置；安置
□ **inflict** [ɪnˋflɪkt] 強加給；科以（刑罰等）；使承受（負擔等）
□ **levy** [ˋlɛvɪ] 徵收；課徵；徵用
反 □ **lift** [lɪft] 除去；消除；解除
□ **remove** [rɪˋmuv] 除去；去掉；排除
衍 □ **imposition** [ˌɪmpəˋzɪʃən] 名 徵收；課稅；負擔
□ **imposing** [ɪmˋpozɪŋ] 形 堂皇的；威嚴的；壯觀的
an imposing building 一棟氣勢雄偉的建築物

18	**disregard** [ˌdɪsrɪˋgɑrd]	動 不理會；置之度外

That employee **disregarded** the "No Smoking" sign and lit a cigarette.
那名員工不理會「禁止吸菸」的牌子，點了一根菸。

同 □ **ignore** [ɪgˋnor] 忽視；不理睬
□ **neglect** [nɪgˋlɛkt] 忽視；忽略
□ **overlook** [ˌovɚˋlʊk] 忽略；沒有注意
□ **defy** [dɪˋfaɪ] 蔑視；藐視

反 □ **regard** [rɪˋgɑrd] 注意；顧慮
□ **notice** [ˋnotɪs] 注意；留心
□ **heed** [hid] 留心；注意
□ **scrutinize** [ˋskrutn̩ˌaɪz] 詳審；細查

19	**solution** [səˋluʃən]	名 解決（方法）；解答 源 solut (loosen) + ion (action)

The research team finally came up with a **solution** to our problem.
研究小組終於找到解決我們的問題的方法。

大師提點

solution 由動詞 solve [sɑlv]（解決）衍化而來。注意，solution 還可作「溶解」、「溶劑」、「溶液」解。

20	**initiative** [ɪˋnɪʃətɪv]	名 主動性；率先；進取心；主動權 源 in (in) + iti (go) + at(e) (v.) + ive (adj. / n.)

Because of a mistake on our side, we lost the **initiative** in the negotiation.
由於我方犯了一個錯誤，因此在談判中失去了主動權。

大師提點

initiative 由動詞 initiate [ɪˋnɪʃɪˌet]（創始；發起）變化而來。initiative 亦可作形容詞用，意思是「率先的；進取的」，例如：Initiative steps have been taken to prevent loss.「預防損失的積極措施已經啓動。」

同 □ **enterprise** [ˋɛntɚˌpraɪz] 進取心；行動
□ **aggressiveness** [əˋgrɛsɪvnɪs] 積極性；進取心

TOPIC 5 Follow Up 後續

Track 11

1	**adjust** [ə`dʒʌst]	動 調整；調節；使適合 源 ad (to) + just (right)

After the annual sales report comes out, the finance team will **adjust** prices for the upcoming year.

在年度銷售報告出爐後，財務小組會調整下一年的售價。

同 □ **regulate** [`rɛgjə͵let] 調節；調整

□ **adapt** [ə`dæpt]（使）適合；（使）適應

□ **attune** [ə`tjun] 使適合；使適應

衍 □ **adjustment** [ə`dʒʌstmənt] 名 調整；調節

2	**revamp** [ri`væmp]	動 修改；修補；翻新 源 re (back) + vamp (forefoot)

Times are changing, and we need to **revamp** our company image in order to attract the younger market.

時代在變，我們必須改變公司的形象來吸引更年輕的市場。

大師提點

revamp 可作名詞用，例如：a revamp of the company's policy「公司政策的修訂」。

同 □ **revise** [rɪ`vaɪz] 修正；修訂；校對

□ **renovate** [`rɛnə͵vet] 更新；革新；翻新

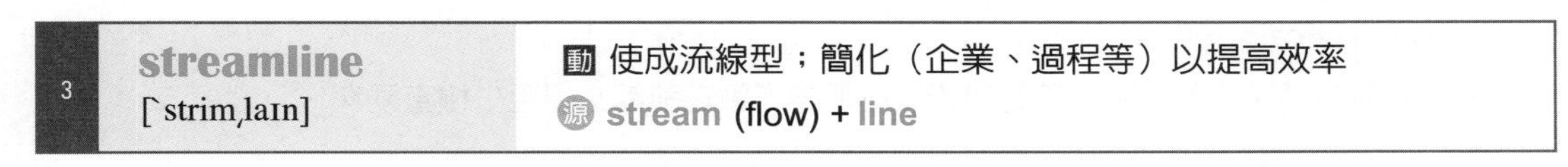

3	**streamline** [`strim͵laɪn]	動 使成流線型；簡化（企業、過程等）以提高效率 源 stream (flow) + line

The whole process was **streamlined** to make production faster and cheaper.

整個流程被簡化以使生產更快速、更省錢。

大師提點

streamline 可作名詞，指「流線型」。

衍 □ **streamlined** [`strim͵laɪnd] 形 流線型的；簡化而有效率的

4	**transform** [træns`fɔrm]	動 使變形；變換；使改觀 源 trans (across) + form

The bank was **transformed** overnight from a respected institution to a crumbling house of debt.

那家銀行一夕之間從備受敬重的機構變成了分崩離析、負債累累的公司。

同 ☐ **transfigure** [træns`fɪgjɚ] 使變形；使改觀
☐ **convert** [kən`vɝt]（使）轉變；（使）轉化
☐ **metamorphose** [ˌmɛtə`mɔrfoz]（使）變形；（使）變態
衍 ☐ **transformation** [ˌtrænsfɚ`meʃən] 名 變形；變換；變態
☐ **transformer** [træns`fɔrmɚ] 名 變壓器

5	**update** [ʌp`det]	動 使更新；補充最新資料 源 up (up) + date

Martha just **updated** me on the latest gossip at the Chicago office.

瑪莎剛剛告訴了我芝加哥辦公室的最新八卦。

大師提點

update 可作名詞用，但須念成 [`ʌpˌdet]，例如： a computer update「電腦更新」。

同 ☐ **renew** [rɪ`nju] 使更新
☐ **bring (sb.) up to date** 使（某人）得知最新訊息
☐ **keep (sb.) posted** 提供（某人）最新消息

6	**inspect** [ɪn`spɛkt]	動 檢視；檢查；視察；檢閱 源 in (in) + spect (look)

Because quality is a priority, no products leave the factory without being **inspected** at least twice.

因為品質為優先考量，所以所有的產品在離開工廠之前都必須至少檢查兩次。

同 ☐ **examine** [ɪg`zæmɪn] 檢查；檢定；調查；診察
☐ **scrutinize** [`skrutn̩ˌaɪz] 細查；詳審
☐ **investigate** [ɪn`vɛstəˌget] 審查；調查；探究
反 ☐ **ignore** [ɪg`nor] 忽略；忽視
☐ **overlook** [ˌovɚ`lʊk] 沒有注意；忽略
衍 ☐ **inspection** [ɪn`spɛkʃən] 名 檢視；視察；檢閱；點檢
☐ **inspector** [ɪn`spɛktɚ] 名 檢查員；督察員；稽查員

7	**monitor** [ˋmɑnətɚ]	動 監視；監聽；監控 源 moni (warn) + tor (agent)

Mr. Borg set up an elaborate system of microphones and cameras to **monitor** everything that happened in the office.

博格先生架設了精密的收音及攝影系統來監控辦公室中一切發生的事。

大師提點

monitor 原為名詞，指「監督人」、「監控裝置」，亦可指電腦的「螢幕」。

同 □ **oversee** [ˏovɚˋsi] 監督；監察

□ **supervise** [ˋsupɚˏvaɪz] 監督；管理；指導

8	**remind** [rɪˋmaɪnd]	動 提醒；使想起 源 re (again) + mind

Please **remind** me of the meeting 15 minutes before it starts or I'll forget to go.

請在會議開始前十五分鐘提醒我，不然我會忘了去。

同 □ **bring to mind** 使想起

This event brings to mind the crisis we faced ten years ago.
這個事件讓人想起十年前我們面對的危機。

衍 □ **reminder** [rɪˋmaɪndɚ] 名 提醒的人或物；喚起記憶的事物；催促函；催款信

9	**review** [rɪˋvju]	動 仔細審度；再檢查；複習；檢閱 源 re (again) + view (see)

The first thing Mr. Hand does when he comes into the office is **review** all of the progress reports submitted the previous day.

韓德先生進辦公室的第一件事就是審閱大家前一天交的進度報告。

大師提點

review 亦可作名詞用，意思是「回顧」、「複習」、「檢討」、「檢閱」、「評論」等。

同 □ **go over** 查閱；審查

□ **reexamine** [ˏriɪgˋzæmɪn] 再檢查；再審查

□ **inspect** [ɪnˋspɛkt] 檢查；檢閱

衍 □ **reviewal** [rɪˋvjuəl] 名 再檢查；校閱

□ **reviewer** [rɪˋvjuɚ] 名 評論者；檢閱者

10	**stay on top of**	掌控

As the team leader, Jenny needs to **stay on top of** everyone's work to make sure the project is completed on time.
身為組長，珍妮必須掌控每個人的工作以確保案子能準時完成。

同 □ **take charge of** 掌管；指揮；負責
While the director is away, his secretary takes charge of everything.
主任不在的時候，所有的事都由他的祕書掌管。

11	**follow up**	採取進一步行動；追查；追蹤

We were asked by the company to **follow up** on their customers' satisfaction levels.
那家公司要求我們追查他們顧客的滿意度。

大師提點
follow-up [`fɑlo͵ʌp] 為形容詞的形式，例如：follow-up visits「後續的拜訪」；亦可作名詞用，例如：write a follow-up「寫一篇後續報導」。

同 □ **take further action** 採取進一步行動
□ **pursue** [pɚ`su] 追蹤；追求；從事

12	**ascertain** [͵æsɚ`ten]	動 查明；弄清；確定 源 a(s) (to) + certain

The manager wants to **ascertain** the exact percentage of our loss.
經理想弄清楚我們損失的確切百分比。

同 □ **certify** [`sɝtə͵faɪ] 證明無誤
□ **determine** [dɪ`tɝmɪn] 確定；決定

13	**progress** [`prɑgrɛs]	名 前進；進展；進步；進行 源 pro (forward) + gress (step)

Because the project is falling behind schedule, Ms. Pan is now requiring us to submit daily reports updating our **progress**.
因為案子的進度落後，所以潘女士要求我們每天交進度報告。

大師提點
progress 可作動詞用，指「進展」、「進步」、「前進」，例如：He progressed within the company fast and was made a manager in just one year.「他在公司發展快速，只不過一年就升為經理。」

同 □ **advance** [əd`væns] 進展；進步
□ **advancement** [əd`vænsmənt] 前進；進步；晉升
□ **headway** [`hɛd,we] 前進；進展
反 □ **regress** [`rigrɛs] 倒退；退步
□ **decline** [dɪ`klaɪn] 衰退；下降

14	**quality control** [`kwɑlətɪ kən,trol]	名 品質管制；品管（系統、制度）

If we invest more in **quality control**, we can probably reduce the amount we are currently spending on resolving customer service problems.
如果我們在品管方面多投資，或許可以減少我們目前在解決客服方面問題時的支出。

大師提點

quality control 為複合名詞，主重音落在第一個字上。

15	**result** [rɪ`zʌlt]	名 結果；成果；效果 源 re (back) + sult (leap)

The **results** of the marketing survey indicate that we should focus on younger, less savvy consumers.
市調結果顯示我們應主打較年輕不經事的消費群。

大師提點

result 可作動詞用，須特別注意 result in「造成；導致」與 result from「起因於」的區別。試比較下列兩個句子：

a. Your recklessness resulted in the company's loss of one million dollars.
你的魯莽致使公司損失了一百萬美元。

b. The company's loss of one million dollars resulted from your recklessness.
公司之所以損失一百萬美元是因為你的魯莽。

同 □ **consequence** [`kɑnsə,kwɛns] 結果；後果
□ **outcome** [`aʊt,kʌm] 結果；演變
□ **upshot** [`ʌp,ʃɑt] 結果；結局
□ **effect** [ɪ`fɛkt] 結果；效果
反 □ **cause** [kɔz] 起因；原由
□ **origin** [`ɔrɪdʒɪn] 肇因；由來

16	**ideal** [aɪˋdɪəl]	形 理想的；完美的 源 ide(a) + al (adj.)

The building between the hotel and the department store should be an **ideal** location for our new branch office.

在飯店和百貨公司之間的那棟建築應該是我們設新分公司的理想地點。

大師提點

ideal 亦可作名詞用，例如：The president and the vice-president share the same ideals.「總裁和副總裁有著共同的理想。」

同
- ☐ **perfect** [ˋpɝfɪkt] 完美的；理想的
- ☐ **optimal** [ˋɑptəml̩] 最佳的；最理想的

衍
- ☐ **idealism** [aɪˋdɪəlɪzm̩] 名 理想主義
- ☐ **idealist** [aɪˋdɪəlɪst] 名 理想主義者
- ☐ **idealistic** [aɪˏdɪəˋlɪstɪk] 形 理想主義的

17	**on track**	有可能成功

At our current rate of production, we're **on track** to launch the product before the winter holiday season.

以我們目前的生產速度，我們的新產品有可能在冬季的假期前上市。

大師提點

track 的原意為「蹤跡」、「小徑」、「軌道」、「航路」、「跑道」、「進程」。

18	**smoothly** [ˋsmuðlɪ]	副 順利地；安穩地

As long as everything goes **smoothly** and we keep meeting our deadlines, I don't see why we all can't take a few extra days off this summer.

只要一切順利，我們的進度沒有落後，我想今年夏天大家都應該可以多休幾天假。

大師提點

smoothly 為 smooth「平滑的；平順的；安穩的」之副詞形式。

同
- ☐ **free from problems or difficulties** 沒有問題或困難

19	**aware** [ə`wɛr]	形 知道的；意識到的；察覺的

I wasn't **aware** that Mrs. Brown had quit until her husband came to the office to get her things.

一直到她丈夫來辦公室拿她的東西我才知道布朗太太辭職不幹了。

同 □ **cognizant** [`kɑgnɪzənt] 知道的；曉得的；了解的

□ **conscious** [`kɑnʃəs] 有意識的；察覺的；知道的

反 □ **unaware** [ˌʌnə`wɛr] 不知不覺的；沒有察覺的

□ **oblivious** [ə`blɪvɪəs] 沒有察覺的；不在意的

20	**thorough** [`θɜo]	形 完全的；徹底的；詳盡的

Ryan was responsible for mailing customers a very **thorough** questionnaire on their likes and dislikes.

萊恩負責寄給客戶一份非常詳盡的問卷，調查他們的喜惡。

大師提點

thorough 為介系詞 through 的變體字。

同 □ **complete** [kəm`plit] 完全的；徹底的；完成的

□ **total** [`totḷ] 完全的；全然的；總計的

□ **entire** [ɪn`taɪr] 完全的；全部的；整個的

□ **utter** [`ʌtɚ] 徹底的；完全的；十足的

□ **sheer** [ʃɪr] 全然的；地道的；陡峭的

□ **exhaustive** [ɪg`zɔstɪv] 徹底的；無遺漏的

反 □ **partial** [`pɑrʃəl] 部分的；局部的；偏袒的

□ **incomplete** [ˌɪnkəm`plit] 不完全的；不充分的

衍 □ **thoroughly** [`θɜolɪ] 副 徹底地；完全地

I. Short Talk

Track 12

Questions 1 through 5 refer to the following announcement.

This morning Mokoto Brown will offer advice to managers of companies that are considering entering a foreign market. An expert in business internationalization, Ms. Brown has established a set of ___①___ for determining whether expanding abroad is the right strategy for your company. She will answer questions such as: What is the ___②___ way to initiate contact with a foreign company? On what bases should you ___③___ a proposal from a local business partner? How can you smoothly ___④___ operations across time zones and languages? I am sure her presentation will inspire you to ___⑤___ and perhaps revamp your company's overseas expansion plans.

1. (A) criteria (B) scenarios
(C) consequences (D) influences

2. (A) preliminary (B) ideal
(C) strict (D) urgent

3. (A) follow up (B) devise
(C) evaluate (D) allocate

4. (A) coordinate (B) delegate
(C) motivate (D) disseminate

5. (A) assume (B) review
(C) predict (D) reprimand

II. Text Completion

Questions 6 through 10 refer to the following e-mail.

To: All customer service personnel
From: Jeff Castro, Vice President of Customer Service
Subject: New Customer Service Procedures

As many of you know, we are in the ___⑥___ of updating our customer service procedures. We ___⑦___ with clients, outside experts, and members of our own customer service team in order to assess what we are doing right, and what we could be doing better. We are confident that the new procedures will ___⑧___ the way we interact with our customers, thereby increasing the level of service we provide while reducing our costs. I have attached the most recent draft of the procedures to this email, but they will not be fully ___⑨___ until June. If you have any comments or suggestions, please send them to me directly by the end of the week. Your input is ___⑩___ to the success of this new initiative.

Best regards,
Jeff Castro

6. (A) result (B) priority
(C) mission (D) process

7. (A) designated (B) consulted
(C) approved (D) facilitated

8. (A) streamline (B) institute
(C) distinguish (D) ensure

9. (A) researched (B) examined
(C) implemented (D) appointed

10. (A) crucial (B) on track
(C) conclusive (D) cost-effective

答案

1. (A) 2. (B) 3. (C) 4. (A) 5. (B) 6. (D) 7. (B) 8. (A) 9. (C) 10. (A)

翻譯

【短獨白】問題 **1** 到 **5** 請參照下列宣布。

今天早上，素子・布朗將對考慮進軍外國市場的公司經理人提出建言。身為企業國際化的專家，布朗女士建立了一套標準來判定向海外擴張對貴公司來說是不是正確的策略。她將回答諸如：什麼才是跟外國公司展開接觸的理想方式？應該以什麼為依據來評估當地企業夥伴的提案？要怎麼樣才能順利跨越時區和語言來協調運作？等問題。我相信，她的報告將能激發各位去檢視甚或是修改貴公司的海外擴張計畫。

1. (A) 標準	(B) 情節	(C) 後果	(D) 影響
2. (A) 初步的	(B) 理想的	(C) 嚴格的	(D) 緊急的
3. (A) 追蹤	(B) 策劃	(C) 評估	(D) 分配
4. (A) 協調	(B) 委派	(C) 激勵	(D) 傳播
5. (A) 假定	(B) 檢閱	(C) 預測	(D) 責難

【填空】問題 6 到 10 請參照下列電子郵件。

收件者：所有客服同仁
寄件者：客服副總裁傑夫．卡斯楚
主　旨：新客服程序

　　誠如各位有許多人都知道，我們正處於更新客服程序的過程之中。為了評斷我們做對了哪些事，有哪些事可以做得更好，我們請教了客戶、外界專家，以及我們本身客服團隊的成員。我們深信，新的程序將可簡化我們與顧客間的互動方式，進而提升我們所提供的服務水準，同時降低成本。我把最近所草擬的程序附在這封電子郵件裡，但是要到 6 月才會全面實施。假如各位有任何意見或建議，請在本週結束前直接寄給我。各位的看法對於這項新積極作為的成功很重要。

祝　好
傑夫．卡斯楚

6. (A) 結果	(B) 優先	(C) 任務	(D) 過程
7. (A) 指派	(B) 請教	(C) 核准	(D) 促進
8. (A) 簡化以提高效率	(B) 設立	(C) 辨別	(D) 確保
9. (A) 研究	(B) 檢查	(C) 實施	(D) 指派
10. (A) 決定性的	(B) 有可能成功	(C) 確實的	(D) 划算的

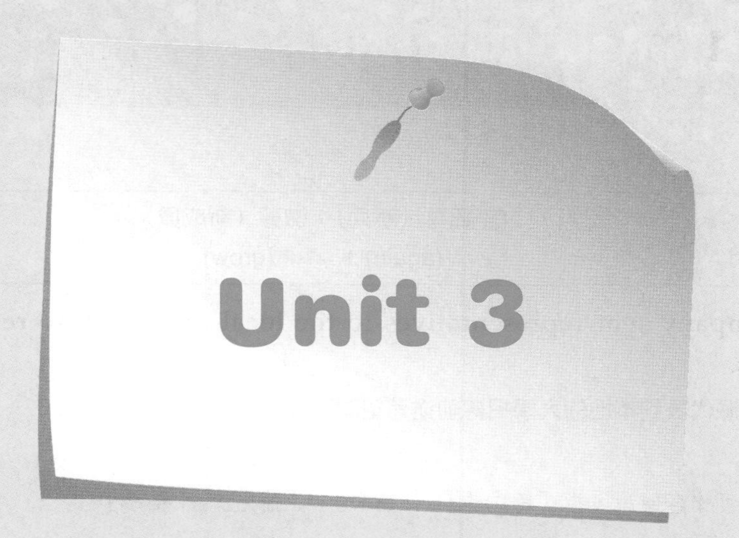

Human Resources 人力資源

TOPIC 1 Recruiting 招募

Track 14

1	**recruit** [rɪˋkrut]	動 招募（新兵）；徵募（新成員） 源 re (again) + cruit (grow)

The company sent representatives to the local university to **recruit** promising students.

這個公司派代表到本地的大學招募前途有望的學子。

大師提點

recruit 亦可作名詞用，指「新成員」、「新兵」、「補充」、「補給」。

同
- ☐ **enlist** [ɪnˋlɪst] 徵募；（使）入伍
- ☐ **enroll** [ɪnˋrol] 使入伍；使入會；登記
- ☐ **induct** [ɪnˋdʌkt] 徵召入伍；使收為會員

2	**attract** [əˋtrækt]	動 吸引；引起……注意、興趣 源 at (to) + tract (draw)

If we can't **attract** enough qualified applicants, we may have to increase the advertised salary.

如果我們吸引不到足夠的應徵者，我們可能得提高廣告中所列的薪水額。

同
- ☐ **draw** [drɔ] 拉；吸引；引誘
- ☐ **lure** [lʊr] 引誘；誘惑
- ☐ **allure** [əˋlʊr] 誘人；引誘
- ☐ **entice** [ɪnˋtaɪs] 誘惑；引誘
- ☐ **interest** [ˋɪntrɪst] 使感到有趣；使發生興致
- ☐ **fascinate** [ˋfæsn̩ˌet] 迷住；強烈地吸引；使神魂顛倒
- ☐ **appeal** [əˋpil] **to** 吸引；投合心意

反
- ☐ **repel** [rɪˋpɛl] 使厭惡；逐退
- ☐ **disgust** [dɪsˋgʌst] 使噁心；使厭惡
- ☐ **revolt** [rɪˋvolt] 使反感；反叛

衍
- ☐ **attraction** [əˋtrækʃən] 名 吸引；吸引力；吸引人之物；引力
- ☐ **attractive** [əˋtræktɪv] 形 引人注意的；有魅力的

3	**bring in**	帶進；介紹；產生（利潤、收益）

Mr. Martinez wants to **bring in** another engineer, but human resources won't let him hire any new staff members.

馬丁耐茲先生想再僱用一名工程師，但是人事部不讓他聘用任何新員工。

同 □ **introduce** [ˌɪntrəˋdjus] 導入；引進；介紹

4	**call in**	召來；叫喚；打電話進去

A specialist was **called in** to help deal with the problem.

一位專家被召來協助處理那個問題。

大師提點

電臺、電視的「扣應」電話稱為 call-in [ˋkɔlˌɪn]。

同 □ **send for** 派人請來

He is very ill; we need to send for a doctor.

他病的很重；我們必須派人去請醫生。

□ **summon** [ˋsʌmən] 召喚；傳喚

5	**replace** [rɪˋples]	動 a. 取代；代替；替換／b. 放回原處；歸還 源 re (again / back) + place

a. We hired Fiona to **replace** Martin, but she was just as bad — we found her stealing office supplies.

我們僱用費歐娜來取代馬丁，但是她一樣糟糕——我們發現她偷竊辦公室用品。

b. **Replace** the file after you have finished reading it.

檔案看完之後請放回原處。

同 **a.** □ **take the place of** 取代；代替

□ **substitute** [ˋsʌbstəˌtjut] **for** 代替；替代

□ **supercede** [ˌsupɚˋsid] 代替；取代

□ **supplant** [səˋplænt] 取而代之

b. □ **put back in place** 放回原處

□ **return** [rɪˋtɝn] 歸還；交還

衍 □ **replacement** [rɪˋplesmənt] 名 替換；代替者／物；歸還

6	**enlist** [ɪn`lɪst]	動 徵募；（使）入伍；獲得（協助；支持） 源 en (cause) + list

Last year, we had to **enlist** the help of the marketing department to finish our year-end project because our office didn't have enough people.

去年因為我們人手不夠，所以得靠行銷部的協助完成年終的企劃案。

同 □ **sign up**（簽名）登記參加
□ **enroll** [ɪn`rol] 登記；使入會；使入伍
□ **register** [`rɛdʒɪstɚ] 登記；註冊
□ **recruit** [rɪ`krut] 招募；徵募
□ **obtain** [əb`ten] 獲得；得到
□ **procure** [pro`kjʊr] 取得；獲得

衍 □ **enlistment** [ɪn`lɪstmənt] 名 應募；徵募；入伍

7	**prospect** [`prɑspɛkt]	名 展望；前途；前景；指望 源 pro (forward) + spect (look)

Having been on the job hunt for six weeks, Joe sat down to examine his **prospects** for future employment.

找工作找了六個禮拜，喬坐下來思考他未來找到工作的可能性。

大師提點

指「展望」、「前途」、「前景」、「指望」等義時常用複數形 prospects。

同 □ **outlook** [`aʊt,lʊk] 前景；遠景；景色
□ **anticipation** [æn,tɪsə`peʃən] 期望；預期；預料
□ **expectancy** [ɪk`spɛktənsɪ] 期待；期望
□ **chances** [`tʃænsɪz] 可能性；機率（複數形）
□ **probability** [,prɑbə`bɪlətɪ] 可能性；或然性

衍 □ **prospective** [prə`spɛktɪv] 形 預期的；有希望的；未來的

8	**applicant** [`æpləkənt]	名 申請人；應徵者 源 ap (to) + plic (fold) + ant (agent)

There were so many **applicants** for the position that we decided to lower the salary and reduce the number of benefits offered.

應徵這個職位的人非常多，我們決定降低薪水，並減少福利項目。

大師提點

applicant 由動詞 apply [ə`plaɪ]（申請）衍生而來。注意，apply 之後須接介系詞 for：to apply for a job「申請工作」。

同 □ **candidate** [ˋkændədet] 候選人；應徵者
□ **job seeker** [ˋdʒɑb ˏsikɚ] 找工作的人；求職者

9	**candidate** [ˋkændədet]	名 候選人；應試者；應徵者 源 cand (white) + id (adj.) + ate (person)

Even though nearly 200 people applied for the position, we'll probably only interview the ten best **candidates**.

儘管有兩百人應徵此職位，我們可能只會和最頂尖的十位面談。

大師提點

candidate 由形容詞 candid [ˋkændɪd]（坦白的）衍化而來，原意為「穿著白袍應徵公職者」。

同 □ **nominee** [ˏnɑməˋni] 被提名者
□ **contestant** [kənˋtɛstənt] 競爭者
□ **applicant** [ˋæpləkənt] 應徵者

衍 □ **candidacy** [ˋkændɪdəsɪ] 名 候選資格；提名候選

10	**diversity** [daɪˋvɜsətɪ]	名 差異；多樣性 源 di(s) (apart) + vers (turn) + ity (n.)

We are very proud of the **diversity** of our senior-level management, which is comprised of leaders from over thirty countries on six continents.

我們對於我們資深主管的多樣性非常自豪，其中包括來自六大洲，超過三十個國家的菁英分子。

大師提點

diversity 由形容詞 diverse [daɪˋvɜs]（各式各樣的；不同的）衍生而來。

同 □ **difference** [ˋdɪfərəns] 差別；相異；不同
□ **variance** [ˋvɛrɪəns] 差異；變化
□ **variety** [vəˋraɪətɪ] 多樣性；變化
□ **assortment** [əˋsɔrtmənt] 各色各樣的搭配；分類

反 □ **likeness** [ˋlaɪknɪs] 相似；類似
□ **similarity** [ˏsɪməˋlærətɪ] 類似；相似
□ **sameness** [ˋsemnɪs] 相同；同樣

衍 □ **diversify** [daɪˋvɜsəˏfaɪ] 動 使多樣化；使變化
□ **diversified** [daɪˋvɜsəˏfaɪd] 形 各種的；多變化的
□ **diversification** [daɪˏvɜsəfəˋkeʃən] 名 多樣化；變化

11	**interview** [ˋɪntɚ,vju]	名 接見；訪談；面試 源 inter (between) + view (see)

George's resume wasn't very impressive, but he ended up getting the job because he performed very well during the **interview**.

喬治的履歷表並不出色，但是因為他在面試時表現得很好，最後還是得到了這份工作。

大師提點

interview 亦可作動詞用，例如：The manager has interviewed most of the applicants.「經理已經面試了大部分的應徵者。」

衍 □ **interviewer** [ˋɪntɚ,vjuɚ] 名 接見者；訪談者；採訪者；面試官

□ **interviewee** [,ɪntɚvjuˋi] 名 被接見者；被訪問者；被面試者

12	**job description** [ˋdʒɑb dɪ,skrɪpʃən]	名 工作說明；職務說明

Angela read the **job description** carefully to make sure she understood what her work involved.

安琪拉細讀工作簡介，以確定自己了解職務內容。

大師提點

job description 為複合名詞，主重音應落在第一個字上；description 原意為「描述」、「描寫」、「敘述」。

13	**prerequisite** [,priˋrɛkwəzɪt]	名 必要條件；首要事物；前提 源 pre (before) + re (back) + quis (seek) + ite (n.)

For the position in our Tokyo branch, fluent Japanese is a **prerequisite**.

要申請我們東京分公司的職位，流利的日文是先決條件。

大師提點

prerequisite 亦可作形容詞用，指「不可缺的」、「事先需要的」、「必修的」。

同 □ **requisite** [ˋrɛkwəzɪt] 要素；要件；必要物品（常用複數）

□ **requirement** [rɪˋkwaɪrmənt] 必要條件；要求；需要

□ **necessity** [nəˋsɛsətɪ] 需要；必要性；必需品

□ **must** [mʌst] 不可少的事物；必須做的事

14	**responsibility** [rɪˌspɑnsəˋbɪlətɪ]	名 責任；職責；職務 源 re (back) + spons (promise) + ibili (able) + ty (n.)

Since Kathleen quit, Josh has had to assume many of her **responsibilities**, including answering the phones.

自從凱絲琳辭職後，喬許必須接下許多她的工作，包括接聽電話。

大師提點

responsibility 由形容詞 responsible [rɪˋspɑnsəbḷ]（有責任的；負責的）衍生而來。

同
- ☐ **duty** [ˋdjutɪ] 責任；義務
- ☐ **obligation** [ˌɑbləˋgeʃən] 義務；責任
- ☐ **accountability** [əˌkaʊntəˋbɪlətɪ] 負有責任；可說明性

15	**work force** [ˋwɝk ˌfors]	名 勞動力；受雇用的人

Unemployment is expected to rise as more and more companies cut their **work forces** in response to the weak economy.

隨著愈來愈多的公司因為經濟不景氣而裁員，失業率升高是預料中的事。

大師提點

work force 為複合名詞，重音落於第一個字上。

同
- ☐ **labor force** [ˋlebɚ ˌfors] 勞動力

16	**position** [pəˋzɪʃən]	名 位置；形勢；立場；姿勢；職位；地位；身分 源 posit (put) + ion (n.)

I'm afraid we don't have any **positions** open at this time, but you're welcome to apply again next year.

目前我們恐怕沒有任何職缺，但是歡迎你明年再來申請。

大師提點

position 意思相當廣泛，除了在本單元中指「職位」外，常用來指「位置」，例如：This diagram shows the relative <u>positions</u> of the sun, the moon, and the earth.「這張圖顯示了太陽、月亮和地球的相對位置。」另，注意 position 亦可作動詞用，指「放在適當位置」，例如：I'm sure our new strategy will <u>position</u> us advantageously in the market.「我確信我們的新策略能讓我們在市場上占有利的位置。」

同
- ☐ **place** [ples] 地方；位置
- ☐ **location** [loˋkeʃən] 位置；場所
- ☐ **situation** [ˌsɪtʃʊˋeʃən] 形勢；情況
- ☐ **condition** [kənˋdɪʃən] 情形；狀態

□ **stand** [stænd] 立場；態度

□ **post** [post] 職位；職守

□ **status** [ˋstetəs] 身分；地位

17	**department** [dɪˋpɑrtmənt]	名 部門；（大學的）系 源 de (away) + part + ment (state)

All the **departments** in our company gather every December for a year-end party.

我們公司的所有部門每年十二月都會聚在一起舉辦年終派對。

同 □ **division** [dəˋvɪʒən] 部門；部分；分割

□ **section** [ˋsɛkʃən] 部門；部分；片段

□ **unit** [ˋjunɪt] 單位；部門；單元

□ **departmental** [dɪˏpɑrtˋmɛntḷ] 形 部門的；系的

a departmental meeting 部門的會議

18	**cover letter** [ˋkʌvɚ ˏlɛtɚ]	名 與履歷一起寄出的求職信；（附於包裹或另一信件中作為說明的）附函

I wrote a detailed **cover letter** and sent it with my resume.

我寫了一封詳細的求職信並和我的履歷一起寄出。

大師提點

cover letter 亦可稱為 covering letter [ˋkʌvərɪŋ ˋlɛtɚ]。

19	**confidential** [ˏkɑnfəˋdɛnʃəl]	形 機密的；表示信任的 源 con (together) + fid (trust) + enti(a) (n.) + al (of the kind)

Employee files are **confidential** and cannot be shown to anyone except the employee's direct supervisor.

員工的個人檔案屬機密，除非直屬主管否則任何人皆不得調閱。

大師提點

confidential 由名詞 confidence [ˋkɑnfədəns]（信任；自信）衍生而來。

同 □ **secret** [ˋsikrɪt] 祕密的；機密的

□ **classified** [ˋklæsəˏfaɪd]（列為）機密的；分類的

反 □ **open** [ˋopən] 公開的；開放的

□ **public** [ˋpʌblɪk] 公共的；公開的

衍 □ **confidentiality** [ˏkɑnfəˏdɛnʃɪˋælətɪ] 名 機密性

20 promising
[`prɑmɪsɪŋ]

形 有希望的；有前途的

The applicant is a **promising** young man — a well-rounded graduate of an Ivy League university.

這名應徵者是個有前途的年輕人——一位從一所長春藤聯盟大學畢業的通才。

大師提點

promising 是由動詞 promise 衍生而來的分詞形容詞。

同 □ **hopeful** [`hopfəl] 有希望的；滿懷希望的

□ **prospective** [prə`spɛktɪv] 有希望的；可能的；未來的

反 □ **unpromising** [ʌn`prɑmɪsɪŋ] 沒有前途的；沒有希望的

□ **hopeless** [`hoplɪs] 沒有希望的；無望的；絕望的

TOPIC 2 Job Applications 應徵

Track 15

1	**accept** [ək`sɛpt]	動 接受；收受；承認；同意 源 ac (to) + cept (take)

If Ms. Perez doesn't **accept** the position, should we offer to increase her salary or offer the position to Mr. Jones?

如果派瑞茲女士不接受這個職位，我們應該提高她的薪水，還是把那個位子給瓊斯先生？

同 □ **receive** [rɪ`siv] 接受；領受；收到

□ **undertake** [ˌʌndɚ`tek] 承受；承擔

□ **acknowledge** [ək`nɑlɪdʒ] 承認；承領

□ **agree to** 同意

反 □ **refuse** [rɪ`fjuz] 拒絕；不接受

□ **reject** [rɪ`dʒɛkt] 拒絕；不受理

□ **decline** [dɪ`klaɪn] 婉拒；謝絕

衍 □ **acceptable** [ək`sɛptəbl̩] 形 可接受的；合意的

□ **acceptance** [ək`sɛptəns] 名 領受；接納；承認

□ **accepted** [ək`sɛptɪd] 形 一般相信的；公認的

the accepted truth 公認的真理

2	**contribute** [kən`trɪbjut]	動 捐獻；貢獻；提供；投稿 源 con (together) + tribute (assign)

Thank you for considering my application — I think with my background and experience I have a lot to **contribute** to your company.

謝謝你將我的申請列入考慮，相信以我的背景及經驗一定可以對貴公司貢獻良多。

大師提點

指「投稿」時，用法如：Alex contributes to many magazines and journals.「艾力克斯投稿到許多雜誌和期刊。」

同 □ **donate** [`donet] 捐贈；捐獻

□ **present** [prɪ`zɛnt] 提出；呈現

衍 □ **contribution** [ˌkɑntrə`bjuʃən] 名 貢獻；捐款；投稿

□ **contributor** [kən`trɪbjutɚ] 名 貢獻者；捐款者；投稿者

3	**decline** [dɪ`klaɪn]	動 a. 婉拒；謝絕／b. 下跌；衰退 源 de (down) + cline (bend)

a. Mr. Ramsey **declined** our job offer because he found another job that pays better.
雷西先生婉拒了我們提供的工作機會，因為他找到另一份待遇較高的工作。

b. Many people think the standards of morality have **declined** a lot in recent years.
許多人認為近幾年來人們的道德標準下降了不少。

大師提點

指「下跌；衰退」時，decline 可作名詞用，例如：There seems to be a decline in unemployment rates.「失業率似乎有下降的趨勢。」

同 **a.** ☐ **refuse** [rɪ`fjuz] 拒絕；不接受
☐ **reject** [rɪ`dʒɛkt] 拒絕；不受理
☐ **repudiate** [rɪ`pjudɪˏet] 拒絕接受；拒絕履行
☐ **spurn** [spɝn] 拒斥；嗤之以鼻
b. ☐ **sink** [sɪŋk] 下跌；下沉
☐ **fail** [fel] 衰退；失敗
☐ **dwindle** [`dwɪndḷ] 逐漸減少；縮小；衰退
☐ **diminish** [də`mɪnɪʃ] 減少；縮小

反 **a.** ☐ **accept** [ək`sɛpt] 接受；同意
☐ **consent** [kən`sɛnt] 同意；贊成
b. ☐ **increase** [ɪn`kris] 增加；增強
☐ **improve** [ɪm`pruv] 使增進；改善

衍 ☐ **declination** [dɛklə`neʃən] 名 謝絕；衰退；下傾

4	**background** [`bækˏgraʊnd]	名 背景；經歷 源 back + ground

Sally's **background** is in electrical engineering, but I think she's been doing more work in software development lately.
莎莉的本行是電子工程，但是她最近主要是在做軟體開發。

大師提點

background 原指舞臺的背景（與 foreground「前景」相對），現常用來指人的「出身背景」或事的「發生背景」。

同 ☐ **backdrop** [`bækˏdrɑp] 背景
☐ **experience** [ɪk`spɪrɪəns] 經驗；經歷

5	**reputation** [ˌrɛpjə`teʃən]	名 名氣；名望；聲譽；好評 源 re (again) + putat (think) + ion (condition)

Wonder Tech is a well-known company that has build up a very good **reputation** over the past twenty years.

萬達科技是一家知名的公司，過去二十年來已建立了非常好的聲譽。

大師提點

reputation 由動詞 repute [rɪ`pjut]（認為；視為）衍生而來。注意 repute 通常用被動式：He is reputed to be a philanthropist.「他被視為是一個慈善家。」

同
- ☐ **repute** [rɪ`pjut] 名氣；聲望
- ☐ **fame** [fem] 名聲；名氣
- ☐ **renown** [rɪ`naʊn] 名聲；名望；聲譽
- ☐ **distinction** [dɪ`stɪŋkʃən] 盛名；卓越；差別
- ☐ **prominence** [`prɑmənəns] 著名；卓越；突出
- ☐ **celebrity** [sə`lɛbrətɪ] 名聲；名譽；名人
- ☐ **prestige** [prɛs`tiʒ] 威望；聲望
- ☐ **esteem** [ə`stim] 尊敬；好評

反
- ☐ **disrepute** [ˌdɪsrɪ`pjut] 惡名；壞名聲
- ☐ **dishonor** [dɪs`ɑnɚ] 不名譽；恥辱；侮辱
- ☐ **discredit** [dɪs`krɛdɪt] 喪失信譽；恥辱；不信任
- ☐ **infamy** [`ɪnfəmɪ] 臭名；不名譽
- ☐ **notoriety** [ˌnotə`raɪətɪ] 惡名；聲名狼藉
- ☐ **ignominy** [`ɪgnəˌmɪnɪ] 不名譽；恥辱

衍
- ☐ **reputable** [`rɛpjətəbḷ] 形 有聲望的；受好評的
- ☐ **reputed** [rɪ`pjutɪd] 形 一般認為的；號稱的

  the reputed author of the book 被認為是該書作者的人

6	**potential** [pə`tɛnʃəl]	名 潛力；可能性 源 potent (to be able) + ial (of the kind)

Although Ryan doesn't have as much experience as the others in the management training program, he seems to have the greatest **potential**.

雖然萊恩不像管理訓練課程中其他的人那麼有經驗，但是他似乎最具潛力。

大師提點

potential 由 potent [`potn̩t]（強而有力的）衍生而來，亦可作形容詞用，指「潛在的」、「可能的」，如 potential buyers「可能的買家」。

同
- ☐ **possibility** [ˌpɑsə`bɪlətɪ] 可能性
- ☐ **potentiality** [pəˌtɛnʃɪ`ælətɪ] 潛在力；可能性

衍
- ☐ **potentially** [pə`tɛnʃəlɪ] 副 可能地；潛在地

7 **recommendation** [ˌrɛkəmɛnˋdeʃən]

名 推薦；推薦信

源 re (back) + com (together) + mendat (entrust) + ion (action)

When Lucy asked her boss to write a letter of **recommendation** for her, he began to wonder if she might resign soon.

當露西請她的老闆幫她寫推薦信時，他開始懷疑她是不是很快就要請辭了。

大師提點

recommendation 由動詞 recommend [ˌrɛkəˋmɛnd]（推薦）衍生而來。

同 □ **commendation** [ˌkɑmɛnˋdeʃən] 推崇；推薦；讚賞

□ **reference** [ˋrɛfərəns] 介紹信；介紹人；提及；參考

反 □ **criticism** [ˋkrɪtəˌsɪzṃ] 批評；批判

□ **condemnation** [ˌkɑndɛmˋneʃən] 非難；譴責

8 **expertise** [ˌɛkspɚˋtiz]

名 專門知識；專門技術

源 expert + ise (quality)

Mr. Hodgson was surprised that he was assigned to the marketing department, since his **expertise** is in engineering.

哈吉遜先生很訝異自己會被指派到行銷部，因為他的專長是工程。

大師提點

expertise 源自法文，由 expert [ˋɛkspɚt]（專家）衍化而來。

同 □ **skill** [skɪl] 技術；老練

□ **know-how** [ˋno ˌhaʊ] 技術；實際知識

9 **qualification** [ˌkwɑləfəˋkeʃən]

名 資格；條件；執照；資格證書

源 qual(i) (of what sort) + ificat (make) + ion (condition)

Qualifications for the position of Chief Financial Officer include certification as an accountant and at least ten years of work experience.

擔任財務長的資格包括擁有會計師證書及十年以上的工作經驗。

大師提點

qualification 由動詞 qualify [ˋkwɑləˌfaɪ]（給予資格；取得資格）衍生而來。注意，指「資格；條件」時， qualification 常用複數形 qualifications 。

同 □ **eligibility** [ˌɛlɪdʒəˋbɪlətɪ] 合格；資格

□ **condition** [kənˋdɪʃən] 條件；地位；狀況

□ **license** [ˋlaɪsṇs] 執照；許可；特許狀

□ **certificate** [sɚˋtɪfəkɪt] 證明書；執照；憑單

反 □ **disqualification** [dɪsˌkwɑləfəˋkeʃən] 喪失資格；取消資格

10	**capability** [ˌkepəˋbɪlətɪ]	名 能力；才能；性能 源 cap (hold) + abili (able) + ty (n.)

Our Chief Operation Officer has the extraordinary **capability** to solve any problem.
我們的營運長有非凡的才能可以解決任何問題。

大師提點

capability 由形容詞 capable [ˋkepəbḷ]（有能力的）衍生而來。

同
- ☐ **ability** [əˋbɪlətɪ] 能力；才幹
- ☐ **competence** [ˋkɑmpətəns] 能力；勝任
- ☐ **capacity** [kəˋpæsətɪ] 能力；才幹；容積；容量
- ☐ **faculty** [ˋfækḷtɪ] 能力；才能；機能；技能

反
- ☐ **incapability** [ɪnˌkepəˋbɪlətɪ] 無能力；無法勝任
- ☐ **inability** [ˌɪnəˋbɪlətɪ] 無能；無力
- ☐ **incompetence** [ɪnˋkɑmpətṇs] 無能力；不勝任
- ☐ **incapacity** [ˌɪnkəˋpæsətɪ] 無能；不適當

11	**certify** [ˌsɝtəˋfaɪ]	動 證明無誤；頒發合格證書 源 certi (decide) + fy (make)

You need to ask your bank to **certify** your accounts.
你必須要求你的銀行證明你的帳目無誤。

同
- ☐ **confirm** [kənˋfɝm] 證實；確認
- ☐ **verify** [ˋvɛrəˌfaɪ] 證實；證明
- ☐ **substantiate** [səbˋstænʃɪˌet] 證明；證實
- ☐ **authenticate** [ɔˋθɛntɪˌket] 證明為真；鑒定……之真實性
- ☐ **corroborate** [kəˋrɑbəˌret] 證實；確證
- ☐ **attest** [əˋtɛst] 證實；作證

反
- ☐ **disprove** [dɪsˋpruv] 證明為誤；駁斥
- ☐ **refute** [rɪˋfjut] 駁斥；駁倒

衍
- ☐ **certificate** [səˋtɪfəkɪt] 名 證明書；執照；憑單
- ☐ **certification** [ˌsɝtɪfəˋkeʃən] 名 證明；檢定
- ☐ **certified** [ˋsɝtəˌfaɪd] 形 被證明的；檢定合格的
  certified public accountant (CPA) 檢定合格會計師

12	**accomplishment** [ə`kɑmplɪʃmənt]	名 達成；實現；成就；功績；造詣 源 ac (to) + com (together) + plish (fill) + ment (n.)

Pulling off that deal is my greatest **accomplishment**.

順利完成那項交易是我最大的成就。

大師提點

accomplishment 由動詞 accomplish [ə`kɑmplɪʃ]（達成；實現）衍生而來。另，例句中的片語 pull off 指「成功做成（困難的事）」。

同
- ☐ **completion** [kəm`pliʃən] 完成；成就
- ☐ **fulfillment** [fʊl`fɪlmənt] 完成；實踐；成就
- ☐ **realization** [ˌrɪələ`zeʃən] 實現；達成
- ☐ **execution** [ˌɛksɪ`kjuʃən] 實行；完成；執行
- ☐ **consummation** [ˌkɑnsə`meʃən] 完成；達成；成就
- ☐ **attainment** [ə`tenmənt] 達成；成就；造詣
- ☐ **success** [sək`sɛs] 成功；成就
- ☐ **exploit** [`ɛksplɔɪt] 功績；勳績
- ☐ **feat** [fit] 功績；偉業

反
- ☐ **failure** [`feljɚ] 失敗；未履行
- ☐ **defeat** [dɪ`fit] 失敗；挫折；擊敗

13	**proficient** [prə`fɪʃənt]	形 精通的；熟練的 源 pro (forward) + fici (make) + ent (adj.)

Alice is not only a **proficient** typist, but also a good secretary.

艾莉絲不只是個熟練的打字員，也是個好祕書。

同
- ☐ **skilled** [skɪld] 熟練的；有技巧的
- ☐ **skillful** [`skɪlfəl] 技術好的；熟練的
- ☐ **adroit** [ə`drɔɪt] 機巧的；熟練的
- ☐ **adept** [ə`dɛpt] 熟練的；內行的
- ☐ **deft** [dɛft] 靈巧的；熟練的
- ☐ **dexterous** [`dɛkstərəs] 靈巧的；機巧的

反
- ☐ **unskilled** [ʌn`skɪld] 不熟練的；無技術的
- ☐ **unskillful** [ʌn`skɪfəl] 技術不佳的；不熟練的
- ☐ **maladroit** [ˌmælə`drɔɪt] 笨拙的；拙劣的
- ☐ **clumsy** [`klʌmzɪ] 笨拙的；不靈巧的

衍
- ☐ **proficiency** [prə`fɪʃənsɪ] 名 精通；熟練；精練

14	**résumé** [ˋrɛzʊˏme]	名（個人）簡歷；摘要 源 re (again) + sume (take)

It would be helpful if you were to bring both your **résumé** and your college transcript to the job interview.

如果你可以在工作面試時把履歷表和大學成績單帶來的話，會很有幫助。

大師提點

résumé 源自法文，請注意發音。另，resume [rɪˋzum] 則指「重新開始」、「拿回」、「再占用」。

同
- ☐ **curriculum vitae** [kəˋrɪkjələm ˋvaɪti] (CV) 履歷（表）
- ☐ **summary** [ˋsʌmərɪ] 摘要；概略
- ☐ **epitome** [ɪˋpɪtəmɪ] 摘錄；梗概
- ☐ **abstract** [ˋæbstrækt] 摘錄；摘要
- ☐ **synopsis** [sɪˋnɑpsɪs] 概要；摘要
- ☐ **précis** [ˋprɛsi] 概略；摘錄；摘要

15	**get the hang of**	學會……的技巧、竅門

Controlling this new machine is not that difficult once you **get the hang of** it.

一旦你學會了竅門，控制這臺新機器並不那麼困難。

同
- ☐ **get the knack** [næk] **of** 學會……的訣竅

16	**track record** [ˋtræk ˏrɛkəd]	名 過去的業績紀錄

The job needs someone with a good **track record** in investment.

這個工作需要的是一個在投資方面有良好業績紀錄的人。

大師提點

track record 為複合名詞，重音應落在第一個字上。

17	**commitment** [kəˋmɪtmənt]	名 承諾；承擔的義務；奉獻；忠誠；託付；委任

Our success would not have been possible without the sacrifice and **commitment** of all the staff.

如果沒有全體員工的犧牲與奉獻，我們是不可能成功的。

大師提點

commitment 由動詞 commit [kə`mɪt]（承諾；奉獻；託付；犯過）衍生而來。

同 □ **promise** [`prɑmɪs] 諾言；承諾
□ **pledge** [plɛdʒ] 誓約；諾言
□ **obligation** [ˌɑblə`geʃən] 義務；責任
□ **dedication** [ˌdɛdə`keʃən] 奉獻；獻身
□ **loyalty** [`lɔɪəltɪ] 忠誠；忠貞
□ **consignment** [kən`saɪnmənt] 交付；委託
□ **entrustment** [ɪn`trʌstmənt] 委託；委任

18	**impress** [ɪm`prɛs]	動 使留下深刻印象；使感動；使銘記 源 im (in) + press

The general manager was **impressed** by your outstanding performance.
總經理對你優異的表現印象深刻。

同 □ **affect** [ə`fɛkt] 使產生感情；使感動；影響
□ **move** [muv] 打動；（使）移動；搬家
□ **touch** [tʌtʃ] 使感動；觸動；觸摸
□ **stamp** [stæmp] 使銘記；使留下印象；蓋印
衍 □ **impression** [ɪm`prɛʃən] 名 印象；感想；感動；壓印
□ **impressive** [ɪm`prɛsɪv] 形 令人印象深刻的；令人感動的

19	**commensurate** [kə`mɛnʃərɪt]	形 同量的；相稱的 源 com (together) + mensur (measure) + ate (adj.)

I think that one's salary should be **commensurate** with one's level of experience and performance, but apparently my boss disagrees.
我認為一個人的薪資應該和這個人的經驗與表現相稱，但是我老闆顯然不這麼認為。

同 □ **corresponding** [ˌkɔrə`spɑndɪŋ] 相當的；符合的
□ **consistent** [kən`sɪstənt] 一致的；符合的；一貫的
□ **compatible** [kəm`pætəbḷ] 可共存的；並行不悖的
□ **tantamount** [`tæntəˌmaʊnt] 相等的；相當於……的
□ **equivalent** [ɪ`kwɪvələnt] 相等的；相當的
□ **equal** [`ikwəl] 相等的；同等的；平等的
□ **in accord (with)**（與……）一致
□ **in agreement (with)**（與……）一致
反 □ **uncommensurate** [ˌʌnkə`mɛnʃərɪt] 不相稱的；不同量的

☐ **inconsistent** [͵ɪnkənˋsɪstənt] 不一致的；不調和的

☐ **incompatible** [͵ɪnkəmˋpætəbl̩] 不相容的；不協調的

☐ **unequal** [ʌnˋikwəl] 不相等的；不同等的；不平等的

衍 ☐ **commensuration** [kə͵mɛnʃəˋreʃən] 名 同量；相稱；相當

20	**suitable** [ˋsutəbl̩]	形 適當的；合適的 源 suit + able

If you are unable to work nights and weekends, perhaps the position isn't very **suitable** for you.

如果你不能在晚上及週末上班，這個職務可能不太適合你。

大師提點

suitable 由動詞 suit [sut]（適合）衍生而來。suit 的用法如：This job doesn't suit you.「這項工作不適合你。」

同 ☐ **proper** [ˋprɑpɚ] 恰當的；適當的；合乎禮儀的

☐ **appropriate** [əˋproprɪɪt] 適當的；合適的；恰當的

☐ **adequate** [ˋædəkwɪt] 適當的；妥當的；充分的；足夠的；可勝任的

☐ **fit** [fɪt] 適合的；適當的；適宜的；勝任的；強健的

☐ **fitting** [ˋfɪtɪŋ] 適當的；恰當的

☐ **befitting** [bɪˋfɪtɪŋ] 適當的；相宜的

反 ☐ **unsuitable** [ʌnˋsutəbl̩] 不適當的；不合適的

☐ **improper** [ɪmˋprɑpɚ] 不恰當的；不得體的

☐ **inappropriate** [͵ɪnəˋproprɪɪt] 不合適的；不恰當的

☐ **inadequate** [ɪnˋædəkwɪt] 不適當的；不充分的；不夠格的

☐ **unfit** [ʌuˋfɪt] 不合適的；不適宜的；不勝任的；體能不佳的

☐ **unfitting** [ʌnˋfɪtɪŋ] 不適當的；不合適的

☐ **unbefitting** [͵ʌnbɪˋfɪtɪŋ] 不適當的；不相宜的

衍 ☐ **suitability** [sutəˋbɪlətɪ] 名 適合；適當；適宜性

TOPIC 3 Personnel 人事

Track 16

1	lay off	解僱

Due to severe budget cuts and a recent drop in stock prices, we are going to be forced to **lay off** almost 15% of our employees.

由於預算的刪減以及近來股價下跌，我們被迫裁減將近 15% 的員工。

大師提點

lay off 通常用來指不景氣時臨時性的解僱；作名詞用時應寫成 lay-off 或 layoff，例如：There have been a lot of layoffs in the electronics industry recently.「最近電子業大量裁減員工。」

2	resign [rɪˋzaɪn]	動 辭職；放棄；聽任 源 re (back) + sign

Mr. Miller **resigned** as CEO when it became clear that he was under investigation for stealing from the company.

在米勒先生因偷竊公司財物而遭調查的事曝光後，辭去了執行長的職務。

同 □ **step down** 辭職；下臺

□ **quit** [kwɪt] 辭職；停止

□ **relinquish** [rɪˋlɪnkwɪʃ] 放棄（權力、職位等）；讓渡

□ **submit** [səbˋmɪt] 使（自己）服從；屈服；提出

衍 □ **resignation** [ˏrɛzɪgˋneʃən] 名 辭職；辭呈；放棄；順從

□ **resigned** [rɪˋzaɪnd] 形 順從的；屈從的；認命的

3	promote [prəˋmot]	動 a. 晉升；擢升／b. 促進；促銷 源 pro (forward) + mote (move)

a. We have decided to **promote** Melissa from secretary to office manager because of her hard work and years of service.

因為瑪麗莎工作認真並且於本公司服務多年，所以我們決定將她從祕書擢升為辦公室經理。

b. They launched a big advertising campaign to **promote** their new cellphone.

他們為新款手機推出大型的廣告促銷活動。

同 a. □ **advance** [ədˋvæns] 使長進；使高升

□ **raise** [rez] 提高；提升；擢升

☐ **elevate** [ˋɛlə͵vet] 舉起；抬高；使晉升

b. ☐ **advance** [ədˋvæns] 推進；促進

☐ **further** [ˋfɝðɚ] 促進；推動

☐ **publicize** [ˋpʌblɪ͵saɪz] 宣傳；宣揚

反 a. ☐ **demote** [dɪˋmot] 降級；降職

b. ☐ **hinder** [ˋhɪndɚ] 阻擾；妨礙

☐ **impede** [ɪmˋpid] 阻礙；妨礙

☐ **obstruct** [əbˋstrʌkt] 干擾；阻擾；妨礙

☐ **prevent** [prɪˋvɛnt] 妨礙；阻擾；預防；防止

衍 ☐ **promotion** [prəˋmoʃən] 名 擢升；提升；宣傳（活動）；促銷

☐ **promoter** [prəˋmotɚ] 名 促進者；發起者；獎勵者；促銷者

4	**retire** [rɪˋtaɪr]	動 退休；退役；就寢 源 **re** (back) + **tire** (draw)

You may **retire** when you are 60 years old, but you may choose to continue working until you are 65.

六十歲即可退休，但是你也可以選擇繼續工作至六十五歲。

同 ☐ **withdraw** [wɪðˋdrɔ] 退出；撤回；取銷；撤退

☐ **go to bed** 去睡覺

☐ **turn in** 就寢

衍 ☐ **retired** [rɪˋtaɪrd] 形 退休的；退役的；退隱的

☐ **retirement** [rɪˋtaɪrmənt] 名 退休；退役；退隱

5	**personnel** [͵pɝsn̩ˋɛl]	名 a. 全體人員／b. 人事部門

a. The foundation of this company rests on our diligent, creative, and well-rounded **personnel**.

本公司的基礎靠的是我們勤奮、有創意、全方位的全體員工。

b. Ms. Stevenson works in **Personnel**, not in Accounting.

史蒂文生女士是在人事部服務，不是在會計部。

大師提點

personnel 源自法文。注意，勿與形容詞 personal [ˋpɝsn̩l]（個人的；私人的）混淆。

同 a. ☐ **staff** [stæf] 全體職員；全體工作人員

b. ☐ **personnel department** [͵pɝsn̩ˋɛl dɪ͵pɑrtmənt] 人事部門

☐ **human resources department** [ˋhjumən rɪˋsorsɪz dɪ͵pɑrtmənt] 人力資源部門

6	**remuneration** [rɪˌmjunəˋreʃen]	名 酬勞；薪資；報酬；補償 源 re (back) + muner (gift) + at(e) (v.) + ion (n.)

Morgan enjoyed working for the magazine as the **remuneration** of his freelance work there was particularly generous.

摩根喜歡替那家雜誌工作，因為他在那兒自由投稿所獲得的酬勞相當優渥。

大師提點

remuneration 由動詞 remunerate [rɪˋmjunəˌret]（報酬；補償）衍生而來。

同
- ☐ **reward** [rɪˋwɔrd] 酬勞；報酬；酬金
- ☐ **pay** [pe] 薪資；工資；酬勞
- ☐ **emolument** [ɪˋmɑljʊmənt] 酬金；報酬；薪水
- ☐ **compensation** [ˌkɑmpənˋseʃən] 報酬；補償（金）
- ☐ **recompense** [ˋrɛkəmˌpɛns] 報酬；償還；酬謝
- ☐ **repayment** [rɪˋpemənt] 償還；付還
- ☐ **reimbursement** [ˌriɪmˋbɝsmənt] 補償；償還；退款

7	**recognition** [ˌrɛkəgˋnɪʃən]	名 認出；識別；承認；表彰 源 re (again) + cognit (know) + ion (n.)

Jenny finally got the **recognition** she deserved when they gave her the award for Employee of the Year last Friday.

珍妮上星期五獲頒年度最佳員工，她終於得到應得的肯定。

大師提點

recognition 由動詞 recognize [ˋrɛkəgˌnaɪz]（認出；承認；表彰）衍生而來。

同
- ☐ **identification** [aɪˌdɛntəfəˋkeʃən] 指認；確認；識別
- ☐ **discernment** [dɪˋsɝnmənt] 識別（力）；辨別
- ☐ **acknowledgement** [əkˋnɑlɪdʒmənt] 承認；表彰；回執

8	**time card** [ˋtaɪm ˌkɑrd]	名 工作時間紀錄卡

I have to bring in my **time card** with me every day to work as it records the hours I spend on the job.

我每天上班都必須帶工作時間紀錄卡，因為上面記錄了我工作的時數。

大師提點

time card 為複合名詞，主重音在第一個字上，亦可寫成一個字：timecard。

9	**retention** [rɪˋtɛnʃən]	名 保留；保持；維持 源 re (back) + tent (hold) + ion (n.)

Our company has the highest **retention** rate in the business.

在業界中我們公司的員工留職率最高。

大師提點

retention 由動詞 retain [rɪˋten] 衍生而來。 retain 的用法如： He has resigned from the board, but he still retains some control over it.「他已經辭去董事會的職務，但是還是保有一些控制權。」

反 □ **turnover** [ˋtɝn͵ovɚ] 流動（率）；成交量；營業額

10	**payroll** [ˋpe͵rol]	名 支薪員工名單；薪水帳冊；（應付）薪金總額 源 pay + roll

With 48 full-time employees and 12 part-time employees, VeriTech's **payroll** exceeds $200,000 per month.

威利科技公司有全職員工 48 名、兼職員工 12 名，每月應付薪資總額超過 20 萬美元。

大師提點

on the payroll 指「受僱支薪」， off the payroll 則指「被解僱」。

11	**evaluation** [ɪ͵vælјʊˋeʃən]	名 評價；評鑑；估價 源 e (out) + valu(e) + at(e) (v.) + ion (n.)

Your supervisor will complete an **evaluation** of your work every six months to determine if you deserve a raise or promotion.

你的主管將會每六個月評量一次你的工作表現，以決定是否加薪或升遷。

大師提點

evaluation 從動詞 evaluate [ɪˋvælju͵et] 衍生而來。

同 □ **assessment** [əˋsɛsmənt] 評價；評估；估價

□ **appraisal** [əˋprezḷ] 評定；評價；鑑定；估價

□ **estimation** [͵ɛstəˋmeʃən] 估計；估價；評價

12	**income** [ˋɪn͵kʌm]	名 收入；收益；所得 源 in + come

I cannot afford to buy a house on my current **income**, so I'm looking for a higher-paying job.

以目前的收入我買不起房子，所以我在找一份收入較高的工作。

同 □ **earnings** [ˋɜnɪŋz] 薪水；工資（複數形）
□ **salary** [ˋsælərɪ]（定期發的）薪資；薪餉
□ **wages** [ˋwedʒɪz]（計時、計日或按件計酬的）工資；薪水（複數形）
□ **proceeds** [ˋprosidz] 收入；收益（複數形）
□ **revenue** [ˋrɛvəˏnju] 收入；收益；（國家的）歲收

13	**bonus** [ˋbonəs]	名 獎金；紅利

Bonuses are based on performance, not seniority, so new employees can receive larger bonuses than more senior employees.
獎金是依工作表現而非年資分發的，因此新進人員有可能領得比較資深的員工多。

大師提點
bonus 源自拉丁文，原意為 "good"。

同 □ **gratuity** [grəˋtjuətɪ] 賞錢；獎金
□ **premium** [ˋprimɪəm] 獎金；特別津貼；保險費
□ **bounty** [ˋbaʊntɪ] 獎勵金；賞金；慷慨
□ **dividend** [ˋdɪvəˏdɛnd] 紅利；股息
反 □ **fine** [faɪn] 罰金；罰鍰
□ **penalty** [ˋpɛnḷtɪ] 罰金；違約罰款；處罰；刑罰

14	**performance** [pɚˋfɔrməns]	名 執行；實行；演出；表演；成就；成績；表現 源 per (through) + form + ance (n.)

New employees who do not meet minimum **performance** standards at the end of the initial two-month evaluation period will be asked to leave.
在到職兩個月後表現未能達到最低評比標準的新進員工將被解僱。

大師提點
performance 由動詞 perform [pɚˋfɔrm]（實行；表演；表現；運作）衍生而來。

同 □ **execution** [ˏɛksɪˋkjuʃən] 實行；執行；演奏（技巧）
□ **achievement** [əˋtʃivmənt] 成就；成績；功績
□ **accomplishment** [əˋkɑmplɪʃmənt] 成就；完成；功績
□ **effectuation** [ɪˏfɛktʃʊˋeʃən] 實行；完成；達成
□ **presentation** [ˏprizɛnˋteʃən] 表現；發表；展示

15	**training** [ˋtrenɪŋ]	名 訓練；培養 源 train + ing (n.)

Ongoing **training** is an important part of our corporate culture — all of our employees are required to take at least one course in management or computers each year.

持續進行的訓練為本公司文化非常重要的一部分，所有員工每年必須參加至少一項關於管理或電腦方面的課程。

大師提點

training 原為由動詞 train「訓練」衍生出之動名詞，如今已完全名詞化。

同
- □ **education** [ˏɛdʒʊˋkeʃən] 教育；培養；薰陶
- □ **instruction** [ɪnˋstrʌkʃən] 教育；教導；指導
- □ **discipline** [ˋdɪsəplɪn] 訓練；鍛鍊；紀律
- □ **drill** [drɪl] 訓練；教練；練習；演習

16	**colleague** [ˋkɑlig]	名 同事；同僚 源 col (together) + league (choose)

Johnny and Annie were **colleagues** at the same firm before they fell in love with each other and got married.

強尼和安妮在墜入愛河而後結為夫妻之前原是同一家公司的同事。

同
- □ **coworker** [ˋkoˏwɜkɚ] 同事；共事者
- □ **fellow worker** [ˋfɛlo ˏwɜkɚ] 同事；同僚
- □ **associate** [əˋsoʃɪˏet] 同事；同仁；夥伴
- □ **confrére** [ˋkɑnfrɛr] 同事；同志；社員；會員

17	**turnover** [ˋtɜnˏovɚ]	名 （人員）流動（率）；成交量；營業額 源 turn + over

That company has one of the highest **turnover** rates in the country — their employees' average length of stay is probably only three months!

那家公司是全國人員流動率最高的公司之一——他們的員工平均只待大概三個月！

大師提點

turnover 指「成交量」或「營業額」的用法如：Our new products usually have a quick turnover.「我們的新產品通常銷售得很快。」

反
- □ **retention (rate)** [rɪˋtɛnʃən (ˏret)] 保留（率）；（員工）留職（率）

18	**seniority** [sin`jɔrətɪ]	名 年長；資深 源 senior (older) + ity (n.)

The seating was arranged according to **seniority**.

座位的順序依照資歷來安排。

大師提點

seniority 為由形容詞 senior [`sinjɚ]（年長的；資深的）所衍生出的名詞，通常指因年長或資歷久而擁有的 priority [praɪ`ɔrətɪ] 或 precedence [`prɛsədəns]（優先權）。

19	**raise** [rez]	名 加薪；提高（價格、職位等）

Harry just got a **raise** at work for his excellent performance this past year, so tonight's dinner is on him!

哈利剛因去年工作表現優異而獲得加薪，所以今晚這一餐就由他來請客！

大師提點

raise 亦可作動詞用，指「舉起」、「增加」、「提高」、「提出」、「籌集」、「養育」等意。

同
- ☐ **increase** [`ɪnkris] 增加；增大
- ☐ **promotion** [prə`moʃən] 晉升；增進
- ☐ **advancement** [əd`vænsmənt] 晉升；進步
- ☐ **elevation** [ˌɛlə`veʃən] 擢升；提高

反
- ☐ **decrease** [di`kris] 減少；減退
- ☐ **cut** [kʌt] 裁減；減價
- ☐ **slash** [slæʃ] 刪減；減低
- ☐ **demotion** [dɪ`moʃən] 降級；降職

20	**overtime** [`ovɚˌtaɪm]	名 加班時間；加班費 源 over + time

Employees will receive **overtime** if they work more than 40 hours a week.

員工若每週工作超過 40 小時，即可領加班費。

大師提點

overtime 亦可作副詞用，指「在規定工時以外地」，如：We're all working <u>overtime</u> in order to meet the deadline.「為了趕上最後期限，大伙兒都在加班。」

TOPIC 4 Insurance and Benefits 保險和福利

Track 17

1	**deduct** [dɪ`dʌkt]	動 扣除；減除 源 **de** (down) + **duct** (lead)

Unless you request otherwise, payments for medical insurance will be automatically **deducted** from your monthly paycheck.

除非你另外提出申請，否則健保費用將由每月薪資中自動扣除。

同 □ **subtract** [səb`trækt] 扣除；減去

反 □ **add** [æd] 加；增加

衍 □ **deduction** [dɪ`dʌkʃən] 名 扣除；【邏】演繹（法）

□ **deductible** [dɪ`dʌktəbḷ] 形 可扣除的／名 扣除額

2	**underwrite** [`ʌndɚ͵raɪt]	動（在……之下）簽署；簽署保險單；同意負擔……的費用 源 **under** + **write**

The insurance company refused to **underwrite** my last three hospital visits, claiming that the services used weren't covered.

保險公司拒絕支付我最近三次到醫院看病的費用，他們說我所使用的服務並不在保險範圍之內。

衍 □ **underwriter** [`ʌndɚ͵raɪtɚ] 名 保險業者

3	**fringe benefit** [`frɪndʒ ͵bɛnəfɪt]	名 額外福利

Our company offers many **fringe benefits**, including health and dental insurance and a pension plan.

我們公司提供了很多福利，包括健保、牙齒醫療保險及退休金方案。

大師提點

fringe [frɪndʒ] 原意為「邊緣；外圍」，與 benefit [`bɛnəfɪt]「利益；津貼」構成一複合名詞，主重音落在 fringe 上。

4	**medical benefit** [`mɛdɪkḷ ͵bɛnəfɪt]	名 醫療福利

The **medical benefits** they offer are so good that I knew right away this company cared about its employees.

他們提供的醫療是那麼地棒，我立刻知道這家公司很關心它的員工。

大師提點

medical 在此作名詞用，故 medical benefit 為複合名詞，主重音在第一個字上。

5	**claim** [klem]	名 （根據權利而提出的）要求；權利；索賠；聲稱；主張

Barney's **claim** was rejected by the insurance company because he didn't file it within the two-week deadline.

保險公司拒絕巴尼的索賠，因為他未在兩星期的期限內提出申請。

大師提點

claim 亦可作動詞用，例如：Why didn't you claim this on your insurance right after the accident?「你在事故發生之後為什麼沒有立即向保險公司索賠？」

同
- ☐ **demand** [dɪˋmænd] 要求；請求；需求
- ☐ **request** [rɪˋkwɛst] 請求；要求
- ☐ **right** [raɪt] 權利；有權要求的東西
- ☐ **declaration** [ˌdɛkləˋreʃən] 聲明；宣言
- ☐ **assertion** [əˋsɝʃən] 主張；斷言

反
- ☐ **disclaimer** [dɪsˋklemɚ] 放棄聲明；棄權聲明
- ☐ **disavowal** [ˌdɪsəˋvaʊəl] 否認；不承認

衍
- ☐ **claimant** [ˋklemənt] 名 要求者；申請人；索賠者（= claimer）

6	**compensation** [ˌkɑmpənˋseʃən]	名 賠償；補償金；報酬；薪水 源 com (together) + pens (weigh) + at(e) (v.) + ion (n.)

The insurance company paid Jeff $500 as **compensation** for the damage to his car.

保險公司付給傑夫 500 美元作為車子損害的賠償。

大師提點

compensation 由動詞 compensate [ˋkɑmpənˌset]（賠償；補償）衍生而來。

同
- ☐ **recompense** [ˋrɛkəmˌpɛns] 賠償；補償；報酬
- ☐ **redress** [rɪˋdrɛs] 賠償；補償；補救
- ☐ **restitution** [ˌrɛstəˋtjuʃən] 償還；賠償；歸還
- ☐ **indemnity** [ɪnˋdɛmnətɪ] 賠償（金）；補償（金）
- ☐ **reimbursement** [ˌriɪmˋbɝsmənt] 償還；退還；補償
- ☐ **repayment** [rɪˋpemənt] 付還；償還；報恩；報復
- ☐ **remuneration** [rɪˌmjunəˋreʃən] 報酬；酬勞；薪水

7	**coverage** [ˋkʌvərɪdʒ]	名 a. 保險項目；承保範圍／b. 新聞報導 源 cover + age (n.)

a. This health insurance provides **coverage** for you and your children; if you want to insure your wife or husband, you must pay extra.
此健保的範圍只及於本人及子女，若想幫配偶加保則須額外費用。

b. The reporter received an award for his **coverage** of the incident.
那個記者因為採訪報導該事件而獲獎。

大師提點

coverage 由動詞 cover，表「覆蓋」、「掩飾」、「涵蓋」、「採訪」等意，衍生而來。

8	**beneficiary** [ˏbɛnəˋfɪʃərɪ]	名 受益人；受惠者 源 bene (good) + fic(i) (do) + ary (person)

If the insured died while living abroad, how would the **beneficiary** be contacted?
如果被保險人居住在國外時死亡，該如何聯絡受益人？

大師提點

beneficiary 由另一名詞 benefice [ˋbɛnəfɪs]（神職人員的俸祿）衍生而來，另一相關字為形容詞 beneficial [ˏbɛnəˋfɪʃəl]（有益的；有利的）。

9	**fraud** [frɔd]	名 欺騙（行為）；詐欺；騙局；詭計；騙子；假貨

The insurance company found out that Regina had lied on the claim and sued her for **fraud**.
保險公司發現瑞吉娜的賠償聲明不實，因此控告她詐欺。

同
- ☐ **deceit** [dɪˋsit] 欺騙；詐欺（手段）；騙局
- ☐ **deception** [dɪˋsɛpʃən] 詐欺；瞞騙；詭計
- ☐ **cheating** [ˋtʃitɪŋ] 欺騙；哄騙
- ☐ **swindling** [ˋswɪndl̩ɪŋ] 騙取；詐取
- ☐ **trickery** [ˋtrɪkərɪ] 詐騙；奸計
- ☐ **chicanery** [ʃɪˋkenərɪ] 欺騙；詭計
- ☐ **imposter** [ɪmˋpɑstɚ] 騙子；冒牌
- ☐ **charlatan** [ˋʃɑrlətn̩] 吹牛的人；裝懂的人；江湖醫生
- ☐ **fake** [fek] 假貨；贗品；騙子；假冒者
- ☐ **counterfeit** [ˋkaʊntɚˏfɪt] 仿製品；偽造物

衍
- ☐ **fraudulent** [ˋfrɔdʒələnt] 形 欺詐的；騙取的

10	**liability** [ˌlaɪəˋbɪlətɪ]	名 責任；義務；債務；負債 源 li (bind) + abili (able) + ty (n.)

Companies often include warnings on their products to reduce their **liability** in case the products accidentally hurt someone.

公司行號通常會在他們的產品加上警告標語，以減少有人因產品而導致意外受傷時的責任。

大師提點

liability 由形容詞 liable [ˋlaɪəbl̩]（負有責任、義務的）衍生而來。

同 ☐ **responsibility** [rɪˋspɑnsəˋbɪlətɪ] 責任；職責
☐ **obligation** [ˌɑbləˋgeʃən] 義務；責任
☐ **debt** [dɛt] 債；負債
☐ **indebtedness** [ɪnˋdɛtɪdnɪs] 負債；債務

反 ☐ **asset** [ˋæsɛt] 資產
assets and liabilities 資產與負債

11	**policy** [ˋpɑləsɪ]	名 保險單

Make sure you read the **policy** carefully to find out exactly what is and is not covered by the insurance company.

你必須仔細閱讀保單以了解保險公司到底涵蓋了哪些保險項目。

大師提點

policy 由義大利文 polizza 轉化而來。注意，英文中還有另外一個 policy，指的是「政策」、「方針」，字源則為希臘文，原始意義為 city「城市」，用法如：It's our company's policy not to hire foreign laborers.「不僱用外勞是我們公司的政策。」

12	**premium** [ˋprimɪəm]	名 獎金；津貼；保險費

Insurance **premiums** are much higher for smokers than for non-smokers.

抽菸者的保險費比不抽菸者高出許多。

大師提點

premium 源自拉丁文之 praemium，原意為 reward [rɪˋwɔrd]（獎賞），在英文裡除了作「獎金」、「津貼」解外，亦用來指保險時所交的「保費」。

13	**risk** [rɪsk]	名 危險；風險；保險額

After Barry got his fourth speeding ticket, his insurance company cancelled his policy because they thought the **risk** of his getting into an accident was too great.

在巴瑞收到四張超速罰單後，他的保單就被保險公司取消了，因為他們認為他出意外的風險太大了。

大師提點

risk 亦可作動詞用，指「冒……的危險」、「使遭受危險」，例如：He risked losing his job by criticizing his boss in front of everyone.「他冒著丟掉工作的危險在大家面前批評他的老闆。」

同 □ **danger** [ˋdendʒɚ] 危險；危害

□ **hazard** [ˋhæzɚd] 危險；會造成危害的事物

□ **peril** [ˋpɛrəl] 危險；招致危險的事物

□ **jeopardy** [ˋdʒɛpɚdɪ] 危險；風險

反 □ **safety** [ˋseftɪ] 安全；平安

□ **security** [sɪˋkjʊrətɪ] 安全；保全；保安

衍 □ **risky** [ˋrɪskɪ] 形 危險的；冒險的；孤注一擲的

14	**perk** [pɝk]	名 津貼；額外補貼

The CEO enjoys many **perks**, such as use of the company jet and a nearly unlimited expense account.

執行長可享各種額外補貼，例如有公司飛機和幾乎毫無限制的經費可以使用。

大師提點

perk 為 perquisite [ˋpɝkwəzɪt] 之略，原意即為「薪水之外的補貼、津貼」。

15	**paid vacation** [ˋped veˋkeʃən]	名 有薪假

The boss has decided to increase the **paid vacation** from two to four weeks.

老闆已經決定把有薪假期由兩個禮拜增加到四個禮拜。

反 □ **unpaid vacation** [ʌnˋped veˋkeʃən] 無薪假

16	**co-payment** [ko`pemənt]	名 （醫療保險）自付額

Thanks to her excellent health insurance plan, Bianca only needed to make a small **co-payment** to cover her last medical check-up.

多虧她有很棒的保險方案，碧安卡上回健康檢查只須自付一小筆金額。

大師提點

co-payment 亦可寫成 copayment 。

17	**contribution** [͵kɑntrə`bjuʃən]	名 貢獻；捐獻；捐款 源 con (together) + tribut(e) (grant) + ion (n.)

All employees need to make annual federal insurance **contributions** that come out of their paychecks and go into national welfare programs.

所有的員工每年都必須由薪資中提出一筆錢作為聯邦保險捐獻以贊助全國福利計畫。

同
- ☐ **offering** [`ɔfərɪŋ] 提供；奉獻（物）
- ☐ **endowment** [ɪn`daʊmənt] 捐獻；捐款；才能；天資
- ☐ **donation** [do`neʃən] 捐贈；捐款；捐贈物

18	**pension** [`pɛnʃən]	名 退休金；養老金；生活津貼 源 pens (pay) + ion (n.)

He hasn't worked for years, but he receives a monthly **pension** for as long as he lives because he was a government official.

他已經好幾年沒有做事了，但是因為他以前是政府官員，所以只要他活著每個月就可以領到一筆生活津貼。

大師提點

pension 可作動詞用，指「發給退休金」。

同
- ☐ **annuity** [ə`njuətɪ] 年金；養老金
- ☐ **superannuation** [͵supɚ͵ænjʊ`eʃən] 年老退休；退休金；養老金
- ☐ **allowance** [ə`laʊəns] 津貼；零用錢
- ☐ **subsidy** [`sʌbsədɪ] 補助金；津貼

衍
- ☐ **pensioner** [`pɛnʃənɚ] 名 領退休金者；領養老金者

19	**eligible** [ˋɛlɪdʒəbl̩]	形 有資格當選的；合格的；適任的 源 e (out) + ligi (select) + (i)ble (able)

You will become **eligible** for our health insurance plan after you have worked here for three months.

在這裡工作三個月之後你就有資格參加我們的健康保險方案。

同 □ **qualified** [ˋkwɑlə͵faɪd] 有資格的；勝任的

反 □ **ineligible** [ɪnˋɛlɪdʒəbl̩] 無被選資格的；不適任的

□ **unqualified** [ʌnˋkwɑlə͵faɪd] 無資格；不合格的

衍 □ **eligibility** [͵ɛlɪdʒəˋbɪlətɪ] 名 被選舉資格；合格；適任

20	**entitle** [ɪnˋtaɪtl̩]	動 a. 給……權力或資格／b. 給予稱號；定書名為…… 源 en (cause) + title

a. Full-time employees are **entitled** to 10 vacation days, but managers have the right to determine when those vacation days should be used.

全職員工享有十天的假期，但主管有權決定何時可以放這些假。

b. His new book is **entitled** *The Chinese Experience*.

他的新書書名叫作《中國經驗》。

同 **a.** □ **authorize** [ˋɔθə͵raɪz] 授權；認可

b. □ **name** [nem] 取名；命名

TOPIC 5 Corporations and Divisions 公司及下屬機構

Track 18

1	**outsource** [ˋaʊt͵sɔrs]	動（將工作）外包 源 out + source

A lot of people are scared of losing their jobs now that so many companies are **outsourcing** their work abroad.

許多人都害怕失去工作，因為現在有許多公司都把工作外包到海外去。

衍 ☐ **outsourcing** [ˋaʊt͵sɔrsɪŋ] 名（工作）外包；向國外採購零配件

2	**corporation** [͵kɔrpəˋreʃən]	名 法人；社團法人；股份（有限）公司 源 corpor (body) + at(e) (adj.) + ion (n.)

As an international **corporation**, we handle clients from more than 80 different countries.

身為跨國大公司，我們的客戶來自八十多個不同的國家。

大師提點

corporation 由形容詞 corporate [ˋkɔrpə͵rɪt]（法人的；公司的）衍生而來。

同 ☐ **company** [ˋkʌmpənɪ] 公司；商行；夥伴；陪伴
☐ **firm** [fɝm] 商號；商行；公司
☐ **concern** [kənˋsɝn] 商行；公司；企業；關心；憂慮

衍 ☐ **incorporated** [ɪnˋkɔrpə͵retɪd] 形 法人組織的；公司組織的（簡寫為 Inc.）

3	**merger** [ˋmɝdʒɚ]	名（兩個或兩個以上公司或企業的）合併 源 merg(e) + er (action)

After the **merger**, the new company will become the biggest in the steel industry.

在合併之後，這家新公司將成為鋼鐵業中規模最大的一家。

大師提點

merger 由動詞 merge「（使）合併」衍生而來。

同 ☐ **combination** [͵kɑmbəˋneʃən] 結合；合併；組合
☐ **amalgamation** [ə͵mælgəˋmeʃən] 合併；聯合
☐ **consolidation** [kən͵sɑləˋdeʃən] 聯合；合併
☐ **coalition** [͵koəˋlɪʃən] 結合；聯盟；聯合

☐ **syndicate** [ˋsɪndɪkɪt] 企業聯合組織；商業財團

反 ☐ **separation** [ˏsɛpəˋreʃən] 分離；分開；分居

☐ **dissociation** [dɪˏsoʃɪˋeʃən] 分離；分解

☐ **dissolution** [ˏdɪsəˋluʃən] 解散；解除；分解

4	**enterprise** [ˋɛntəˏpraɪz]	名 企業；事業；計畫；進取心 源 enter = **inter** (between) + prise (grasp)

Our company is one of the largest **enterprises** of its kind in the country.

我們公司是國內同類企業中規模最大的之一。

同 ☐ **business** [ˋbɪznɪs] 實業；商業；企業；交易；事務

☐ **company** [ˋkʌmpənɪ] 公司；企業；商號；伙伴

☐ **undertaking** [ˏʌndəˋtekɪŋ] 事業；企業；計畫

☐ **project** [ˋprɑdʒɛkt] 企劃；計畫；方案；事業

☐ **initiative** [ɪˋnɪʃɪˏetɪv] 進取心；主動性；率先

☐ **drive** [draɪv] 推進力；動力；衝勁

5	**parent company** [ˋpɛrənt ˏkʌmpənɪ]	名 母公司

Although we are pretty independent in our day-to-day operations, any major decisions must be brought to our **parent company** for review.

雖然我們平日的營運相當獨立，但是任何重大的決定還是得帶回母公司做審查。

大師提點

parent company 為一複合名詞，故主重音應落在第一個字上。另，注意 holding [ˋholdɪŋ] company 指「控股公司」。

反 ☐ **subsidiary** [səbˋsɪdɪˏɛrɪ] **(company)** 子公司

☐ **affiliate** [əˋfɪlɪˏet] 子公司；附屬機構

6	**subsidiary** [səbˋsɪdɪˏɛrɪ]	名 子公司；附屬機構；附屬物 源 sub (under) + sidi (sit) + ary (place)

Our company already has three **subsidiaries**, but the executive board is thinking of buying another one.

我們公司已經擁有三家子公司，但是執行董事會還想再買一家。

大師提點

subsidiary 由另一名詞 subsidy [ˋsʌbsədɪ]（補助金）衍生而來，亦可作形容詞用，指「輔助的」、「附屬的」，如 subsidiary coins「輔幣」。作「子公司」解時，亦可稱為 subsidiary company 。

同 ☐ **affiliate** [əˋfɪlɪˏet] 子公司；附屬機構

反 ☐ **parent company** [ˋpɛrənt ˏkʌmpənɪ] 母公司

7	**start-up** [ˋstɑrtˏʌp]	名（操作、生產）起動；新運作的公司

Last year, his sister quit her well-paying job, formed a risky **start-up** with her friends, and is now happier than she's been in years!

去年他姐姐辭去了高薪工作，跟朋友組了一家新公司，而現在的她比過去多年幸福快樂得多！

大師提點

start-up 亦可拼寫成 startup，原意為「起動」，現常用來指「新興公司」。

反 ☐ **shutdown** [ˋʃʌtˏdaʊn] 停工；關門

8	**partnership** [ˋpɑrtnɚˏʃɪp]	名 合夥關係；合資公司 源 partner (sharer) + ship (condition)

The two men shook hands as a friendly symbol of their newly-formed **partnership**.

那兩個男人握手象徵他們新建立的良好夥伴關係。

大師提點

partnership 由另一名詞 partner「合夥人；伙伴」轉化而來。

9	**take-over** [ˋtekˏovɚ]	名 接手；接管；接收

The conglomerate's **take-over** of their company took everyone by surprise.

那個企業集團接管他們公司的事令每個人都非常驚訝。

大師提點

take-over 亦可拼寫成 takeover。另，注意 buyout [ˋbaɪˏaʊt] 指「將產權或股份全數買下」。

10	**research and development** [rɪˋsɜtʃ ænd dɪˋvɛləpmənt]	名 研究和開發；研發部

I work in **research and development**, where we come up with new cutting-edge products for the company.

我在研發部工作，我們負責為公司製造出最尖端的產品。

大師提點

research and development 常簡化成 R&D，除了指研究與發展外，也可用來指該部門。

11	**production control** [prə`dʌkʃən kən͵trol]	名 生產管理（部）

He is responsible for **production control** and quality control.
他負責生產管理和品質管理。

大師提點
production control 主要指確保商品的按時生產及對成本的控制。

12	**finance** [faɪ`næns]	名 財政；金融；財政學；財務部 源 fin (end) + ance (n.)

Gary's wife works in **finance** even though she was a philosophy major in college.
蓋瑞的老婆在財務部工作，雖然在大學時她主修的是哲學。

大師提點
finance 亦可作動詞，指「供給資金」，例如：They have decided to finance our project.「他們已經決定提供資金協助我們的企劃案。」另，複數形 finances 則指「財力」、「財源」、「財務狀況」。

衍 □ **financial** [faɪ`nænʃəl] 形 財政的；金融的

13	**marketing** [`mɑrkɪtɪŋ]	名 行銷（部）；市場學 源 market (v.) + ing (n.)

The **marketing** department is looking to hire creative and hardworking individuals.
行銷部希望能僱用有創意、勤奮工作的人。

大師提點
marketing 由動詞 market「銷售」衍生而來（market 原為名詞，指「市場」），為動名詞形成之名詞，可直接用來指 marketing department 。

14	**sales** [selz]	名 業務（部）；銷售額（複數形）

Mark is perfect for his job in **sales** as he's charming, friendly, and very persuasive.
馬克非常適合做業務部的工作，因為他有迷人的風采、對人友善，而且非常具說服力。

大師提點
注意 sale 與 sales 間的差異；前者指「販售」、「出售」，後者指「銷售量」、「銷售額」。

15	**human resources** [ˋhjumən rɪˋsorsɪz]	名 人力資源（部）

Please make an appointment with Betty over in the **human resources** department; she'll help you schedule your job interview.

請與人力資源部門的貝蒂約定晤談；她會幫你安排面試時間。

大師提點

注意，human resources 須用複數形，可直接用來指「人力資源部門」，省略 department。

同 □ **personnel** [ˏpɝsn̩ˋɛl] 人事部

16	**customer service** [ˋkʌstəmɚ ˏsɝvɪs]	名 顧客服務（部）

Working in **customer service** is not easy as one needs to remain polite and helpful at all times.

在客服部工作並不容易，因為你必須隨時保持禮貌並能夠協助顧客。

大師提點

customer service 為複合名詞，主重音落在第一個字上。另，注意 customer service 可直接用來指「客服部」，不需加 department。

17	**accounting** [əˋkaʊntɪŋ]	名 會計（部）；會計決算；會計學 源 ac (to) + count + ing (n.)

Do you know that starting next month Paul will head the **accounting** department?

你知不知道下個月開始保羅將帶領會計部？

大師提點

accounting 由動詞 account「記帳」衍生而來（account 多作名詞用，指「帳目」、「帳户」、「客户」等），為動名詞形成之名詞，可用來指 accounting department。

18	**billing** [ˋbɪlɪŋ]	名 開立帳單；帳單部 源 bill (v.) + ing (n.)

Please ask Dave in **billing** to send the list to the CFO's office so she can review it.

麻煩你叫帳單部的戴夫把一覽表送到財務長的辦公室讓她過目。

大師提點

billing 由動詞 bill「開帳單」衍生而來，為動名詞形成之名詞，可用來指 billing department「帳單部」。

19	**global** [ˋglobl̩]	形 a. 全球的；全世界的／b. 全面的；整體的 源 glob(e) (sphere) + al (of the kind)

a. Our company has gone **global** — we have offices in all of the major cities in four continents!

我們公司已經全球化——我們在四大洲的所有重要城市都設有辦事處。

b. You are supposed to take a **global** view of our problems.

針對我們的問題你應該作全面的考量。

同 **a.** ☐ **worldwide** [ˋwɜldˋwaɪd] 遍及全世界的

☐ **international** [ˌɪntɚˋnæʃənl̩] 國際（性）的；世界（性）的

b. ☐ **all-embracing** [ˋɔlɪmˋbresɪŋ] 全面的；無所不包的

☐ **comprehensive** [ˌkɑmprɪˋhɛnsɪv] 全面的；綜合的

20	**multinational** [ˋmʌltɪˋnæʃənl̩]	形 多國的；跨國的 源 multi (many) + nation (country) + al (of the kind)

That **multinational** corporation has offices, shops, and even factories in several countries.

那家跨國公司在好幾個國家都有辦事處、商店、甚至工廠。

大師提點

multinational 亦可作名詞用，指「跨國公司」。

TOPIC 6 Job Titles 職稱

Track 19

1	**CEO** **(chief executive officer)** [ˋtʃif ɪgˋzɛkjutɪv ˋɔfəsɚ]	名 執行長

It was the first time in the history of the company that a woman was appointed **CEO**.

那是該公司有始以來第一次指派女性擔任執行長。

2	**COO** **(chief operating officer)** [ˋtʃif ˋɑpəretɪŋ ˋɔfəsɚ]	名 營運長

Although he was the newly-elected **COO** of the company, Bill was bitter at having lost the CEO position to Karen.

雖然被選為新任的營運長，但是比爾對於在執行長之爭中敗給了凱倫心有不甘。

3	**CFO** **(chief financial officer)** [ˋtʃif faɪˋnænʃəl ˋɔfəsɚ]	名 財務長

My sister is the **CFO** of her company and she likes to joke that she plays with money for a living.

我姐姐是她們公司的財務長，她常開玩笑說她以玩錢為生。

4	**chairperson** [ˋtʃɛr͵pɝsn̩]	名 議長；主席；董事長 源 chair + person

If you have anything else you'd like to add to the meeting agenda, you should probably talk to Ralph — he's the **chairperson** of our board.

如果你想在議程中加入其他任何事項，你或許應該和洛夫談談，因為他是董事長。

大師提點

為了尊重女性並避免尷尬與誤會，現今少用 chairman [ˋtʃɛrmən] 這個字；當然如果確知當事人為女性，可用 chairwoman [ˋtʃɛr͵wumən]，但是還是以 chairperson 較為方便、妥當。另，董事會的正式名稱為 board of directors [ˋbord əv dəˋrɛktɚz]，其中的 directors 指的是「董事」。

5	**president** [ˋprɛzədənt]	名 總統；總裁；大學校長 源 pre (before) + sid (sit) + ent (agent)

The **president** of the company stepped down amidst accusations of insider trading and embezzlement.

該公司的總裁在被指控從事內線交易和侵占公款的聲浪中辭職了。

大師提點

president 作「總統」解時，常用大寫 P。

衍 □ **presidency** [ˋprɛzədənsɪ] 名 總統、校長等的職位

□ **presidential** [͵prɛzəˋdɛnʃəl] 形 總統的

the presidential palace 總統府

6	**supervisor** [͵supɚˋvaɪzɚ]	名 監督人；管理人；主管 源 super (over) + vis (see) + or (agent)

Our **supervisor** enjoys walking around the office checking on everyone's progress, much to our annoyance.

我們的主管很喜歡在辦公室內四處走動，查看每個人的進度，令人不勝其擾。

大師提點

supervisor 由動詞 supervise [ˋsupɚ͵vaɪz]（監督；管理）衍生而來。

同 □ **overseer** [ˋovɚ͵siɚ] 監督人；監察

□ **superintendent** [͵supərɪnˋtɛndənt] 監督者；管理者；督察長

□ **administrator** [ədˋmɪnə͵stretɚ] 管理人；行政官員；主管

□ **director** [dəˋrɛktɚ] 指揮者；督導者；主任；主管；董事；理事

□ **chief** [tʃif] 主管人；上司；首領；領袖

□ **manager** [ˋmænɪdʒɚ] 管理人；經理；經紀人

衍 □ **supervisory** [͵supɚˋvaɪzərɪ] 形 監督的；管理的

7	**partner** [ˋpɑrtnɚ]	名 夥伴；合夥人；共同出資人

After eight years and seven months of patience and hard work, Jim was finally made a **partner** at his law firm!

經過八年又七個月的耐心等候和努力，吉姆終於成為他律師事務所的合夥人。

大師提點

partner 由 parcener [ˋpɑrsn̩ɚ]（共同繼承人）與 part「部分」混合變化而來。

同 □ **associate** [əˋsoʃɪɪt] 夥伴；同事

☐ **companion** [kəm`pænjən] 夥伴；同伴
☐ **copartner** [`ko,partner] 合夥人
☐ **co-owner** [`ko,onɚ] 共同所有人
衍 ☐ **partnership** [`partnɚ,ʃɪp] 名 合夥關係；合資企業

8	**consultant** [kən`sʌltənt]	名 顧問；諮詢者 源 consult + ant (agent)

Terry works as a business management **consultant**, and because of the recession, he's been dealing with a lot more nervous clients recently.
泰瑞是一位企業管理顧問，因為不景氣的關係，他最近得應付比以前更多焦慮不安的客戶。

大師提點
consultant 由動詞 consult「諮詢；商議」衍生而來。

同 ☐ **adviser** [əd`vaɪzɚ] 顧問；（美）指導教授 (= advisor)
☐ **counselor** [`kaʊnsḷɚ] 顧問；（美）律師

9	**general manager** [`dʒɛnərəl `mænɪdʒɚ]	名 總經理

If guests have a complaint to make, we usually refer them to the **general manager**, who always seems to know how to resolve the problem.
如果客人有抱怨，我們通常會要他們去找總經理，因為他似乎總是有辦法解決問題。

大師提點
general manager 的職位大約與 president「總裁」或 CEO「執行長」相當。

10	**project manager** [`pradʒɛkt ,mænɪdʒɚ]	名 專案經理

The **project manager** is responsible for the organization and execution of a project.
專案經理負責統籌並執行一個企劃案。

大師提點
project manager 為複合名詞，主重音應落在第一個字上。

11	attorney [ə`tɜnɪ]	名（美）律師；法定代理人 源 at (to) + torn (turn) + ey (the one)

Natalie is the ideal **attorney** — she's hardworking, meticulous, and adaptable.

娜塔麗是理想的律師，她工作勤奮、一絲不苟，而且適應力強。

大師提點

attorney general [ə`tɜnɪ `dʒɛnərəl] 指「檢察總長」，而 district attorney [`dɪstrɪkt ə`tɜnɪ] (DA) 則為「地方檢察官」。

同
- □ **lawyer** [`lɔjɚ] 律師；法律
- □ **counsel** [`kaʊnsl̩] 辯護律師；法律顧問
- □ **counselor** [`kaʊnsl̩ɚ]（美）律師；顧問
- □ **barrister** [`bærɪstɚ]（英）律師
- □ **advocate** [`ædvəkɪt] 辯護人；律師；提倡者；擁護者

12	civil servant [`sɪvl̩ `sɜvənt]	名 公務員；文職人員

In order to qualify to work as a **civil servant**, one has to pass a very competitive national exam.

要取得公務員資格，你必須先通過競爭激烈的國家考試。

大師提點

civil service [`sɪvl̩ `sɜvɪs] 指「公職」、「全體公務員」。

13	specialist [`spɛʃəlɪst]	名 專家；專科醫生 源 special + ist (person)

It took the computer **specialist** two hours to figure out why Kate's computer wouldn't shut down properly.

花了兩個鐘頭的時間那個電腦專家才找出凱特的電腦不能關機的原因。

大師提點

specialist 由形容詞 special 衍生而來。

同
- □ **expert** [`ɛkspɚt] 專家；行家
- □ **authority** [ə`θɔrətɪ] 權威；泰斗；權力；威信

反
- □ **amateur** [`æmə͵tʃʊr] 外行；業餘愛好者
- □ **layman** [`lemən] 門外漢；外行人

14	**administration** [əd,mɪnə`streʃən]	名 管理；行政；行政部門；政府 源 ad (to) + ministr (attend) + at(e) (v.) + ion (n.)

It takes a lot of experience in **administration** to run a department smoothly.
要讓一個部門運作順暢需要很多的行政經驗。

大師提點

administration 由動詞 administrate [əd`mɪnə,stret]（管理；支配）衍生而來。

同 □ **management** [`mænɪdʒmənt] 管理；經營；管理階層；資方
□ **governing** [`gʌvənɪŋ] 管理；統治；支配
□ **government** [`gʌvənmənt] 政府；治理

衍 □ **administrative** [əd`mɪnə,stretɪv] 形 管理的；行政的
□ **administrator** [əd`mɪnə,stretə] 名 管理人；主管；行政官員

15	**designer** [dɪ`zaɪnə]	名 設計者；時裝設計師 源 de (down) + sign (mark) + er (agent)

He works at the auto company as a **designer** of car engines.
他在那家汽車公司擔任汽車引擎設計師。

大師提點

designer 由動詞 design「設計」衍生而來，而 design 亦可作名詞用。另，designer 可轉作形容詞用，表示「由著名設計師設計的」，如：designer jeans「由著名設計師設計的牛仔褲」。

16	**acting** [`æktɪŋ]	形 臨時的；代理的 源 act + ing

The **acting** president of the company will step down in May after he's helped the new president settle in.
公司的代理總裁在五月份協助新任總裁進入狀況之後就會退下來。

大師提點

acting 為由動詞 act 衍生出的分詞形容詞。

同 □ **temporary** [`tɛmpə,rɛrɪ] 暫時的；臨時的；短時間的
□ **provisional** [prə`vɪʒənl̩] 臨時的；暫時的；暫定的
□ **interim** [`ɪntərɪm] 過渡時期的；暫時的；臨時的
□ **substitute** [`sʌbstə,tjut] 代替的；代理的
□ **surrogate** [`sɜəgɪt] 代理的；代替的

反 □ **permanent** [`pɜmənənt] 永久的；長久的
□ **actual** [`æktʃuəl] 真正的；實際的；現行的

17	**vice** [vaɪs]	形 副的；次的

The **vice** president of the company will be in charge while the president is away.
副總裁在總裁不在的期間將掌管公司業務。

大師提點

一般 vice 多作為字首，加於職位名稱前，例如：vice-chairman「副主席」。

同 ☐ **deputy** [ˋdɛpjətɪ] 副的；代理的
deputy mayor 副市長

18	**executive** [ɪgˋzɛkjutɪv]	形 執行的；經營管理的；行政上的

Jenny was the highest-ranking **executive** officer on the committee, so all the other members deferred to her in their meetings.
由於珍妮是委員會中職位最高的執行幹部，因此所有其他的委員在開會時都聽從她的意見。

大師提點

executive 由動詞 execute [ˋɛksɪˏkjut]（執行；實行）衍生而來。又，executive 亦可作名詞用，指「主管」、「行政人員」。注意，例句中的動詞片語 defer [dɪˋfɜ] to 指「聽從；順從」。

同 ☐ **administrative** [ədˋmɪnəˏstretɪv] 管理的；行政的
☐ **managerial** [ˏmænəˋdʒɪrɪəl] 管理的；經營的
☐ **directorial** [dəˏrɛkˋtorɪəl] 管理的；指揮的
☐ **supervisory** [ˏsupɚˋvaɪzərɪ] 管理的；監督的

19	**assistant** [əˋsɪstənt]	形 助理的；輔助的 源 as (to) + sist (stand) + ant (agent)

The manager is not in right now, but you can talk to the **assistant** manager about it first.
經理現在人不在辦公室，但是你可以先跟副理討論一下。

大師提點

assistant 由動詞 assist [əˋsɪst]（協助；幫助）衍生而來。另，assistant 亦可作名詞用，意思為「助手」、「助理」、「副手」。

同 ☐ **assisting** [əˋsɪstɪŋ] 協助的；幫助的
☐ **auxiliary** [ɔgˋzɪljərɪ] 輔助的；補充的

衍 ☐ **assistance** [əˋsɪstəns] 名 協助；幫助；援助

20	senior [`sinjɚ]	形 年長的；資歷較深的；地位較高的

My coworker Linda is only slightly more **senior** than I am, but acts as if she owns the whole company.

我同事琳達只比我稍微資深一些，但是卻一副整個公司都是她的似的。

大師提點

senior 可作名詞用，指「年長者」、「前輩」、「大四學生」。

同 □ **elder** [`ɛldɚ] 年長的；前輩的

□ **superior** [sə`pɪrɪɚ] 級別或職位更高的；較優的

反 □ **junior** [`dʒunjɚ] 年少的；後進的；級別較低的

□ **subordinate** [səb`ɔrdn̩ɪt] 下級的；從屬的

衍 □ **seniority** [sin`jɔrətɪ] 名 年長；資深

EXERCISE

I. Short Conversation

Track 20

Questions 1 through 5 refer to the following conversation.

Man: That interview was a waste of time. He didn't have any of the ___①___ that we're looking for. We need to hire a ___②___ manager, not an entry-level administrator.

Woman: You're right. All he wanted to talk about was how much ___③___ and what kind of fringe benefits he would receive. What can we do to ___④___ more promising applicants?

Man: Maybe our ads aren't clear enough.

Woman: I'll revise them this week to make sure the ___⑤___ are more plainly stated.

1. (A) qualifications (B) resume (C) personnel (D) work force

2. (A) confidential (B) president (C) senior (D) CFO

3. (A) liability (B) enterprise (C) payroll (D) compensation

4. (A) attract (B) replace (C) deduct (D) decline

5. (A) recommendations (B) prerequisites (C) remunerations (D) capabilities

II. Reading Comprehension

Questions 6 through 10 refer to the following advertisement.

Huntington Insurance is Hiring

Huntington Insurance, a global leader in health and property insurance, has an opening for a ___⑥___ in our finance department. The successful ___⑦___ will have a strong background in insurance accounting and project management. Responsibilities include:

- Calculating premiums and deductibles
- Evaluating claims to detect instances of fraud
- Minimizing ___⑧___ by identifying problematic policies

Potential for promotion and bonuses. Great perks, including medical benefits and pension. Salary ___⑨___ with experience.

Send a cover letter and ___⑩___ to Mario DiCapo, Acting Assistant Manager, Human Resources Department, Huntington Insurance 1439 Silverton Road, Hartford, CT 06101

6. (A) colleague (B) specialist
(C) contribution (D) position

7. (A) attorney (B) partnership
(C) sales (D) candidate

8. (A) retention (B) certification
(C) risk (D) diversity

9. (A) commensurate (B) eligible
(C) commitment (D) performance

10. (A) track record (B) curriculum vitae
(C) job description (D) co-payment

答案

1. (A) 2. (C) 3. (D) 4. (A) 5. (B) 6. (B) 7. (D) 8. (C) 9. (A) 10. (B)

翻譯

【短對話】問題 1 到 5 請參照下列對話。

男：那場面試真是浪費時間。他並不符合任何我們所要求的資格。我們要請的是資深經理，不是基層行政人員。

女：你說得對。他想談的只是薪酬是多少，以及可以獲得哪種額外的福利。我們要怎麼做才能吸引到比較有希望前途的應徵者呢？

男：也許我們的廣告不夠清楚。

女：我這個星期會把它改一下，以確保先決條件能寫得更一目了然。

1. (A) 資格	(B) 簡歷	(C) 人事部門	(D) 受僱用的人
2. (A) 機密的	(B) 總裁	(C) 資歷較深的	(D) 財務長
3. (A) 負債	(B) 企業	(C) 薪水帳冊	(D) 報酬
4. (A) 吸引	(B) 代替	(C) 扣除	(D) 下跌
5. (A) 推薦	(B) 必要條件	(C) 酬勞	(D) 能力

【閱讀測驗】問題 6 到 10 請參照下列廣告。

杭亭頓保險徵才

杭亭頓保險是醫療與產物保險業全球的領導者，我們的財務部門有個專員職缺。合格的人選要在保險會計與專案管理方面具備深厚的背景。職責包括：

- 計算保費與扣除額。
- 評估索賠要求，以偵查詐欺情事。
- 找出有問題的保單，以盡量降低風險。

有機會獲得升遷與分紅。津貼佳，包含醫療福利與退休金。薪資將會與資歷相稱。

求職信與履歷請逕寄人力資源部代副理馬里歐．狄卡波，杭亭頓保險，康乃狄克州 06101 哈特福特市希爾弗頓路 1439 號。

6. (A) 同事	(B) 專家	(C) 貢獻	(D) 職位
7. (A) 律師	(B) 合夥關係	(C) 業務	(D) 候選人
8. (A) 保留	(B) 證明	(C) 風險	(D) 多樣性
9. (A) 相稱的	(B) 合格的	(C) 承諾	(D) 成就
10. (A) 過去的業績紀錄	(B) 履歷	(C) 工作說明	(D) 自付額

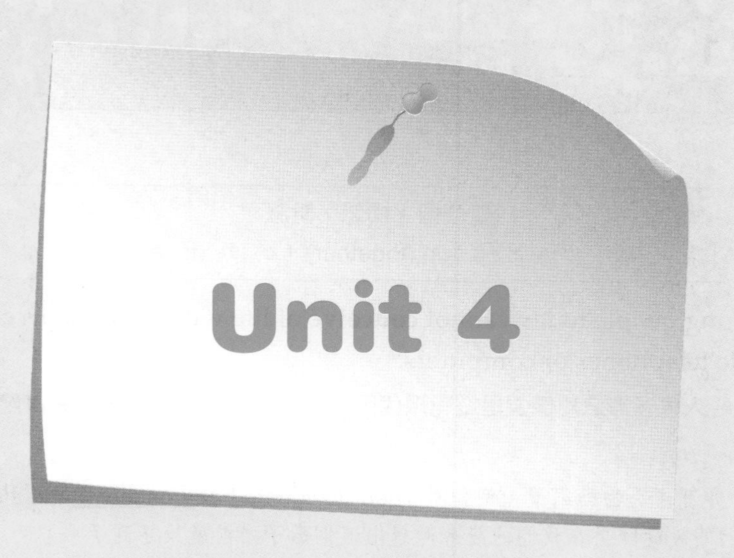

Products 產品

TOPIC 1 Product Development 產品研發

Track 22

1	**conceive** [kən`siv]	動 想像；構想；設想 源 con (together) + ceive (take)

Most young people today cannot **conceive** of life without modern conveniences such as mobile telephones or computers.

現在的年輕人大多無法想像要是沒有現代用品，例如手機或電腦，生活會變成什麼樣子。

大師提點

conceive 亦可作及物動詞用，例如：Their designers had conceived the idea long before ours did.「他們的設計師早在我們的設計師想出這個點子之前就設想到了。」

同
- ☐ **imagine** [ɪ`mædʒɪn] 想像；設想；料想
- ☐ **envision** [ɪn`vɪʒən] 想像；假想
- ☐ **frame** [frem] 想出；想像；編造；陷害
- ☐ **originate** [ə`rɪdʒəˌnet] 想出；創始；發源
- ☐ **think up** 想出（主意等）

衍
- ☐ **concept** [`kɑnsɛpt] 名 概念；觀念
- ☐ **conception** [kən`sɛpʃən] 名 構想；概念（作用）；見解
- ☐ **conceptual** [kən`sɛptʃuəl] 形 概念的；構思的
- ☐ **conceptualize** [kən`sɛptʃuəlˌaɪz] 動 概念化；（使）形成概念

2	**come up with**	想出（主意、計畫等）；找出（解答、辦法等）；提出；產生出

How can they expect us to **come up with** a new product in just three weeks?

他們怎麼可以期待我們在三個禮拜內就創造出新的產品呢？

同
- ☐ **think of (a plan, answer, etc.)** 想出（計畫、答案等）
- ☐ **produce** [prə`djus] 提出；產生；生產
- ☐ **supply** [sə`plaɪ] 提供；滿足需要

3	**engineer** [ˌɛndʒə`nɪr]	動 設計；安排；策劃；操縱 源 en (in) + gin (produce) + eer (person)

Their new car was superbly **engineered**, and so it attracted buyers from all over the world instantly.

他們的新車設計極為出色，因此立即吸引了來自世界各地的買家。

大師提點

engineer 常作名詞用，指「工程師」、「技師」。

同 □ **design** [dɪˋzaɪn] 設計；計畫

□ **arrange** [əˋrendʒ] 安排；配置

□ **manage** [ˋmænɪdʒ] 處理；操縱；管理

□ **manipulate** [məˋnɪpjə͵let] 操縱；操作；控制

衍 □ **engineering** [͵ɛndʒəˋnɪrɪŋ] 名 巧妙的處理；操縱；工程（學）

4	**launch** [lɔntʃ]	名 發行；上市；（船）下水；（飛彈）發射

The product **launch** will of course be accompanied by advertising campaign to introduce the product to the public.

該產品的上市當然會搭配廣告活動，將產品介紹給大衆。

大師提點

launch 亦可作動詞用，例如：The company announced that it will launch a new version of the software next month.「該公司宣布將於下個月推出新版軟體。」

同 □ **introduction** [͵ɪntrəˋdʌkʃən] 推銷（新產品）；介紹；推行；引進

□ **initiation** [ɪ͵nɪʃɪˋeʃən] 發起；創始

□ **inauguration** [ɪn͵ɔgjəˋreʃən] 開創；引進；就職、落成、通車、開幕典禮

5	**modify** [ˋmɑdə͵faɪ]	動 修改；修正；更改；修飾；緩和；使柔和 源 mod (manner) + ify (make)

I need to find a CD player that can be **modified** to fit my old stereo set.

我需要找一個可以改裝配合我舊音響組合的 CD 唱盤。

同 □ **alter** [ˋɔltɚ] 修改；變更；改造

□ **vary** [ˋvɛrɪ] 改變；變更；修改

□ **adjust** [əˋdʒʌst] 調整；調節

□ **modulate** [ˋmɑdʒə͵let] 調整；調節；緩和

□ **moderate** [ˋmɑdə͵ret] 使緩和；調節；節制

□ **temper** [ˋtɛmpɚ] 調和；調節；使緩和；（鋼鐵）鍛鍊

□ **soften** [ˋsɔfən] 使柔和；減輕

□ **tone down** 緩和；使柔和

衍 □ **modification** [͵mɑdəfəˋkeʃən] 名 修改；變更；修飾；緩和

□ **modifier** [ˋmɑdə͵faɪɚ] 名 修改、變更的人或物；修飾語

6	**enhance** [ɪn`hæns]	動 提高；增加；加強 源 en (cause) + hance (raise)

Chris suggested adding a CD to **enhance** the value of the book since there are so many competing products.

由於市場上競爭產品相當多，因此克里斯建議附加一片 CD 以提高這本書的價值。

同 □ **heighten** [`haɪtn̩] 升高；增加；加強
□ **raise** [rez] 提高；提升；舉起；升起；擢升
□ **boost** [bust] 增加；提高；促進
□ **elevate** [`ɛlə͵vet] 抬高；提升；晉升；使高尚
□ **increase** [ɪn`kris] 增加；增大；增強
□ **augment** [ɔg`mɛnt] 增大；增加；增值
□ **intensify** [ɪn`tɛnsə͵faɪ] 增強；加強；強化

反 □ **lower** [`loɚ] 降低；減少；下跌
□ **lessen** [`lɛsn̩] 減少；減低；變小
□ **reduce** [rɪ`djus] 減少；降低；減弱；縮減
□ **decrease** [dɪ`kris] 減少；降低；減輕；減弱
□ **diminish** [də`mɪnɪʃ] 減少；降低；變小；削弱

衍 □ **enhancement** [ɪn`hænsmənt] 名 提高；增進；增加

7	**vision** [`vɪʒən]	名 視力；眼光；遠見；構想；夢想；幻影 源 vis (see) + ion (n.)

Our **vision** for this project is to create something which will not only make consumers' lives easier, but will improve their quality of life.

對於這個企劃案我們的構想是，創造出不僅能讓消費者在生活上更便利，而且又能改善他們生活品質的產品。

同 □ **eyesight** [`aɪ͵saɪt] 視覺；視力；見解
□ **discernment** [dɪ`sɝnmənt] 識別力；眼力
□ **foresight** [`for͵saɪt] 先見之明；深謀遠慮
□ **conception** [kən`sɛpʃən] 概念；思想；見解
□ **dream** [drim] 夢；夢想
□ **illusion** [ɪ`luʒən] 幻想；幻影；幻覺

反 □ **blindness** [`blaɪndnɪs] 盲目；無辨識力
□ **hindsight** [`haɪnd͵saɪt] 後見之明；事後聰明
□ **shortsightedness** [`ʃɔrt`saɪtɪdnɪs] 短視；無遠見
□ **reality** [rɪ`ælətɪ] 真實；現實；實在

衍 □ **visionary** [`vɪʒən͵ɛrɪ] 形 空想的；幻想的；不實際的／名 空想家；充滿幻想的人
□ **envision** [ɪn`vɪʒən] 動 想像；設想

8	**advance** [ədˋvæns]	動（使）前進；（使）發展；提高；提出 源 adv (away) + ance (before)

I remember when the original car phones were invented, they were thought to be a huge breakthrough, but look how much cellular phones have **advanced** since then.
我還記得當初汽車電話發明時被認為是一項重大突破，但是至今之後看看行動電話是多麼地進步。

大師提點

advance 亦可作名詞用，指「進展」、「進步」、「高升」、「上漲」等意。

同
- ☐ **proceed** [prəˋsid] 前進；著手；繼續進行
- ☐ **progress** [prəˋgrɛs] 前進；進展；進步
- ☐ **promote** [prəˋmot] 使增進；促進；使升遷；促銷
- ☐ **further** [ˋfɝðɚ] 推行；助長；促進
- ☐ **offer** [ˋɔfɚ] 提出；提供；出價
- ☐ **proffer** [ˋprɑfɚ] 提出；提供；遞給

反
- ☐ **retreat** [rɪˋtrit] 撤退；退卻；後退
- ☐ **regress** [rɪˋgrɛs] 後退；倒退；退步
- ☐ **demote** [dɪˋmot] 降級；降職；降等
- ☐ **suppress** [səˋprɛs] 壓制；抑制；抑壓
- ☐ **withhold** [wɪðˋhold] 扣留；拒絕給予
- ☐ **recall** [rɪˋkɔl] 取消；撤銷；撤回

衍
- ☐ **advancement** [ədˋvænsmənt] 名 前進；進步；晉升
- ☐ **advanced** [ədˋvænst] 形 前進的；進步的；先進的

9	**patent** [ˋpætn̩t]	名 專利；專利權

Our new software is protected by **patent**; any unauthorized copies are prohibited.
我們的新軟體受專利保護，禁止任何未經授權的拷貝。

大師提點

patent 源自拉丁文，原意為 open「打開」。patent 亦可作動詞用，指「取得……的專利權」，例如：You'd better patent your invention, or someone might steal your idea.「你最好為你的發明取得專利，不然的話有人可能會剽竊你的構想。」另，patent 還可作形容詞用，除了表示「專利的」（如 a patent drug「獲有專利的藥」）外，還有「明顯的」（如 a patent dislike of foreigners「明顯地不喜歡外國人」）。

10	**trademark** [ˋtred,mɑrk]	名（註冊）商標；特徵 源 trade + mark

The legal department must make sure this logo is registered as a **trademark** before the product is launched so that no one else can use it.

產品上市前，法務部門必須確認產品標記已經註冊為商標，以確保他人無法竊用。

大師提點

注意，除了真正「商標」之意外，trademark 可引申用來指「特徵」，如：The purple barret has become the actor's trademark.「紫色的貝蕾帽已經成了那個男演員的註冊商標。」另，商業上的註冊商標（registered [ˋrɛdʒɪstɚd] trademark）常以 ® 來表示。

11	**specification** [,spɛsəfəˋkeʃən]	名 詳細敘述；規格（說明） 源 speci (kind) + fic (make) + at(e) (v.) + ion (n.)

Mr. Silvestro wants us to send him the **specifications** of the product as soon as possible, so he can make sure his factories are able to manufacture it.

席維斯托先生希望我們盡快將產品的規格寄給他，他好確定他的工廠能夠製造。

大師提點

specification 由動詞 specify [ˋspɛsə,faɪ]（詳加敘述；詳細記載）衍生而來。注意，作「規格（說明）」解時，常用複數形 specifications。

同
- □ **itemization** [,aɪtəməˋzeʃən] 詳細列舉
- □ **enumeration** [ɪ,njuməˋreʃən] 列舉；枚舉
- □ **particularization** [pɚ,tɪkjələrəˋzeʃən] 詳細說明；特別指出
- □ **stipulation** [,stɪpjəˋleʃən] 明訂；規定；條款

12	**phase** [fez]	名 階段；時期；面向；方面

The production **phase** of the manufacturing process is usually the next to last step; once the product is made, it must still go through quality testing.

通常生產階段是製造過程中倒數第二個步驟，在成品出爐後還須經過品質測試。

同
- □ **step** [stɛp] 階段；步驟；腳步；臺階；等級
- □ **stage** [stedʒ] 階段；時期；行程；舞臺
- □ **period** [ˋpɪrɪəd] 時期；期間；階段；終結
- □ **aspect** [ˋæspɛkt] 面向；方位；方面；容貌
- □ **respect** [rɪˋspɛkt] 方面；細節；關注；尊敬
- □ **facet** [ˋfæsɪt] 方面；局面；刻面

13	**feasibility** [͵fizəˋbɪlətɪ]	名 可行性；可能性 源 feas (make) + ibili (able) + ty (n.)

Although your plan is rather creative, I wonder about its **feasibility**.
雖然你的計畫頗具創意，但是我對它的可行性有所懷疑。

大師提點

feasibility 由形容詞 feasible [ˋfizəbl̩]（可行的）衍生而來，例如：a financially feasible project「一個在財務方面可行的企劃案」。

同
- ☐ **practicability** [͵præktɪkəˋbɪlətɪ] 可行性；實用性
- ☐ **workability** [͵wɝkəˋbɪlətɪ] 可行性；可使用性
- ☐ **viability** [͵vaɪəˋbɪlətɪ] 可行性；存活能力
- ☐ **possibility** [͵pɑsəˋbɪlətɪ] 可能性；可實行性

反
- ☐ **infeasibility** [ɪnˋfizəbɪlətɪ] 不可行性
- ☐ **impracticability** [ɪm͵præktɪkəˋbɪlətɪ] 無法實施
- ☐ **impossibility** [ɪm͵pɑsəbɪlətɪ] 不可能（性）

14	**prototype** [ˋprotə͵taɪp]	名 原型；標準；模範 源 proto (first) + type

They have successfully built a **prototype** of the solar-power car.
他們已經成功地製造出太陽能車的原型。

同
- ☐ **archetype** [ˋɑrkɪ͵taɪp] 原型；典型
- ☐ **original** [əˋrɪdʒənl̩] 原型；原物；原作
- ☐ **model** [ˋmɑdl̩] 模範；典型；模型；模特兒
- ☐ **exemplar** [ɪgˋzɛmplɚ] 模範；樣本；典範

15	**projected** [prəˋdʒɛktɪd]	形 規劃的；計畫的；擬定的 源 pro (forward) + ject (throw) + ed (adj.)

The latest sales reports show that MicroSystems did not meet its **projected** sales of 500 units per month.
最新的銷售報告顯示，微軟系統沒有達到每月 500 組的預定銷售目標。

大師提點

projected 為動詞 project（「規劃」、「籌劃」）之過去分詞，轉作形容詞用。注意，project 作名詞（指「企劃」、「計畫」、「方案」）時，發音為：[ˋprɑdʒɛkt]。

同
- ☐ **set** [sɛt] 預定的；指定的；固定的
- ☐ **planned** [plænd] 計畫的；擬定的
- ☐ **proposed** [prəˋpozd] 計畫的；提議的

16	**substandard** [sʌb`stændəd]	形 低於標準的；不合規格的 源 sub (under) + standard

The residents there in general are poor and undereducated, and live in **substandard** housing.

那裡的居民一般都很窮困、未受良好教育，而且都住在標準以下的房舍裡。

大師提點

注意，substandard 為形容詞，但 standard 則可作名詞（指「標準」、「規範」）亦可作形容詞用（指「標準的」、「制式的」）。

17	**latest** [`letɪst]	形 最新的；最近的 源 lat(e) + est

The **latest** version of the software is almost the same as the last version — I think I've been ripped off!

最新版的軟體與上一版的幾乎一模一樣，我覺得我被削了。

大師提點

latest 為 late 的最高級，亦可作名詞用，意思為「最新發展、情況、消息、款式等」，例如：the latest in Internet search technology「網際網路搜尋技術的最新發展」。

同
- ☐ **newest** [`njuɪst] 最新的
- ☐ **most recent** [`risn̩t] 最新的；最近的

反
- ☐ **oldest** [`oldɪst] 最舊的；最古老的
- ☐ **most primitive** [`prɪmətɪv] 最原始的；最早期的

18	**up-to-date** [`ʌptə`det]	形 最新的；新式的

Up-to-date in computer technology, Taiwan is the largest manufacturer and exporter of monitors in the world.

臺灣擁有最新的電腦科技，是全世界最大的電腦螢幕製造商和出口商。

同
- ☐ **up-to-the-minute** [`ʌp tə ðə `mɪnɪt] 最新的；最新式的
- ☐ **current** [`kɝənt] 當前的；現在的；流行的；流通的
- ☐ **modern** [`mɑdən] 新穎的；現代化的；近代的
- ☐ **new-fashioned** [`nju `fæʃənd] 新式的；新流行的
- ☐ **abreast** [ə`brɛst] **of the times** 與時並進的

反
- ☐ **out-of-date** [`aut əv `det] 過時的；舊式的
- ☐ **dated** [`detɪd] 陳舊的；老式的

☐ **ancient** [ˋenʃənt] 古老的；老掉牙的
☐ **old-fashioned** [ˋoldˋfæʃənd] 舊式的；過時的；保守的
☐ **passé** [pæˋse] 過時的；過氣的

19	**innovative** [ˋɪnəˌvetɪv]	形 創新的；革新的 源 in (in) + nov (new) + at(e) (v.) + ive (adj.)

The **innovative** design of the computer case is a great selling point since no other company has come up with anything like it.

該電腦創新的外殼設計是一大賣點，因為沒有其他任何一家公司想出類似的設計。

大師提點

innovative 由動詞 innovate [ˋɪnəˌvet]（創新；革新）衍生而來。

同 ☐ **original** [əˋrɪdʒənl̩] 獨創性的；嶄新的；最初的
☐ **novel** [ˋnɑvl̩] 新奇的；嶄新的
☐ **new-fangled** [ˋnjuˋfæŋgl̩d] 新奇的；最新式的

反 ☐ **traditional** [trəˋdɪʃənl̩] 傳統的；因襲的；慣例的
☐ **conventional** [kənˋvɛnʃənl̩] 因襲的；守舊的；傳統的
☐ **conservative** [kənˋsɝvətɪv] 保守的；守舊的；傳統的

衍 ☐ **innovation** [ˌɪnəˋveʃən] 名 創新；革新；刷新
☐ **innovator** [ˋɪnəˌvetɚ] 名 改革者；創新者

20	**state-of-the-art** [ˋstetəvðiˋɑrt]	形（技術、設備等）最先進的

This **state-of-the-art** stereo uses the cutting-edge technology to produce the best possible sound.

這款最先進的立體音響使用尖端科技製造出最佳的音質。

同 ☐ **most advanced** [ədˋvænst] 最先進的
☐ **most sophisticated** [səˋfɪstɪˌketɪd] 最精密的；最尖端的

TOPIC 2 Marketing 行銷

Track 23

1	**appeal** [ə`pil]	動 呼籲；懇求；上訴；訴諸；求助；有吸引力 源 ap (to) + peal (push)

Even though these jeans are designed for teenagers, the ad must also **appeal** to their parents since they are most likely the ones paying.

雖然這些牛仔褲專為青少年所設計，但是廣告仍然必須吸引父母的注意，因為他們是最可能付錢的人。

大師提點

appeal 亦可作名詞用，指「呼籲」、「請求」、「上訴」、「吸引力」等。注意，作「吸引」解時，動詞 appeal 之後接介系詞 to 。

同
- ☐ **plead** [plid] 懇求；辯護
- ☐ **entreat** [ɪn`trit] 懇求；乞求
- ☐ **implore** [ɪm`plor] 懇求；央求
- ☐ **beseech** [bɪ`sitʃ] 懇求；哀求
- ☐ **solicit** [sə`lɪsɪt] 請求；懇請
- ☐ **supplicate** [`sʌplɪˏket] 哀求；懇請
- ☐ **attract** [ə`trækt] 吸引；引誘
- ☐ **allure** [ə`lʊr] 引誘；誘導

反
- ☐ **refuse** [rɪ`fjuz] 拒絕；不接受
- ☐ **reject** [rɪ`dʒɛkt] 拒絕；不受理
- ☐ **repudiate** [rɪ`pjudɪˏet] 拒絕；不承認
- ☐ **rebuff** [rɪ`bʌf] 斷然拒絕；回絕
- ☐ **repel** [rɪ`pɛl] 使厭惡；排斥；逐退
- ☐ **revolt** [rɪ`volt] 使反感；使厭惡；反叛

衍
- ☐ **appellant** [ə`pɛlənt] 名 上訴人／形 控訴的
- ☐ **appealing** [ə`pilɪŋ] 形 有魅力的；動人的；上訴的；懇求的

2	**compete** [kəm`pit]	動 競爭；對抗；比賽 源 com (together) + pete (seek)

The only way we can **compete** in this market is by lowering our prices and improving our service.

我們想要在市場上競爭唯一的方式就是降低價格並提高服務品質。

同 □ **vie** [vaɪ] 競爭；爭勝
□ **contend** [kənˋtɛnd] 鬥爭；競爭
□ **contest** [kənˋtɛst] 比賽；競賽

衍 □ **competition** [ˏkɑmpəˋtɪʃən] 名 競爭；比賽；角逐
□ **competitive** [kəmˋpɛtətɪv] 形 競爭的；經由競爭的
□ **competitor** [kəmˋpɛtətɚ] 名 競爭者；對手

3	**specialize** [ˋspɛʃəlˏaɪz]	動 專攻；專門化；專門從事 源 speci (kind) + al (of the kind) + ize (make)

This company **specializes** in the production of stuffed animal toys.
這家公司專門製造填充動物玩具。

大師提點
specialize 由形容詞 special「特別的；專門的」衍生而來。

衍 □ **specialization** [ˏspɛʃəlɪˋzeʃən] 名 專門化；特殊化
□ **specialist** [ˋspɛʃəlɪst] 名 專家；專科醫師
□ **specialty** [ˋspɛʃəltɪ] 名 專長；特產；名產；特製品
□ **speciality** [ˏspɛʃɪˋælətɪ] 名 特質；專長；特製品；名產
□ **specially** [ˋspɛʃəlɪ] 副 特別地；專門地
□ **especial** [ɪsˋpɛʃəl] 形 特別的；格外的
□ **especially** [ɪsˋpɛʃəlɪ] 副 特別；格外；尤其

4	**target** [ˋtɑrgɪt]	動 把……作為目標或對象；定出指標

We actually want to **target** the adult market, which we think will be particularly interested in our newest design.
事實上我們希望把目標鎖定在成人市場上，因為我們認為成年人將會特別對我們最新的設計產生興趣。

大師提點
target 亦可作名詞用，指「目標」、「指標」、「靶子」、「(批評、嘲笑的) 對象」等。

同 □ **aim at/for** 瞄準

5	**market research** [ˋmɑrkɪt ˋrisɝtʃ]	名 市場研究

Before we start, we need to conduct **market research** to see what our consumers are looking for.

在我們開始之前，我們必須先做市場研究，看看我們的消費者想要的是什麼。

大師提點

market research 為名詞，作動詞用時應拼寫成 market-research 。

6	**survey** [sɚˋve]	名 調查；檢視；勘測；民意調查 源 sur (over) + vey (see)

A recent **survey** showed that most young people were worried about their future.

一項最新的調查顯示大多數的年輕人擔心他們的未來。

大師提點

survey 亦可作動詞用，指「俯瞰」、「勘查」、「測量」、「檢視」等

同
- ☐ **study** [ˋstʌdɪ] 學習；研究；調查
- ☐ **poll** [pol] 民意測驗；投票；選舉人名冊

7	**questionnaire** [ˌkwɛstʃənˋɛr]	名 問卷；（意見）調查表 源 ques (ask) + tion (action) + aire (n.)

Please fill out this **questionnaire** and email it back to us.

請將這份問卷填妥並用電子郵件寄回給我們。

大師提點

questionnaire 源自法文： questionner + aire 。

8	**consumer** [kənˋsumɚ]	名 消費者；消耗者 源 con (together) + sum (take) + er (person)

Mexicans are the largest **consumers** of Coca-Cola, buying an average of 459 bottles per person.

墨西哥人是可口可樂的最大消費群，平均每人購買 459 瓶。

大師提點

consumer 由動詞 consume「消費；消耗」衍生而來。

同
- ☐ **buyer** [ˋbaɪɚ] 購買者；買主；買方
- ☐ **purchaser** [ˋpɝtʃəsɚ] 買方；購買者

☐ **shopper** [`ʃapɚ] 購物者
☐ **user** [`juzɚ] 使用者；用戶
反 ☐ **seller** [`sɛlɚ] 販售者；賣方
☐ **maker** [`mekɚ] 製造者；製造廠
☐ **manufacturer** [,mænjə`fæktʃərɚ] 製造者；廠商

9	**client** [`klaɪənt]	名 委託人；顧客；客戶

I think what our **clients** want is a wider selection of different cosmetic products.
我想我們顧客要的是有更多選擇的不同種類化妝品。

大師提點
注意，源自法文的相關字 clientele [,klaɪən`tɛl] 為集合詞，指「全部的委託人或客户」。

同 ☐ **customer** [`kʌstəmə] 顧客；主顧
☐ **patron** [`petrən] 主顧；顧客
☐ **account** [ə`kaunt] 客戶；帳戶；帳單

10	**preference** [`prɛfərəns]	名 偏愛；偏袒；優先（權） 源 pre (before) + fer (carry) + ence (n.)

My **preference** is for a room with a view on a higher floor.
我比較喜歡位於高樓層、視野佳的房間。

大師提點
preference 由動詞 prefer [prɪ`fɝ] 衍生而來；須注意名詞的重音在第一音節。

同 ☐ **partiality** [,parʃɪ`ælətɪ] 偏愛；偏心
☐ **favoritism** [`fevərɪt,ɪzm̩] 偏袒；徇私
☐ **priority** [praɪ`ɔrətɪ] 居先；優先（權）
反 ☐ **dislike** [dɪs`laɪk] 討厭；不喜歡
☐ **hatred** [`hetrɪd] 厭惡；嫌惡；怨恨
☐ **aversion** [ə`vɝʃən] 嫌惡；反感
☐ **abhorrence** [əb`hɔrəns] 厭惡；憎惡
衍 ☐ **preferential** [prɛfə`rɛnʃəl] 形 優先的；優惠的

11	**trend** [trɛnd]	名 趨勢；傾向；時尚

The **trend** towards eating more chicken and less beef began in the 1970s and has continued today.

多吃雞肉、少吃牛肉的風潮始於 70 年代，並一直延續到今天。

同 □ **tendency** [ˋtɛndənsɪ] 趨勢；傾向

□ **drift** [ˋdrɪft] 傾向；趨勢；漂流

□ **inclination** [ˌɪnkləˋneʃən] 傾向；傾斜；性向

□ **fashion** [ˋfæʃən] 流行；時尚；樣子；方式

□ **style** [staɪl] 流行款式；式樣；風格

□ **mode** [mod] 流行；風尚；式樣；方式

□ **vogue** [vog] 流行；時髦；時髦的人、事、物

衍 □ **trendy** [ˋtrɛndɪ] 形 流行的；時髦的

12	**rival** [ˋraɪvl]	名 競爭者；對手；敵手

The recent breakthrough in our laser technology will certainly stun our **rivals** as well as the public.

我們最近在雷射科技方面的突破肯定會讓我們的競爭對手與一般民衆都大吃一驚。

大師提點

rival 亦可作形容詞用，指「競爭的」，例如： these two rival companies「這兩家相互競爭的公司」。

同 □ **competitor** [kəmˋpɛtətɚ] 競爭者；對手

□ **contestant** [kənˋtɛstənt] 競爭者；角逐者

□ **contender** [kənˋtɛndɚ] 競爭者；爭奪者

□ **opponent** [əˋponənt] 對手；敵手；反對者

□ **antagonist** [ænˋtægənɪst] 敵手；對手；反對者

□ **adversary** [ˋædvɚˌsɛrɪ] 敵人；敵手；對抗者

□ **foe** [fo] 敵人；敵手；仇人

□ **enemy** [ˋɛnəmɪ] 敵人；仇敵

反 □ **ally** [ˋælaɪ] 同盟者；盟友

□ **comrade** [ˋkɑmræd] 同志；伙伴

□ **friend** [frɛnd] 朋友；友人

衍 □ **rivalry** [ˋraɪvl̩rɪ] 名 競爭；對抗

13 **market share** [`markɪt ˏʃɛr]

名 市場占有率

We are very pleased to see our **market share** continue to grow this year.

我們非常高興看到今年我們的市場占有率持續地在成長。

大師提點

market share 為複合名詞，主重音應落在第一個字上。

14 **affiliate** [ə`fɪlɪˏet]

名 附屬公司；子公司；分公司；分支機構

源 af (to) + fili (son) + ate (v.)

The company has been in turmoil ever since its **affiliate**'s recent bankruptcy.

自從那個公司的子公司最近破產之後，該公司一直處於動盪之中。

大師提點

affiliate 亦可作動詞，指「使隸屬」、「作為分支機構」，例如：Our company is affiliated to an international enterprise.「我們公司隸屬於一個國際性的企業。」另，例句中的 turmoil 指「騷動；混亂；動盪」。

同 ☐ **subsidiary** [səb`sɪdɪˏɛrɪ] 子公司；附屬物

☐ **branch** [bræntʃ] 分公司；分行；分枝

☐ **subdivision** [ˏsʌbdə`vɪʒən] 分支；分部；細分

反 ☐ **parent company** [`pɛrənt ˏkʌpənɪ] 母公司

☐ **head office** [`hɛd `ɔfɪs] 總公司

☐ **headquarters** [`hɛd`kwɔrtəz] 總部

衍 ☐ **affiliation** [əˏfɪlɪ`eʃən] 名 隸屬；加盟；關係；聯繫

15 **logo** [`logo]

名 標誌；商標

Their colorful, eye-catching **logo** was designed by a famous Japanese artist.

他們色彩繽紛、引人注目的標誌是一位著名的日本藝術家設計的。

大師提點

logo 為 logotype [lɑgəˏtaɪp] 之簡略，logotype 原指印刷時的一種鉛字，如將 Ltd.、Co. 等鑄成一個鉛字者。

同 ☐ **symbol** [`sɪmbḷ] 記號；標識；象徵

☐ **trademark** [`tredˏmark] 商標

16	**slogan** [`slogən]	名 口號；標語 源 slo (army) + gan (cry)

"Just Do It" has been a great **slogan** for NIKE for many years, but I think it's time for a change.

「放手去做」多年來一直是耐吉很棒的標語，但是我認為現在該是有所創新的時候了。

大師提點

slogan 源自蘇格蘭高地的蓋爾語（Scottish Gaelic），原指「戰鬥時的吶喊」（battle cry）。

同
- ☐ **catchword** [`kætʃ,wɝd] 標語；宣傳口號
- ☐ **catch phrase** [`kætʃ ,frez] 標語；引人注意的文句

17	**campaign** [kæm`pen]	名（政治、社會等）運動；宣傳活動；競選活動；戰役 源 camp (field) + aign (place)

Our advertising **campaign** will include television, newspaper, magazine and online ads.

我們的宣傳活動將包括在電視、報紙、雜誌及網路上做廣告。

同
- ☐ **drive** [draɪv]（募款等）運動；大力宣傳
- ☐ **movement** [`muvmənt]（社會、改革等的）運動；變動；移動
- ☐ **battle** [`bætl̩] 戰鬥；戰役

18	**publicity** [pʌb`lɪsətɪ]	名 宣傳；宣揚；公開；眾所周知 源 public (people) + ity (state)

There is always a lot of **publicity** about the Consumer Electronics Show, with every television network featuring interesting products from the show.

消費者電器用品展總是大肆宣傳，各個電視頻道都會特別報導展覽中有趣的產品。

大師提點

publicity 由形容詞 public [`pʌblɪk]（公眾的；公開的）衍生而來。

同
- ☐ **advertising** [`ædvɚ,taɪzɪŋ] 做廣告；宣傳
- ☐ **promotion** [prə`moʃən] 宣傳；推銷；提升
- ☐ **propaganda** [,prɑpə`gændə] 宣傳（活動）
- ☐ **promulgation** [,promʌl`geʃən] 宣傳；宣揚；傳播
- ☐ **public notice/attention** 眾所注意

反
- ☐ **secrecy** [`sikrəsɪ] 保密；守密
- ☐ **privacy** [`praɪvəsɪ] 不公開；私密；隱私

19	**demonstration** [ˏdɛmən`streʃən]	名 示範；表明；示威 源 de (away) + monstrat (show) + ion (action)

I think it would be best if you can give a **demonstration** of how this new product works.

我認為你最好能示範一下如何使用這個新產品。

大師提點

demonstration 由動詞 demonstrate [`dɛmənˏstret] 衍生而來；作示範解時常用簡略之 demo [`dɛmo] 表示。

同
- ☐ **illustration** [ɪˏlʌs`treʃən] 說明；例證；插圖
- ☐ **manifestation** [ˏmænəfɛs`teʃən] 表明；明示
- ☐ **protest** [`protɛst] 抗議（集會）

20	**prospective** [prə`spɛktɪv]	形 可能的；有希望的；預期的 源 pro (forward) + spect (look) + ive (adj.)

The **prospective** client asked us for a written proposal so that they could study it before making a decision.

我們可能的客戶要求我們提供一份書面計畫，以便他們在做決定之前可以先研讀一下。

大師提點

prospective 由名詞 prospect [`prɑspɛkt]（展望；遠景；前途）衍生而來。

同
- ☐ **likely** [`laɪklɪ] 可能的；有希望的
- ☐ **potential** [pə`tɛnʃəl] 潛在的；可能的
- ☐ **expected** [ɪk`spɛktɪd] 預期的；期待的

TOPIC 3 Stock and Distribution 庫存和配銷

Track 24

1	**deliver** [dɪˋlɪvɚ]	動 遞送；交付；發表；履行；拯救；釋放 源 de (away) + liver (free)

Ms. Reno asked the salesman whether the store would **deliver** the couch she just bought because it won't fit in her car.

因為雷諾女士的車子裝不下剛買的沙發，於是她詢問銷售員是否能由店家運送。

大師提點

例句中的 couch [kaʊtʃ] 與 sofa 同義，指「長沙發」。

同
- ☐ **turn over (to)** 交給（……）
- ☐ **hand over** 交付
- ☐ **utter** [ˋʌtɚ] 發言；說出
- ☐ **fulfill** [fʊlˋfɪl] 履行；實踐
- ☐ **rescue** [ˋrɛskjʊ] 拯救；解救
- ☐ **set free** 釋放

反
- ☐ **hold** [hold] 保有；保留；扣留
- ☐ **detain** [dɪˋten] 扣留；留置；拘留
- ☐ **enslave** [ɪnˋslev] 奴役；使成為奴隸

衍
- ☐ **delivery** [dɪˋlɪvərɪ] 名 遞送；交付；發表
- ☐ **deliverance** [dɪˋlɪvərəns] 名 解救；釋放

2	**recycle** [riˋsaɪkḷ]	動 使再循環；回收再利用 源 re (again) + cycle

Less than 10 % of the waste has been **recycled** in this country, and that is really low compared to Japan's 40 %.

這個國家不到百分之十的廢棄物被回收利用，而這個數字與日本的百分之四十相比實在太低了。

衍
- ☐ **recycled** [riˋsaɪkḷd] 形 回收再利用的
  recycled paper 再生紙
- ☐ **recyclable** [riˋsaɪkləbḷ] 形 可回收再利用的
  recyclable drink bottles 可回收的飲料瓶

3	**accumulate** [ə`kjumjə,let]	動 堆積；累積；聚積 源 ac (to) + cumul (pile) + ate (v.)

The product has been selling so badly that we've been **accumulating** more and more of it in the storage room.

這項產品賣得很糟，這使得我們的庫藏室裡愈積愈多。

同 ☐ **pile up** 堆積；堆疊
☐ **heap up** 堆積如山
☐ **amass** [ə`mæs] 聚積；堆積
反 ☐ **scatter** [`skætɚ] 驅散；使散開
☐ **disperse** [dɪ`spɝs] 使分散；驅散
☐ **dissipate** [`dɪsə,pet] 使消散；花光（財產等）
衍 ☐ **accumulation** [ə,kjumjə`leʃən] 名 累積；聚積；堆積
☐ **accumulative** [ə`kjumjə,letɪv] 形 累積的；漸增的

4	**influx** [`ɪnflʌks]	名 流入；湧入；大量湧進；匯集 源 in (in) + flux (flow)

An **influx** of cheap electronics from China has given consumers a larger selection.

由中國大陸大量湧入的便宜電子產品讓消費者的選擇變多了。

同 ☐ **inflow** [`ɪn,flo] 流入（物）
☐ **inpouring** [`ɪnporɪŋ] 湧入；注入
☐ **converging** [kən`vɝdʒɪŋ] 匯合；聚合
反 ☐ **outflow** [`aʊt,flo] 流出（物）
☐ **outpouring** [`aʊ,porɪŋ] 湧出；（感情等的）流露

5	**inventory** [`ɪnvən,torɪ]	名 存貨清單；詳細目錄；庫存 源 in (in) + ven (come) + tory (place)

He has made an **inventory** of all the stock we have.

他開列了一張我們所有存貨的清單。

大師提點

inventory 亦可作動詞用，指「盤點」、「列出……的清單」。

同 ☐ **stock list** [`stɑk ,lɪst] 庫存清單
☐ **catalog** [`kætəlɔg] 目錄；一覽表
☐ **stock** [stɑk] 庫存品；現貨；股票；家畜；血統

6	**surplus** [ˋsɜpləs]	形 過剩的；剩餘的 源 sur (over) + plus

Due to a drop in demand, our warehouses have been stuffed with loads of **surplus** goods.

由於需求降低，我們的倉庫塞滿了大量過剩的貨品。

大師提點

surplus 常作名詞用，指「過剩」、「盈餘」。

同 ☐ **excess** [ˋɛksɛs] 超過的；多餘的

☐ **superfluous** [sʊˋpɜfluəs] 多餘的；額外的

☐ **residual** [rɪˋzɪdʒuəl] 剩餘的；殘餘的

反 ☐ **deficient** [dɪˋfɪʃənt] 不足的；缺乏的

☐ **insufficient** [ˌɪnsəˋfɪʃənt] 不足的；不充分的

☐ **inadequate** [ɪnˋædəkwɪt] 不充分的；不適當的

7	**warehouse** [ˋwɛrˌhaʊs]	名 倉庫；貨倉批發店 源 ware (goods) + house

Companies often have large **warehouses** in which they can store surplus items for future sale.

公司通常有大型的倉庫來存放多餘的貨品以便將來販售。

大師提點

warehouse 亦可作動詞用，指「存庫」、「入庫」。

衍 ☐ **warehousing** [ˋwɛrˌhaʊsɪŋ] 名 入庫；收購庫藏股

8	**business day** [ˋbɪznɪs ˌde]	名 工作天；營業日

It takes five **business days** for the package to arrive, so please look for the package next Wednesday.

包裹要五個工作天才能送達，所以請在下星期三的時候注意一下。

同 ☐ **working day** 工作天；上班日

☐ **workday** [ˋwɜkˌde] 工作日；上班日；(一天的工作時間)

9	**shipment** [`ʃɪpmənt]	名 裝運；裝載的貨物 源 ship + ment (action)

The goods you ordered last week are ready for **shipment** as soon as a truck is available.
一等有貨車你上星期所訂的貨就可以立刻裝運。

大師提點

shipment 由動詞 ship「裝運」、「運載」衍生而來。注意，shipment 也可以指被運送的貨物，例如：A shipment of wicker furniture has just arrived.「有一批柳條家具剛剛運到。」

同 □ **shipping** [`ʃɪpɪŋ] 運載；運費
□ **cargo** [`kɑrgo] 貨物；裝載
□ **freight** [fret] 貨物；運費

10	**import** [ɪm`port]	動 進口；輸入；引進 源 im (in) + port (carry)

Most countries **import** oil from the Persian Gulf.
大部分的國家從波斯灣進口石油。

大師提點

import 亦可作名詞用，指「進口」或「進口貨」，但念成 [`ɪmport]。

反 □ **export** [ɪks`port] 輸出；出口；外銷
衍 □ **importation** [͵ɪmpor`teʃən] 名 進口；進口貨品
□ **importer** [ɪm`portɚ] 名 進口商；輸入國

11	**export** [ɪks`port]	動 出品；輸出；外銷 源 ex (out) + port (carry)

China **exports** so many different products that one can find the "Made in China" label on everything from T-shirts to pencil cases.
中國出口非常多不同種類的產品以致於我們可以在任何東西──從運動衫到鉛筆盒──上面看到「中國製造」的標籤。

大師提點

export 也可作名詞用，指「輸出」或「輸出品」，但念成 [`ɛksport]。

反 □ **import** [ɪm`port] 進口；輸入；引進
衍 □ **exportation** [͵ɛkspor`teʃən] 名 輸出；輸出品
□ **exporter** [ɪks`portɚ] 名 出口商；輸出國

12	**storage** [ˋstorɪdʒ]	名 儲存；貯藏；保管；倉庫 源 stor(e) + age (process)

I don't think we have that item right now, but let me check our **storage** just to make sure.
我想我們現在並沒有那項產品，但是讓我查一下倉庫確定一下。

大師提點
storage 由動詞 store「儲存」、「貯藏」衍生而來。（注意，store 作名詞用時常指「商店」、「店鋪」。）

同 ☐ **saving** [ˋsevɪŋ] 儲存；儲蓄
☐ **hoarding** [ˋhordɪŋ] 貯藏；積蓄
☐ **stockpile** [ˋstɑk͵paɪl] 儲藏；庫存
☐ **storeroom** [ˋstor͵rum] 儲藏室；貯藏室
☐ **storehouse** [ˋstor͵haus] 棧房；倉庫

13	**distributor** [dɪˋstrɪbjətɚ]	名 配銷商；經銷商；批發商；分配者；分發者 源 dis (apart) + tribut (assign) + or (agent)

Quality Furnishings Inc. is the largest **distributor** of its kind on the East Coast, supplying furniture to major department stores and chains.
優質家具公司是東岸最大的家具配銷商，供貨給各大百貨公司及連鎖店。

大師提點
distributor 由動詞 distribute「分配」、「分發」衍生而來。

同 ☐ **supplier** [səˋplaɪɚ] 供應商；供應者
☐ **wholesaler** [ˋhol͵selɚ] 批發商；大盤商
衍 ☐ **distribution** [͵dɪstrəˋbjuʃən] 名 分配；分發
☐ **distributive** [dɪˋstrɪbjətɪv] 形 分配的；分發的

14	**logistics** [loˋdʒɪstɪks]	名 後勤；物流 源 log (be quartered) + ist (person) + ics (principles)

Good **logistics** is the key to the success of a business.
好的物流是一個企業成功的關鍵。

大師提點
logistics 源自法文，原指「軍隊派駐的準則」。

15 in stock 有現貨的

You're in luck — we happen to have three of these books **in stock** right now!

您運氣不錯——這些書我們現在剛好有三本存貨！

大師提點

stock [stak] 指「現貨」、「存貨」。

16 as needed 視需要

They'll put in an order for as many boxes **as needed** by the packaging company.

看包裝公司需要多少盒子他們就會訂購多少。

大師提點

例句中的 put in an order（或 place an order）指「下訂單」。

17 on hand 在手邊；在近處

There are 20 digital cameras **on hand** for the sale this weekend, but if we run out we can try to get some from other stores.

這禮拜的折扣活動我們手邊有二十臺數位相機；萬一賣完了我們可以向其他店調貨。

同 □ **available** [ə`veləbḷ] 可用的；可獲得的；現成的；（人）有空的

18 sold out 賣完；賣光

The kind of cellphone you are looking for is **sold out**, but we should get some more by next Thursday.

你要的那款手機已經賣完了，但是下禮拜四前我們會再進一些貨。

大師提點

sold out 為 sell out 的過去分詞形式，本句為被動用法。注意，sell out 也有主動的用法，例如：The concert tickets sold out in just one hour.「演唱會的門票一個小時就賣光了。」

19	**sufficient** [sə`fɪʃənt]	形 足夠的；充分的 源 suf (under) + fici (make) + ent (adj.)

Yvonne thought that three days should be **sufficient** to complete the report, but she asked for four days to make sure she could finish.

依芳認為這份報告花三天寫應該就夠了，但是她要求四天以確保能夠按時完成。

大師提點

sufficient 由動詞 suffice [sə`faɪs]（足夠）衍生而來。動詞 suffice 的用法如：I don't think you need to pay him a visit — sending him an email should suffice.「我想你並不需要去拜訪他；給他寄封電子郵件應該就夠了。」

同 □ **enough** [ɪ`nʌf] 足夠的；充足的

□ **adequate** [`ædəkwɪt] 充分的；足夠的；適當的

反 □ **insufficient** [ˌɪnsə`fɪʃənt] 不足的；不充分的

□ **deficient** [dɪ`fɪʃənt] 缺乏的；不足的

□ **inadequate** [ɪn`ædəkwɪt] 不充分的；不適當的

衍 □ **sufficiency** [sə`fɪʃənsɪ] 名 充分；足夠

20	**wholesale** [`holˌsel]	形 批發的；躉售的；大規模的 源 whole + sale

We can offer you a **wholesale** price if you order 50 or more items.

如果您訂購五十件以上的話，我們可以算您批發價。

大師提點

wholesale 除了作形容詞用外，還可以當名詞（批發；躉售）、動詞（批發；成批出售）和副詞（以批發方式；大規模地）。

衍 □ **wholesaler** [`holˌselɚ] 名 批發商；大盤商（零售商稱為 retailer [`ritelɚ]）

TOPIC 4 Sales 業務

Track 25

1	pass up	放棄；錯過；拒絕

Thanks for the offer, but I guess I'll have to **pass it up** because I don't have enough capital.

謝謝你的提議，但是我想我必須放棄，因為我沒有足夠的資金。

同 □ **give up** 放棄
□ **miss** [mɪs] 錯過
□ **reject** [rɪ`dʒɛkt] 拒絕（接受）

2	license [`laɪsn̩s]	動 許可；批准

His shop is **licensed** to sell cigarettes and alcohol.

他的店獲准販售菸酒。

大師提點

license 常作名詞用，意思為「執照」、「許可（證）」。注意，license plate 指「車牌」。

同 □ **allow** [ə`laʊ] 允許；准許
□ **permit** [pə`mɪt] 准許；容許
□ **approve** [ə`pruv] 批准；認可
□ **authorize** [`ɔθə,raɪz] 授權；批准

衍 □ **licenser** [`laɪsn̩sɚ] 名 許可者；批准者
□ **licensee** [,laɪsn̩`si] 名 獲得許可者；領到執照者
□ **licensed** [`laɪsn̩st] 形 獲准的；領有執照的

3	quote [kwot]	動 報價；引用；引述

They **quoted** a very reasonable price for their new notebook computer.

他們新筆記型電腦的報價非常合理。

同 □ **offer** [`ɔfɚ] 提出；表示願意（做某事）；出價
□ **cite** [saɪt] 引用；援引；引證

衍 □ **quotation** [kwo`teʃən] 名 報價（單）；引用（字、句、文）

4	**solicit** [sə`lɪsɪt]	動 拉客；兜售；請求；懇求 源 soli (whole) + cit (arouse)

An email newsletter can be used to **solicit** new clients as long as the newsletter contains content that is useful to potential clients.

只要電子通訊的內容對潛在客戶有用的話，就能吸引新客戶上門。

同
- ☐ **seek** [sik] 尋求；求取；探索；請求
- ☐ **request** [rɪ`kwɛst] 請求；要求
- ☐ **entreat** [ɪn`trit] 懇求；哀求
- ☐ **supplicate** [`sʌplɪˌket] 祈求；懇求
- ☐ **petition** [pə`tɪʃən] 請願；請求
- ☐ **plead** [plid] 懇求；請願

衍
- ☐ **solicitation** [səˌlɪsə`teʃən] 名 拉客；請求；懇求
- ☐ **solicitous** [sə`lɪsɪtəs] 形 熱切的；關心的；掛念的
- ☐ **solicitor** [sə`lɪsətɚ] 名 四處兜售的推銷員；（英）律師

5	**estimate** [`ɛstəˌmet]	名 估計；估價（單）；評價 源 estim(a) (value) + ate (v.)

Mr. Schaeffer gave an **estimate** of $350,000, but he said the actual price would depend on shipping.

史卡佛先生估計金額為三十五萬美元，但是他說確實價格仍要依貨運金額而定。

大師提點

estimate 亦可作動詞用，例如：The marketing department estimated that we could sell over 100 unit in the first quarter.「行銷部估計我們在第一季能賣出一百組以上。」

同
- ☐ **appraisal** [ə`prezl̩] 估價；評價；鑑定
- ☐ **assessment** [ə`sɛsmənt] 估價；評價；評估
- ☐ **evaluation** [ɪˌvælju`eʃən] 評價；估價；評鑑

衍
- ☐ **estimation** [ˌɛstə`meʃən] 名 估價（額）；評價；判斷；意見

6	**commission** [kə`mɪʃən]	名 佣金；委任；權限 源 com (together) + miss (send) + ion (action)

The sales staff earn a **commission** of 5 % on all products sold.

銷售人員可以獲得所有賣出產品價格的 5 % 作為佣金。

大師提點

commission 由動詞 commit [kə`mɪt]（委託；託付）衍生而來。注意，動詞 commit 亦可指「犯（罪、過錯）」。另，commission 本身亦可作動詞用，指「委任」、「訂製」等意。

同 □ **cut** [kʌt]（利益、贓物的）一份；應得的份
□ **kickback** [`kɪk͵bæk] 回扣；佣金
□ **appointment** [ə`pɔɪntmənt] 任命；指派；約定
□ **authority** [ə`θɔrətɪ] 權力；權限；權威

7	**invoice** [`ɪnvɔɪs]	名 發票；發貨單 源 in (on) + voice (way)

For every order, you will need to fill out an **invoice** and staple it to the receipt.
每一筆訂貨你都必須填寫發貨單，並把它釘在收據上。

大師提點
invoice 亦可作動詞用，指「開……的發票」、「給……寄發貨單」。

8	**payment** [`pemənt]	名 支付；付款；補償；報酬；懲罰 源 pay + ment (action)

All **payments** should be made by check or money order and mailed to the address indicated on the bottom of the order form.
所有付款皆須以支票或匯票寄至訂購單下方載明的地址。

大師提點
注意，例句中的 money order 指「匯票」。

同 □ **paying** [`peɪŋ] 支付；付錢
□ **compensation** [͵kɑmpən`seʃən] 補償；賠償
□ **reimbursement** [͵riɪm`bɜsmənt] 償還；付還
□ **remuneration** [rɪ͵mjunə`reʃən] 報酬；酬勞
□ **punishment** [`pʌnɪʃmənt] 懲罰；處罰

9	**quantity** [`kwɑntətɪ]	名 數量；數額；大量 源 quant (how much) + ity (condition)

Upon ordering, please specify the **quantity** in the appropriate space on the order form.
訂貨的時候，請在訂貨單的適當空格裡註明您要的數量。

同 □ **amount** [ə`maʊnt] 數量；數額
□ **number** [`nʌmbɚ] 數目；數字
□ **volume** [`vɑljəm] 數量；音量；容量；卷；冊
□ **bulk** [bʌlk] 大量；大批；大宗
buy and sell in bulk 大宗買賣

10	**transaction** [træns`ækʃən]	名 處理；辦理；業務；交易 源 trans (across) + act (do) + ion (action)

Citizen's National Bank charges $2 for each **transaction** made with a teller, including deposits or withdrawals, but you can use their ATMs for free.

在市民銀行由銀行的櫃員幫您處理業務，包括存款或提款，每一件手續費兩美元，但是使用該銀行的自動櫃員機則不收取任何費用。

大師提點

transaction 由動詞 transact [træns`ækt]（處理；辦理；交易）衍生而來。

同
- ☐ **conducting** [kə`dʌktɪŋ] 處理；進行
- ☐ **operation** [ˌɑpə`reʃən] 運作；業務
- ☐ **deal** [dil] 交易；協議
- ☐ **dealing** [`dilɪŋ] 買賣；交易

11	**merchandise** [`mɜtʃənˌdaɪz]	名 商品；貨物 源 merchand (trade) + ise (n.)

Next week, Vicky is going to visit all the stores carrying our **merchandise** to see how they're selling.

下個禮拜維琦會到所有販售我們商品的店去看看東西賣得怎麼樣。

大師提點

注意同源字 merchant [`mɜtʃənt] 指的是「商人」。

同
- ☐ **goods** [gʊdz] 商品；貨物（複數形）
- ☐ **commodity** [kə`mɑdətɪ] 商品；必需品

12	**catalog** [`kætəlɔg]	名（圖書、商品等的）目錄；一覽表 源 cata (down) + log (count)

My favorite item is on page 8 of the **catalog** the store just sent us.

我最喜歡的商品項目列在那家店剛寄來的目錄上的第八頁。

大師提點

catalog 也可拼成 catalogue。另，注意 catalog 亦可作動詞用，意思是「編目錄」、「載入目錄中」。

同
- ☐ **list** [lɪst] 名單；清單；目錄；一覽表
- ☐ **inventory** [`ɪnvənˌtorɪ] 詳細目錄；存貨清單

13	**letter of credit** [ˋlɛtɚ əv ˋkrɛdɪt]	名 信用狀

We will have to receive the **letter of credit** before filling your order.

在供應您所訂的貨之前我們必須先收到信用狀。

大師提點

letter of credit 常簡略為 L/C。另，fill an order 指「供應訂貨」。

14	**sample** [ˋsæmpḷ]	名 樣品；樣本；實例

If you want to know how it tastes, just go to aisle 15, where they are giving away free **samples**.

如果你想知道味道如何，只要到第十五走道，他們在那裡提供免費試吃。

大師提點

sample 與 example 屬同源字。注意，sample 亦可作動詞用，意思是「抽查樣品」、「品嚐」。

同 □ **specimen** [ˋspɛsəmən] 樣本；標本；實例（注意拼字）

□ **example** [ɪgˋzæmpḷ] 範例；榜樣；樣本

15	**sales target** [ˋselz ˏtɑrgɪt]	名 銷售目標

Due to the recent global economic crisis, our **sales target** this year is set depressingly low.

由於最近全球性的經濟危機，我門今年的銷售目標訂得令人沮喪地低。

大師提點

sales target 為複合名詞，主重音應落在第一個字上。注意，sales 為複數形。

16	**quota** [ˋkwotə]	名 配額；定額

Our team got a bonus for doubling the sales **quota** for the quarter.

我們這個小組因為這一季的業績超出定額一倍，所以獲得獎金。

大師提點

quota 為拉丁文 quota pars（how great a part?）之略。

17	**installment** [ɪn`stɔlmənt]	名 分期付款；分期交付 源 in (in) + stall (delay) + ment (means)

You'll be paid in monthly **installments**, all of which will go directly into your bank account.

我們將以分期付款的方式支付您，而所有支付的款項會直接進入您的銀行帳戶裡。

大師提點

注意不可將 installment 與 installation [͵ɪnstə`leʃən] 混淆，後者指「安裝」、「設置」、「任命」、「就職」等義。

18	**overdue** [`ovɚ`dju]	形 逾期的；未兌的 源 over + due

Due to seven **overdue** credit card payments, we will be unable to process your loan request until you can improve your credit rating.

由於您仍有七筆逾期未付的信用卡款項，因此在您的信用評等有所改善之前，我們將無法處理您的貸款申請案。

大師提點

例句中的 credit rating 指「信用評等」。

同
- ☐ **past due** 過期的
- ☐ **belated** [bɪ`letɪd] 誤期的；來得太遲的
- ☐ **tardy** [`tɑrdɪ] 晚了的；誤了規定時間的
- ☐ **dilatory** [`dɪlə͵torɪ] 拖延的；慢吞吞的

反
- ☐ **ahead of time** 提早的
- ☐ **beforehand** [bɪ`for͵hænd] 事前的；預先的
- ☐ **premature** [͵primə`tʊr] 過早的；提前的；未到期的

19	**itemized** [`aɪtəm͵aɪz]	形 分條列述的；詳細列舉的 源 item + ize (v.) + (e)d

Rebecca always checks the **itemized** portion of her credit card bill to make sure all the individual charges are correct.

瑞貝卡總會查看她信用卡帳單上的消費細目以確認各項消費金額正確無誤。

大師提點

itemized 為由動詞 itemize 之過去分詞轉化之形容詞，而 itemize 則由名詞 item [`aɪtəm]（項目；細目）衍生而來。

同
- ☐ **enumerated** [ɪ`njumə͵retɪd] 列舉的；枚舉的
- ☐ **specified** [`spɛsə͵faɪd] 載明的；詳述的

□ **detailed** [dɪ`teld] 詳細的；明細的；逐條的

反 □ **combined** [kəm`baɪnd] 合併的；結合的

□ **mixed** [mɪkst] 混和的；混雜的

20	**optional** [`ɑpʃənḷ]	形 隨意的；非強制的；可任意選擇的 源 opt (choose) + ion (action) + al (of the kind)

The training program is required for employees hired within the last six months; it is **optional** for all other employees.

在最近六個月內來的新進員工都必須參加這個教育訓練課程，其他員工則可選擇參加或不參加。

大師提點

optional 由名詞 option [`ɑpʃən]（選擇（權））衍生而來，而 option 則由動詞 opt [ɑpt]（選擇）衍生而來。

同 □ **elective** [ɪ`lɛktɪv] 隨意的；選修的

□ **volitional** [və`lɪʃənḷ] 憑意願的；意志的

□ **discretional** [dɪ`skrɛʃənḷ] 自由裁決的；任意的

□ **noncompulsory** [͵nɑnkəm`pʌlsərɪ] 非強迫性的

□ **nonobligatory** [͵nɑnəb`lɪgə͵torɪ] 非義務性的

反 □ **required** [rɪ`kwaɪrd] 必要的；必須的

□ **compulsory** [kəm`pʌlsərɪ] 強迫性的

□ **obligatory** [əb`lɪgə͵torɪ] 義務性的

□ **mandatory** [`mændətorɪ] 強制性的

TOPIC 5 Customer Service 顧客服務

Track 26

1	**interact** [ˌɪntɚ`ækt]	動 相互作用；互動 源 inter (between) + act

The new employees were trained to **interact** politely and patiently with customers who had complaints.

新進的員工被訓練學會有禮貌、有耐心地與有所抱怨的顧客互動。

同 □ **interplay** [ˌɪntɚ`ple] 相互作用；相互影響

衍 □ **interaction** [ˌɪntɚ`ækʃən] 名 互動；相互作用

□ **interactive** [ˌɪntɚ`æktɪv] 形 相互作用的；相互配合的

2	**exchange** [ɪks`tʃendʒ]	動 交換；替換；兌換 源 ex (out) + change

These gift certificates can be **exchanged** for merchandise in any of our stores.

這些禮券可以在我們的任何一家店兌換商品。

大師提點

exchange 亦可作名詞用，意思為「交換」、「交易」，如 foreign [`fɔrɪn] exchange 指「外匯交易」。

同 □ **swap** [swɑp] 交換；互換

□ **barter** [`bɑrtɚ] 以物易物

□ **interchange** [ˌɪntɚ`tʃendʒ] 互換；交換；交替

□ **switch** [swɪtʃ] 交換；轉換

□ **trade** [tred] 交易；以……交換

trade off 以貨易貨

衍 □ **exchangeable** [ɪks`tʃendʒəbḷ] 形 可交換的；可替換的；可兌換的

3	**take back**	拿回；收回

We cannot **take back** the product if it has been opened, unless there is a problem with it.

除非產品本身有問題，否則一經開啓之後我們就無法收回。

大師提點

此處的 take back 指「由商店收回，接受退貨」之意。

4	**rectify** [ˋrɛktə͵faɪ]	動 矯正；改正；修正 源 rect (right) + ify (make)

We are sorry that your ADSL service does not work; our servicemen will try to **rectify** the situation as soon as possible.

很抱歉您的 ADSL 無法使用，我們的服務人員會盡快處理以改善情況。

同 ☐ **correct** [kəˋrɛkt] 改正；更正；矯正
☐ **remedy** [ˋrɛmədɪ] 矯正；補救；治療
☐ **redress** [rɪˋdrɛs] 矯正；匡正；賠償
☐ **repair** [rɪˋpɛr] 修理；修繕；訂正
☐ **mend** [mɛnd] 修繕；修理；訂正；改正
☐ **fix** [fɪks] 修理；整頓；使固定；安排
衍 ☐ **rectification** [͵rɛktəfəˋkeʃən] 名 改正；修正；矯正
☐ **rectifier** [ˋrɛktə͵faɪɚ] 名 改正者；矯正器

5	**assure** [əˋʃʊr]	動 向……保證；擔保；確保；使安心 源 as (to) + sure

I can **assure** you that this product is perfectly safe.

我可以向您保證這項產品絕對安全。

同 ☐ **guarantee** [͵gærənˋti] 保證；擔保
☐ **warrant** [ˋwɔrənt] 擔保；保證
☐ **ensure** [ɪnˋʃʊr] 確保；保證；擔保
衍 ☐ **assurance** [əˋʃʊrəns] 名 保證；擔保；確信

6	**expectation** [͵ɛkspɛkˋteʃən]	名 期待；預期；期望 源 ex (out) + (s)pect (look) + ation (n.)

The product didn't meet my **expectations** at all, but when I returned it, the store wouldn't give me my money back.

那個產品完全不符合我的期望，可是當我拿回去退的時候店家不肯退我錢。

大師提點

expectation 由動詞 expect [ɪkˋspɛkt] 衍生而來。另，如例句所示，表示「期望」之意時，常用複數形 expectations 。

7	**ignore** [ɪgˋnor]	動 忽視；不理睬；不顧 源 i(n) (not) + gnore (know)

The customer's complaint was **ignored** because the restaurant was closing soon and the manager was too tired to care.

那位客人的抱怨沒有被理會，因為當時餐廳已經要關門了，而且經理也太累了不想管事。

同 □ **neglect** [nɪgˋlɛkt] 忽視；忽略；怠慢

□ **overlook** [ˏovɚˋlʊk] 忽略；看漏；未注意；俯視；監督

□ **disregard** [ˏdɪsrɪˋgɑrd] 漠視；不理會；不顧

反 □ **heed** [hid] 注意；留心

□ **note** [not] 注意並記住；意識到

□ **notice** [ˋnotɪs] 注意（到）；察覺

□ **attend** [əˋtɛnd] 注意；照顧；服侍；參加

衍 □ **ignorance** [ˋɪgnərəns] 名 無知；不學無術；一無所知（注意重音）

□ **ignorant** [ˋɪgnərənt] 形 無知的；不學無術的；一無所知的（注意重音）

8	**dispute** [dɪˋspjut]	名 爭論；爭執；辯論；議論 源 dis (apart) + pute (consider)

There was a serious **dispute** between the chef and the headwaiter over who should be responsible for the customer's displeasure.

為了誰應該為那個客人的不悅負責，主廚與服務生領班之間發生了嚴重的爭執。

大師提點

dispute 亦可作動詞用，如：The employees disputed with the management over the issue of working hours.「為了工時的問題員工和資方槓上了。」

同 □ **argument** [ˋɑrgjəmənt] 爭論；爭辯；爭吵

□ **quarrel** [ˋkwɔrəl] 爭吵；爭執；吵架

□ **squabble** [ˋskwɑbḷ] 爭吵；口角；爭執

□ **altercation** [ˏɔltɚˋkeʃən] 爭辯；爭吵；口角

□ **wrangle** [ˋræŋgḷ] 爭吵；爭論；口角

□ **bickering** [ˋbɪkərɪŋ] 吵嘴；爭論

□ **debate** [dɪˋbet] 辯論；爭論

□ **controversy** [ˋkɑntrəˏvɝsɪ] 爭論；爭議；議論

衍 □ **disputable** [dɪˋspjutəbḷ] 形 有爭論餘地的；可質疑的

□ **disputatious** [ˏdɪspjʊˋteʃəs] 形 愛爭論的；好辯的；爭論性的

□ **disputant** [dɪˋspjutṇt] 名 爭論者；爭執者

9	**malfunction** [mæl`fʌŋʃən]	動 發生故障；機能失常 源 mal (bad) + function

This new modem has **malfunctioned** six times since we bought it last month.
自從上個月買來以後，這個新的數據機已經故障六次了。

大師提點

malfunction 也可當名詞用，指「故障」、「失靈」，例如：The miscalculation resulted from a malfunction of the main computer.「計算錯誤的原因是由於主電腦發生了故障。」

10	**recall** [rɪ`kɔl]	名 收回；撤回；回想 源 re (back) + call

A product **recall** typically occurs when something is found to be wrong with the product.
在產品被發現有問題的時候通常會做回收。

大師提點

recall 也可當動詞用，例如：The manufacturer has started to recall their defective ipods.「廠商已經開始回收他們有瑕疵的 ipod 。」

同
- ☐ **callback** [`kɔl͵bæk]（瑕疵品的）回收
- ☐ **withdrawal** [wɪð`drɔəl] 收回；撤回；提款
- ☐ **recollection** [͵rɛkə`lɛkʃən] 回想；回憶

11	**receipt** [rɪ`sit]	名 收條；收據；接受；受領 源 re (back) + ceip(t) (take)

Make sure you get a **receipt** from the cab driver, so the company can give you the money for this trip.
務必向計程車司機拿收據，如此公司才能付給你這趟車資。

大師提點

receipt 由動詞 receive [rɪ`siv]（接受；收到）衍生而來。注意 receipt 的 "p" 不發音。

12	**warranty** [`wɔrəntɪ]	名 保證（書）；擔保 源 warrant (guaranty) + y (n.)

The store offers a thirty-day **warranty** on all computers, so if anything goes wrong, just bring it back and they will give you a new one.
那家店所有的電腦都有三十天的保證期，所以如果有故障，就拿回店裡，他們會給你一臺新的。

大師提點

warranty 由動詞 warrant [`wɔrənt]（保證；擔保）衍生而來。

同
- ☐ **guarantee** [͵gærən`ti] 保證（書）；擔保（品）

13	**guarantee** [ˌgærənˋti]	名 保證（書）；擔保（品）；保證人；被保證人

I think I've heard enough "lifetime **guarantee** or we'll give your money back!" advertisements to last me a lifetime!

我想我這輩子已經聽夠了「終身保證，否則退錢！」的廣告。

大師提點

guarantee 為 guaranty [ˋgærəntɪ]（保證（書、人）；擔保品）的變化形。注意，guarantee 亦可作動詞用，例如：Our products are guaranteed to last at least 10 years.「我們的產品保證可以使用十年以上。」

同 ☐ **warranty** [ˋwɔrəntɪ] 保證（書）；擔保

☐ **guarantor** [ˋgærəntɚ] 保證人

14	**satisfaction** [ˌsætɪsˋfækʃən]	名 滿意；滿足；履行；符合（要求） 源 satis (enough) + fac (make) + tion (state)

Our customers' **satisfaction** is very important to us; we want our customers to love our products.

顧客的滿意對我們而言很重要；我們希望我們的顧客能愛上我們的產品。

大師提點

satisfaction 由動詞 satisfy [ˋsætɪsˌfaɪ]（使滿意；使滿足）衍生而來。

同 ☐ **content(ment)** [kənˋtɛnt(mənt)] 滿足；滿意

☐ **gratification** [ˌgrætəfəˋkeʃən] 滿足；令人滿足之事物

☐ **fulfillment** [fulˋfɪlmənt] 履行；實踐；符合

反 ☐ **dissatisfaction** [ˌdɪssætɪsˋfækʃən] 不滿；不悅

☐ **discontent(ment)** [ˌdɪskənˋtɛnt(mənt)] 不滿；不平

衍 ☐ **satisfactory** [ˌsætɪsˋfæktərɪ] 形 令人滿意的；符合要求的

☐ **satisfied** [ˋsætɪsˌfaɪd] 形 滿意的；滿足的

15	**resolution** [ˌrɛzəˋluʃən]	名 決心；決意；決議（案、文）；解決；(電視等的）解析度 源 re (back) + solu (loosen) + tion (state)

Eventually, both parties came up with an agreeable **resolution**: to pretend that the problem never happened.

最後，雙方達成了一致的決議，那就是：假裝問題從未發生。

大師提點

resolution 由動詞 resolve [rɪˋzɑlv]（下決心；決議；解決；解析）衍生而來。注意，resolve 亦可作名詞，指「決心」、「決意」。

同 ☐ **determination** [dɪˌtɜmə`neʃən] 決心；決意
☐ **formal proposal** [`fɔrml̩ prə`pozl̩] 決議（案）
☐ **solution** [sə`luʃən] 解決（方法）；溶液
☐ **sharpness** [`ʃɑrpnɪs] 鮮明度；銳利；精明
衍 ☐ **resolute** [`rɛzəˌlut] 形 堅決的；堅定的；果斷的
☐ **resoluteness** [`rɛzəˌlutnɪs] 名 堅定；堅決

16	**refund** [`riˌfʌnd]	名 退錢；退還（的款項） 源 re (back) + fund (pour)

If there are any defects or problems with our products, just bring them back and we will give you a full **refund**.

如果我們的產品有任何瑕疵或問題，您都可以把它們拿回來，我們會把全數金額退給您。

大師提點

refund 亦可作動詞用，但是發音為 [rɪ`fʌnd]，用法如： They refunded us our money when we returned the defective microwave oven.「當我們把那臺有瑕疵的微波爐拿回店裡時，他們把錢退給了我們。」

同 ☐ **repayment** [rɪ`pemənt] 付還；還錢
☐ **reimbursement** [ˌriɪm`bɜsmənt] 退款；付還
☐ **rebate** [`ribet]（部分）退款
衍 ☐ **refundable** [rɪ`fʌndəbl̩] 形 可退款的；可退錢的

17	**replacement** [rɪ`plesmənt]	名 代替；取代；替換的人或物 源 re (again) + place + ment (action)

Would you please stop by the hardware store and pick up a **replacement** filter for the air conditioning unit?

可不可以請你順道到五金行買個冷氣機的替換過濾網？

大師提點

replacement 由動詞 replace「代替」、「取代」衍生而來。replace 的用法如：Have you heard that Joan is going to replace Nick as the sales manager?「你有沒有聽說瓊恩將取代尼克擔任業務經理？」

同 ☐ **substitute** [`sʌbstəˌtjut] 代替者；代替物；代替品
☐ **surrogate** [`sɜəgɪt] 代理人；代用品

18	**defect** [ˋdɪfɛkt]	名 瑕疵；缺點 源 de (away) + fect (make)

Every single one of our cars is meticulously tested for **defects** before it leaves the factory.

我們的每一輛車子在出廠前都經過極度謹慎的檢驗以確保沒有瑕疵。

同 □ **fault** [fɔlt] 過失；過錯；缺點；瑕疵

□ **flaw** [flɔ] 瑕疵；缺點

□ **blemish** [ˋblɛmɪʃ] 缺點；汙點；瑕疵

□ **imperfection** [͵ɪmpɚˋfɛkʃən] 不完美；缺點

□ **weakness** [ˋwiknɪs] 弱點；缺點

□ **shortcoming** [ˋʃɔrt͵kʌmɪŋ] 短處；缺點

反 □ **perfection** [pɚˋfɛkʃən] 完美；無瑕疵

□ **faultlessness** [ˋfɔltlɪsnɪs] 無過失；無瑕疵

□ **strength** [ˋstrɛŋθ] 力量；強度；長處

□ **forte** [fort] 長處；強項；優點

衍 □ **defective** [dɪˋfɛktɪv] 形 有瑕疵的；有缺點的

19	**dissatisfied** [dɪsˋsætɪs͵faɪd]	形 不滿的；不悅的 源 dis (not) + satis (enough) + fi (make) + ed

It isn't easy dealing with **dissatisfied** customers every day as one has to endure a lot of yelling and cursing.

每天應付不滿的顧客並不容易，因為得忍受一堆叫囂與咒罵。

大師提點

dissatisfied 為動詞 dissatisfy 之過去分詞，轉化作形容詞用。

同 □ **discontented** [͵dɪskənˋtɛntɪd] 不滿的；不平的

□ **displeased** [dɪsˋplizd] 不高興的；不悅的

反 □ **satisfied** [ˋsætɪs͵faɪd] 滿意的；滿足的

□ **content(ed)** [kənˋtɛnt(ɪd)] 滿足的；滿意的

□ **pleased** [plizd] 高興的；愉快的

衍 □ **dissatisfaction** [͵dɪssætɪsˋfækʃən] 名 不滿；不悅

20	**confusion** [kən`fjuʒən]	名 混亂；混淆；困惑 源 con (together) + fus (pour) + ion (condition)

Due to **confusion** over the delivery address, Rodney's printer was returned to the store, so he had to pick it up himself.

由於寄送地址弄混了，洛德尼的印表機被退回了原商店，所以他得自己去把它帶回來。

大師提點

confusion 由動詞 confuse [kən`fjuz]（混淆；使困惑）衍生而來，用法如：Don't give me so many figures at one time — you're confusing me.「不要一次告訴我這麼多個數字，你都把我給搞糊塗了。」

同
- □ **disorder** [dɪs`ɔrdɚ] 混亂；騷動；無秩序
- □ **disarray** [ˌdɪsə`re] 雜亂；混亂；不整齊
- □ **mess** [mɛs] 混亂；雜亂；紛亂
- □ **chaos** [`keas] 大混亂；混沌
- □ **clutter** [`klʌtɚ] 雜亂；亂七八糟
- □ **tangle** [`tæŋg!] 糾結；混亂；一團糟
- □ **puzzlement** [`pʌz!mənt] 迷惑；困窘
- □ **bafflement** [`bæf!mənt] 困惑；迷惑
- □ **bewilderment** [bɪ`wɪldɚmənt] 困惑；昏亂
- □ **perplexity** [pɚ`plɛksətɪ] 困惑；混亂

反
- □ **orderliness** [`ɔrdɚlɪnɪs] 整齊；井然有序
- □ **clarity** [`klærətɪ] 清楚；明確
- □ **enlightenment** [ɪn`laɪtn̩mənt] 啓發；開示

衍
- □ **confusing** [kə`fjuzɪŋ] 形 令人困惑的；令人搞不清的
- □ **confused** [kə`fjuzd] 形 混淆的；迷惑不解的；糊塗的

TOPIC 6 Manufacturing 製造

Track 27

1	**procure** [pro`kjʊr]	動 取得；獲得；達成；採購 源 pro (forward) + cure (take care)

Our company **procures** products only from reliable manufacturers.
我們公司只向可靠的廠商採購產品。

同 ☐ **obtain** [əb`ten] 得到；獲得
☐ **acquire** [ə`kwaɪr] 獲得；取得；學得
☐ **achieve** [ə`tʃiv] 達成；完成；實現
☐ **attain** [ə`ten] 達成；獲得；得到
☐ **purchase** [`pɝtʃəs] 購買；採購

衍 ☐ **procurement** [pro`kjʊrmənt] 名 取得；獲得；採購
procurement department 採購部門

2	**mass-produce** [`mæsprə`djus]	動 大量生產；批量出產

Jay's been boycotting that store ever since he found out that they **mass-produce** their T-shirts, which he thinks is a sign of an "uncreative spirit".
自從杰發現那家店大量生產製造他們的運動衫後，他就一直進行抵制，因為他認為那是「無創意精神」的一種表徵。

大師提點
mass-produce 的 mass 指「大量」，但除了作「大量」解外，mass 亦常用來指「大眾」，如 mass media「大眾傳播媒體」。

衍 ☐ **mass production** [`mæs prə`dʌkʃən] 名 大量生產（注意名詞形式不需連字號）

3	**factory** [`fæktərɪ]	名 工廠；製造廠 源 fac(t) (make) + ory (place)

The **factory** was closed by the Health Department due to its unsanitary conditions.
那家工廠因衛生條件欠佳而被衛生局勒令停工。

同 ☐ **plant** [plænt] 工廠（常用於複合字中，如 auto plant [`ɔto ˌplænt]「汽車工廠」）
☐ **works** [wɝks] 製造廠；工廠（複數形，多用於複合字中，如 ironworks [`aɪənˌwɝks]「鐵工廠」）

4 **plant** [plænt]

名 a. 工廠；設備；機械／b. 植物；草木；花木

a. Sam's father has been working at the local power **plant** for 30 years.
山姆的爸爸已經在本地的發電廠服務了三十年。

b. He grows a lot of exotic **plants** in his garden.
他在他的花園裡種了許多奇特的植物。

同 **a.** □ **factory** [ˋfæktərɪ] 工廠；製造廠
□ **equipment** [ɪˋkwɪpmənt] 裝備；設備
□ **machinery** [məˋʃinərɪ] 機械裝置
b. □ **vegetation** [ˏvɛdʒəˋteʃən] 植物（集合詞）
□ **flora** [ˋflorə] 植物（群）【動物（群）為 fauna [ˋfɔnə]】

5 **spare part** [ˋspɛr ˋpɑrt]

名 備用零件

The store sells all kinds of **spare parts** for cars.
這家店販售各種汽車零件。

大師提點
spare part 的 spare 為形容詞，除了指「備用的」之外，也可指「多餘的」，例如： spare cash「多餘的現金」；另外， part 則為名詞，指零件，常用複數，例如： car parts「汽車零件」。

6 **maintenance** [ˋmentənəns]

名 維持；保養；生計
源 main (hand) + ten (hold) + ance (n.)

I'm not that familiar with car internals, but I know basic **maintenance** skills like changing the oil and replacing a flat tire.
我並不是那麼熟悉車子的內部構造，但是我會一些如換機油、換爆胎等的基本維修技巧。

大師提點
maintenance 由動詞 maintain [menˋten] 衍生而來（注意名詞的發音）。另，例句中的 internals [ɪnˋtɝnl̩z] 一般指「內臟」（注意須用複數形）。

同 □ **keeping** [ˋkipɪŋ] 保持；保存；保管；管理；扶養
□ **upkeep** [ˋʌpˏkip] 保養（費）；維修（費）
□ **subsistence** [səbˋsɪstəns] 生存；生計

7	**overhead** [ˋovɚˋhɛd]	名 經常開支；經常費用

The **overhead** is just too much for us to maintain; I think we might be forced to close soon.
經常性的開銷實在太高了，我們難以維持；我想我們可能很快就會被迫關門大吉。

大師提點
overhead 亦可作形容詞，指「頭上方的」、「高架的」（例如：overhead lights「頭上方的燈」）；亦可作副詞，指「在頭頂上」、「高高地」（例如：to fly overhead「從頭頂飛過」）。

8	**raw material** [ˋrɔ məˋtɪrɪəl]	名 原料

The island is rich in **raw materials** that local businesses have been taking advantage of for centuries.
這個島富含原物料，島上的企業幾個世紀以來不斷地開發利用。

大師提點
raw 為形容詞，意思是「生的」、「未加工的」，material 為名詞，指「材料」、「物料」。

9	**component** [kəmˋponənt]	名 成分；構成要素；零件 源 com (together) + pon (put) + ent (n.)

In an effort to save money, lots of companies will buy computer and electronic **components** from some Asian countries where they are sold at lower costs.
為了盡量節省成本，許多公司會從某些價格較低廉的亞洲國家進口電腦和電子零件。

同
- ☐ **ingredient** [ɪnˋgridɪənt] 成分；要素；材料
- ☐ **constituent** [kənˋstɪtʃʊənt] 要素；成分；選擇人
- ☐ **part** [pɑrt] 部分；成分；零件

10	**vendor** [ˋvɛndɚ]	名 小販；自動售貨機 源 vend (sell) + or (agent)

He bought a pair of cheap sunglasses from a street **vendor**.
他向路邊的小販買了一付便宜的太陽眼鏡。

大師提點
vendor 也可拼成 vender。

同
- ☐ **peddler** [ˋpɛdlɚ] 小販
- ☐ **vending machine** [ˋvɛdɪŋ məˏʃin] 自動販賣機

11	**supplier** [sə`plaɪɚ]	名 供應者；供應廠商 源 sup (under) + pli (fill) + er (agent)

Because their **supplier** were late with the delivery, the entire production process was set back.

因為他們的供應商送貨有所延誤，所以整個生產過程都被迫延後。

大師提點

supplier 由動詞 supply [sə`plaɪ]（供應；供給）衍生而來。另，例句中的 set back 指「使受挫」。

12	**assembly line** [ə`sɛmblɪ ˏlaɪn]	名 裝配線

Working in an **assembly line** requires care, precision, and quickness.

在裝配線上工作必須謹慎、準確、迅速。

大師提點

assembly line 為複合名詞，主重音應落在第一個字上。另，assembly 由動詞 assemble [ə`sɛmbḷ]（裝配；組合）衍生而來。

同 □ **production line** [prə`dʌkʃən ˏlaɪn] 生產線；裝配線

13	**order** [`ɔrdɚ]	名 命令；順序；秩序；訂單

Laura's new desk lamp arrived just two days after she placed an **order** for it online.

蘿拉在網上下訂單的兩天之後她所訂購的新桌燈就送到了。

大師提點

注意「下訂單」的常用說法為： place an order 。

同 □ **command** [kə`mænd] 命令；支配（權）

□ **arrangement** [ə`rendʒmənt] 排列；安排

□ **discipline** [`dɪsəplɪn] 紀律；訓練

14	**capacity** [kə`pæsətɪ]	名 容量；能力；才幹；資格；立場 源 cap (hold) + aci (adj.) + ty (state)

Our company has the **capacity** to outproduce all other companies in this industry.

在這個業界中我們公司的產能超越所有其他的公司。

同 □ **volume** [`vɑljəm] 容量；體積；卷；冊

□ **ability** [ə`bɪlətɪ] 能力；才幹

☐ **capability** [ˌkepəˋbɪlətɪ] 才能；才幹；資格
☐ **faculty** [ˋfækl̩tɪ] 才能；技能；機能
☐ **position** [pəˋzɪʃən] 立場；身分；位置；形勢；姿勢
反 ☐ **incapacity** [ˌɪnkəˋpæsətɪ] 無能；不適合
☐ **inability** [ˌɪnəˋbɪlətɪ] 無能；無力；不能
☐ **incapability** [ɪnˌkepəˋbɪlətɪ] 無能力；無資格

15	**output** [ˋaʊtˌput]	名 生產；出產；產品；產量 源 out + put

If we want to stay ahead of our competitors, we're going to have to increase the speed of our production **output** — our current pace is much too slow.
假如我們想保持領先我們的競爭對手，我們就必須加快生產速度——我們目前的步調實在太慢了。

同 ☐ **production** [prəˋdʌkʃən] 生產；出產；出產品；製作物
☐ **yield** [jild] 出產；產物；產額；產量
☐ **product** [ˋprɑdʌkt] 產物；產品
☐ **productivity** [ˌprodʌkˋtɪvətɪ] 生產力；產能

16	**unit** [ˋjunɪt]	名 單位；單元；組件；（設備等的）一套、一組

With our new production line, our factory will produce more than 5,000 **units** each week.
有了我們新的生產線，我們工廠每個星期能夠生產超過五仟組。

同 ☐ **section** [ˋsɛkʃən] 部門；部分；區域；片斷
☐ **division** [dəˋvɪʒən] 部門；分劃；分配；區域
☐ **part** [pɑrt] 部分；零件；部件
☐ **measure** [ˋmɛʒɚ] 大小；重量；長度；容量
☐ **system** [ˋsɪstəm] 系統；體系；組織；制度

17	**batch** [bætʃ]	名 一批；一組；一群

The first **batch** of shipments was sent last week.
第一批貨已於上個星期送出。

同 ☐ **lot** [lɑt] 一批；一組；一堆
☐ **group** [grup] 組；群；團
☐ **bunch** [bʌntʃ]（人）群；（香蕉等）串；（花等）束

18 backlog [ˋbækˏlɔg]

動 積存；積壓

Orders are starting to **backlog**, so we'd better speed up or simplify the handling process.

訂單已經開始在積壓了，所以我們最好加快或簡化我們的處理過程。

大師提點

backlog 原作名詞用，指「存貨」、「積蓄」、「積壓」。

同 □ **pile up** 堆積；累積

□ **accumulate** [əˋkjumjəˏlet] 聚積；累積；儲積

19 on schedule

按照預定時間；按照預定計畫

As promised by the shipper, our shipment arrived right **on schedule**.

正如貨運公司所承諾的，我們的貨按預定時間準時到達。

大師提點

schedule [ˋskɛdʒʊl] 指「時間表」、「預定表」、「計畫表」。另，schedule 亦可作動詞用，指「預定」、「安排」，例如：He is scheduled to leave for Singapore tomorrow morning.「他預定明天早上動身前往新加坡。」

20 behind schedule

落後於預定時間

We have to hurry; the project is already **behind schedule** by two weeks.

我們必須趕快；企劃案已經落後預定時間兩個禮拜。

反 □ **ahead of schedule** 在預定時間之前。

EXERCISE

I. Short Talk

Track 28

Questions 1 through 5 refer to the following voice mail message.

Hello Ms. Azzara, this is Pat Franklin with Franklin Marketing. I'd like to give you a quick update on the market research ___①___ you asked us to conduct last week. In general, consumers expressed a ___②___ for your main competitor's appliances by a ratio of five to one. Although your products are seen as more reliable, theirs were described as more ___③___. We believe that in order to ___④___ in the market, you have to come up with a new, up-to-date vision for your product line. We would like to work with you to develop a campaign that ___⑤___ younger consumers. At the same time, perhaps your engineers could produce some new prototypes with a slightly more state-of-the-art design. I'll send you our full report tomorrow morning.

1.	(A) slogan	(B) trend	(C) survey	(D) payment
2.	(A) satisfaction	(B) recall	(C) quota	(D) preference
3.	(A) prospective	(B) sufficient	(C) innovative	(D) itemized
4.	(A) appeal	(B) compete	(C) accumulate	(D) launch
5.	(A) targets	(B) enhances	(C) specializes	(D) advances

II. Text Completion

Questions 6 through 10 refer to the following letter.

Dear Mr. Jay,

I am sorry to learn that you are dissatisfied with your FieldTech X45 digital camera, and __⑥__ you that we will do all we can to rectify the situation. You mentioned in your letter that the lens does not move smoothly. A vendor that provided a small number of our lenses is known to have used __⑦__ materials, and yours may be among those affected. If you return the lens, we would be happy to examine it. If it's under __⑧__ and found to be defective, we will of course offer you a replacement, or provide you with a full __⑨__, whichever you prefer. If you choose to __⑩__ your camera, there may be a short delay as the X45 is currently sold out. We are expecting shipment from our factory at the end of next month.

I hope you find this an acceptable resolution. Please contact me if you have any further questions.

Sincerely,
Joan Feld, Customer Service Representative

6. (A) quote (B) assure (C) solicit (D) procure

7. (A) overdue (B) in stock (C) optional (D) substandard

8. (A) guarantee (B) warranty (C) dispute (D) capacity

9. (A) receipt (B) installment (C) refund (D) maintenance

10. (A) exchange (B) modify (C) recycle (D) take back

答案

1. (C) 2. (D) 3. (C) 4. (B) 5. (A) 6. (B) 7. (D) 8. (B) 9. (C) 10. (A)

翻譯

【短獨白】問題 1 到 5 請參照下列語音郵件訊息。

哈囉，阿薩拉小姐，我是富蘭克林行銷公司的派特．富蘭克林。我想針對您上週要我們做的行銷研究調查，很快地跟您報告一下最新消息。消費者普遍表示偏好你們主要競爭對手的家電，比例是五比一。雖然你們的產品被認為比較可靠，但是他們的產品被形容成比較創新。我們相信，為了在市場上競爭，你們必須為本身的產品系列提出最符合現況的新構想。我們想跟你們合作，以研擬出一個鎖定較年輕消費族群的宣傳方式。同時，你們的工程師或許能做出一些設計感比較先進一點的新原型。我明天早上會把完整的報告寄給您。

1. (A) 口號	(B) 趨勢	(C) 調查	(D) 付款
2. (A) 滿意	(B) 收回	(C) 配額	(D) 偏愛
3. (A) 有希望的	(B) 足夠的	(C) 創新的	(D) 詳細列舉的
4. (A) 有吸引力	(B) 競爭	(C) 累積	(D) 發行
5. (A) 定出指標	(B) 提高	(C) 專攻	(D)（使）發展

【填空】問題 6 到 10 請參照下列信件。

傑伊先生您好：

我很遺憾地得知，您對您的 FieldTech X45 數位相機並不滿意。我向您保證，我們會竭盡全力改善這種情況。您在信中提到，鏡片的移動不順。我們發現有一家為我們提供少量鏡片的廠商採用了不合標準的材料，而您的可能也在受影響之列。假如您把鏡片退回來，我們很樂意檢查一下。假如它是在保固期內而且確實有瑕疵，我們當然會替您更換，或是全額退款給您，看您希望怎麼做。假如您選擇更換相機，可能會有一小段時間的耽擱，因為 X45 目前已售罄。我們預計在下個月月底從工廠出貨。

希望您覺得這是可以接受的解決之道。假如您還有任何問題，請跟我聯絡。

客服代表　瓊安．菲爾德敬上

6. (A) 引述	(B) 擔保	(C) 懇求	(D) 取得
7. (A) 逾期的	(B) 有現貨的	(C) 隨意的	(D) 不合規格的
8. (A) 擔保	(B) 保固期	(C) 爭論	(D) 容量
9. (A) 收據	(B) 分期付款	(C) 退錢	(D) 保養
10. (A) 替換	(B) 修改	(C) 回收再利用	(D) 收回

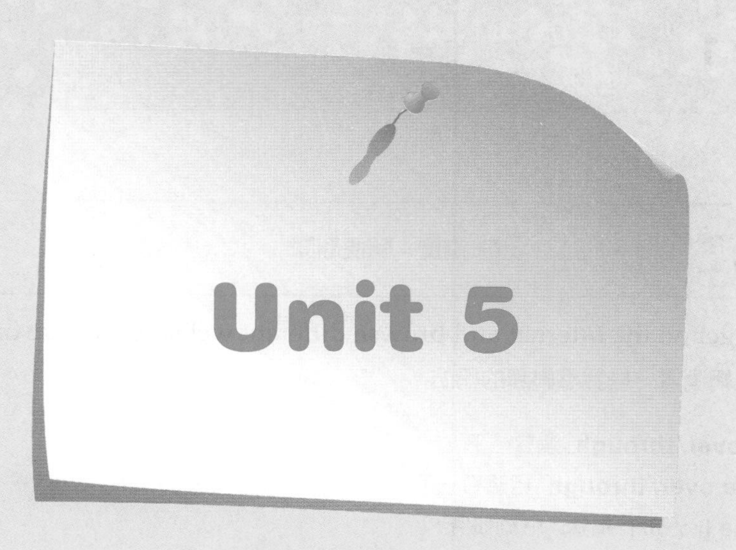

Technology 科技

TOPIC 1 Personal Computing 個人電腦

Track 30

1	**browse** [braʊz]	動 瀏覽；隨便翻閱

I like to get on the Internet and **browse** different websites that are of interest to me.
我喜歡上網瀏覽一些我感興趣的網站。

同 □ **look over/through** 瀏覽一下
□ **glance over/through** 粗略看一下
反 □ **peruse** [pə`ruz] 精讀；仔細研究
□ **scrutinize** [`skrutn̩ˌaɪz] 細看；審閱；詳細地檢查

2	**configure** [kən`fɪgɚ]	動 安裝；裝配；設定 源 con (together) + figure (shape)

Harold showed me how to **configure** my computer, so I could easily switch between typing in English and Russian.
哈洛德教我如何設定電腦，如此一來打字時我就可以輕鬆切換英俄文。

同 □ **arrange** [ə`rendʒ] 配置；安排
□ **set up** 設立；安裝
衍 □ **configuration** [kənˌfɪgjə`reʃən] 名 結構；表面配置

3	**delete** [dɪ`lit]	動 刪除；劃掉（文字等）

Be careful when **deleting** files from your computer, because you can sometimes remove files that you need.
刪除電腦檔案時要小心，因為有時你可能會刪掉需要的檔案。

大師提點
delete 源自拉丁文，意思是 blot out「抹掉」。

同 □ **remove** [rɪ`muv] 除去；移去；拿走
□ **erase** [ɪ`res] 擦掉；抹去；消除
□ **take out** 取出；除去
□ **leave out** 省去；忽略
衍 □ **deletion** [dɪ`liʃən] 名 刪除；刪掉的部分

4 operate
[ˋɑpə͵ret]

動 運作；運轉；操作；產生效果；經營；開刀

源 oper (work) + ate (v.)

I still don't understand exactly how to **operate** this version of Windows, but I'll give it a try and hope nothing goes wrong.

我還是不太了解這個版本的 Windows 到底怎麼用，但是我會試一試，希望不會出任何差錯。

同
- ☐ **work** [wɝk] 運轉；順利進行；產生效果
- ☐ **run** [rʌn] 運轉；操作；經營
- ☐ **function** [ˋfʌŋkʃən] 運行；起作用
- ☐ **perform** [pəˋfɔrm] 運轉；表現
- ☐ **effect** [ɪˋfɛkt] 產生；達成
- ☐ **manage** [ˋmænɪdʒ] 經營；管理

衍
- ☐ **operation** [͵ɑpəˋreʃən] 名 運轉；運作；操作；經營；手術
- ☐ **operator** [ˋɑpə͵retɚ] 名 操作員；經營者；接線生

5 troubleshoot
[ˋtrʌbl̩͵ʃut]

動 排解疑難

源 trouble + shoot

If restarting your computer doesn't solve the problem, you'll have to call tech support and have them **troubleshoot** the problem.

如果重新啟動電腦不能解決問題，你就得打電話給技術服務人員，請他們幫忙修理。

衍
- ☐ **troubleshooting** [ˋtrʌbl̩͵ʃutɪŋ] 名 疑難排解
- ☐ **troubleshooter** [ˋtrʌbl̩͵ʃutɚ] 名 疑難排除者；（排除機器故障的）檢修人員

6 upgrade
[ˋʌp͵gred]

動 提高；提升；使升級

源 up + grade

If it weren't so expensive, I would **upgrade** my computer to the fastest processor.

要不是價錢太高，我就會將我的電腦升級，使用最快速的處理器。

同
- ☐ **improve** [ɪmˋpruv] 改善；使進步
- ☐ **enhance** [ɪnˋhæns] 提高；加強
- ☐ **advance** [ədˋvæns] 提升；促進；使升級
- ☐ **promote** [prəˋmot] 助長；使升遷；使晉級；促銷

反
- ☐ **downgrade** [ˋdaʊn͵gred] 降低；貶低；降級；降職
- ☐ **degrade** [dɪˋgred] 降級；降職；墮落
- ☐ **demote** [dɪˋmot] 降級；降職；降等

7 activate
[ˋæktə,vet]

動 啓動；使活動起來；催化

源 act (do) + iv(e) (adj.) + ate (v.)

Just click on the icon on the screen to **activate** the anti-virus software.

只要按螢幕上的圖示就能啓動防毒軟體。

大師提點

activate 由形容詞 active [ˋæktɪv]（活躍的；主動的）衍生而來。

同
- ☐ **turn on** 開啓；打開（電燈等）
- ☐ **start** [stɑrt] 使開始；啓動
- ☐ **mobilize** [ˋmobḷ,aɪz] 使動起來；動員
- ☐ **stimulate** [ˋstɪmjə,let] 使有生氣；刺激；激勵
- ☐ **vitalize** [ˋvaɪtḷ,aɪz] 給予活力；賦予生命
- ☐ **prompt** [prɑmpt] 促使；引起；激勵

反
- ☐ **deactivate** [diˋæktə,vet] 解除；撤銷
- ☐ **turn off** 關閉
- ☐ **stop** [stɑp] 使停止
- ☐ **immobilize** [ɪˋmobḷ,aɪz] 使不動；使不能移動

衍
- ☐ **activation** [,æktəˋveʃən] 名 活化（作用）
- ☐ **activator** [ˋæktə,vetɚ] 名 活化劑；催化劑

8 select
[səˋlɛkt]

動 選擇；挑選

源 se (apart) + lect (choose)

Select the folders you want to get rid of, then right-click and choose "delete".

挑出你不想要的檔案夾，然後按滑鼠的右鍵並選擇刪除。

大師提點

select 亦可作形容詞用，意思是「挑選的」、「精選的」、「極好的」，例如：a select item「一項精品」。

同
- ☐ **choose** [tʃuz] 挑選；選擇；選定
- ☐ **pick** [pɪk] 挑選；挑出；刺；戳；掘；剔
- ☐ **single out** 挑出；選出

衍
- ☐ **selection** [səˋlɛkʃən] 名 選擇；選拔；精選（品）
- ☐ **selective** [səˋlɛktɪv] 形 選擇的；選拔的；精挑細選的
- ☐ **selector** [səˋlɛktɚ] 名 選擇者；選擇器

9	back up	支持；備份；堵塞

It is important to **back up** your stored information in case the computer ever breaks down.
以防萬一電腦發生故障，將你儲存的資料備份很重要。

大師提點

backup [ˋbækˏʌp] 為名詞（注意須寫成一個字），意思是「後備人員」、「備用設備」、「備份文件」、「伴奏」、「伴唱」、「堵塞」。

同
- ☐ **support** [səˋport] 支持；支撐；扶持；維持
- ☐ **uphold** [ʌpˋhold] 支撐；支持；維持
- ☐ **bolster** [ˋbolstɚ] 支撐；支持；扶持
- ☐ **buttress** [ˋbʌtrɪs] 支持；支撐；加固
- ☐ **brace** [bres] 支撐；加固

10	crash [kræʃ]	動（電腦）當機；（飛機）墜毀；（股市）暴跌；（企業）倒閉；摔碎；猛烈撞擊

After working on the report for four hours, Olivia's computer suddenly **crashed** before she could save it.
寫了四個小時的報告之後，在她還沒來得及儲存之前，奧莉薇雅的電腦突然當機。

大師提點

crash 亦可作名詞用，指「猛撞」、「墜毀」、「當機」、「暴跌」、「倒閉」。

同
- ☐ **smash** [smæʃ] 打破；（使）粉碎；猛撞
- ☐ **shatter** [ˋʃætɚ]（使）粉碎；（使）破碎；使震驚
- ☐ **fail** [fel] 失敗；失靈；不及格
- ☐ **collide** [kəˋlaɪd] 相撞；碰撞；衝突
- ☐ **collapse** [kəˋlæps] 瓦解；崩潰；倒塌

11	access [ˋæksɛs]	動 接近；進入；獲取（電腦裡的資料） 源 ac (to) + cess (go)

You need an account and password to **access** those files.
要讀取那些檔案你必須有帳戶和密碼。

大師提點

access 亦可作名詞用，指「進入」、「通路」、「入口」、「取得的方法、門路」等義。

同
- ☐ **approach** [əˋprotʃ] 接近；走近；著手（處理）
- ☐ **enter** [ˋɛntɚ] 進入；參加
- ☐ **obtain** [əbˋten] 獲得；得到

衍
- ☐ **accessible** [ækˋsɛsəbḷ] 形 容易接近的；容易達到的；可取得的

12	**database** [ˋdetə͵bes]	名 資料庫；數據庫 源 data + base

Many companies keep a **database** of their customer's preferences for future reference.

許多公司會建立客戶喜好資料庫以作為日後的參考。

大師提點

database 即舊稱之 data bank [ˋdetə ͵bæŋk]。

13	**server** [ˋsɝvɚ]	名 侍者；伺服器 源 serv (slave) + er (agent)

The **server** for our web site is powerful enough to allow more than 1,000 users to connect to our site at once.

我們網站的伺服器功能強大，可以讓一千位以上的使用者同時做連結。

大師提點

server 由動詞 serve「服務」加字尾 er 而形成，可指人（侍者）或物（伺服器）。

14	**retrieval** [rɪˋtrivḷ]	名 取回；恢復 源 re (back) + triev (find) + al (n.)

When a problem this serious occurs with the computer, oftentimes **retrieval** of lost work is impossible.

當電腦發生這麼嚴重的問題時，通常要取回已經遺失的資料是不可能的。

大師提點

retrieval 由動詞 retrieve [rɪˋtriv] 衍生而來。

同
- □ **recovery** [rɪˋkʌvərɪ] 取回；收回；恢復；復原
- □ **restoration** [͵rɛstəˋreʃən] 恢復；修復；歸還

15	**disk drive** [ˋdɪsk ͵draɪv]	名 磁碟機

Store the information onto your hard **disk drive**, so you don't lose it when that run-down computer of yours breaks down.

把資料儲存在你的硬碟機上，這樣一來如果你那臺老舊的破電腦出狀況的時候就不會遺失了。

大師提點

disk drive 為複合名詞，主重音應落在第一個字上。

16	**keyboard** [ˋki͵bord]	名 鍵盤 源 key + board

My little brother spilled water on my **keyboard**, and I haven't been able to type anything since.

我弟弟把水灑到了我的鍵盤上，之後我就一直沒能打任何東西。

大師提點

keyboard 也可作動詞使用，指「鍵入」，例如：All data needs to be keyboarded.「所有資料都需要鍵入。」

17	**workstation** [ˋwɝk͵steʃən]	名（配有個人電腦的）工作臺；工作區 源 work + station

Sheila tries to keep her **workstation** as neat as possible in case her fastidious manager ever decides to check how clean it is.

希拉努力盡量保持她工作區的整潔，以防萬一她那愛挑剔的經理突然決定來檢查看乾不乾淨。

大師提點

workstation 亦可拼寫成 work station。另，例句中的 fastidious [fæsˋtɪdɪəs] 指「愛挑剔的；苛求的」。

18	**compatible** [kəmˋpætəbḷ]	形 相容的；協調的；可共存的 源 com (together) + pat (suffer) + ible (capable of)

The program won't open because it isn't **compatible** with Windows — why don't you try another similar program instead?

那個程式打不開因為它跟 Windows 不相容——你何不試試另一個類似的程式？

同 □ **consistent** [kənˋsɪstənt] 一致的；一貫的；調和的
□ **harmonious** [hɑrˋmonɪəs] 和諧的；調和的；和睦的
反 □ **incompatible** [͵ɪnkəmˋpætəbḷ] 不相容的；不協調的；合不來的
□ **inconsistent** [͵ɪnkənˋsɪstənt] 不一致的；不一貫的；不調和的
□ **inharmonious** [͵ɪnhɑrˋmonɪəs] 不和諧的；不調和的；不融洽的
衍 □ **compatibility** [kəm͵pætəˋbɪlətɪ] 名 相容性；調和性

19	**user-friendly** [ˋjuzɚˋfrɛndlɪ]	形 容易使用的；（設計時）考慮使用者需要的

Our new computer is popular for its **user-friendly** features and its pretty design.
我們的新電腦很受歡迎，因為它很容易使用而且設計美觀。

大師提點
friendly 還可以與其他名詞連用，例如：wildlife-friendly「保護野生動物的」、student-friendly「對學生有幫助的」等。

20	**automatically** [ˌɔtəˋmætɪkḷɪ]	副 自動地；機械地；必然地；不自覺地 源 auto (self) + mat (moving) + ical (adj.) + ly (adv.)

Many modern word processing programs will **automatically** save what you're typing periodically to prevent you from accidentally erasing it.
許多最新的文字處理系統每隔一段時間就會將你的資料自動存檔，以免它們不小心被刪除掉。

大師提點
automatically 由形容詞 automatic [ˌɔtəˋmætɪk]（自動的；不自覺的）衍生而來。

同
- ☐ **mechanically** [məˋkænɪkḷɪ] 機械地；機械式地
- ☐ **naturally** [ˋnætʃərəlɪ] 自然地；當然地
- ☐ **involuntarily** [ɪnˌvɑlənˋtɛrəlɪ] 不知不覺地；無意識地

反
- ☐ **manually** [ˋmænjʊəlɪ] 用手操作地；人工地
- ☐ **voluntarily** [ˌvɑlənˋtɛrəlɪ] 有意識地；自主地；自願地
- ☐ **consciously** [ˋkɑnʃəslɪ] 有意識地；自覺地

TOPIC 2 Laboratory Science 實驗室科學

Track 31

1	**assemble** [əˋsɛmbḷ]	動 組合；集合 源 as (to) + semble (together)

This desk is cheaper because you have to **assemble** it yourself, but it is easy to do and doesn't require any tools.
這張書桌價格比較便宜因為你得自行組裝，但是步驟簡單，不須用到任何工具。

同 □ **put together** 組合；裝配
□ **gather** [ˋgæðɚ] 聚集；集合；採集；收集
□ **rally** [ˋrælɪ] 召集；集合；糾合
□ **congregate** [ˋkɑŋgrɪˏget] 集合；聚集
反 □ **take apart** 分解；拆散
□ **dismantle** [dɪsˋmæntḷ] 拆解；分解
□ **disperse** [dɪˋspɝs] 驅散；（使）分散；（使）消散
□ **scatter** [ˋskætɚ]（使）分散；（使）散開；驅散
衍 □ **assembly** [əˋsɛmblɪ] 名 集會；會議；組合；裝配

2	**observe** [əbˋzɝv]	動 觀察；注意；評論；遵守；奉行；紀念；慶祝 源 ob (to) + serve (keep)

The students **observe** very carefully the various chemical reactions their teacher shows them.
那些學生非常仔細地觀察老師展示給他們看的各種不同化學反應。

同 □ **watch** [wɑtʃ] 看；注視；監視；注意
□ **heed** [hid] 注意；留心
□ **remark** [rɪˋmɑrk] 注意；評論；陳述
□ **comment** [ˋkɑmɛnt] 評論；發表意見
□ **obey** [əˋbe] 服從；遵守
□ **abide** [əˋbaɪd] **by** 遵守；遵從
□ **commemorate** [kəˋmɛməˏret] 紀念；慶祝
□ **celebrate** [ˋsɛləˏbret] 慶祝；舉行（儀式、祭典等）
反 □ **disregard** [ˏdɪsrɪˋgɑrd] 不理；漠視
□ **neglect** [nɪˋglɛkt] 忽視；忽略
□ **disobey** [ˏdɪsəˋbe] 不服從；違抗
衍 □ **observation** [ˏɑbzɚˋveʃən] 名 觀察；注意；評論；意見
□ **observance** [əbˋzɝvəns] 名 遵守；奉行；紀念；儀式

3	**measure** [ˋmɛʒɚ]	動 測量；估量

Use the weight balance to **measure** out exactly 2.5mg of the powder.

用天秤精確量出 2.5 毫克的這種粉末。

大師提點

measure 亦可作名詞用，指「度量單位」；另，measures（複數形）則指「措施、辦法」。

同 □ **gauge** [gedʒ] 度量；計量；估計；判斷

□ **evaluate** [ɪˋvæljʊˏet] 估計；評量；評價

衍 □ **measurement** [ˋmɛʒɚmənt] 名 測量；計量；長度、高度、大小、尺寸；胸圍、腰圍、臀圍（常用複數）

4	**analyze** [ˋænḷˏaɪz]	動 分析；解析 源 ana (up) + ly (loosen) + (i)ze (make)

The professor spent all weekend **analyzing** the results of her research looking for useful data.

教授花了整個週末分析她的研究結果，希望找到有用的資料。

同 □ **assay** [əˋse] 化驗；分析；鑒定

□ **diagnose** [ˋdaɪəgˏnoz] 診斷；分析

衍 □ **analysis** [əˋnæləsɪs] 名 分析；解析

□ **analyst** [ˋænḷɪst] 名 分析者；（政治、社會等）分析家

□ **analytic(al)** [ˏænḷˋɪtɪk(ḷ)] 形 分析的；解析的

5	**hypothesis** [haɪˋpɑθəsɪs]	名 假說；假定 源 hypo (under) + the (put) + sis (state)

These scientists work laboriously in order to prove their **hypothesis**.

為了證明他們的假說，這些科學家們辛勤地工作。

同 □ **assumption** [əˋsʌmpʃən] 假定；假設；臆測

□ **postulate** [ˋpɑstʃəˏlet] 假設；假定

衍 □ **hypothesize** [haɪˋpɑθəsaɪz] 動 假設；假定

□ **hypothetical** [ˏhaɪpəˋθɛtɪkḷ] 形 假設的；假定的

a hypothetical question 一個假設性問題

6	**theory** [ˋθiərɪ]	名 學說；理論；看法；猜測 源 theor (view) + y (n.)

Darwin's **theory** of evolution is commonly accepted.
達爾文的進化論普遍被接受。

同 ☐ **doctrine** [ˋdɑktrɪn] 學說；學理；教義；信條
☐ **principle** [ˋprɪnsəpl̩] 原則；原理
☐ **idea** [aɪˋdiə] 主意；念頭；看法
☐ **speculation** [ˏspɛkjəˋleʃən] 推論；理論；沉思；投機
衍 ☐ **theorize** [ˋθiəˏraɪz] 動 創立理論；理論化
☐ **theorist** [ˋθiərɪst] 名 理論家；空談家
☐ **theoretical** [ˏθiəˋrɛtɪkl̩] 形 理論（上）的；空談的
☐ **theoretically** [ˏθiəˋrɛtɪkl̩ɪ] 副 在理論上；從理論上說

7	**benchmark** [ˋbɛntʃˏmɑrk]	名 基準；標準 源 bench + mark

The JY 5000 will be the **benchmark** by which all laptops will be judged this year.
JY 5000 將會是今年所有筆記型電腦的標竿。

同 ☐ **standard** [ˋstændɚd] 標準；基準；規範
☐ **criterion** [kraɪˋtɪrɪən] 標準；準繩（複數為 criteria）
☐ **yardstick** [ˋjɑrdˏstɪk] 標準；尺碼
☐ **model** [ˋmɑdl̩] 模範；典型；模型
☐ **paradigm** [ˋpærəˏdaɪm] 模範；範例
☐ **exemplar** [ɪgˋzɛmplɚ] 模範；範本

8	**equipment** [ɪˋkwɪpmənt]	名 配備；裝備；器械 源 equip (fit) + ment (condition)

The institute bought a lot of modern **equipment** for the new chemistry lab.
該研究機構為新的化學實驗室添購了許多設備。

大師提點

equipment 由動詞 equip [ɪˋkwɪp]（配備；裝備）衍生而來。注意，equipment 為不可數名詞。

同 ☐ **apparatus** [ˏæpəˋretəs] 器械；裝置；儀器
☐ **gear** [gɪr] 裝置；器械；（汽車的）排檔

9	**experiment** [ɪk`spɛrəmənt]	名 實驗；試驗 源 ex (out) + peri (test) + ment (condition)

Dr. Murphy designed an **experiment** to test whether his idea about the effect of sunlight on children was correct.

為了驗證他的陽光對兒童之影響的理論，莫菲博士設計了一個實驗。

大師提點

experiment 亦可作動詞用，指「做實驗」。

同 □ **test** [tɛst] 試驗；檢驗；實驗；測驗

□ **trial** [`traɪəl] 嘗試；試驗；試用；考驗；審判

衍 □ **experimental** [ɪk͵spɛrə`mɛnt!] 形 試驗的；實驗性的

an experimental farm 一座實驗農場

10	**instrument** [`ɪnstrəmənt]	名 工具；儀器；器具；手段 源 in (in) + stru (build) + ment (condition)

Many of the **instruments** in this lab are very tricky and require training to use.

這間實驗室的許多儀器都很不容易操作，需要經過訓練才會使用。

大師提點

例句中的 tricky [`trɪkɪ] 指「難以處理的；棘手的」

同 □ **tool** [tul] 工具；用具

□ **implement** [`ɪmpləmənt] 器具；用具；工具

□ **appliance** [ə`plaɪəns] 器具；裝置；家用電器

□ **apparatus** [͵æpə`retəs] 器械；裝置；儀器

□ **device** [dɪ`vaɪs] 裝置；器具；手段；策略；詭計

□ **means** [minz] 手段；方法（單、複數同形）

衍 □ **instrumental** [͵ɪnstrə`mɛnt!] 形 儀器的；器具的；可作為手段的；有幫助的

11	**technician** [tɛk`nɪʃən]	名 技術人員；技師 源 techn (skill) + ic (of) + ian (person)

Kristy could not figure out what was wrong with her fax machine, so she called a **technician**.

克莉斯蒂找不出傳真機有什麼問題，於是打電話給技術人員。

大師提點

technician 由形容詞 technic(al) [`tɛknɪk(!)]（技術（上）的）衍生而來。

衍 □ **technique** [tɛk`nik] 名 技術；技巧；（做事的）方法

□ **technology** [tɛk`nɑlədʒɪ] 名 工業技術；科技；技術設備

12 **terminology** [ˌtɝməˋnɑlədʒɪ]

名 術語；專門用語

源 termin (limit) + (o)logy (study)

Since medical **terminology** can be so difficult to understand, there are dictionaries that define the special words and phrases used by doctors.

因為醫學術語艱澀難懂，所以有解釋醫學專門字詞及片語的辭典。

大師提點

terminology 由另一名詞 term（有「術語」、「期限」、「條件」等義）衍生而來，用來指「某一學科之術語的集合」。注意，term 可數，但 terminology 不可數。

同 □ **nomenclature** [ˋnomənˌkletʃɚ] 系統命名法；專用術語

13 **evidence** [ˋɛvədəns]

名 證據；跡象

源 e (out) + vid (see) + ence (n.)

Gathering data in a lab is similar to gathering **evidence** for a law suit — you need facts and figures to support your claim.

在實驗室收集資料與為法律訴訟收集證據相似──你必須用事實和數據來支持你的主張。

同 □ **proof** [pruf] 證據；證明；論證

□ **indication** [ˌɪndəˋkeʃən] 指示；跡象

衍 □ **evident** [ˋɛvədənt] 形 明顯的；明白的

14 **manual** [ˋmænjʊəl]

名 手冊；指南

源 manu (hand) + al (n.)

Stop fooling with it and read the **manual** before you end up breaking it.

不要再亂搞了，先讀一下使用手冊，免得把東西弄壞了。

大師提點

manual 亦可作形容詞用，意思是「手工的」、「用手操作的」。

同 □ **handbook** [ˋhændˌbʊk] 手冊；便覽；指南

□ **guidebook** [ˋgaɪdˌbʊk]（旅行）指南；導覽

□ **workbook** [ˋwɝkˌbʊk] 工作手冊；練習簿

15	**gadget** [ˋgædʒɪt]	名（小巧的）機械、裝置；（酷炫的）小玩意兒

Her kitchen is full of interesting **gadgets**, such as a peeler that looks like a fish.
她的廚房裡滿是有趣的精巧裝置，例如有一個削皮器看起來就像一條魚。

同 ☐ **contrivance** [kənˋtraɪvəns] 精巧的物品；新發明；詭計
☐ **contraption** [kənˋtræpʃən] 新奇的裝置；新發明的玩意兒
☐ **device** [dɪˋvaɪs] 裝置；器械；詭計

16	**method** [ˋmɛθəd]	名 方法；條理 源 met(a) (beyond) + hod (way)

They have found a new **method** of processing cheese.
他們已經找到一個乳酪加工的新方法。

同 ☐ **way** [we] 道路；途徑；方法；手段
☐ **approach** [əˋprotʃ] 靠近；接近；方法；步驟
☐ **means** [minz] 方法；手段；媒介；財富
☐ **procedure** [prəˋsidʒɚ] 手續；程序；步驟
☐ **order** [ˋɔrdɚ] 順序；條理；等級；命令
☐ **system** [ˋsɪstəm] 系統；規律；制度；條理；方法
衍 ☐ **methodical** [məˋθɑdɪkl̩] 形 有條不紊的；有系統的
☐ **methodology** [ˌmɛθədˋɑlədʒɪ] 名 方法論；方法學

17	**precise** [prɪˋsaɪs]	形 精確的；明確的 源 pre (before) + cise (cut)

It's imperative to use the **precise** measurements listed — even the slightest change will affect the product.
使用依表所列的精確計量絕對必要——就算是一點點的改變也會影響產品的品質。

同 ☐ **exact** [ɪgˋzækt] 準確的；精確的
☐ **accurate** [ˋækjʊrɪt] 準確的；精確的
☐ **specific** [spɪˋsɪfɪk] 明確的；切確的
☐ **clear-cut** [ˋklɪrˋkʌt] 明確的；輪廓清晰的
反 ☐ **imprecise** [ˌɪmprɪˋsaɪs] 不精確的；不明確的
☐ **inexact** [ˌɪnɪgˋzækt] 不準確的；不精確的
☐ **inaccurate** [ɪnˋækjʊrɪt] 不準確的；不精確的
☐ **indistinct** [ˌɪndɪˋstɪŋkt] 不清楚的；模糊的
☐ **vague** [veg] 模糊的；不清楚的；不明確的

衍 □ **precision** [prɪˋsɪʒən] 名 準確；精確（度）
□ **precisely** [prɪˋsaɪslɪ] 副 準確地；精確地

18	**screen** [skrin]	動 a. 篩檢；甄選；審查／b. 遮蔽；掩蔽；掩護

a. The doctor suggested that the pregnant woman be **screened** for hepatitis.
醫生建議那位懷孕的婦女做肝炎的篩檢。

b. He used his hand to **screen** his eyes from the sun.
他用手遮掩以防太陽刺眼。

大師提點

screen 亦可作名詞用，指「屏風」、「簾子」、「隔板」、「濾網」、「濾光鏡」、「螢光幕」、「銀幕」等。

同 **a.** □ **sift** [sɪft] 篩；過濾；精選
□ **winnow** [ˋwɪno] 篩選；挑出
□ **filter** [ˋfɪltɚ] 過濾；滲透
□ **strain** [stren] 過濾；拉緊；竭力；拉傷
b. □ **cover** [ˋkʌvɚ] 覆蓋；掩閉；掩護
□ **shade** [ʃed] 遮掩（光線）
□ **shield** [ʃild] 保護；遮蔽
□ **shelter** [ˋʃɛltɚ] 掩護；庇護
衍 □ **screening** [ˋskrinɪŋ] 名 篩檢；審查；甄選

19	**artificial** [ˌɑrtəˋfɪʃəl]	形 人工的；人造的；不自然的；矯揉造作的 源 art(i) (art) + fic (make) + ial (of the kind)

I do not like many of the prepared foods you can buy in the stores because of all the **artificial** ingredients the manufactures put in them.
許多店裡可以買到的現成食物我都不喜歡，因為製造廠商在裡頭放了各種人工添加物。

大師提點

artificial 由名詞 artifice [ˋɑrtəfɪs]（技巧；計謀）衍生而來。

同 □ **synthetic** [sɪnˋθɛtɪk] 合成的；人造的
synthetic fiber 合成纖維
□ **man-made** [ˋmænˏmed] 人造的；人工的
□ **unnatural** [ʌnˋnætʃərəl] 不自然的；不合情理的
□ **affected** [əˋfɛktɪd] 做作的；裝模作樣的
反 □ **natural** [ˋnætʃərəl] 自然的；天然的
□ **sincere** [sɪnˋsɪr] 誠心的；不虛偽的
□ **unaffected** [ˌʌnəˋfɛktɪd] 不裝腔作勢的；自然的

20	**digital** [ˋdɪdʒɪtl̩]	名 數字（顯示）的；數位的 源 digit (finger) + al (of the kind)

These pictures were taken by using a **digital** camera.

這些照片是用數位相機拍的。

大師提點

digital 由名詞 digit [ˋdɪdʒɪt]（數字；手指／腳趾）衍生而來。

TOPIC 3 Health and Medicine 保健和醫藥

Track 32

1	**alleviate** [ə`livɪˏet]	動 減輕；緩和 源 al (to) + levi (light) + ate (v.)

Cold medications can **alleviate** the symptoms of a cold and make you feel better, but they will not cure the cold.
感冒藥能減輕感冒症狀讓你覺得舒服些，但是無法治癒感冒。

同
- ☐ **ease** [iz] 緩和；減輕；使舒暢；使安逸
- ☐ **relieve** [rɪ`liv] 緩和；減輕；救助；接替
- ☐ **lessen** [`lɛsn̩] 減輕；減少；減弱
- ☐ **allay** [ə`le] 和緩；減輕；使平靜
- ☐ **assuage** [ə`swedʒ] 和緩；減輕；使鎮靜
- ☐ **mitigate** [`mɪtəˏget] 鎮靜；緩和；減輕
- ☐ **palliate** [`pælɪˏet] 減輕；緩和

反
- ☐ **worsen** [`wɝsn̩] 惡化；變得更差
- ☐ **intensify** [ɪn`tɛnsəˏfaɪ] 增強；使強烈
- ☐ **aggravate** [`ægrəˏvet] 加劇；使惡化

衍
- ☐ **alleviation** [əˏlivɪ`eʃən] 名 減輕；緩和
- ☐ **alleviative** [ə`livɪˏetɪv] 形 減輕的；緩和的
- ☐ **alleviator** [ə`livɪˏetɚ] 名 減輕者或物；緩和者或物

2	**cut down (on)**	減少；削減

To reduce your risk of a heart attack, you should **cut down** on fatty foods and increase the amount of exercise you do.
為了降低心臟病發的風險，你應該少吃油膩的食物並增加運動量。

同
- ☐ **reduce** [rɪ`djus] 減少；減弱；降低
- ☐ **decrease** [dɪ`kris] 減少；減小
- ☐ **slash** [slæʃ] 刪除；大幅度減少
- ☐ **curtail** [kɝ`tel] 削減；刪減
- ☐ **retrench** [rɪ`trɛntʃ] 減縮；刪除

3	**diagnose** [ˋdaɪəg͵noz]	動 診斷 源 dia (through) + gnose (know)

Because the symptoms resemble many different illnesses, it is hard to **diagnose** what exactly is wrong with him at this point.

因為他的症狀類似很多不同的疾病，目前很難診斷出他究竟患的是什麼病。

同 □ **determine** [dɪˋtɝmɪn] 決定；確定

□ **identify** [aɪˋdɛntə͵faɪ] 確認；驗明

衍 □ **diagnosis** [͵daɪəgˋnosɪs] 名 診斷；調查分析

□ **diagnostic** [͵daɪəgˋnɑstɪk] 形 診斷的；特徵的

4	**nutrition** [njuˋtrɪʃən]	名 營養；滋養物；營養學 源 nutrit (feed) + ion (condition)

Proper **nutrition** can prevent illnesses and give you more energy.

適當的營養可以預防疾病，並帶給你更多活力。

同 □ **nutriment** [ˋnjutrəmənt] 營養物；營養素

□ **nourishment** [ˋnɝɪʃmənt] 滋養；營養品

衍 □ **nutritious** [njuˋtrɪʃəs] 形 有營養的；滋養的

5	**symptom** [ˋsɪmptəm]	名 症狀；徵候 源 sym (together) + ptom (fall)

A sore throat and a runny nose are common **symptoms** of a cold.

喉嚨痛、流鼻水是一般感冒的症狀。

同 □ **sign** [saɪn] 徵候；徵兆；信號；符號；記號；標識

□ **indication** [͵ɪndəˋkeʃən] 徵候；指標；指示

衍 □ **symptomatic** [͵sɪmptəˋmætɪk] 形 症狀的；根據徵候的

6	**treat** [trit]	動 對待；看待；處理；論述；款待；請客；治療；醫療

The doctor **treated** him for back pain.

醫生幫他治療背痛。

大師提點

treat 為一多義字，指「請客」時的用法如：He treated us to dinner last night.「他昨晚請我們吃飯。」注意，指「請客」treat 亦有名詞的用法：It's my treat.「我請客。」。

7	**checkup** [ˋtʃɛk͵ʌp]	名 健康檢查；點檢 源 check + up

A yearly **checkup** at the hospital is crucial if one wants to catch illnesses in the early stages.

如果想早期發現疾病，每年到醫院做健康檢查非常重要。

同 □ **physical examination** [ˋfɪzɪkḷ ɪg͵æmməˋneʃən] 身體檢查
□ **inspection** [ɪnˋspɛkʃən] 審視；視察；點檢；檢閱

8	**physician** [fɪˋzɪʃən]	名 醫師；治療者 源 physic (nature) + ian (one who works with)

Patricia's **physician** is a graduate of the Johns Hopkins School of Medicine.

派翠西亞的醫生是約翰霍普金斯醫學院畢業的。

大師提點

physician 通常指「內科」醫生，而外科醫生叫做 surgeon [ˋsɝdʒən]。另，不可將 physician 與另一名詞 physicist [ˋfɪzɪsɪst] 混淆，後者指的是「物理學家」。

9	**bacteria** [bækˋtɪrɪə]	名 細菌

When visiting foreign countries, be sure to filter or boil the water to avoid ingesting **bacteria** that could make you sick.

到外國玩的時候，一定要將水過濾或煮沸以免吃進致病的細菌。

大師提點

注意，bacteria 為 bacterium [bækˋtɪrɪəm] 的複數。另，germ [dʒɝm] 通常指「會導致疾病的細菌」，亦即「病菌」，而 virus [ˋvaɪrəs] 則指「濾過性病毒」。

同 □ **microbe** [ˋmaɪkrob] 微生物；細菌

10	**immune system** [ɪˋmjun ͵sɪstəm]	名（身體內的）免疫系統

His weak **immune system** makes him dangerously vulnerable to even the smallest of colds.

他脆弱的免疫系統使得他的抵抗力非常差，連小小的感冒都抵擋不住。

大師提點

注意，immune 的名詞 immunity [ɪˋmjunətɪ] 除了指「免疫力」或「免疫性」之外，還可指「豁免」或「豁免權」，例如：diplomatic [͵dɪpləˋmætɪk] immunity「外交豁免權」。

11	**pharmaceutical** [ˌfɑrmə`sjutɪkḷ]	形 配藥的；製藥的 源 pharmaceutic (drug) + al (of the kind)

The **pharmaceutical** company claims that the reason their products are so expensive is that the cost of research is so high.

那家製藥公司宣稱，他們的產品之所以會這麼貴是因為研究經費非常高。

衍
- ☐ **pharmacy** [`fɑrməsɪ] 名 藥房；配藥學；製藥學
- ☐ **pharmacist** [`fɑrməsɪst] 名 藥劑師；配藥者；製藥者（= pharmaceutist [ˌfɑrmə`sjutɪst]）
- ☐ **pharmacology** [ˌfɑrmə`kɑlədʒɪ] 名 藥理學

12	**prescription** [prɪ`skrɪpʃən]	名 處方（箋）；藥方；命令；指示；規定 源 pre (before) + script (write) + ion (action)

You can take this **prescription** to a nearby drugstore and have it filled.

你可以拿這個處方箋到附近的藥房去配藥。

大師提點

to fill a prescription 指「照處方配藥」。

同
- ☐ **formula** [`fɔrmjələ] 處方；配方；公式；準則
- ☐ **recipe** [`rɛsəpɪ] 配方；處方；食譜；祕訣
- ☐ **order** [`ɔrdɚ] 命令；順序；秩序
- ☐ **direction** [də`rɛkʃən] 方向；指示；指導
- ☐ **regulation** [ˌrɛgjə`leʃən] 規則；規定；調節

13	**dose** [dos]	名（藥的）一劑；一服

Take a small **dose** of this cough syrup each day, and your throat will be fine in no time.

這種咳嗽糖漿每天服用一小劑，你的喉嚨很快就會好了。

衍
- ☐ **dosage** [`dosɪdʒ] 名（藥的）劑量；服法

14	**side effect** [`saɪdɪ ˌfɛkt]	名 副作用

His organ transplant went smoothly, but we still need to wait and see if there are going to be any **side effects**.

他的器官移植手術非常成功，但是我們仍然需要等待一段時間，看看是不是會有任何副作用產生。

大師提點

side effect 為複合名詞，主重音應落在第一個字之上。

15 **operation** [ˌɑpəˋreʃən]

名 手術；運轉；操作；經營；營運

源 oper (work) + at(e) (v.) + ion (action)

Although Mr. McDougal wanted to stay beside Mrs. McDougal for her **operation**, the surgeons wouldn't let him enter the operating room.

雖然麥道格先生想在麥道格太太接受手術的時候待在她身邊，但是醫生不肯讓他進入手術室。

大師提點

operation 由動詞 operate [ˋɑpəˌret]（動手術；操作；運作；營運）衍生而來。

同
- ☐ **surgery** [ˋsɝdʒərɪ] 手術；外科（醫學）
- ☐ **running** [ˋrʌnɪŋ] 運轉；管理
- ☐ **performance** [pɚˋfɔrməns] 表現；成績；性能
- ☐ **management** [ˋmænɪdʒmənt] 經營；管理

16 **injection** [ɪnˋdʒɛkʃən]

名 注射；注射劑

源 in (in) + ject (throw) + ion (action)

You can take a preventive **injection** so that you won't get the disease.

你可以打支預防針，這樣就不會得到那個疾病。

大師提點

injection 由動詞 inject [ɪnˋdʒɛkt]（注射）衍生而來。

同
- ☐ **shot** [ʃɑt] 打針；射擊
- ☐ **hypodermic** [ˌhaɪpəˋdɝmɪk] 皮下注射；皮下注射器／液

17 **contagious** [kənˋtedʒəs]

形 接觸傳染的；傳染性的

源 con (together) + tag (touch) + ious (adj)

His illness is severe, but the doctor assured us that it is not **contagious**.

他的病很嚴重，但是醫生跟我們保證這種病不具傳染性。

同
- ☐ **infectious** [ɪnˋfɛkʃəs] 有傳染力的；傳染（性）的
- ☐ **communicable** [kəˋmjuəkəbl̩] 會傳染的；可傳達的

衍
- ☐ **contagion** [kənˋtedʒən] 名 接觸傳染；漫延

18 **excruciating** [ɪkˋskruʃɪˌetɪŋ]

形 極痛苦的；難忍受的

源 ex (out) + cruci (cross) + at(e) (v.) + ing (adj.)

Jimmy's tooth ache was **excruciating**, so the dentist gave him medication to stop the pain.

吉米牙痛難當，所以牙醫給他一些藥止痛。

大師提點

excruciating 為動詞 excruciate（「施酷刑」、「使苦惱」）之現在分詞，轉作形容詞用。

同 ☐ **agonizing** [ˋægəˏnaɪzɪŋ] 令人痛苦的；令人苦惱的
☐ **tormenting** [tɔrˋmɛntɪŋ] 令人痛苦的；折磨人的
☐ **unbearable** [ʌnˋbɛrəbḷ] 無法忍受的；令人不能忍耐的
☐ **unendurable** [ˏʌnɪnˋdjʊrəbḷ] 不能忍受的；無法忍耐的
☐ **insufferable** [ɪnˋsʌfərəbḷ] 不可忍受的；忍耐不住的
☐ **intolerable** [ɪnˋtɑlərəbḷ] 不能忍受的；無法容忍的
反 ☐ **mild** [maɪld] 溫和的；柔和的；輕度的
☐ **slight** [slaɪt] 輕的；些微的；不足道的
☐ **bearable** [ˋbɛrəbḷ] 可以忍受的；忍得住的
☐ **tolerable** [ˋtɑlərəbḷ] 可忍受的；可容忍的

19	**first aid** [ˋfɝst ˋed]	名 急救；急救護理

It is important to know some basic **first aid** techniques.
知道一些基本的急救技巧很重要。

大師提點
負責急救的「醫務輔助人員」叫 paramedic [ˏpærəˋmɛdɪk]。

20	**vital** [ˋvaɪtḷ]	形 生命的；充滿活力的；極其重要的 源 vit (life) + al (of the kind)

If Anne is to recover soon, it is **vital** that she drinks plenty of fluids and gets a lot of rest.
如果安想趕快復原，多補充水分、多休息極為重要。

同 ☐ **living** [ˋlɪvɪŋ] 有生命的；活的
☐ **animate** [ˋænəmɪt] 活的；有生氣的
☐ **lively** [ˋlaɪvlɪ] 充滿活力的；生氣勃勃的
☐ **energetic** [ˏɛnɚˋdʒɛtɪk] 活躍的；精力充沛的
☐ **vigorous** [ˋvɪgərəs] 有活力的；精力旺盛的
☐ **essential** [ɪˋsɛnʃəl] 本質的；絕對必要的
☐ **crucial** [ˋkruʃəl] 極重要的；決定性的
反 ☐ **dying** [ˋdaɪɪŋ] 垂死的；臨終的
☐ **inanimate** [ɪnˋænəmɪt] 無生命的；無活力的
☐ **lifeless** [ˋlaɪflɪs] 無生命的；無生氣的
☐ **unimportant** [ˏʌnɪmˋpɔrtṇt] 不重要的；瑣碎的
☐ **insignificant** [ˏɪnsɪgˋnɪfəkənt] 無足輕重的；無意義的
衍 ☐ **vitality** [vaɪˋtælətɪ] 名 生命力；活力；生氣；元氣

TOPIC 4 Electronics 電子

Track 33

1	**recharge** [ri`tʃɑrdʒ]	動 再充電於 源 re (again) + charge

Your phone needs to be **recharged** — it's beeping because it's running out of battery.
你的電話需要充電了——它在嗶嗶叫，因為電池快沒電了。

大師提點

注意，charge 除了指「充電」之外，還有「要價」、「控告」、「委託」、「衝鋒」等義。

2	**plug in** [plʌg]	插上……的插頭（以接通電源）

I **plugged in** the CD player, played the music as loud as it could go, and proceeded to sing at the top of my lungs.
我將光碟播放機的插頭插上，把音樂的音量開到最大，然後扯開嗓子盡情歌唱。

大師提點

plug 原指「塞住」、「堵住」。plug 亦可做名詞用，指「插頭」，也可指「塞子」或「栓」，例如：spark [spɑrk] plug「火星塞」、fire plug「消防栓」（= fire hydrant [`haɪdrənt]）。

3	**outlet** [`aʊt,lɛt]	名 出口；排氣口；銷路；商店；電源插座 源 out + let

He used the **outlet** by the door to charge his laptop.
他用門旁邊的那個插座幫他的筆電充電。

同
- ☐ **exit** [`ɛgzɪt] 出口；退場
- ☐ **vent** [vɛnt] 通風口；排氣孔
- ☐ **market** [`mɑrkɪt] 市場；行情；市況
- ☐ **store** [stor] 商店；店鋪
- ☐ **socket** [`sɑkɪt] 承口；插座

4	**charger** [ˋtʃɑrdʒɚ]	名 充電器；衝鋒者 源 charg(e) + er (thing / person)

Gina's brother broke her phone **charger**, so she had to go to the store to buy a new one.

姬娜的弟弟把她手機的充電器弄壞了，所以她必須到店裡買一個新的。

大師提點

注意 charge 本身的多義性和字尾 er 的兩個不同的意思。

5	**power button** [ˋpaʊɚ ˌbʌtn̩]	名 電源按鈕

Your computer isn't working because you didn't press the **power button** to turn it on!

你的電腦之所以不靈光是因為你根本沒按按鈕開機！

大師提點

power button 為複合名詞，主重音落於第一個字上。另，注意 button 除了作「按鈕」解外，還有「扣子」、「徽章」等義。

6	**electric shock** [ɪˋlɛktrɪk ˋʃɑk]	名 電擊；觸電

Don't touch the exposed wire; you might get an **electric shock**.

不要碰觸那條裸露的電線；你可能會遭電擊。

大師提點

electric shock therapy [ˋθɛrəpɪ] 指「電擊療法」。

7	**circuit** [ˋsɝkɪt]	名 電路；線路；巡迴；環行 源 circu (around) + it (going)

Andy went to check the **circuit** in his basement to see why the power suddenly went out.

安迪到地下室去檢查電路，看看為什麼突然斷電。

大師提點

short circuit 指「短路」。

同 □ **round** [raʊnd] 巡迴（區域）；（例行）路線；（比賽的）一局、一回合

□ **circling** [ˋsɝkl̩ɪŋ] 繞圈子；環行；盤旋

8 **fuse** [fjuz] 名 保險絲；導火線

All the equipment went dead because the electrical **fuse** had blown out.

所有的設備器材全都停止運轉，因為保險絲燒斷了。

大師提點

fuse 亦可作動詞用，指「熔合」、「融合」，例如：They fuse Eastern and Western elements in their design, and created a completely new style.「他們在設計中融合東西方的元素，創造出了一種全新的風格。」

同 □ **detonator** [ˋdɛtə͵netɚ] 雷管；引爆裝置

9 **light bulb** [ˋlaɪt ͵bʌlb] 名 燈泡

The **light bulb** in the hallway has burned out, and that's why it's so dark.

走廊的燈泡燒壞了，所以一片漆黑。

大師提點

bulb 原指「球狀根或莖」。另，light bulb 為複合名詞，主重音落在第一個字上。

10 **power outage** [ˋpaʊɚ ͵aʊtɪdʒ] 名 停電

For little Timmy, who was afraid of the dark, the one-minute **power outage** seemed to last a lifetime.

對怕黑的小提米來講，停電一分鐘就像停電一輩子似的。

大師提點

outage 由 out 加字尾 age（= process）衍生而來。另，power outage 為複合名詞，主重音落在第一個字上。

同 □ **blackout** [ˋblæk͵aʊt] 停電；燈火管制

11 **power plant** [ˋpaʊɚ ͵plænt] 名 發電廠

Building nuclear **power plants** has always been a controversial issue.

蓋核能發電廠一直都是一個引起爭論的議題。

大師提點

power plant 為複合名詞，主重音應落在第一個字上。

12	**remote control** [rɪˋmot kənˋtrol]	名 遙控；遙控器

My younger brother always hogs the **remote control** when we are watching TV.

我們看電視的時候，我弟弟總是一個人霸占遙控器。

大師提點

作「遙控器」解時，remote control 亦可簡稱為 remote。另，例句中的 hog [hɑg] 原為名詞，意思是「豬」，引申為「貪婪的人」，在此處則轉作動詞用，意思是「霸占」、「獨占」。

13	**refrigerator** [rɪˋfrɪdʒəˏretɚ]	名 電冰箱；冷藏室 源 re (again) + frige (cold) + at(e) (v.) + or (agent)

Mother always puts the leftovers from our supper in the **refrigerator**.

媽媽總是把我們晚餐吃剩的東西放到冰箱裡。

大師提點

refrigerator 由動詞 refrigerate [rɪˋfrɪdʒəˏret]（冷凍；冷藏）衍生而來。口語時 refrigerator 常簡化成 fridge [frɪdʒ]。另，注意例句中的 leftovers [ˋlɛftˏovɚz]（剩飯、剩菜）須使用複數形。

14	**air conditioner** [ˋɛr kənˏdɪʃənɚ]	名 空氣調節裝置；冷氣機

In an attempt to help save the planet, they decided to uninstall all the **air conditioners** in the office.

為了幫助拯救地球，他們決定把辦公室的冷氣機全數拆除。

大師提點

conditioner 由動詞 condition「制約；影響」加字尾 er（= agent）衍生而來。注意，conditioner 也可用來指「潤溼精」、「潤髮乳」。

15	**microwave** [ˋmaɪkrəˏwev]	名 微波；微波爐 源 micro (small) + wave

I'm usually so tired by the time I get off work that I just end up making some easy meal with the **microwave**.

下班時我通常都很累，所以最後都只用微波爐弄點簡單的東西吃。

大師提點

「微波爐」完整的說法為 microwave oven [ˋʌvən]。

16	**freezer** [ˋfrizɚ]	名 冷凍櫃；（冰箱的）冷凍庫 源 freez(e) + er (agent)

Ice cream needs to be kept in the **freezer**.
冰淇淋必須放在冷凍庫裡冷藏。

大師提點

freezer 由動詞 freeze「結冰」、「冷凍」衍生而來。

17	**dishwasher** [ˋdɪʃ͵wɑʃɚ]	名 洗碗機；洗碗者 源 dish + wash + er (agent)

In our family, we use the **dishwasher** to store our dishes and not for washing dishes.
我們家的洗碗機用來存放碗盤，而不是用來洗碗盤。

大師提點

注意，dishwasher 可指「機器」或「人」。

18	**washing machine** [ˋwɑʃɪŋ məˏʃin]	名 洗衣機

Thanks to the invention of the **washing machine**, clothes washing is no longer a chore.
多虧有了洗衣機的發明，洗衣服已不再是件苦差事。

大師提點

washing 為動名詞，故 washing machine 為複合名詞，主重音應落在 washing 之上。

19	**dryer** [ˋdraɪɚ]	名 烘乾機；吹風機 源 dry + er (agent)

Our **dryer** broke down, so we've been hanging our laundry outside to dry.
我們的烘乾機壞了，所以我們洗好的衣服都掛在外面晾乾。

大師提點

dryer 也可拼成 drier。另，dryer 可指 clothes dryer「衣物烘乾機」或 hair dryer「吹風機」。

20	**vacuum cleaner** [ˋvækjʊəm ˏklinɚ]	名 吸塵器

I blame my F on the neighbors' **vacuum cleaner**, which was so loud that I had trouble concentrating as I tried to study last night.
我考不及格都怪我鄰居的吸塵器，昨晚我想好好用功卻被它吵得無法專心。

大師提點

vacuum 的意思是「真空」，而 cleaner 則由動詞 clean「清除；打掃」加字尾 er（= agent）衍生而來。

EXERCISE

I. Short Conversation

Track 34

Questions 1 through 5 refer to the following conversation.

Man: Amy, could you help me ___①___ a computer problem? I plugged in an external disk drive, and now I can't access the ___②___. Actually, I don't think anyone can.

Woman: Let me take a look. Wow, you've got some pretty old ___③___ here. OK, I see the problem. When you plugged in the drive, it must have overloaded the circuit, which automatically shut off power to everything plugged into this ___④___.

Man: I blew a fuse?

Woman: That's right. If I were you, I'd ___⑤___ all of your data right away. With all of this old gear, it might be your own computer that has a problem next time.

1. (A) upgrade (B) configure (C) troubleshoot (D) observe

2. (A) server (B) workstation (C) keyboard (D) power button

3. (A) equipment (B) instruments (C) databases (D) terminology

4. (A) charger (B) outage (C) microwave (D) outlet

5. (A) back up (B) analyze (C) recharge (D) measure

II. Reading Comprehension

Questions 6 through 10 refer to the following memo.

To: All employees
From: Malaika Mapalala, Director of Human Resources
Subject: Flu Season Precautions

It's flu season again, and I'd like to remind everyone to take some commonsense precautions.

First, if you're not feeling well and are uncertain as to whether you're ___⑥___, please don't come to the office. Either stay home or make ___⑦___ with a physician to have your ___⑧___ evaluated. Even if you're not diagnosed with the flu, you may use the opportunity to get a flu shot. This will greatly cut down on your chances of catching the flu, and for most people there are few ___⑨___. Of course it's best to not get sick at all. Proper ___⑩___ and adequate rest will help keep your immune system strong, so remember to eat well and get plenty of sleep.

6. (A) compatible (B) immune
(C) contagious (D) precise

7. (A) a check-up (B) a hypothesis
(C) an appointment (D) a benchmark

8. (A) symptoms (B) prescriptions
(C) bacteria (D) pharmaceuticals

9. (A) doses (B) shocks
(C) crashes (D) side effects

10. (A) operation (B) nutrition
(C) evidence (D) technician

答案

1. (C) 2. (A) 3. (A) 4. (D) 5. (A) 6. (C) 7. (C) 8. (A) 9. (D) 10. (B)

翻譯

【短對話】問題 1 到 5 請參照下列對話。

男：艾美，你能不能幫我排除一下電腦的問題？我插了一個外接硬碟，現在我連不上伺服器。實際上，我想任何人都連不上。

女：我來看一下。哇，你用的設備還挺老舊的。好，我看出問題了。你把磁碟插進去的時候，它一定是使電路超載了，這個電路會自動把每樣插進這個插座裡的東西斷電。

男：我把保險絲給燒斷了？

女：沒錯。假如我是你的話，我會立刻將所有的資料備份。以這些舊器材看來，下次出問題的可能就是你自己的電腦了。

1. (A) 提升	(B) 安裝	(C) 排解疑難	(D) 觀察
2. (A) 伺服器	(B) 工作區	(C) 鍵盤	(D) 電源按鈕
3. (A) 配備	(B) 儀器	(C) 資料庫	(D) 術語
4. (A) 充電器	(B) 中斷	(C) 微波爐	(D) 電源插座
5. (A) 備份	(B) 分析	(C) 再充電	(D) 測量

【閱讀測驗】問題 **6** 到 **10** 請參照下列備忘錄。

收件者：全體員工

寄件者：人力資源主任瑪萊卡．馬帕拉拉

主　旨：流感季節預防措施

又到了流感季節，我想提醒大家採取一些常識性的預防措施。

首先，假如各位覺得不舒服，又不確定自己具不具傳染性，請不要進辦公室。你可以待在家裡，或著是去看個醫生，評估一下你的症狀。即使沒有診斷出流感，各位還是可以趁此機會注射流感疫苗。這樣會大大降低得流感的機會，而且對大部分的人而言都不會產生什麼副作用。當然，完全不生病最好。適當的營養和充分的休息有助於維持免疫系統的強健，所以記得要吃得好並有充足的睡眠。

6. (A) 相容的　(B) 免疫的　(C) 傳染性的　(D) 精確的
7. (A) 健康檢查　(B) 假定　(C) 約會　(D) 標準
8. (A) 症狀　(B) 處方　(C) 細菌　(D) 製藥
9. (A) 一劑　(B) 電擊　(C) 猛烈撞擊　(D) 副作用
10. (A) 手術　(B) 營養　(C) 證據　(D) 技師

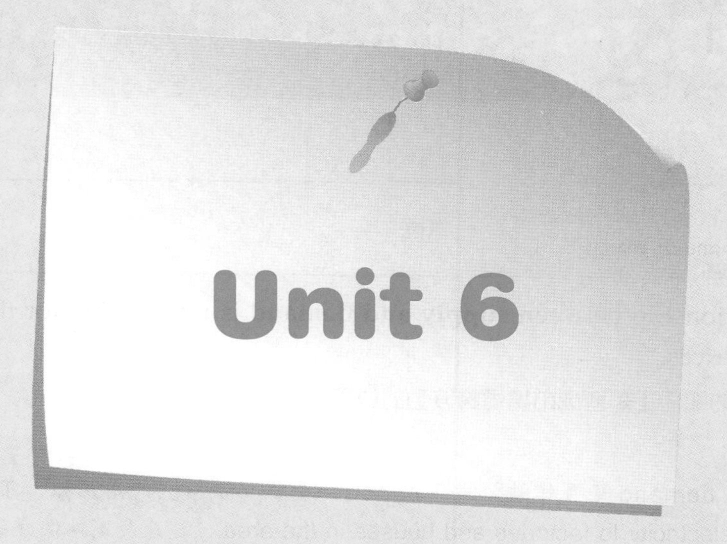

Finance 財務

TOPIC 1 The Economy 經濟

Track 36

1	**supply and demand** [sə`plaɪ ənd dɪ`mænd]	供需

The relationship between **supply and demand** is responsible for the fluctuations in market prices.

供需之間的關係正是造成市場價錢波動的原因。

大師提點

supply 與 demand 皆可作動詞用。supply「提供；供給」的用法如：This power station supplies electricity to factories and houses in the area.「這座發電站供應電力給這地區的工廠和住家。」demand「要求；需要」的用法如：This is a difficult job and demands a lot of patience and care.「這是一項困難的工作而且需要很大的耐心與注意。」

2	**productivity** [ˌprodʌk`tɪvətɪ]	名 生產力；生產率 源 pro (forward) + duct (lead) + iv(e) (adj.) + ity (condition)

In order to increase worker **productivity**, the company has decided to offer all employees regular on-the-job training.

為了提高員工的生產力，公司已經決定提供所有員工定期的在職訓練。

大師提點

productivity 由形容詞 productive [prə`dʌktɪv] 衍生而來，而 productive 則由動詞 produce [prə`djus] 變化而來。

3	**statistics** [stə`tɪstɪks]	名 統計學；統計數字 源 stat (state) + ist (person) + ics (study)

The latest **statistics** show that unemployment rate has declined over the past three months.

最新的統計數字顯示過去三個月來失業率已經下降了。

大師提點

statistics 由 statist [`stetɪst]（國家經濟統治論者）衍生而來，而 statist 則由 state「國家」變化而來。注意，作「統計學」解時 statistics 為單數，作「統計數字」解時則視為複數。

4	**infrastructure** [ˋɪnfrə͵strʌktʃɚ]	名 基礎結構；基礎建設 源 infra (below) + structure

A country's **infrastructure** includes its transportation and communication systems, power plants, schools, etc.
一個國家的基礎建設包括它的交通和通訊系統、發電廠、學校等等。

同 □ **framework** [ˋfrem͵wɝk] 架構；體制
□ **groundwork** [ˋgraʊnd͵wɝk] 基礎；根基

5	**tax** [tæks]	名 稅；稅捐

I think the only logical way to maintain our social welfare programs is to raise **taxes**.
我認為要維持我們的社會福利計畫最合理的方法就是增稅。

大師提點
tax 亦可作動詞用，指「課稅；徵稅」。例句中的 raise taxes 指「增稅」，「減稅」則為 lower taxes。另，income [ˋɪnkʌm] tax 為「所得稅」，tax-free 指「免稅的」，tax evasion [ɪˋveʒən] 則指「逃漏稅」。

6	**commodity** [kəˋmɑdətɪ]	名 商品；日用品 源 com (together) + mod (kind) + ity (condition)

One **commodity** that is doing very well is gold, since it is used in the making of chips and circuits in electronics.
有一種行情一直很好的商品，那就是黃金，因為電子產品的晶片及電路的製造都需用到它。

同 □ **merchandise** [ˋmɝtʃən͵daɪz] 商品；貨物（不可數）
□ **goods** [gʊdz] 貨物；商品（複數）
□ **wares** [wɛrz] 商品；貨品（複數）

7	**currency** [ˋkɝənsɪ]	名 貨幣；通用；流通 源 curr (run) + ency (n.)

Dollars will be the **currency** used for the buyout since the company is based in Hawaii.
由於該公司位在夏威夷，收購時使用的貨幣將會是美元。

大師提點
currency 由形容詞 current [ˋkɝənt]（流行的；流通的；當前的）衍生而來。

同 □ **money** [ˋmʌnɪ] 金錢；貨幣
□ **prevalence** [ˋprɛvələns] 普及；盛行
□ **circulation** [͵sɝkjəˋleʃən] 流通；運行；循環

8	**depression** [dɪˋprɛʃən]	名 沮喪；憂鬱；不景氣；蕭條 源 de (down) + press + ion (condition)

Urging consumers not to panic, the president reassures that the current downward trend in the economy is temporary and not the onset of a **depression**.

總統敦促消費者勿恐慌，他再次保證目前經濟衰退的趨勢只是暫時性的，而非經濟不景氣的開始。

大師提點

depression 由動詞 depress「使沮喪；使蕭條」衍生而來。

同
- ☐ **gloom** [glum] 意志消沉；憂鬱
- ☐ **dejection** [dɪˋdʒɛʃən] 頹喪；灰心；憂鬱
- ☐ **melancholy** [ˋmɛlən͵kɑlɪ] 憂鬱；悲悽
- ☐ **decline** [dɪˋklaɪn] 衰退；下跌
- ☐ **recession** [rɪˋsɛʃən] 衰退；不景氣
- ☐ **slump** [slʌmp] 蕭條；暴跌

反
- ☐ **cheerfulness** [ˋtʃɪrfəlnɪs] 開心；愉快
- ☐ **joyfulness** [ˋdʒɔɪfəlnɪs] 歡欣；歡愉
- ☐ **boom** [bum] 突然的景氣；暴漲
- ☐ **prosperity** [prɑsˋpɛrətɪ] 興盛；繁榮

9	**fluctuation** [͵flʌktʃuˋeʃən]	名 波動；變動 源 fluctu (flow) + at(e) (v.) + ion (action)

The rapid **fluctuation** in market prices these last few weeks have caused many investors to panic and sell stocks at a loss.

過去幾個星期股價快速波動，引起許多投資人恐慌，紛紛認賠殺出。

大師提點

fluctuation 由動詞 fluctuate [ˋflʌktʃu͵et]（波動；變動）衍生而來。

同
- ☐ **rising and falling** 上下起伏
- ☐ **undulation** [͵ʌndʒəˋleʃən] 波動；起伏
- ☐ **variation** [͵vɛrɪˋeʃən] 變化；變動

反
- ☐ **stability** [stəˋbɪlətɪ] 穩定；安定
- ☐ **steadiness** [ˋstɛdɪnɪs] 穩健；不變

10	**indicator** [ˋɪndə͵ketɚ]	名 指示者；指標 源 in (in) + dic (show) + at(e) (v.) + or (agent)

The public generally sees unemployment as useful economic **indicator**, but the GDP is actually the best measurement of the health of the economy.

一般民眾視失業率為有效的經濟指標，但其實國內生產總值才是評估經濟狀況最準確的參考值。

大師提點

indicator 由動詞 indicate「指示；指出」衍生而來。另，例句中的 GDP 指 gross domestic product [ˋgros dəˋmɛstɪk ˋprɑdəkt]。

同 ☐ **sign** [saɪn] 標示；標誌；記號；符號；信號；徵候
☐ **signal** [ˋsɪgn!] 信號；訊號；暗號；徵兆
☐ **token** [ˋtokən] 表徵；象徵；證明物

11	**inflation** [ɪnˋfleʃən]	名 膨脹；（經濟）通貨膨脹 源 in (in) + flat (blow) + ion (condition)

Union workers complained that wages have not kept up with **inflation**, and asked for a cost-of-living adjustment in their salaries.

工會的工人抱怨工資趕不上通貨膨脹，要求調薪以維持生計。

大師提點

inflation 由動詞 inflate [ɪnˋflet]（使（通貨）膨脹）衍生而來。

同 ☐ **swelling** [ˋswɛlɪŋ] 腫脹；膨脹
☐ **distension** [dɪˋstɛnʃən] 膨脹；腫脹
☐ **expansion** [ɪkˋspænʃən] 擴大；膨脹
反 ☐ **deflation** [dɪˋfleʃən] 洩氣；（經濟）通貨緊縮
☐ **shrinkage** [ˋʃrɪnkɪdʒ] 縮小；減少；收縮；萎縮
☐ **contraction** [kənˋtrækʃən] 收縮；縮短；縮小
衍 ☐ **inflationary** [ɪnˋfleʃən,ɛrɪ] 形 有膨脹性的；引起物價上漲的；通貨膨脹的

12	**recession** [rɪˋsɛʃən]	名 後退；（復甦過程中暫時的）景氣衰退 源 re (back) + cess (go) + ion (condition)

With consumer spending decreasing, many people are worried about the country slipping into a **recession**.

隨著消費者支出逐漸下滑，許多人憂心國家將步入衰退期。

大師提點

recession 由動詞 recede [rɪˋsid]（倒退；衰退）衍生而來。

同 ☐ **regression** [rɪˋgrɛʃən] 倒退；退步；退化
☐ **retrogression** [,rɛtrəˋgrɛʃən] 後退；倒退；退化
☐ **decline** [dɪˋklaɪn] 衰退；下跌
☐ **depression** [dɪˋprɛʃən] 不景氣；蕭條
反 ☐ **progress** [ˋprɑgrɛs] 前進；進展；進步
☐ **advance** [ədˋvæns] 前進；進展；高升；上漲
☐ **boom** [bum]（突然的）景氣；暴漲

13	**sector** [ˋsɛktɚ]	名（數學）扇形面；（產業、經濟等的）部門、業界、領域；（軍事）防區；分區 源 sec (cut) + tor (agent)

Larry wanted a job in the public **sector** because he felt private companies provided little job insurance.

賴瑞想投身公營事業，因為他覺得私人企業的工作不太有保障。

大師提點

public [ˋpʌblɪk] sector 指「公營部門（事業）」，private [ˋpraɪvɪt] sector 則為「民營部門（企業）」。

同
- ☐ **section** [ˋsɛkʃən] 片斷；斷面；部門；區；段
- ☐ **division** [dəˋvɪʒən] 分割；分區；部門；類別
- ☐ **area** [ˋɛrɪə] 地區；區域；範圍；領域
- ☐ **zone** [zon] 區域；地區；地帶
- ☐ **district** [ˋdɪstrɪkt] 區域；地區；行政區

14	**growth** [groθ]	名 成長；發展 源 grow + th (condition)

Paul's business saw such rapid **growth** that he opened two branches in just one year.

保羅的事業發展得非常快，只不過一年的時間就開了兩家分公司。

大師提點

growth 由動詞 grow 衍生而來。

同
- ☐ **development** [dɪˋvɛləpmənt] 發展；進展
- ☐ **progress** [ˋprɑgrɛs] 進展；進步
- ☐ **advance** [ədˋvæns] 進展；前進

反
- ☐ **decline** [dɪˋkaɪn] 衰退；下跌
- ☐ **shrinkage** [ˋʃrɪnkɪdʒ] 萎縮；收縮

15	**exchange rate** [ɪksˋtʃendʒ ˏret]	匯率；外幣兌換率

The present **exchange rate** can be a bit depressing for tourists traveling to expensive countries like Japan and Britain.

目前的匯率對於要到高物價的日本和英國旅遊的觀光客而言較為不利。

大師提點

exchange 指「匯兌」，rate 則指「比率」。另，foreign exchange 指「外匯」。

16 **regulation** [ˌrɛgjəˋleʃən]

名 調整；調節；規章；條例；控制；管理

源 regul (rule) + at(e) (v.) + ion (action)

Economic liberalism advocates minimal government **regulation** of the market.

經濟自由主義提倡的是政府對於市場做最少的干預。

大師提點

regulation 由動詞 regulate [ˋrɛgjəˌlet]（調節；規定；控制）衍生而來。

同 □ **adjustment** [əˋdʒʌstmənt] 調節；調整

□ **rule** [rul] 規則；規定；統制；支配

□ **control** [kənˋtrol] 控制；支配；管理；統制

反 □ **deregulation** [diˌrɛgjəˋleʃən] 解除管制

17 **devaluation** [ˌdivæljuˋeʃən]

名 貶值

源 de (away) + valu(e) + at(e) (v.) + ion (action)

A crash in the Hong Kong stock market brought a **devaluation** of Asian currencies across the board.

香港股市的崩盤導致了整個亞洲貨幣的全面貶值。

大師提點

devaluation 由動詞 devaluate [diˋvæljʊˌet]（貶值）衍生而來。

同 □ **depreciation** [dɪˌpriʃɪˋeʃən] 減值；貶值；輕視

反 □ **appreciation** [əˌpriʃɪˋeʃən] 升值；欣賞；體會；感謝

18 **monetary** [ˋmʌnəˌtɛrɪ]

形 貨幣的；金融的；財政的

源 monet (money) + ary (related to)

The new administration has a different **monetary** policy from that of the previous one.

新政府的貨幣政策與舊政府的貨幣政策有所不同。

同 □ **pecuniary** [pɪˋkjunɪˌɛrɪ] 金錢的；金錢上的

□ **financial** [faɪˋnænʃəl] 金融的；財政的

□ **fiscal** [ˋfɪskḷ] 財政的；會計的

fiscal year 會計年度

19	**sustainable** [sə`stenəbl̩]	形 支撐得住的；能維持的；永續發展的 源 sus (under) + tain (hold) + able

The government implemented a national program, teaching farmers **sustainable** agricultural techniques.

政府實施了一個全國性的計畫，教導農人永續經營的農業技術。

大師提點

sustainable 由動詞 sustain「支撐；維持；長期持續」衍生而來。

同
- ☐ **bearable** [`bɛrəbl̩] 忍得住的；經得起的
- ☐ **endurable** [ɪn`djurəbl̩] 可忍的；能耐的
- ☐ **maintainable** [men`tenəbl̩] 可維持的；可繼續的
- ☐ **enduring** [ɪn`djurɪŋ] 耐久的；持久的
- ☐ **lasting** [`læstɪŋ] 持久的；永續的

20	**per capita** [pɚ`kæpɪtə]	按人計算的；每人（平均）的

Liechtenstein, a small country in Europe, has the highest GDP **per capita** in the world.

位於歐洲的小國列支登斯登擁有全世界最高的每人平均國內生產總值。

大師提點

per capita 為拉丁文，字面的意思是 by heads「按人頭」，一般用來指 for or by each person「每人（平均）的」。

TOPIC 2 The Stock Market 股票市場

Track 37

1	**invest** [ɪn`vɛst]	動 投資；入股 源 in (in) + vest (clothe)

Darren would like to **invest** in the stock market, but he doesn't know which stocks he should buy.

戴倫想投資股市，但是他不知道該買哪些股票。

大師提點

invest 的原意是「使穿衣」，可引申指「籠罩」，再轉化指「投入」，最後則多用來指「投資」。

衍 □ **investment** [ɪn`vɛstmənt] 名 投資；投資額；投資對象

2	**plunge** [plʌndʒ]	動 跳入；衝進；使陷入；急降

SDK's stock **plunged** from $10 to $3 after reporting major losses this quarter.

在 SDK 宣布本季重大虧損後，股價由 10 美元驟跌至 3 美元。

大師提點

plunge 可作名詞用，意思為「跳入」、「衝進」、「猛跌」等；另，片語 take the plunge 指「採取斷然的行動」。

同 □ **dive** [daɪv] 跳入；潛入；跳水；潛水
□ **dash** [dæʃ] 猛衝；急跑；急急地做
□ **thrust** [θrʌst] 衝入；衝進；刺入；插入
□ **immerse** [ɪ`mɝs] 使陷入；浸入；沉浸
□ **dip** [dɪp] 下降；浸；沾
□ **tumble** [`tʌmbḷ] 暴跌；跌落；跌倒
□ **slump** [slʌmp] 暴跌；劇降

反 □ **emerge** [ɪ`mɝdʒ] 浮現；冒出
□ **stroll** [strol] 漫步；閒逛
□ **amble** [`æmbḷ] 慢走；散步
□ **rise** [raɪz] 上升；上揚
□ **skyrocket** [`skaɪˌrɑkɪt] 飛漲；急速上升

衍 □ **plunger** [`plʌndʒɚ] 名 跳入的人；衝入之物；冒險的投機者；（疏通堵塞的）橡膠吸盤

3 slump
[slʌmp]

名 衰退；暴跌；劇降；不景氣；蕭條

The current economic **slump** has left many recent college graduates jobless.
目前的經濟不景氣使得許多剛畢業的大學生找不到工作。

大師提點

slump 也可作動詞用，例如：Our profits slumped in the last quarter.「我們的獲利在上一季劇降。」

同
- ☐ **decline** [dɪ`klaɪn] 衰退；衰微
- ☐ **downfall** [`daʊn,fɔl] 沒落；下墜
- ☐ **nosedive** [`noz,daɪv] 暴跌；俯衝
- ☐ **recession** [rɪ`sɛʃən] 不景氣；衰退
- ☐ **depression** [dɪ`prɛʃən] 蕭條；不景氣

反
- ☐ **rise** [raɪz] 上升；攀升；上漲
- ☐ **upturn** [`ʌp,tɝn] 好轉；上升
- ☐ **upsurge** [`ʌp,sɝdʒ] 高漲；湧起
- ☐ **boom** [bum] 激增；景氣
- ☐ **prosperity** [prɑs`pɛrətɪ] 興隆；繁盛

4 stabilize
[`stebḷ,aɪz]

動 使穩定；平抑……的價格
源 stabil (stable) + ize (make)

The stock market has been falling since October, but it seems to have **stabilized** in the last two weeks.
股市從 10 月以來持續下跌，但是過去兩週似乎已回穩。

大師提點

stabilize 由形容詞 stable「穩定的；穩固的」衍生而來。

反
- ☐ **fluctuate** [`flʌktʃʊ,et] 波動；起落
- ☐ **vary** [`vɛrɪ] 變化；改變

衍
- ☐ **stabilization** [,stebḷə`zeʃən] 名 安定；穩定化

5 recover
[rɪ`kʌvɚ]

動 重新獲得；收回；恢復；復元
源 re (again) + cover (take)

After announcing their new board of directors, XZM's stock began to **recover** from its major losses earlier in the week.
在 XZM 宣布新的董事會成員後，本週初開始股價便止跌回穩。

同 □ **regain** [rɪ`gen] 收復；取回
□ **retrieve** [rɪ`triv] 取回；找回；重獲
□ **restore** [rɪ`stor] 恢復；復原；修復
□ **recuperate** [rɪ`kjupə͵ret] 恢復（健康、精神）；復元
□ **convalesce** [͵kɑnvə`lɛs]（病後）逐漸康復；復元
反 □ **relapse** [rɪ`læps]（疾病）復發；故態復萌
衍 □ **recovery** [rɪ`kʌvərɪ] 名 重獲；恢復（健康）；復原

6	**shoot up**	迅速升起；猛漲

Scholastic's stock **shot up** during the phenomenal success of the *Harry Potter* books.
學術教育股在《哈利波特》系列書大紅期間急速上漲。

同 □ **soar** [sor] 高飛；猛漲
□ **skyrocket** [`skaɪ͵rɑkɪt] 急速上升；飛漲
反 □ **tumble** [`tʌmbḷ] 跌落；暴跌
□ **slump** [slʌmp] 暴跌；劇降

7	**take off**	上揚；脫下；免除；離開；休假；起飛

Last week stocks in Asia **took off** while Wall Street stocks tumbled.
上星期亞洲股上揚，但是華爾街股卻重挫。

大師提點
take off 為多義的片語動詞，在例句中指股價的「上揚」。

同 □ **rise** [raɪz] 上升；升起；上漲
□ **remove** [rɪ`muv] 移去；脫掉；除去
□ **leave** [liv] 離開；脫離；出發；留下
反 □ **fall** [fɔl] 落下；摔倒；下跌；減退
□ **drop** [drɑp] 掉下；下墜；落後；下跌
□ **put on** 穿上；增加；提高；假裝；愚弄

8	**outlook** [`aut͵luk]	名 景色；前景；展望；觀點 源 out + look

Despite the poor economic **outlook**, the government managed to avoid a recession with its careful planning and smart policies.
儘管經濟前景欠佳，政府仍設法以周延的計畫與明智的政策成功地避免了衰退。

同 □ **view** [vju] 視野；景色；看法

□ **prospect** [ˋprɑspɛkt] 展望；遠景；景色；視野

□ **point of view** [ˋpɔɪnt əv ˋvju] 觀點；意見；看法

9	**bond** [bɑnd]	名 聯結；聯繫；盟約；證券；公債；束縛（用複數）

The government of that country sold **bonds** in a desperate attempt to stay afloat.

該國政府出售公債，力圖免於負債。

大師提點

例句中的 stay（或 keep）afloat [əˋflot] 指「免於負債」。

同 □ **tie** [taɪ] 聯繫；關係；羈絆；領帶

□ **connection** [kəˋnɛkʃən] 連結；關係；接駁；連接物

□ **compact** [ˋkɑmpækt] 盟約；合同；契約；協定

□ **security** [sɪˋkjʊrətɪ] 安全；保障；抵押品；證券（用複數）

□ **binding** [ˋbaɪndɪŋ] 束縛；綑綁；裝訂

10	**dividend** [ˋdɪvə͵dɛnd]	名（股票、保險的）紅利、股息

The board of directors voted yesterday to pay a **dividend** of 75 cents per share to all stockholders.

董事會昨日投票決議，支付所有股東每股 75 分的股息。

大師提點

dividend 源自拉丁文，與動詞 divide [dɪˋvaɪd]（分割；分配）同源，原意為「可分割、分配的事物」。

11	**portfolio** [portˋfolɪ͵o]	名（投資者持有的）有價證券、投資組合；公事包；作品集；部長的職位 源 port (carry) + folio (leaf)

Helen's investment **portfolio** consists of 20% stocks, 50% mutual funds, and 30% cash.

海倫的投資組合有 20% 是股票、 50% 是共同基金，另外 30% 是存款。

大師提點

「部長」為 minister [ˋmɪnɪstɚ]， minister without portfolio 則指「政務委員」。

12	**share** [ʃɛr]	名 一份；分擔（額）；股份；股票；（市場）占有率

Angela sold off all of her stock in GTC to buy another 2,000 **shares** of stock in United Genetics.

安琪拉把手上的 GTC 股票全數賣出，另外買了聯合遺傳公司 2,000 股的股票。

大師提點

share 也可作動詞用，指「共有；共用；均攤；均分」。

同
- ☐ **portion** [`porʃən] 一份；一部分
- ☐ **quota** [`kwotə] 配額；定額；限額
- ☐ **allotment** [ə`latmənt] 分攤；分配（所得）
- ☐ **apportionment** [ə`porʃənmənt] 分攤；配額
- ☐ **percentage** [pɚ`sɛntɪdʒ] 百分比；比例；折扣；利潤

13	**stock option** [`stak ˌapʃən]	名 認股權

Doug was offered a high salary to join RIS Electronics, including **stock options** that allow him to buy 10,000 shares of stock in RIS at 50% below market value.

RIS 電子公司以高薪聘用道格，包括可以低於市面價一半的價格購買公司 1 萬股股票的認股權。

大師提點

stock option 為複合名詞，主重音應落在 stock 上。另，注意 option 一般指「選擇（的自由）」，在商業上則指「買賣（如股票）的選擇權」。

14	**stockholder** [`stakˌholdɚ]	名 股東；持股人 源 stock + hold + er (agent)

This notice of the board of director's meeting must be sent to all **stockholders** by the end of the week.

這份董事會議通知書務必在本星期內寄給所有的股東。

同
- ☐ **shareholder** [`ʃɛrˌholdɚ] 股東

15	**IPO** **(initial public offering)** [ɪ`nɪʃəl `pʌblɪk `ɔfərɪŋ]	（股票的）首次公開發行；首次上市

GenoType's **IPO** was incredibly successful, with its stocks jumping 50% on its first day of trading.

Geno Type 的股票首度公開發行竟意想不到地成功，交易的第一天股價就飆漲了 50% 。

16	**mutual fund** [ˋmjutʃuəl ˏfʌnd]	名 共同基金；合股投資公司

Prices for this **mutual fund**, which focuses on stocks from the electronics sector, have dropped in the last month because the sector is weak.

這支共同基金的投資標的是電子產業，上星期的價格因該產業勢弱而下跌。

大師提點

mutual 的意思是「互相的」、「彼此的」、「共同的」、「共有的」。

同 □ **unit trust** [ˋjunɪt ˏtrʌst]（英國）單位信託投資公司；共同基金

17	**bull market** [ˋbʊl ˏmɑrkɪt]	名 牛市；多頭市場

The country's economic condition seemed to point towards a **bull market**, which analysts and investors alike were thrilled by.

該國的經濟情況似乎指向多頭市場，分析師與投資者都因此而興奮不已。

大師提點

另外，形容詞 bullish [ˋbʊlɪʃ] 指「股市價格看漲的」。

同 □ **bear market** [ˋbɛr ˏmɑrkɪt] 熊市；空頭市場（bearish [ˋbɛrɪʃ] 則指「股價看跌的」）

18	**crash** [kræʃ]	動（股市）崩盤；（電腦）當機；撞毀

After the New York Stock Exchange **crashed** in 1929 came the Great Depression.

在紐約證券交易所於 1929 年崩盤之後，接著就發生了經濟大蕭條。

大師提點

crash 亦可作名詞用，如： the crash of the stock market「股市的崩盤」。

同 □ **smash** [smæʃ] 猛撞；（使）粉碎

□ **fail** [fel] 失敗；失靈；破產；不及格

□ **collapse** [kəˋlæps] 崩潰；瓦解；坍塌

19 **risky** [ˋrɪskɪ]

形 危險的；冒險的；有風險的

源 risk + y (adj.)

The stock market is **risky** because it is possible to lose large amounts of money in one day.

股市風險大，因為有可能在一天之內大賠。

大師提點

risky 由名詞 risk「風險；危險」衍生而來。

同
- □ **dangerous** [ˋdendʒərəs] 危險的；不安全的
- □ **hazardous** [ˋhæzədəs] 有危險的；擔風險的
- □ **perilous** [ˋpɛrələs] 危險的；冒險的
- □ **precarious** [prɪˋkɛrɪəs] 充滿危險的；不安全的
- □ **venturesome** [ˋvɛntʃəsəm] 有危險的；冒險的；（人）好冒險的

反
- □ **safe** [sef] 安全的；平安的
- □ **secure** [sɪˋkjʊr] 安全的；不必擔心的；牢固的
- □ **sure** [ʃʊr] 確定的；穩當的；有把握的
- □ **certain** [ˋsɜtn̩] 確定的；必然的；有把握的

20 **conservative** [kənˋsɜvətɪv]

形 保守的；傳統的；守舊的

源 con (together) + serv (keep) + at(e) (v.) + ive (adj.)

Scott puts most of his money in **conservative** investments because he doesn't want to risk losing his money.

史考特將大部分的錢投資在保守的投資標的上，因為他不想冒錢財損失的風險。

大師提點

conservative 由動詞 conserve [kənˋsɜv]（保存；保藏；保護）衍生而來。

同
- □ **traditional** [trəˋdɪʃənl̩] 傳統的；按照慣例的
- □ **conventional** [kənˋvɛnʃənl̩] 守舊的；傳統的；因襲的

反
- □ **radical** [ˋrædɪkl̩] 激進的；極端的；徹底的；根本的
- □ **liberal** [ˋlɪbərəl] 開放的；自由的；大方的；豐富的
- □ **progressive** [prəˋgrɛsɪv] 前進的；進步的；前衛的
- □ **avant-garde** [ə͵vɑntˋgɑrd] 前衛派的；先鋒派的

衍
- □ **conservation** [͵kɑnsəˋveʃən] 名 保護；保存；保藏
  wildlife/energy conservation 保護野生動物／節約能源
- □ **conservatism** [kənˋsɜvətɪzm̩] 名 保守主義；因循守舊

TOPIC 3 Banking 銀行業務

Track 38

1	**lend** [lɛnd]	動 貸出；借出；借給；給予（協助、支持）

A bank will only **lend** you money if you have the ability to pay that money back.
你要有能力償還，銀行才會借錢給你。

同 ☐ **loan** [lon] 貸款；出借
☐ **give** [gɪv] 給予；提供；送給；交給
反 ☐ **borrow** [ˋbɑro] 借來；借入
衍 ☐ **lender** [ˋlɛndɚ] 名 出借人；貸方
☐ **lending** [ˋlɛndɪŋ] 名 出租；出借

2	**borrow** [ˋbɑro]	動 借來；借入；（擅自）採用

When William lost his job, he was forced to **borrow** money from his parents to pay his rent.
在威廉失業後，不得已只好跟父母借錢付房租。

同 ☐ **take** [tek] 獲取；拿到；接受；採用
☐ **appropriate** [əˋproprɪˌet] 撥出；挪用；占用；盜用
反 ☐ **lend** [lɛnd] 借給；借出
衍 ☐ **borrower** [ˋbɑroɚ] 名 借用人；採用者
☐ **borrowing** [ˋbɑroɪŋ] 名 借用；外來語

3	**owe** [o]	動 欠錢；應付出；對……負有……義務

I still **owe** Jason $5 — he paid for lunch yesterday because I forgot my wallet.
我還欠傑森五塊錢美金，因為我昨天吃午飯時忘了帶皮夾，是他付的飯錢。

同 ☐ **be indebted** [ɪnˋdɛtɪd] **to** 欠……債；受……的恩惠
☐ **be obligated** [ˋɑbləˌgetɪd] 負有……義務
反 ☐ **repay** [rɪˋpe] 還錢；付還；償還
☐ **compensate** [ˋkɑmpənˌset] 補償；償還；賠償

4 **deposit** [dɪˋpɑzɪt]

動 放置；存放；寄存；付定金；使沉澱；使淤積
源 de (down) + posit (put)

Upon receipt of the goods, according to our contract, we will **deposit** the money directly into your bank account.

根據合約，我們會在收到貨品後，直接將錢匯入您的帳戶。

大師提點

deposit 亦可作名詞用，意思是「存款」、「押金」、「定金」、「頭款」、「保證金」、「沉澱物」、「儲藏所」等。

同 □ **set down** 放下；安置；記下來
□ **place down** 放下；安置；配置
□ **put down** 放下；寫下；記下；支付部分費用
□ **accumulate** [əˋkjumjə͵let] 累積；聚積

衍 □ **depositor** [dɪˋpɑzɪtɚ] 名 存款人；託管人
□ **depository** [dɪˋpɑzə͵torɪ] 名 寄存處；保管處；保管人

5 **withdraw** [wɪðˋdrɔ]

動 縮回；撤回；撤銷；撤退；提取（存款等）
源 with (back) + draw

While I was at the bank I forgot to **withdraw** money, so I don't have any cash on me now.

我去銀行時忘了領錢，所以現在身上一點現金都沒有。

同 □ **draw back** 收回；縮回；撤回；撤退
□ **take back** 取回；收回；取消
□ **recall** [rɪˋkɔl] 叫回；召回；撤回；回憶
□ **retract** [rɪˋtrækt] 撤回；收回；取消；縮回
□ **retreat** [rɪˋtrit] 撤退；向後退；收回；作罷

反 □ **put out** 伸出；發表；使熄滅
□ **put forth** 提出；提議；主張；產生；長出
□ **propose** [prəˋpoz] 提出；提議；提案
□ **offer** [ˋɔfɚ] 提供；提出；貢獻；出價
□ **advance** [ədˋvæns]（使）前進；（使）高升；提出（意見等）

衍 □ **withdrawal** [wɪðˋdrɔəl] 名 縮回；撤回；撤退；提款

6	**overdraw** [ˋovɚˋdrɔ]	動 透支（存款帳戶）；誇張 源 over + draw

In banking vocabulary, you **overdraw** when you take out more money than you have in your bank account.

在銀行業的用語中，「透支」指的是你從銀行領出超過你戶頭裡有的錢。

同 ☐ **exaggerate** [ɪgˋzædʒə͵ret] 誇大；誇張

7	**convert** [kənˋvɜt]	動 變換；兌換；使改變信仰 源 con (together) + vert (turn)

It would be wise to **convert** some of your money into foreign currency before traveling abroad.

在出國旅遊以前先兌換一些外幣是明智之舉。

同 ☐ **change** [tʃendʒ] 改變；變更；兌換；換車；換衣服

☐ **exchange** [ɪksˋtʃendʒ] 交換；替換；互換；兌換

衍 ☐ **conversion** [kənˋvɜʃən] 名 變換；轉換；改變信仰

☐ **converter** [kənˋvɜtɚ] 名 改變（信仰）者；轉換器

☐ **convertible** [kənˋvɜtəbḷ] 形 可改變的；可轉換的；可兌換的／名 敞篷汽車

8	**statement** [ˋstetmənt]	名 陳述；聲明；結算表；財務報表 源 state + ment (action)

You will receive a **statement** from the bank every month.

你每個月都會收到銀行的結算表

大師提點

statement 由動詞 state「陳述；說明；指定；規定」衍生而來。

同 ☐ **utterance** [ˋʌtərəns] 發聲；發言

☐ **declaration** [͵dɛkləˋreʃən] 宣言；聲明；供述

☐ **report** [rɪˋport] 報告；報導；紀錄；成績單

☐ **record** [ˋrɛkɚd] 紀錄；記載；成績；經歷；唱片

☐ **account** [əˋkaʊnt] 帳目；帳戶；帳單；說明；敘述

9	account [ə`kaʊnt]	名 帳目；帳戶；帳單；客戶；敘述；說明；報告；理由；重要性 源 ac (to) + count

Sharon's **account** with Boone County Bank was closed automatically because she had no money in it.

雪倫在布恩郡銀行的帳戶自動關閉了，因為裡面一毛錢也沒有。

大師提點

account 亦可作動詞用，意思是「報帳」、「說明」、「導致」、「負責」、「占（數量）」等。注意，動詞用法的 account 常與介系詞 for 連用，例如：You'll have to account for your own behavior.「你將必須為自己的行為負責。」

同 □ **statement** [`stetmənt] 結算表；財務報表
□ **record** [`rɛkɚd] 記載；紀錄；登記
□ **customer** [`kʌstəmɚ] 顧客；主顧
□ **client** [klaɪnt] 客戶；顧客
□ **description** [dɪ`skrɪpʃən] 敘述；描述；描寫
□ **explanation** [ˌɛksplə`neʃən] 說明；解釋
□ **report** [rɪ`port] 報告；報導
□ **reason** [`rizn̩] 理由；原因
□ **importance** [ɪm`pɔrtn̩s] 重要性；重大
衍 □ **accounting** [ə`kaʊntɪŋ] 名 會計（學）；記帳
□ **accountant** [ə`kaʊntənt] 名 會計師；會計人員
□ **accountable** [ə`kaʊntəbl̩] 形（對……）有解釋義務的；應負責任的；可說明的

10	balance [`bæləns]	名 天平；平衡；協調；餘額；差額 源 ba (two) + lance (scale)

Judging by the **balance** of his bank account, Mike could tell that none of his checks had been cashed.

根據帳戶的餘額來判斷，麥克知道他所有的支票都沒有被兌現。

大師提點

balance 原指「天秤的兩個盤子」。balance 也可當動詞用，指「使……平衡；與……相稱；補償；抵銷」。

同 □ **scales** [skelz] 天秤（複數形）
□ **equilibrium** [ˌikwə`lɪbrɪəm] 平衡；均衡
□ **symmetry** [`sɪmɪtrɪ] 對稱；調和
□ **remainder** [rɪ`mendɚ] 差數；餘數；剩餘物
反 □ **imbalance** [ɪm`bæləns] 不平衡；不均衡
衍 □ **balanced** [`bælənst] 形 平衡的；協調的

11	**credit** [`krɛdɪt]	名 信譽；信用；賒購；貸方；功勞；學分（可數）

Shopping on the Internet and paying with a **credit** card can be convenient and dangerous at the same time.

透過網路來購物並使用信用卡付費很方便但也很危險。

大師提點

credit 源自拉丁文，原意是 believe「相信」。credit rating 指「信用評等」；on credit 指「賒帳」；letter of credit 指「信用狀」。另，注意 credit 亦可作動詞用，指「記入貸方；存入帳戶」，例如：The three checks have been credited to your account.「那三張支票已經存入你的帳戶中。」

同 □ **trustworthiness** [`trʌst,wɜθɪnɪs] 可信賴；可靠
□ **reputation** [,rɛpjə`teʃən] 名氣；聲望；信譽
□ **trust** [trʌst] 信任；信賴；信用
□ **charge account** [`tʃɑrdʒ ə,kaʊnt] 記帳賒欠
□ **merit** [`mɛrɪt] 功勞；功蹟；優點；價值
□ **acknowledge** [ək`nɑlɪdʒmənt] 表彰；承認；銘謝

反 □ **distrust** [dɪs`trʌst] 不信任；猜疑
□ **doubt** [daʊt] 懷疑；疑惑
□ **debit** [`dɛbɪt] 借方；借項
□ **disgrace** [dɪs`gres] 恥辱；不名譽

衍 □ **creditor** [`krɛdɪtɚ] 名 債權人（debtor [`dɛtɚ] 為債務人）
□ **creditable** [`krɛdɪtəbḷ] 形 可信的；值得稱讚的；可給予信用貸款的

12	**debt** [dɛt]	名 負債；債務

The national **debt** of that country has gotten to the point where it will probably never be paid off.

那個國家的國家債務已高到可能永遠都無法還清的地步。

大師提點

注意 debt 的 b 不發音。

同 □ **liability** [,laɪə`bɪlətɪ] 負債；債務；責任；義務
□ **obligation** [,ɑblə`geʃən] 義務；責任；負擔；債務

反 □ **asset** [`æsɛt] 資產；財產
□ **property** [`prɑpɚtɪ] 財產；資產；房地產；物業

衍 □ **debtor** [`dɛtɚ] 名 債務人；借主

13	**interest** [ˋɪntrɪst]	名 a. 利益；利息／b. 興趣；趣味 源 inter (between) + est (being)

a. Now is a good time to buy a home because **interest** rates are the lowest they have been in years.

現在利率降到了歷年最低，正是購屋的好時機。

b. The banker's son shows no **interest** in a career in banking, much to his father's disappointment.

那個銀行家的兒子對銀行業的職涯毫無興趣，讓他父親蠻失望的。

大師提點

interest 作動詞時指「使產生興趣」，用法如：What he says never interests me.「他說的話從不會引起我的興趣。」另，注意例句中的 interest rate 指「利率」。

同 a. □ **benefit** [ˋbɛnəfɪt] 利益；好處；津貼

□ **yield** [jɪld] 收益；利潤；生產（量）

b. □ **hobby** [ˋhɑbɪ] 愛好；嗜好

□ **pursuit** [pɚˋsut] 嗜好；愛好；追求；追趕

14	**overdraft** [ˋovɚˏdræft]	名 透支（額） 源 over + draft (draw)

Banks will charge **overdraft** fees if you write checks for more money than you have in your account.

支票上開的金額如果超過戶頭裡的餘額，銀行會收取透支手續費。

大師提點

overdraft 與動詞 overdraw 為同源字。overdraft limit 指「透支限額」。

15	**yield** [jild]	名 收益；利潤；生產（量）；收穫；收成

Yields from investing in the stock market can be high, but a lot of money can also be lost.

投資股市可能大賺，也可能大賠。

大師提點

yield 也可當動詞，可指「生產；產生」（用法如：His new business yields very big profits.「他的新事業帶來龐大的利潤。」）或「屈服；讓步」（用法如：He yields very easily to his wife's demands.「他對他老婆的要求很容易就屈服了。」）

同 □ **interest** [ˋɪntrɪst] 利益；好處；利息

□ **returns** [rɪˋtɝnz] 收益；利潤（複數）

□ **earnings** [ˋɝnɪŋz] 收益；薪資（複數）

- ☐ **proceeds** [ˋprosidz] 收入；收益（複數）
- ☐ **production** [prəˋdʌkʃən] 生產；製作；產量
- ☐ **output** [ˋaʊt͵pʊt] 生產；出產；產量
- ☐ **harvest** [ˋhɑrvɪst] 收穫；收割；所得；報酬
- ☐ **crop** [krɑp] 收成；收穫；農作物；莊稼

16	**savings** [ˋsevɪŋz]	名 儲蓄金；存款；積蓄

He put his life's **savings** in the bank that he trusted.

他把畢生的積蓄存放在他信賴的銀行裡。

大師提點

注意，savings 為複數形。savings account 指「儲蓄存款帳户」。另，checking account 指「支票活期存款帳户」。

17	**amortize** [ˋæmɚ͵taɪz]	動 分期償還；攤還 源 a (to) + mort (death) + ize (make)

The bank has agreed to let him **amortize** his credit card debt.

銀行已經同意讓他分期償還他的卡債。

衍
- ☐ **amortization** [͵æmɚtəˋzeʃən] 名 分期償還
- ☐ **amortizable** [ˋæmɚ͵taɪzəbl̩] 形 可分期償還的

18	**teller** [ˋtɛlɚ]	名（銀行的）出納員；計票員；講話者 源 tell + er (agent)

A bank **teller**'s job is to receive and/or pay out money over the counter.

銀行出納員的工作就是在櫃臺上收和／或付錢。

大師提點

automated [ˋɔtə͵metɪd] teller machine（ATM）為「自動櫃員機」。另，注意一般商場（如超市）的出納員（收銀員）稱為 cashier [kæˋʃɪr]。

19 **fee** [fi]

名 手續費；服務費；入場費；會費；酬金

There is a $10 **fee** for each additional bank card.
每一張額外的銀行卡要付 10 美元的手續費。

同
- □ **charge** [tʃardʒ] 費用；索價；責任；罪名；充電；衝鋒
- □ **admission** [əd`mɪʃən] 入場費；入學、入會、入場許可
- □ **remuneration** [rɪˌmjunə`reʃən] 酬勞；報酬

20 **payable** [`peəbl̩]

形 應支付的；（支票）應付給某人的；可獲利的
源 pay + able

Please make your alumni donation checks **payable** to the university.
請將您校友捐款支票的領款人開立為本大學。

同
- □ **due** [dju] 當付的；到期的
- □ **mature** [mə`tʃʊr]（票據等）到期的；成熟的
- □ **profitable** [`prɑfɪtəbl̩] 可獲利的；可賺錢的

TOPIC 4 Corporate Finance 公司財務

Track 39

1	**acquire** [ə`kwaɪr]	動 取得；獲得；學得（知識、技術）；養成（習慣） 源 ac (to) + quire (seek)

If French Air successfully **acquires** France National Airways, it will become the largest airline in the country.

如果法國航空成功購得法國國家航空，將會成為全國最大的航空公司。

同 □ **obtain** [əb`ten] 得到；獲得；到手
□ **gain** [gen] 得到；贏得；獲利
□ **procure** [pro`kjʊr] 取得；獲得；採購
□ **secure** [sɪ`kjʊr] 獲得；取得；使牢固；提供保證

反 □ **lose** [luz] 失去；遺失；失敗
□ **forgo** [fɔr`go] 放棄；棄絕
□ **relinquish** [rɪ`lɪŋkwɪʃ] 放棄；作罷；交給

衍 □ **acquisition** [ˏækwə`zɪʃən] 名 取得；獲得；學得；所獲之物
□ **acquisitive** [ə`kwɪzətɪv] 形 想獲得的；貪得無厭的

2	**consolidate** [kən`sɑləˏdet]	動（使）合併；統一；（使）聯合；鞏固 源 con (together) + solid + ate (v.)

These small-sized businesses have reached an agreement to **consolidate** to form a single large firm.

這些小型企業已經達成一項協議，他們將合併組成一間大公司。

同 □ **combine** [kəm`baɪn]（使）結合；（使）組合；（使）合併
□ **unite** [jʊ`naɪt] 聯合；合併；使合為一體
□ **merge** [mɝdʒ]（使）合併；（使）混合
□ **incorporate** [ɪn`kɔrpəˏret] 合併；結合；使成為法人組織；組成股份有限公司
□ **coalesce** [ˏkoə`lɛs] 結合；聯合；接合
□ **amalgamate** [ə`mælgəˏmet]（使）合併；（使）混合
□ **solidify** [sə`lɪdəˏfaɪ] 使堅固；使團結；（使）凝固

反 □ **separate** [`sɛpəˏret]（使）分離；（使）分開；分手；分居
□ **divide** [dɪ`vaɪd] 分割；分離；分歧；分配
□ **dissolve** [dɪ`zɑlv] 使分解；使分離；解散；（使）分解

衍 □ **consolidation** [kənˏsɑlə`deʃən] 名 合併；統一；鞏固

3	**expand** [ɪk`spænd]	動 展開；擴大；發展 源 ex (out) + pand (stretch)

The ambitious CEO did everything she could to **expand** her company, but progress was hampered by the recession.

那位野心勃勃的執行長想盡辦法要擴張她的公司，但是由於不景氣，進展受到了阻礙。

同 □ **extend** [ɪk`stɛnd] 擴展；延長；延伸
□ **enlarge** [ɪn`lɑrdʒ] 擴大；擴張；放大
□ **develop** [dɪ`vɛləp]（使）發展；擴展；開發；（使）成長
反 □ **shrink** [ʃrɪŋk]（使）縮小；萎縮
□ **contract** [kən`trækt] 收縮；緊縮
□ **stunt** [stʌnt] 阻礙成長；抑制
衍 □ **expansion** [ɪk`spænʃən] 名 擴大；展開；擴展

4	**thrive** [θraɪv]	動 繁榮；興旺；欣欣向榮；成功

Despite the recession, his business still seems to be **thriving**.

縱使景氣不佳，他的事業似乎依然生氣勃勃。

同 □ **flourish** [`flɝɪʃ] 繁榮；茂盛；興旺
□ **prosper** [`prɑspɚ] 興隆；繁盛；成功
□ **bloom** [blum]（花）盛開；興旺；繁盛
□ **succeed** [sək`sid] 成功；繁榮；昌隆
反 □ **languish** [`læŋgwɪʃ] 失去活力；衰弱；（草木等）凋萎
□ **fade** [fed] 失去光澤；凋萎；枯謝；褪色
□ **wither** [`wɪðɚ] 凋萎；凋謝；枯萎；衰退
□ **fail** [fel] 失敗；衰退；轉弱；不及格
衍 □ **thriving** [`θraɪvɪŋ] 形 欣欣向榮的；繁華的；興旺的

5	**quantify** [`kwɑntə͵faɪ]	動 為……定量；使量化 源 quant (how much) + ify (make)

It was difficult for the company to accurately **quantify** the risks of such a move as market conditions were constantly changing.

對該公司而言如此行動風險的多寡難以精確判定，因為市場的狀況不斷地在變化。

衍 □ **quantifiable** [`kwɑntə͵faɪəbḷ] 形 可量化的；可計量的
□ **quantification** [͵kwɑntəfə`keʃən] 名 定量；量化

6	**asset** [ˋæsɛt]	名 財產；資產

His company's **assets** total over $100 million.

他公司的資產總額超過一億美元。

大師提點

asset 源自古法文 asez，意思是 enough「足夠」。assets and liabilities 指「資產與負債」。

同 □ **property** [ˋprɑpətɪ] 財產；地產；特性；屬性

□ **effects** [ɪˋfɛkts] 財產；財物（複數）

□ **means** [minz] 財產；財力；資產（複數）

7	**capital** [ˋkæpətl̩]	名 a. 資本；資金／b. 首都；首府 源 capit (head) + al (of the kind)

a. Cathy tried to raise enough **capital** to start her own restaurant, but she had problems finding investors.

凱西努力籌措資金想自己開餐廳，但是合夥人並不好找。

b. Sacramento is the state **capital** of California.

沙加緬度是加州的首府。

大師提點

capital 亦可作形容詞，可指「首位的」、「主要的」、「極好的」、「資本的」、「大寫的」等義。注意，capital punishment [ˋpʌnɪʃmənt] 指的是「死刑」。

同 a. □ **funds** [fʌndz] 資金；專款（複數）

□ **finances** [ˋfaɪnæsɪz] 財源；財務狀況（複數）

b. □ **seat of government** [ˋgʌvɚnmənt] 政府的所在地

衍 □ **capitalism** [ˋkæpətl̩ˌɪzm̩] 名 資本主義

□ **capitalist** [ˋkæpətl̩ɪst] 名 資本主義者；資本家

□ **capitalistic** [ˌkæpətl̩ˋɪstɪk] 形 資本主義的；資本家的

□ **capitalize** [ˋkæpətl̩ˌaɪz] 動 提供資金；資本化；利用；用大寫

□ **capitalization** [ˌkæpətl̩əˋzeʃən] 名 資本化；變現；大寫

8	**deficit** [ˋdɛfɪsɪt]	名 赤字；不足額 源 de (away) + ficit (make)

Since the city faces a huge **deficit**, the mayor must either raise taxes or decrease spending.

因為該市面臨巨額赤字，市長必須加重課稅或減少支出。

同 □ **shortage** [ˋʃɔrtɪdʒ] 不足；短缺

☐ **shortfall** [`ʃɔrt,fɔl] 不足；差額
☐ **deficiency** [dɪ`fɪʃənsɪ] 缺乏；不足額

反 ☐ **adequacy** [`ædəkwəsɪ] 足夠；適當
☐ **sufficiency** [sə`fɪʃənsɪ] 充足；充分的數量
☐ **abundance** [ə`bʌndəns] 豐富；充裕

9	**equity** [`ɛkwətɪ]	名 抵押資產的淨值；公平；股票 源 equi (equal) + ty (state)

To keep the **equity**, the company must either sell or refinance.
為了保有剩餘資產，不是得把公司賣掉就是得再籌措資金。

同 ☐ **cash value** [`kæʃ`vælju] 現值
☐ **stock** [stɑk] 股票
☐ **fairness** [`fɛrnɪs] 公平；公正
☐ **justice** [`dʒʌstɪs] 公正；公平；正義
☐ **impartiality** [,ɪmpɑrʃɪ`ælətɪ] 公平；無私；不偏袒

10	**profit margin** [`prɑfɪt ,mɑrgɪn]	利潤率；利潤之百分比

Because we spend so much money ensuring the quality of our products, we expect a lower **profit margin** than other companies do.
因為我們砸下很多錢以確保產品的品質，所以我們預期的利潤比其他公司來得低。

大師提點

profit margin 為複合名詞，主重音應落於第一個字上。另，注意 margin 原指「邊緣」、「界限」，可轉指「餘地」、「利潤」。

11	**acquisition** [,ækwə`zɪʃən]	名 獲得；取得；習得；獲得之物 源 ac (to) + quisit (seek) + ion (action)

The **acquisition** of the rival company would allow them to monopolize the market.
在購得對手公司之後，他們將得以獨占市場。

大師提點

acquisition 由動詞 acquire [ə`kwaɪr]（獲得；取得；習得）衍生而來。另，例句中之 monopolize [mə`nɑpḷ,aɪz] 指「獨占；壟斷」，名詞為 monopoly [mə`nɑpḷɪ]。

同 ☐ **acquirement** [ə`kwaɪrmənt] 取得；學得
☐ **procurement** [pro`kjʊrmənt] 獲得；採購
☐ **obtainment** [əb`tenmənt] 得到；獲得
☐ **gain** [gen] 獲得；獲利；獲得物

12	**affiliate** [ə`fɪlɪˏet]	動 使加入；使成為會員；做為分支機構 源 af (to) + fili (son) + ate (v.)

His company is **affiliated** with a multinational enterprise.

他的公司隸屬於一家跨國企業。

大師提點

affiliate 亦可作名詞用，指「分公司」、「子公司」、「分支機構」、「成員」。

同 ☐ **associate** [ə`soʃɪˏet] 使聯合；使參加；聯想

☐ **connect** [kə`nɛkt] 使連結；連接；有關連

☐ **attach** [ə`tætʃ] 附上；連結；貼上；使附屬於

反 ☐ **disassociate** [ˏdɪsə`soʃɪˏet] 使分離；使無關連

衍 ☐ **affiliated** [ə`fɪlɪˏetɪd] 形 有關連的；有關係的

an affiliated company 一家關係企業公司

☐ **affiliation** [əˏfɪlɪ`eʃən] 名 加入；入會；聯繫；關係

13	**board (of directors)** [bord (əv də`rɛktəz)]	名 董事會

The **board of directors** voted unanimously to appoint Johnson as the new CEO.

董事會無異議通過指派強生為新的執行長。

大師提點

董事長為 chairman [`tʃɛrmən] of the board

14	**cutback** [`kʌtˏbæk]	名 減少；刪減 源 cut + back

London Underground said it may have to ax 500 signaling jobs because of government **cutbacks** in its investment.

因為政府裁減投資金額，倫敦地鐵說他們可能需要解僱五百個信號工人。

大師提點

作動詞時拼寫成 cut back ，用法如： They have decided to cut back our budget.「他們已經決定刪減我們的預算。」另，例句中的 ax [æks] 指「解僱」。

同 ☐ **reduction** [rɪ`dʌkʃən] 減少；縮減；降低

☐ **decrease** [`dikris] 減少；減退；減少量、數額

☐ **curtailment** [kɜ`telmənt] 削減；刪減；減少

☐ **retrenchment** [rɪ`trɛntʃmənt] 減縮；刪除；削減

15	**financier** [ˌfɪnənˋsɪɚ]	名 金融家；資本家；金融機構 源 fin (end) + anc(e) (n.) + ier (person)

Three well-known **financiers** are bankrolling the Bell Construction Company in the building of the new hotel.

有三個有名的資本家在資助貝爾建築公司興建那家新的旅館。

大師提點

financier 由動詞 finance [faɪˋnæns]（提供資金；融資）衍生而來。另，注意 finance 亦可作名詞用，指「財政；金融」，複數形 finances 則指「財力；財務狀況」。

同 ☐ **capitalist** [ˋkæpətḷɪst] 資本家；資本主義者
☐ **banker** [ˋbæŋkɚ] 銀行家；金融業者

16	**franchise** [ˋfrænˌtʃaɪz]	名 特許；特權；公民權；投票權；經銷權；加盟權、店

Ever since he had eaten breakfast there as a child, Bobby Chen dreamed of owning his own McDonalds **franchise**.

自從小時候在麥當勞吃過早餐後，巴比陳就一直夢想有一天能擁有自己的麥當勞分店。

大師提點

franchise 源自法文，原意為 free「自由」。franchise 亦可作動詞用，指「給予加盟權」，例如：The local dealer has just been franchised by the corporation.「本地的經銷商剛被該公司授權加盟。」

同 ☐ **authorization** [ˌɔθərəˋzeʃən] 授權（書）；許可（證）
☐ **privilege** [ˋprɪvḷɪdʒ] 特權；特別待遇
☐ **suffrage** [ˋsʌfrɪdʒ] 参政權；投票權
☐ **license** [ˋlaɪsṇs] 執照；特許（狀）

衍 ☐ **franchisee** [ˌfræntʃaɪˋzi] 名 加盟者
☐ **franchiser** [ˋfræntʃaɪzɚ] 名 授予加盟者

17	**merge** [mɝdʒ]	動（公司等）合併

When Time-Warner **merged** with America Online, it annoyed Disney, who feared it would be cut out of the cable TV market.

當「時代華納」和「美國線上」合併時，迪士尼感到相當氣惱，因為他們害怕被擠出有線電視市場。

同 ☐ **combine** [kəmˋbaɪn] 結合；組合；合併
☐ **consolidate** [kənˌsɑləˋdet] 合併；聯合；結合

□ **amalgamate** [ə͵mælgə`met] 合併；聯合；混和

反 □ **separate** [`sɛpə͵ret] 分離；分開；分居

□ **dissociate** [dɪ`soʃɪ͵et] 分開；分離；與……斷絕關係

衍 □ **merger** [`mɝdʒɚ] 名 （公司等的）合併

18	**bankrupt** [`bæŋkrʌpt]	形 破產的 源 bank (table) + rupt (break)

Clark's, the department store downtown, is about to go **bankrupt** and is holding a big sale before it goes out of business.

位於市中心的克拉克百貨公司即將宣告破產，在它結束營業前先舉辦大拍賣。

大師提點

bankrupt 可作動詞用，指「使破產」，亦可作名詞用，指「破產者」。

同 □ **insolvent** [ɪn`sɑlvənt] 破產的；無力償還的

反 □ **sound** [saʊnd] 健全的；穩當的；安全的

□ **solvent** [`sɑlvənt] 有償付能力的

衍 □ **bankruptcy** [`bæŋkrəptsɪ] 名 破產；倒閉

19	**commercial** [kə`mɝʃəl]	形 商業的；商務的；貿易的；營利的 源 com (with) + merc (deal) + ial (of the kind)

We complained to the city government about their decision to allow public land to be used for **commercial** purposes.

我們向市政府抱怨他們允許將公有土地移做商業用途的決議。

大師提點

commercial 由名詞 commerce [`kɑmɝs]（商業；貿易）衍生而來。注意，commercial 亦可作名詞用，意思是「（電視、廣播的）商業廣告」，例如：The commercial was so well done that the company saw a jump in sales the very next day after it was aired.「那個廣告做得非常好，就在它播出的隔一天公司的業績就有了大幅的成長。」

同 □ **mercantile** [`mɝkən͵taɪl] 商業的；生意的；貿易的

□ **profit-making** [`prɑfɪt͵mekɪŋ] 營利的；有利可圖的

衍 □ **commercialize** [kə`mɝʃəl͵aɪz] 動 商業化；商品化；供應市場

□ **commercialism** [kə`mɝʃəlɪzṃ] 名 商業精神；營利主義

20	**fiscal** [ˋfɪskl̩]	形 財政的；會計的 源 fisc (moneybag) + al (of the kind)

The annual financial statement contains information about this firm for the previous **fiscal** year, which runs from June 1 to May 31.

該年度財務報表包含本公司前一會計年度，也就是去年 6 月 1 日到今年 5 月 31 日，的相關訊息。

大師提點

例句中的 financial statement [faɪˋnænʃəl ˋstetmənt] 指「財務報表」。

同
- ☐ **financial** [faɪˋnænʃəl] 財政的；金融的；會計的
- ☐ **monetary** [ˋmʌnəˏtɛrɪ] 貨幣的；金融的；財政的

TOPIC 5 Accounting 會計

Track 40

1	**audit** [ˋɔdɪt]	名 審計；查帳

The **audit** showed many problems with the company's bookkeeping, so the accounting department will be reorganized.

帳務審核結果顯示公司在簿記方面有許多問題，因此會計部將重新改組。

大師提點

audit 源自拉丁文，原意是 hear「聽」。audit 作動詞用時除了指「審核；查帳」之外，還可指「旁聽」。

同
- ☐ **examination** [ɪgˌzæməˋneʃən] 檢查；審查；考試
- ☐ **inspection** [ɪnˋspɛkʃən] 視察；檢查；檢閱
- ☐ **verification** [ˌvɛrɪfɪˋkeʃən] 查證；核實；確認

衍
- ☐ **audition** [ɔˋdɪʃən] 名 試聽（歌手）；試演；試唱
- ☐ **auditor** [ˋɔdɪtɚ] 名 稽查員；查帳員；旁聽生
- ☐ **auditorium** [ɔdəˋtorɪəm] 名 禮堂；聽、觀眾席

2	**calculate** [ˋkælkjəˌlet]	動 計算；估算；計畫；打算 源 calcul (pebble) + ate (v.)

Frank **calculated** how much money he earned last month, but he forgot to subtract taxes.

法蘭克計算上個月的收入，但是他忘了扣掉稅款。

大師提點

calculate 由名詞 calculus [ˋkælkjələs]（計算法；微積分；結石）衍生而來，而 calculus 的原意是「計算用的小圓石」。

同
- ☐ **count** [kaʊnt] 數；計算；把……算在內；有價值；依靠
- ☐ **compute** [kəmˋpjut] 計算；估計；評價
- ☐ **estimate** [ˋɛstəˌmet] 估計；估價；評價
- ☐ **reckon** [ˋrɛkən] 計算；估計；認為；推斷；設想
- ☐ **plan** [plæn] 計畫；打算
- ☐ **intend** [ɪnˋtɛnd] 打算；意圖

衍
- ☐ **calculation** [ˌkælkjəˋleʃən] 名 計算（的結果）；估計；盤算
- ☐ **calculating** [ˋkælkjəˌletɪŋ] 形 有打算的；工於心計的
- ☐ **calculated** [ˋkælkjəˌletɪd] 形 有計畫的；計算好的
- ☐ **calculator** [ˋkælkjəˌletɚ] 名 計算機；計算者

3	**offset** [ˋɔfˏsɛt]	動 抵銷；補償 源 off + set

Profits from the glue company should **offset** the losses of the paper mill this quarter.
膠水公司的收益應該會抵銷本季造紙廠的損失。

大師提點

offset 亦可作名詞用，除了表「抵銷；補償」之意外，還可指「開頭、起初」或「分枝、支派」。

同 ☐ **balance** [ˋbæləns] 抵銷；補償；使平衡
☐ **counterbalance** [ˏkaʊntɚˋbæləns] 抵銷；使均衡
☐ **counterweigh** [ˏkaʊntɚˋwe] 抵銷；使平衡
☐ **countervail** [ˏkaʊntɚˋvel] 抵銷；補償；使無效
☐ **compensate** [ˋkɑmpənˏset] **for** 彌補；補償；抵銷
☐ **make up for** 補償；彌補

4	**reimburse** [ˏriɪmˋbɝs]	動 退還；償還；賠償；補償 源 re (back) + im (in) + burse (purse)

Each month we are supposed to hand over all receipts and order forms to the accounting office, and they will then **reimburse** us for any expenditures.
每個月我們都會繳出所有的收據和訂購單給會計部門，然後他們會將任何開支的花費退還給我們。

同 ☐ **pay back** 償還；報答
☐ **repay** [rɪˋpe] 付還；償還；報答；報復
☐ **refund** [rɪˋfʌnd] 償還；賠償；退款
☐ **rebate** [rɪˋbet] 退還；打折扣
☐ **compensate** [ˋkɑmpənˏset] 償還；補償；彌補
☐ **recompense** [ˋrɛkəmˏpɛns] 賠償；回報

衍 ☐ **reimbursement** [ˏriɪmˋbɝsmənt] 名 退款；償還；補償

5	**reconcile** [ˋrɛkənsaɪl]	動 調解；調停；使一致 源 re (again) + concile (consult)

The accountant struggled to **reconcile** her client's accounts, but gave up when she realized the difference in amounts was too big to be legal.
那個會計師努力地想讓她客戶的帳目一致，但是在她了解數目實在太大無法合法化的時候就放棄了。

同 ☐ **conciliate** [kənˋsɪlɪˏet] 使和解；調停；安撫
☐ **settle** [ˋsɛtl̩] 解決；處理；結算；使安定；使定居

□ **square** [skwɛr] 使一致；使符合；結算；使成方形

□ **harmonize** [`hɑrmə,naɪz] 使調和；使一致；使融洽

衍 □ **reconciliation** [,rɛkən,sɪlɪ`eʃən] 名 調停；和解；一致

6	**annual report** [`ænjuəl rɪ`port]	名 年度報告

GHV's **annual report** showed that their earnings have nearly doubled since last year while their expenses increased by only 25%.

GHV 的年度報告顯示他們自去年以來營收成長近一倍，但支出卻只增加 25% 。

大師提點

annual 指 yearly「年度的；每年的」。另，「財務報表」稱為 financial [faɪ`nænʃəl] statement 。

7	**budget** [`bʌdʒɪt]	名 預算；經費 源 budg (bag) + et (little)

The **budget** for next year includes money to hire two new employees.

明年度預算包括聘用兩位新員工的支出。

大師提點

budget 亦可當動詞和形容詞用；當動詞時指「編列預算；預定」，當形容詞則指「價錢公道的；便宜的」。

同 □ **estimate** [`ɛstə,met] 估計；預算

□ **funds** [`fʌnds] 資金；經費（複數形）

8	**expense** [ɪk`spɛns]	名 費用；開支；所需經費（用複數） 源 ex (out) + pense (weigh)

To increase our profits in this weak economy, it is easier to reduce **expenses** than it is to increase sales.

想在這經濟不景氣的時候增加收益，減少開支比增加銷售容易。

大師提點

expense 由動詞 expend [ɪk`spɛnd]（花費、支出）衍生而來。

同 □ **cost** [kɔst] 費用；成本；代價

□ **expenditure** [ɪk`spɛndɪtʃɚ] 開支；費用；支出額

反 □ **income** [`ɪnkʌm] 收入；所得

□ **gain(s)** [gen(z)] 利益；獲利

□ **proceeds** [`prosidz] 收益；收入（複數形）

9	**fund** [fʌnd]	名 基金；專款；現金；資金（用複數）

It would be much appreciated if you would continue to support our research through government **funds**.

如果你們能持續以政府的專款來贊助我們的研究工作，我們將會非常感激。

大師提點

fund 也可當動詞，指「為……提供資金；資助」。

同
- ☐ **money** [ˋmʌnɪ] 金錢；貨幣
- ☐ **cash** [kæʃ] 現金；現款
- ☐ **resources** [rɪˋsorsɪz] 財力；資源（複數形）

10	**revenue** [ˋrɛvə͵nju]	名 收入；歲入；稅收 源 re (back) + venue (come)

The government was short of money because of falling export **revenues**.

由於外銷歲入的減少，政府的財力有些拮据。

同
- ☐ **income** [ˋɪnkʌm] 收入；所得
- ☐ **earnings** [ˋɝnɪŋz] 收益；所得；薪資（複數形）
- ☐ **returns** [rɪˋtɝnz] 收益；獲利（複數形）
- ☐ **yield** [jild] 收益；收穫；生產（量）

11	**deduction** [dɪˋdʌkʃən]	名 扣除（額）；減除（額） 源 de (down) + duct (lead) + ion (action)

Making donations to various charities is an excellent way to get a tax **deduction**.

捐錢給一些慈善機構是節稅的一種好方法。

大師提點

deduction 由動詞 deduct [dɪˋdʌkt]（扣除；減掉）衍生而來。注意，deduction 也是同源的另一動詞 deduce [dɪˋdjus]（推論；演繹）的名詞。

同
- ☐ **reduction** [rɪˋdʌkʃən] 減少；縮小；降低
- ☐ **subtraction** [səbˋtrækʃən] 扣除；減少

反
- ☐ **increase** [ˋɪnkris] 增加；增多；增大
- ☐ **addition** [əˋdɪʃən] 增加；添增；附加

12	**depreciation** [dɪˌpriʃɪˋeʃən]	名 貶值；跌價；貶低；輕視 源 de (down) + preci (price) + at(e) (v.) + ion (action)

Severe inflation has led to a great **depreciation** in the value of that nation's currency.

嚴重的通貨膨脹致使那個國家的貨幣大幅貶值。

同 ☐ **devaluation** [ˌdivæljuˋeʃən] 貶值；貶低
☐ **downgrade** [ˋdaʊnˌgred] 降格；降級
☐ **disparagement** [dɪˋspærɪdʒmənt] 貶低；輕視；詆毀
反 ☐ **appreciation** [əˌpriʃɪˋeʃən] 升值；欣賞；感謝
☐ **esteem** [əˋstim] 尊重；敬重

13	**discrepancy** [dɪˋskrɛpənsɪ]	名 不一致；差異；矛盾 源 dis (apart) + crep (crack) + ancy (state)

After reviewing the two accounts, the manager found many **discrepancies** and decided to investigate.

在看過那兩個帳目之後，經理發現很多矛盾之處，所以決定進行調查。

大師提點

discrepancy 由形容詞 discrepant [dɪˋskrɛpənt]（不一致的；有差異的；矛盾的）衍生而來。

同 ☐ **inconsistency** [ˌɪnkənˋsɪstənsɪ] 不一致；不一貫；不協調
☐ **incongruity** [ˌɪnkɑŋˋgruətɪ] 不一致；不協調；不調和
☐ **discordance** [dɪsˋkɔrdn̩s] 不調和；不一致；不協合
☐ **difference** [ˋdɪfərəns] 差別；相異；不同；相左
☐ **contradiction** [ˌkɑntrəˋdɪkʃən] 矛盾；牴觸；不一致
反 ☐ **correspondence** [ˌkɔrɪˋspɑndəns] 一致；調和；相稱；通信
☐ **consistency** [kənˋsɪstənsɪ] 一致（性）；一貫（性）
☐ **congruity** [kənˋgruətɪ] 一致；調和；符合
☐ **accordance** [əˋkɔrdn̩s] 調和；一致；符合
☐ **accord** [əˋkɔrd] 一致；符合；協議；協定

14	**cash flow** [ˋkæʃ ˌflo]	名 現金周轉（量）

If they pay the money upfront, then I think we will be able to solve the current **cash flow** problem.

如果他們預先支付款項，那我想我們就能夠解決目前的現金周轉問題。

大師提點

cash flow 為複合名詞，主重音應落於 cash 之上。

15 **capital expenditure** [ˋkæpətḷ ɪkˋspɛndɪtʃɚ]

名 資本支出

This year the **capital expenditure** of this company is huge because they are buying two more office buildings.

今年這家公司的資本支出非常龐大，因為他們要再購買兩棟辦公大樓。

大師提點

capital expenditure 指的是企業購置設備、大樓等的支出。

16 **holding** [ˋholdɪŋ]

名 持有股份

源 hold + ing (n.)

The company's net worth, including all stocks, bonds, and **holdings**, exceeds $5 billion dollars.

這個公司的淨值包含股票、債券、持股等超過 50 億美元。

大師提點

holding company 指「控股公司」。

17 **balance sheet** [ˋbæləns ˏʃit]

名 資產負債表

If you want to know the value of a company, the simplest way is to look at its **balance sheet**.

如果你想知道一家公司的價值有多少，最簡單的方式就是看一下它的資產負債表。

大師提點

balance sheet 為複合名詞，主重音應落在第一個字上。

18 **bottom line** [ˋbɑtəm ˋlaɪn]

帳本底線；帳本盈虧結算線；（總計的）純益

The CFO is constantly keeping a careful eye on the **bottom line**.

財務長始終密切注意著盈虧結算線。

大師提點

bottom line 的一般用法指「可接受的最大限度」，例如：Our bottom line is $50 per unit.「我們的底線是每一組 50 美元。」

19	**accurate** [ˋækjərɪt]	形 準確的；精確的 源 ac (to) + cur (care) + ate (adj.)

While doing accounting, it is very important to be **accurate**, since the smallest mistake can cost the company a lot of money.

處理會計事務時精準非常重要，因為小小的錯誤都可能讓公司蒙受極大的損失。

同 □ **correct** [kəˋrɛkt] 正確的；無誤的；得體的
□ **exact** [ɪgˋzækt] 正確的；精確的；絲毫不差的
□ **precise** [prɪˋsaɪs] 精確的；準確的；恰好的
反 □ **inaccurate** [ɪnˋækjərɪt] 不準確的；不精確的
□ **incorrect** [ˌɪnkəˋrɛkt] 不正確的；錯誤的
□ **inexact** [ˌɪnɪgˋzækt] 不正確的；不精確的
□ **imprecise** [ˌɪmprɪˋsaɪs] 不精確的；不準確的
□ **wrong** [rɔŋ] 錯誤的；不正確的
□ **faulty** [ˋfɔltɪ] 有錯的；有缺陷的
□ **fallacious** [fəˋleʃəs] 謬誤的；不合理的
衍 □ **accuracy** [ˋækjərəsɪ] 名 準確；精確

20	**detailed** [dɪˋteld]	形 詳細的；逐條的 源 de (apart) + tail (cut) + ed (adj.)

Since the accounts were so **detailed**, it was very easy to find where all the money had been spent.

因為帳記得十分詳盡，所以要找出所有金錢的流向非常容易。

大師提點

detailed 為動詞 detail「詳述；逐一列舉」的過去分詞形容詞。另，注意 detail 也常作名詞用，指「細節；細目」。

同 □ **minute** [məˋnjut] 細微的；詳細的；精密的
□ **specific** [spɪˋsɪfɪk] 明確的；詳細的；特定的
□ **thorough** [ˋθɝo] 徹底的；詳盡的；細心的
□ **itemized** [ˋaɪtəmˌaɪzd] 詳細列舉的；逐條敘述的
□ **particularized** [pəˋtɪkjəˌraɪzd] 詳述的；列舉的；特別指出的

EXERCISE

I. Short Talk

Questions 1 through 5 refer to the following excerpt from a talk.

> Let me summarize my position. I don't necessarily oppose exploring the acquisition, but because Nortech's balance sheet is not very ___①___, we simply don't have enough information to make a good decision. To give one typical example, the company's list of ___②___ does not account for regular depreciation. My team has also uncovered some minor ___③___ between the account statements provided by the banks and the company's annual reports. It's likely these are simple mistakes, but in order to make an informed decision, we should undertake a full ___④___ of Nortech's finances. Once we have more accurate information, we can decide whether Nortech would be a good place for us to ___⑤___ our capital surplus.

1.	(A) risky	(B) detailed	(C) conservative	(D) sustainable
2.	(A) assets	(B) inflation	(C) charges	(D) interest
3.	(A) devaluations	(B) slumps	(C) discrepancies	(D) debts
4.	(A) cutback	(B) deduction	(C) merger	(D) audit
5.	(A) lend	(B) expand	(C) borrow	(D) invest

II. Text Completion

Questions 6 through 10 refer to the following news report.

Siegler Inc. announced today that it would not offer dividends to ⑥ this quarter. Citing an economy that shows signs of moving into a recession, and a volatile stock market that has ⑦ four percent in value in recent weeks, the company has budgeted funds to offset a likely drop in demand. In the 18 months following its IPO, Siegler saw its shares ⑧ 41% to a high of $128.56 before stabilizing near its current value of $109.43. According to Rose Thatcher of Empire Consulting, the ⑨ for Siegler in the coming year is very uncertain. "Despite some significant improvements in productivity," she said, "changes in currency regulations, fluctuations in the exchange rate, or an overall decline in growth in the sector could all adversely affect Siegler's ⑩."

6. (A) stockholders (B) earnings (C) portfolios (D) holdings

7. (A) deposited (B) withdrawn (C) plunged (D) converted

8. (A) recover (B) shoot up (C) reimburse (D) thrive

9. (A) equity (B) indicator (C) yield (D) outlook

10. (A) stock option (B) franchise (C) mortgage (D) bottom line

答案

1. (B) 2. (A) 3. (C) 4. (D) 5. (D) 6. (A) 7. (C) 8. (B) 9. (D) 10. (D)

翻譯

【短獨白】問題 **1** 到 **5** 請參照下列獨白摘要。

我來總結一下我的立場。我並不一定反對探討收購案，但是由於諾泰克的資產負債表不是很詳細，所以我們根本沒有足夠的資訊可以好好地做出決定。舉一個典型的例子，該公司的資產清單上沒有說明一般性的折舊。我的團隊也發現在銀行所提供的帳戶明細與該公司的年度報告之間有一些小矛盾。這些很可能是簡單的錯誤，但是為了做出明智的決定，我們應該全面稽查諾泰克的財務狀況。等拿到比較正確的資料後，我們才能決定諾泰克是不是我們投資盈餘資本的好地方。

1. (A) 冒險的	(B) 詳細的	(C) 保守的	(D) 能維持的
2. (A) 資產	(B) 通貨膨脹	(C) 收費	(D) 利息
3. (A) 貶值	(B) 暴跌	(C) 矛盾	(D) 債務
4. (A) 刪減	(B) 扣除	(C) 合併	(D) 查帳
5. (A) 貸出	(B) 擴大	(C) 借入	(D) 投資

【填空】問題 **6** 到 **10** 請參照下列新聞報導。

席格勒公司今天宣布，本季將不配發股利給股東。該公司提到，目前的經濟顯示有步入衰退的跡象，近幾週來股市震盪，市值驟跌了 4% ，所以該公司已編列預算用資金來彌補可能的需求下滑。在首次公開發行後的 18 個月內，席格勒的股價大漲了 41% ，來到 128.56 美元的高點，接著就在它的現值 109.43 美元上止穩。帝國顧問的羅絲・柴契爾表示，席格勒在來年的展望十分不確定。她說：「儘管在產能方面有一些重大的改善，但是由於貨幣管制、匯率波動，或是產業的整體成長下滑，這些變化可能全都會對席格勒的盈虧產生不利的影響。」

6. (A) 股東	(B) 盈餘	(C) 投資組合	(D) 持股
7. (A) 存放	(B) 提取	(C) 急降	(D) 兌換
8. (A) 恢復	(B) 迅速升起	(C) 償還	(D) 繁榮
9. (A) 股票	(B) 指標	(C) 收益	(D) 展望
10. (A) 認股權	(B) 經銷權	(C) 抵押貸款	(D) 帳本盈虧結算線

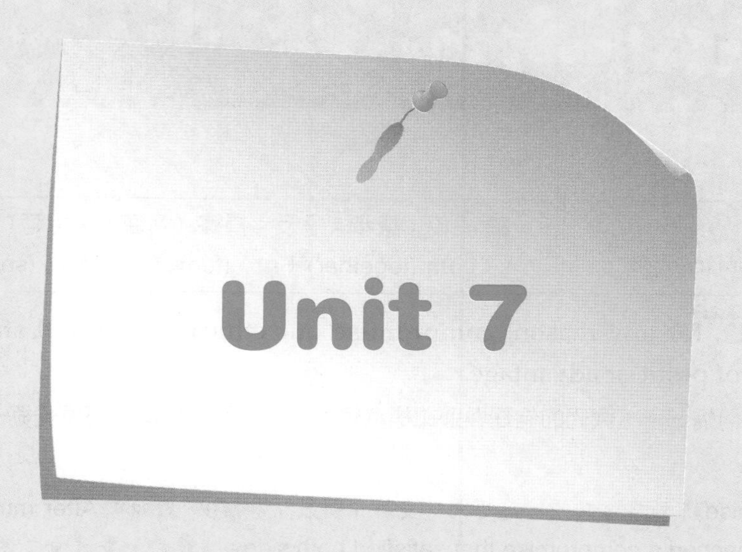

Business to Business
企業對企業

TOPIC 1 Negotiation 談判

Track 43

1	**compromise** [ˋkɑmprə͵maɪz]	動 妥協；讓步；危及；損害（名譽、信用等） 源 com (together) + pro (forward) + mise (send)

We won't, for any reason, **compromise** our ethical and moral standards for any amount of profit or advantage.

不論在任何情況下，我們的倫理與道德標準絕不因任何利益好處而有所妥協。

大師提點

compromise 亦可當名詞用，意思為「妥協；折衷；和解」，例如：After much discussion, the parties reached a compromise that satisfied both sides.「經過一番討論之後，終於達成雙方都滿意的協議。」

同
- □ **come to terms** 達成協議
- □ **meet halfway**（與人）妥協
- □ **endanger** [ɪnˋdendʒɚ] 使危險；危及
- □ **jeopardize** [ˋdʒɛpɚd͵aɪz] 危害；使陷入危險處境

反
- □ **differ** [ˋdɪfɚ] 意見不同；不合；相異
- □ **disagree** [͵dɪsəˋgri] 意見相左；不一致；不適宜
- □ **dispute** [dɪˋspjut] 爭論；爭吵；提出異議
- □ **enhance** [ɪnˋhæns] 提升；加強；宏揚
- □ **assure** [əˋʃʊr] 保證；使確定；使安心

衍
- □ **compromising** [ˋkɑmprə͵maɪzɪŋ] 形 有損名譽的

2	**concede** [kənˋsid]	動（讓步）承認；承認失敗 源 con (together) + cede (yield)

To end the strike, the management **conceded** that the workers were right and gave in to their demands.

為了停止罷工行動，資方對工人讓步承認他們是對的，並答應他們的要求。

同
- □ **admit** [ədˋmɪt] 承認；許可；容許
- □ **acknowledge** [əkˋnɑlɪdʒ] 承認；表示感謝；告知（收悉）
- □ **yield** [jild] 屈服；放棄；投降
- □ **give up** 放棄；認輸
- □ **give in** 屈服；讓步

反
- □ **deny** [dɪˋnaɪ] 否認；否定；拒絕承認

☐ **repudiate** [rɪ`pjudɪˌet] 否認；駁斥；拒絕接受

衍 ☐ **concession** [kən`sɛʃən] 名 讓步；特許權；場內販賣店

☐ **concessive** [kən`sɛsɪv] 形 讓步的；讓與的

concessive clause [klɔz] 讓步子句（如以 although 引導的子句）

3	**imply** [ɪm`plaɪ]	動 暗示；意味著 源 im (in) + ply (fold)

The representative from CosmoTech **implied** that his company was not going to make any concessions.

宇宙科技的代表暗示他們公司並不打算做任何讓步。

同 ☐ **hint** [hɪnt] 暗示；提示

☐ **suggest** [sə(g)`dʒɛst] 暗示；建議；提出

☐ **intimate** [`ɪntəˌmet] 暗示；示意

☐ **insinuate** [ɪn`sɪnjʊˌet] 暗示；暗指；影射

☐ **indicate** [`ɪndəˌket] 指示；表示；顯示

☐ **signify** [`sɪgnəˌfaɪ] 象徵；表示；意味

☐ **mean** [min] 意思是……；想要……；意味

衍 ☐ **implication** [ˌɪmplɪ`keʃən] 名 暗示；含蓄；牽連

☐ **implicit** [ɪm`plɪsɪt] 形 暗示的；含蓄的；不言明的

4	**persuade** [pɚ`swed]	動 說服；勸服 源 per (through) + suade (advise)

Both parties tried to **persuade** the other to accept their terms.

雙方都試圖說服對方接受他們的條件。

同 ☐ **talk into** 說服（某人）去做（某事）

☐ **bring around** 說服（某人）改變想法

☐ **prevail upon** 說服；勸說

☐ **convince** [kən`vɪns] 使信服；使確信

反 ☐ **dissuade** [dɪ`swed] 勸阻；勸（某人）勿做（某事）

☐ **deter** [dɪ`tɝ] 制止；嚇阻

衍 ☐ **persuasion** [pɚ`sweʒən] 名 說服（力）；勸服

☐ **persuasive** [pɚ`swesɪv] 形 有說服力的；能使人信服的

5	**propose** [prə`poz]	動 提議；建議；求婚 源 pro (forward) + pose (put)

I'd like to **propose** another plan, which might, in the long run, prove to be even more financially rewarding.

我想提議另外一個計畫，長期來看，這個計畫可能具有更高的投資報酬率。

同
- ☐ **suggest** [se(g)`dʒɛst] 建議；提出；暗示
- ☐ **recommend** [͵rɛkə`mɛnd] 推薦；建議；勸告
- ☐ **tender** [`tɛndɚ] 提出；提議；投標
- ☐ **proffer** [`prɑfɚ] 提出；提供；拿出
- ☐ **put forth/forward** 提出；建議
- ☐ **press one's suit** 求婚

衍
- ☐ **proposal** [prə`pozl̩] 名 提議；提案；計畫；求婚
- ☐ **proposition** [͵prɑpə`zɪʃən] 名 提議；提案；主張；命題

6	**pull out**	拔出；退出；（火車）離站

We were very close to making a deal with RH Distributing but then they **pulled out**, so now we have to find a new distributor.

我們差點就和 RH 經銷公司達成協議，但是他們臨時抽手，現在我們只得找別家經銷商。

同
- ☐ **remove** [rɪ`muv] 除去；移去；去掉
- ☐ **withdraw** [wɪð`drɔ] 撤回；撤退；退出
- ☐ **depart** [dɪ`pɑrt] 離開；出發；開出

反
- ☐ **put back** 放回；還回
- ☐ **retain** [rɪ`ten] 保留；保有
- ☐ **join** [dʒɔɪn] 加入；參加
- ☐ **arrive** [ə`raɪv] 抵達；到達

7	**mediate** [`midɪ͵et]	動 調解；斡旋；仲裁 源 medi (middle) + ate (v.)

The negotiation was turning into a shouting match, so both parties decided to bring in a third-party professional to **mediate** the process and help them figure out a solution.

談判變成了一場叫罵比賽，因此雙方決定找專業的第三者來調解，以幫助他們找出解決之道。

大師提點

mediate 也可作形容詞，指「居間的；間接的；仲裁的」。

同
- ☐ **reconcile** [`rɛkənsaɪl] 使和解；調停；調和

□ **conciliate** [kən`sɪlɪˏet] 斡旋；使和解；安撫
□ **arbitrate** [`ɑrbəˏtret] 仲裁；公斷
衍 □ **mediation** [ˏmidɪ`eʃən] 名 調停；調解；仲裁
□ **mediator** [`midɪˏetɚ] 名 調停者；調解人；仲裁人

8	**convince** [kən`vɪns]	動 使確信；使信服 源 con (together) + vince (overcome)

I just can't come up with a way to **convince** my boss that all those negotiations are a real waste of a time.
我實在想不出好方法來使老闆相信所有那些談判其實都是在浪費時間。

同 □ **win over** 贏得……的支持；說服
□ **bring around** 說服（某人）改變想法
□ **persuade** [pɚ`swed] 說服；勸服
□ **cajole** [kə`dʒol] 勸誘；哄騙
衍 □ **conviction** [kən`vɪkʃən] 名 確信；堅信；定罪（動詞為 convict [kən`vɪkt]）
□ **convincing** [kən`vɪnsɪŋ] 形 令人信服的；確定無疑的

9	**alternative** [ɔl`tɝnətɪv]	名 可替代的選擇；可供選擇的事物 源 altern (other) + at(e) (v.) + ive (adj. / n.)

I don't think that there are any **alternatives** left except to sell all of the company's assets.
我認為除了賣掉公司所有的資產外，我們別無選擇。

大師提點

alternative 由動詞 alternate [`ɔltɚˏnet]（輪流；交替）衍生而來，而 alternate 又由另一動詞 alter [`ɔltɚ]（改變；更動）變化而來。注意 alternative 亦可作形容詞用，指「二擇一的；可用來替代另一個的；另類的」，例如：alternative treatment「另類（民俗）療法」。

同 □ **choice** [tʃɔɪs] 選擇；選擇的自由
□ **option** [`ɑpʃən] 選擇；選擇的餘地

10	**concern** [kən`sɝn]	名 關切的事；擔心；公司 源 con (together) + cern (separate)

We always worry about developing new products, but our main **concern** should be how to sell our existing products.
我們總是為研發新產品而傷透腦筋，但是如何推銷現有產品，才是我們最應該關注的事。

大師提點

concern 常作動詞用，指「與……有關係；涉及；擔心；掛念」，用法如：These regulations do not concern us at all.「這些規定與我們一點關係都沒有。」

同 ☐ **consideration** [kən͵sɪdə`reʃən] 考慮；設想；應該考量的事
☐ **worry** [`wɜɪ] 憂慮；令人煩惱的事
☐ **anxiety** [æŋ`zaɪətɪ] 焦慮；不安；渴望
☐ **company** [`kʌmpənɪ] 公司；同伴；陪同
☐ **firm** [fɜm] 公司；商行；事務所

衍 ☐ **concerned** [kən`sɜnd] 形 擔心的；關切的；有關的
☐ **concerning** [kən`sɜnɪŋ] 介 關於

11	**consensus** [kən`sɛnsəs]	名 一致的意見；共識 源 con (together) + sensus (feeling)

After long hours of debate, the board finally reached a **consensus** about how company profits should be invested.
經過長時間的辯論，董事會終於就公司的營利該如何投資達成共識。

同 ☐ **general agreement** [`dʒɛnərəl ə`grimənt] 共識
☐ **concurrence** [kən`kərəns] 贊同；意見一致

反 ☐ **disagreement** [͵dɪsə`grimənt] 意見相左；不一致
☐ **discord** [`dɪskɔrd] 不一致；不調和

12	**mutual benefit** [`mjutʃuəl]	相互的利益；互惠互利

It would be to our **mutual benefit** to work together since we both have the same goals.
既然我們的目標一致，攜手合作對我們都有好處。

大師提點

mutual 的字源與 mutate [`mjutet]（突變；變種）相同，原拉丁文的意思為 change「改變」。mutual 可指「相互的」(= reciprocal [rɪ`sɪprək!]（相互的；互惠的））或「共同的」(= common [`kɑmən]（共同的；共有的；一般的；普通的））。

13	**tactic** [`tæktɪk]	名 戰術；策略（常用複數） 源 tac (arrange) + tic (adj. / n.)

Mr. Esposito's **tactics**, although unusual, are very effective in persuading people.
艾斯波西多先生的策略雖然奇特，但卻很能說服人。

大師提點

tactic 亦可作形容詞，等於 tactical [`tæktɪk!]（戰術的；策略的）。

同 ☐ **stratagem** [`strætədʒəm] 戰略；策略；謀略
☐ **strategy** [`strætədʒɪ] 策略；戰略；戰略學

14	**agreement** [ə`grimənt]	名 同意；協議 源 a (to) + gree (favor) + ment (state)

After negotiating for three days, they finally came to an **agreement** and signed the contract.

經過三天的談判協商之後，他們終於達成協議並簽署合約。

大師提點

agreement 由動詞 agree「同意；贊成」衍生而來。

同
- ☐ **accord** [ə`kɔrd] 一致；符合；協定
- ☐ **consent** [kən`sɛnt] 同意；贊同；准許
- ☐ **settlement** [`sɛtl̩mənt] 解決；和解；協議；定居（地）；殖民（地）

反
- ☐ **disagreement** [ˌdɪsə`grimənt] 意見相左；不一致
- ☐ **discord** [`dɪskɔrd] 不一致；不調和
- ☐ **dissension** [dɪ`sɛnʃən] 意見分歧；不一致

15	**breakthrough** [`brekˌθru]	名 突破；重大進展 源 break + through

The company looks poised to make a significant **breakthrough** in China.

該公司看來已經準備好進軍大陸。

大師提點

break through 為片語動詞，用法如：Both countries are trying to break through the trade barriers.「兩個國家都在努力想突破那些貿易障礙。」

16	**settlement** [`sɛtl̩mənt]	名 解決；和解；協議；清償；定居（地）；殖民（地） 源 settle + ment (action)

They accepted an out-of-court **settlement** of $2.5 million.

他們接受了一筆兩百五十萬美元的庭外和解費。

大師提點

settlement 由動詞 settle「處理；解決；清償；安置；安頓；定居；殖民；下沉；沉澱」衍生而來。

同
- ☐ **solution** [sə`luʃən] 解決（方法）；溶解；溶劑
- ☐ **agreement** [ə`grimənt] 同意；協議
- ☐ **payment** [`pemənt] 支付；償還
- ☐ **colonization** [ˌkɑlənə`zeʃən] 拓殖；開拓成殖民地
- ☐ **colony** [`kɑlənɪ] 殖民地；群落；聚落

17	**proposition** [ˌprɑpəˋzɪʃən]	名 提議；提案；主張；命題 源 pro (forward) + posit (put) + ion (action)

That is a very attractive **proposition**, but the boss is still hesitant about investing in anything until he is absolutely sure that the risks are minimal.

那是一個很吸引人的提議，但是在老闆完全確定風險性極小之前他還是不願輕易投資。

大師提點

proposition 由動詞 propose「提議；建議」衍生而來。

同
- ☐ **suggestion** [sə(g)ˋdʒɛstʃən] 提議；建議；暗示
- ☐ **proposal** [prəˋpozl̩] 提議；提案；計畫；求婚
- ☐ **offer** [ˋɔfɚ] 提出；提供；提議；出價
- ☐ **statement** [ˋstetmənt] 陳述；聲明；結算表

18	**credible** [ˋkrɛdəbl̩]	形 可信的；可靠的 源 cred (believe) + ible (able)

Several years after we founded this company, people began to look at us as a **credible** and legitimate provider of insurance.

在公司成立幾年之後，人們開始視我們為一家可靠、合法的保險業者。

同
- ☐ **believable** [bɪˋlivəbl̩] 可相信的；可信任的
- ☐ **reliable** [rɪˋlaɪəbl̩] 可靠的；可信賴的
- ☐ **dependable** [dɪˋpɛndəbl̩] 可信賴的；可靠的
- ☐ **trustworthy** [ˋtrʌstˌwɝθɪ] 值得信賴的；可靠的

反
- ☐ **incredible** [ɪnˋkrɛdəbl̩] 不可相信的；難以置信的
- ☐ **unbelievable** [ˌʌnbɪˋlivəbl̩] 不能相信的；難以置信的
- ☐ **unreliable** [ˌʌnrɪˋlaɪəbl̩] 不可靠的；不可信賴的
- ☐ **untrustworthy** [ʌnˋtrʌstˌwɝθɪ] 不值得信賴的；不可靠的

衍
- ☐ **credibility** [ˌkrɛdəˋbɪlətɪ] 名 可信度；可靠性

19	**pending** [ˋpɛndɪŋ]	形 懸而未決的；審理中的 源 pend (hang) + ing

We haven't reached any agreement yet; in other words, the issue is still **pending**.
我們還沒達成任何協議；換句話說，該議題仍懸而未決。

大師提點

pending 也可當介系詞，意思是「直到⋯⋯；在等待⋯⋯期間」，例如：We've decided to postpone the meeting pending the president's return from Japan.「我們已經決定將會議延期直到總裁從日本回來。」

同 ☐ **undecided** [ˏʌndɪˋsaɪdɪd] 未決定的；不明確的
☐ **unsettled** [ʌnˋsɛtl̩d] 未定的；未決的；不安定的；未償付的

20	**favorable** [ˋfevərəbl̩]	形 贊同的；順利的；有利的；適意的 源 favor + able

Since the negotiations went well, we look forward to a **favorable** outcome.
因為談判進行得很順利，我們很期待有個好結果。

大師提點

favorable 由動詞 favor「贊同；支持；偏袒；有利於」衍生而來。favor 之用法如：I personally favor the old system.「我個人較支持舊制。」

同 ☐ **approving** [əˋpruvɪŋ] 認可的；贊同的
☐ **advantageous** [ˏædvənˋtedʒəs] 有利的；有益的
☐ **beneficial** [ˏbɛnəˋfɪʃəl] 有益的；有利的
☐ **propitious** [prəˋpɪʃəs] 適意的；吉祥的
☐ **auspicious** [ɔˋspɪʃəs] 吉祥的；吉兆的

反 ☐ **unfavorable** [ʌnˋfevərəbl̩] 反對的；不利的；不適宜的
☐ **disapproving** [ˏdɪsəˋpruvɪŋ] 不認可的；不贊同的
☐ **disadvantageous** [dɪsˏædvənˋtedʒəs] 不利的；不便的
☐ **inauspicious** [ˏɪnɔˋspɪʃəs] 不吉利的；凶兆的

TOPIC 2 Contracts 合約

Track 44

1	**abide by** [ə`baɪd]	遵守；信守

We must **abide by** the contract we signed, or they will sue us.

我們必須遵守我們所簽署之合約，否則他們會告我們。

大師提點

注意，abide 作及物動詞用時指「忍受；容忍」，例如：I can't abide such rude behavior.「我不能忍受如此粗魯的行為。」

同 □ **follow** [`fɑlo] 遵守；依循；跟隨；接著

□ **comply** [kəm`plaɪ] **with** 依從；遵循

2	**specify** [`spɛsə͵faɪ]	動 指明；載明；詳述 源 speci (kind) + fy (make)

The contract **specifies** the agreement between both companies, so we should read it carefully to understand our rights and responsibilities.

這份契約詳載兩家公司間的協議，所以我們應該仔細閱讀，以了解我們自身的權利及義務。

同 □ **stipulate** [`stɪpjə͵let] 訂明；講明（條件等）

□ **detail** [dɪ`tel] 詳細說明；詳細列舉

□ **itemize** [`aɪtəm͵aɪz] 詳細列舉；逐項列舉

□ **particularize** [pɚ`tɪkjələ͵raɪz] 列舉；詳述；特別指出

衍 □ **specification** [͵spɛsəfə`keʃən] 名 詳細說明；載明；規格說明（用複數）

3	**breach** [britʃ]	動 侵害；違反

Since the consequences were so severe, neither of them dared to even think about **breaching** the contract.

因為後果相當嚴重，所以對於違反合約他們雙方連想都不敢想。

大師提點

breach 與 break [brek]（打破；折斷；中止；打斷；違背；觸犯；挫敗；壞掉）屬同源字。注意，breach 也可當名詞，用法如：breach of contract「毀約」。

同 □ **break** [brek] 違背（承諾、約定）；觸犯（法令）
□ **violate** [ˋvaɪə,let] 違反；侵害；蹂躪
□ **infringe** [ɪnˋfrɪndʒ] 違反（規定）；侵害（權利）；破壞
□ **infract** [ɪnˋfrækt] 違反（法律）；侵害（權利）
□ **transgress** [trænsˋgrɛs] 違反；違背（法律、習俗、道德）

4	**expire** [ɪkˋspaɪr]	動 屆期；（期限）終止；吐氣；死亡 源 ex (out) + (s)pire (breathe)

The licensing agreement between THI Publishing and Mortimer Technologies will **expire** at the end of this year, but THI is not going to renew the license.
THI 出版公司和摩時科技公司間的授權合約將在今年底到期，但 THI 並不準備續約。

同 □ **end** [ɛnd] 完結；終止；停止；結束
□ **terminate** [ˋtɝmə,net] 使終結；完結；終止
□ **exhale** [ɛksˋhel] 呼氣；吐氣；吐出
□ **die** [daɪ] 死亡；枯萎；突然停止運行
反 □ **continue** [kənˋtɪnju] 繼續；持續；延長
□ **renew** [rɪˋnju] 更新；重新開始；續約
□ **inhale** [ɪnˋhel] 吸氣；吸入
□ **live** [lɪv] 活著；生活；存留
衍 □ **expiration** [,ɛkspəˋreʃən] 名 終結；期滿；吐氣；死亡
□ **expiratory** [ɪkˋspaɪrə,torɪ] 形 吐氣的；呼氣的

5	**extend** [ɪkˋstɛnd]	動 延長；擴展；給予（援助等）；伸出 源 ex (out) + tend (stretch)

We are considering **extending** the two-year contract with Modern Construction.
我們在考慮延長與現代營造公司所簽的兩年合約。

同 □ **lengthen** [ˋlɛŋkθən] 加長；使延長
□ **prolong** [prəˋlɔŋ] 延伸；延長
□ **protract** [prəˋtrækt] 延長；伸展
□ **expand** [ɪkˋspænd] 使擴大；擴張；延伸
□ **enlarge** [ɪnˋlɑrdʒ] 放大；擴大；增大
□ **offer** [ˋɔfɚ] 提供；提出
□ **stretch out** 伸出；伸展；張開
□ **reach out** 伸出；伸手去拿
反 □ **shorten** [ˋʃɔrtn̩] 縮短；（使）變短
□ **abbreviate** [əˋbrivɪ,et] 縮短；節略

□ **narrow** [ˋnæro]（使）變窄；縮小

□ **withdraw** [wɪðˋdrɔ] 撤回；收回；縮回（範圍）

衍 □ **extension** [ɪkˋstɛnʃən] 名 延長；擴展；延期；（電話）分機

□ **extensive** [ɪkˋstɛnsɪv] 形 廣大的；廣泛的；大規模的

6	**obligate** [ˋɑbləˏget]	動 使負義務；強制 源 ob (to) + lig (bind) + ate (v.)

According to the contract, we are **obligated** to pay them 10% of our net profit.

根據合約，我們必須付給他們百分之十的純利。

大師提點

obligate 與另一動詞 oblige [əˋblaɪdʒ]（使負有義務；施恩於）同源。

同 □ **bind** [baɪnd] 捆；綁；裝訂（書籍）；使負有義務

□ **oblige** [əˋblaɪdʒ] 使非做不可；使負有義務

衍 □ **obligation** [ˏɑbləˋgeʃən] 名 義務；責任；職責

□ **obligatory** [əˋblɪgəˏtorɪ] 形 義務的；強制性的

7	**adhere** [ədˋhɪr]	動 黏著；堅持；擁護；支持；堅信 源 ad (to) + here (stick)

As long as we **adhere** to the conditions specified in the contract, we won't have any problems.

只要我們依照合約裡明訂的條件行事，我們就不會有任何問題。

大師提點

adhere 為不及物動詞，其後一般接介系詞 to。

同 □ **glue** [glu] 用膠黏；黏合（接 to）

□ **stick** [stɪk] 黏住；黏貼；堅持；固守（接 to）

□ **cling** [klɪŋ] 黏住；抱住；固守；執著（接 to）

□ **support** [səˋport] 支持；擁護；支撐；維持

□ **believe in** 相信；信奉

衍 □ **adhesion** [ədˋhiʒən] 名 黏性；附著力

□ **adherence** [ədˋhɪrəns] 名 遵守；支持；堅信

□ **adherent** [ədˋhɪrənt] 名 擁護者；信奉者

□ **adhesive** [ədˋhisɪv] 形 有黏性的；可黏著的

adhesive tape 膠帶

8 **party** [ˋpɑrtɪ]

名 一群人；政黨；黨派；關係人；當事人；聚會；派對

源 part (share) + y (n.)

Neither **party** would give in to the other on the purchase price, so the deal fell through.

雙方在採購價格上互不讓步，這樁交易因而失敗。

大師提點

例句中的片語 fall through 指「失敗；未能實現」。

同
- ☐ **group** [grup] 群；組；團體；集團
- ☐ **body** [ˋbɑdɪ] 集團；團體；身體；物體；本體；車身
- ☐ **league** [lig] 同盟；聯盟；聯合會
- ☐ **faction** [ˋfækʃən] 派別；派系；黨派
- ☐ **participant** [pɑrˋtɪsəpənt] 參與者；關係者
- ☐ **participator** [pɑrˋtɪsəˏpetɚ] 參與者；參加者
- ☐ **gathering** [ˋgæðərɪŋ] 聚會；集會
- ☐ **get-together** [ˋgɛt təˏgɛðɚ] 聚會；聯歡會

9 **compliance** [kəmˋplaɪəns]

名 服從；順從；遵守

源 com (together) + pli (fill) + ance (n.)

In **compliance** with copyright laws, we don't make illegal copies of certain programs and software.

配合著作權法，我們不違法複製某些程式和軟體。

大師提點

compliance 由動詞 comply [kəmˋplaɪ]（順從；遵從）衍生而來。

同
- ☐ **obedience** [əˋbidɪəns] 服從；順從；遵從
- ☐ **deference** [ˋdɛfərəns] 順從；服從；遵從
- ☐ **submission** [səbˋmɪʃən] 屈服；屈從；順從；提交；呈送
- ☐ **conformity** [kənˋfɔrmətɪ] 依照；遵從；一致；符合

反
- ☐ **noncompliance** [ˏnɑnkəmˋplaɪəns] 不服從；不順從
- ☐ **disobedience** [ˏdɪsəˋbidɪəns] 不服從；不聽話
- ☐ **nonconformity** [ˏnɑnkənˋfɔrmətɪ] 不遵從；不服從；不一致

10 **term** [tɝm]

名 條件；條款；期限；學期；術語；關係（用複數）

If you agree to the **terms** outlined in the contract, please sign below on the dotted line.

如果您同意合約上列出的條款，請在下方虛線上簽名。

同
- ☐ **condition** [kənˋdɪʃən] 狀況；情況；條件；規定

- ☐ **clause** [klɔz] 條款；條項；子句
- ☐ **provision** [prə`vɪʒən] 供應；供給；條款；條件
- ☐ **stipulation** [ˌstɪpjə`leʃən] 條款；規定；條件
- ☐ **period** [`pɪrɪəd] 期間；時期；周期；終了；句點
- ☐ **duration** [djʊ`reʃən] 持續；期間；持續的期間
- ☐ **relation** [rɪ`leʃən] 關係；關聯；親屬；彼此間的關係（用複數）

11	**signature** [`sɪgnətʃə]	名 簽名；簽署 源 sign + at(e) (v.) + ure (result)

Without the **signatures** of both parties, the contract is invalid.

沒有雙方的簽名，這份合約是無效的。

大師提點

signature 由動詞 sign「簽名；簽署」衍生而來。另外，注意 autograph [`ɔtəˌgræf] 指「(名人的)親筆簽名」。

12	**clause** [klɔz]	名（文件的）條款；條項；子句

There is a **clause** in the contract that requires us to pay all extra fees.

合約中有一項條款規定我們必須支付所有額外的手續費。

同
- ☐ **term** [tɝm] 條件；條款；期間；術語
- ☐ **condition** [kən`dɪʃən] 條件；規定；情況；狀況
- ☐ **provision** [prə`vɪʒən] 條款；條件；供應
- ☐ **stipulation** [ˌstɪpjə`leʃən] 條款；條件；規定
- ☐ **article** [`ɑrtɪkḷ] 條目；條款；物品；文章；冠詞

13	**amendment** [ə`mɛndmənt]	名 改正；修正；修正案 源 a (out) + mend (fault) + ment (action)

They will meet tomorrow to decide whether an **amendment** to the contract is necessary.

他們明天會會面以決定是否需要針對合約提出修正。

大師提點

amendment 由動詞 amend「修正；訂正」衍生而來。

同
- ☐ **rectification** [ˌrɛktəfə`keʃən] 改正；矯正；改訂
- ☐ **modification** [ˌmɑdəfə`keʃən] 修正；修改；修飾
- ☐ **revision** [rɪ`vɪʒən] 修訂；校訂；修正（版）
- ☐ **emendation** [ˌimɛn`deʃən] 修訂；修正；校正

14 **duplicate** [`djupləkɪt]

名 複製品；副本

源 du (two) + plic (fold) + ate (v. / n. / adj.)

This is a **duplicate**; we need the original copy of the contract.

這是副本，我們需要的是合約的正本。

大師提點

duplicate 亦可作動詞（指「複製；複印」）或形容詞（指「複製的；副本的」）。

同 ☐ **copy** [`kɑpɪ] 複本；拷貝；複製品

☐ **replica** [`rɛplɪkə] 複製品；仿製品

☐ **facsimile** [fæk`sɪməlɪ] 摹本；複製品；傳真 (= fax)

反 ☐ **original** [ə`rɪdʒənl̩] 原物；原作；原型

衍 ☐ **duplication** [ˌdjuplə`keʃən] 複製；使成雙重

☐ **duplicator** [`djupləˌketɚ] 複印機；複製者

15 **fine print** [`faɪn `prɪnt]

名 小號字體印刷品；契約、合同等含有限制條件、例外等的附屬細則

Before signing a contract, make sure you take the time to read the **fine print** — you might miss something important if you don't!

在你簽署合約之前，一定要花點時間看一下小字體的細則──如果你不這麼做，可能會漏掉重要事項！

大師提點

fine 在此處指「細小的」。fine print 亦稱作 small print 。

16 **penalty** [`pɛnl̩tɪ]

名 處罰；懲罰；刑罰；罰款

源 pen (regret) + al (of the kind) + ty (state)

The **penalty** for breaching the contract is a fine of several thousand dollars.

違約的處罰是數千美元的罰款。

大師提點

penalty 由形容詞 penal [`pinl̩]（刑罰的；懲誡的）衍生而來。足球賽中的「罰球」即稱為 penalty kick 。

同 ☐ **punishment** [`pʌnɪʃmənt] 處罰；懲罰

☐ **fine** [faɪn] 罰金；罰鍰；罰款

17	**provision** [prə`vɪʒən]	名 條款；條件；規定；供應；提供；糧食（用複數） 源 pro (forward) + vis (see) + ion (condition)

The contract **provision** states that you must provide the necessary documents before March 9th.

該項合約條款明訂你們必須於三月九日之前提供必要文件。

大師提點

provision 由動詞 provide [prə`vaɪd]（提供；供應；規定）衍生而來。

同
- ☐ **clause** [klɔz] 條款；條項
- ☐ **term** [tɝm] 條件；條款
- ☐ **proviso** [prə`vaɪzo] 限制性條款；但書
- ☐ **supply** [sə`plaɪ] 供應；供給；補給；糧食（用複數）
- ☐ **food** [fud] 食物；糧食；食品

18	**waive** [wev]	動 放棄；撤回；擱置

You need to sign here if you want to **waive** your right.

如果你要放棄你的權利，你必須在這裡簽名。

同
- ☐ **give up** 放棄；作罷
- ☐ **relinquish** [rɪ`lɪŋkwɪʃ] 作罷；放棄；撤回
- ☐ **renounce** [rɪ`naʊns] 放棄；棄權；不承認
- ☐ **disclaim** [dɪs`klem] 放棄；棄權；拒絕承認
- ☐ **postpone** [post`pon] 使延期；延緩；緩辦
- ☐ **defer** [dɪ`fɝ] 延緩；展期；拖延
- ☐ **put off** 使延期；拖延

反
- ☐ **claim** [klem] 宣稱；主張；提出要求；聲稱有……的權利
- ☐ **assert** [ə`sɝt] 斷言；力陳；主張；維護（權利、地位等）
- ☐ **pursue** [pɚ`su] 追趕；追求；繼續進行；貫徹
- ☐ **hasten** [`hesn̩] 使加速；加緊
- ☐ **speed up** 加快速度；使不斷地做

衍
- ☐ **waiver** [`wevɚ] 名 放棄；棄權聲明書

19	**severe** [sə`vɪr]	形 嚴重的；苛刻的；艱難的；劇烈的

The contract allows for **severe** penalties in the form of fines if either party does not meet its terms.
若雙方有任何一方違反合約條款，根據合約將必須支付高額的違約罰款。

同 ☐ **serious** [`sɪrɪəs] 嚴重的；嚴肅的；認真的
☐ **strict** [strɪkt] 嚴厲的；嚴格的；嚴密的
☐ **stern** [stɜn] 嚴格的；嚴厲的；嚴肅的
☐ **harsh** [hɑrʃ] 嚴酷的；嚴厲的；粗糙的；刺眼的
☐ **rigorous** [`rɪgərəs] 嚴厲的；嚴酷的；嚴格的；精確的
☐ **austere** [ɔ`stɪr] 嚴峻的；苛刻的；嚴厲的
☐ **tough** [tʌf] 堅韌的；強健的；費力的；艱苦的；困難的
☐ **difficult** [`dɪfə͵kəlt] 困難的；艱難的；難以取悅的
☐ **strenuous** [`strɛnjʊəs] 費力的；艱苦的；奮發的；熱心的
☐ **intense** [ɪn`tɛns] 強烈的；劇烈的；激烈的
☐ **drastic** [`dræstɪk] 激烈的；猛烈的；徹底的；嚴峻的
反 ☐ **mild** [maɪld] 溫和的；輕微的；柔順的
☐ **lenient** [`linɪənt] 仁慈的；寬大的；憐憫的
☐ **easy** [`izɪ] 容易的；不費力的；輕鬆的；不嚴格的
☐ **tolerable** [`tɑlərəb!] 可忍受的；可接受的；過得去的
衍 ☐ **severity** [sə`vɛrətɪ] 名 嚴重；嚴厲；嚴酷；劇烈

20	**validate** [`vælə͵det]	動 使具法律效力；承認……為正當；確認 源 valid (strong) + ate (v.)

In order to **validate** this document, all the parties involved have to sign it.
為了讓這份文件有效，所有相關當事人都必須簽名。

大師提點
validate 由形容詞 valid [`vælɪd]（有效的；有根據的）衍生而來。

同 ☐ **legalize** [`lig!͵aɪz] 合法化；得到法律認可
☐ **substantiate** [səb`stænʃɪ͵et] 證實；證明……有根據
☐ **authenticate** [ɔ`θɛntɪ͵ket] 確認；證明……為確實
☐ **certify** [`sɜtə͵faɪ] 查核；證明……無誤
☐ **verify** [`vɛrə͵faɪ] 核實；確認；證明
反 ☐ **invalidate** [ɪn`vælə͵det] 使無效；使失效
☐ **nullify** [`nʌlə͵faɪ] 使無效；作廢
☐ **annul** [ə`nʌl] 使成無效；取消
☐ **void** [vɔɪd] 使無效；使作廢
衍 ☐ **validation** [͵vælə`deʃən] 名 使具法律效力；確認

EXERCISE

I. Short Conversation

Track 45

Questions 1 through 5 refer to the following conversation.

Woman: We've been negotiating all afternoon, and it doesn't look like we're going to reach ___①___.

Man: That's a valid point, but I'm sure if both sides ___②___ a little, we'll be able to arrive at some kind of ___③___.

Woman: I appreciate your optimism, but we've already ___④___ several important points, and put forward a very credible offer.

Man: Of course I think our offer is quite ___⑤___ as well. Let's take a break and then continue after dinner.

1. (A) a proposition (B) an agreement
(C) a signature (D) an amendment

2. (A) persuade (B) breach
(C) obligate (D) compromise

3. (A) consensus (B) terms
(C) duplicate (D) tactic

4. (A) conceded (B) adhered to
(C) convinced (D) abided by

5. (A) pending (B) severe
(C) favorable (D) penalized

II. Reading Comprehension

Track 46

Questions 6 through 10 refer to the following letter.

Dear Mr. Harrison,

As you know, your lease will __⑥__ at the end of the year. If you would like to __⑦__ it for another two years, please sign and return the enclosed lease agreement. Because there is another __⑧__ interested in leasing the property, I would like to let them know if it will be available.

Also, there is a __⑨__ in the contract that states the rent may be raised 4% every two years. Due to rising costs, I will be forced to increase the rent to $845 per month. Please take this into account when making your decision. If you have any questions or __⑩__, feel free to call me anytime.

Regards,

Bob Dislet, Geo Property Management Inc.

6. (A) imply (B) expire (C) waive (D) pull out

7. (A) extend (B) propose (C) specify (D) mediate

8. (A) benefit (B) credibility (C) settlement (D) party

9. (A) fine print (B) clause (C) alternative (D) compliance

10. (A) provisions (B) breakthroughs (C) obligations (D) concerns

答案

1. (B) 2. (D) 3. (A) 4. (A) 5. (C) 6. (B) 7. (A) 8. (D) 9. (B) 10. (D)

翻譯

【短對話】問題 1 到 5 請參照下列對話。

女：我們談判了一整個下午，但是看來我們並無法達成協議。
男：這麼說挺有道理的，但是我相信假如雙方稍微妥協一下，我們就能取得某種共識。
女：我可以理解你的樂觀，可是我們已經在好幾個要點上讓步了，並且提出了非常合理的條件。
男：當然，我認為我們的提案對雙方也都相當有利。我們休息一下，等晚餐後再繼續吧。

1. (A) 命題 (B) 協議 (C) 簽名 (D)修正
2. (A) 說服 (B) 違反 (C) 強制 (D) 妥協
3. (A) 共識 (B) 條款 (C) 副本 (D) 策略
4. (A)（讓步）承認 (B) 堅持 (C) 使信服 (D) 遵守
5. (A) 審理中的 (B) 嚴重的 (C) 贊同的 (D) 受罰的

【閱讀測驗】問題 6 到 10 請參照下列信件。

哈里森先生您好：

如您所知，您的租約在年底就要到期了。假如您想要再延長兩年，請將隨附的租賃協議簽名寄回。因為還有另一方有興趣租用這個地方，所以我想讓他知道是否能夠租得到。

另外，根據契約上的一項條款，租金每兩年可以調漲 4% 。由於成本上漲，我不得不把每個月的租金提高到 845 美元。在您做決定時，請把這點納入考慮。假如您有任何問題或疑慮，隨時都可以撥個電話給我。

吉歐房地產管理公司包伯．狄斯里敬上

6. (A) 暗示	(B)屆期	(C) 放棄	(D) 拔出
7. (A) 延長	(B) 提議	(C) 詳述	(D) 調解
8. (A) 利益	(B) 可信度	(C) 解決	(D) 一群人
9. (A) 小號字體印刷品	(B) 條款	(C) 可替代的選擇	(D) 遵守
10. (A) 規定	(B) 突破	(C) 使負義務	(D) 擔心

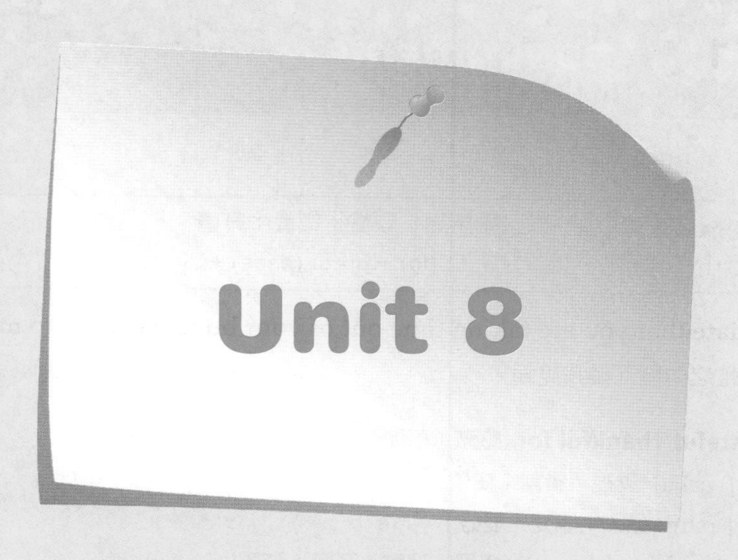

Communication 聯繫

TOPIC 1 Appointments 約會

Track 47

1	**appreciate** [ə`priʃɪˌet]	動 感謝；欣賞；領會；升值 源 ap (to) + preci (price) + ate (v.)

I **appreciate** that you are taking time out of your busy schedule to meet with me.
感謝您百忙之中撥冗與我見面。

同 □ **be grateful/thankful for** 感激；感謝
□ **value** [`vælju] 重視；看重；估價
□ **relish** [`rɛlɪʃ] 品味；享受；愛好
□ **understand** [ˌʌndɚ`stænd] 懂得；理解；了解；諒解
□ **realize** [`riəˌlaɪz] 了解；領悟；認清；實現
反 □ **undervalue** [ˌʌndɚ`vælju] 低估……的價值；看輕
□ **belittle** [bɪ`lɪtḷ] 輕視；貶抑
□ **misunderstand** [ˌmɪsʌndɚ`stænd] 誤解；誤會
□ **depreciate** [dɪ`priʃɪˌet] 貶值；跌價；輕視
□ **devaluate** [di`væljʊˌet]（使）貶值；貶低
衍 □ **appreciation** [əˌpriʃɪ`eʃən] 名 感謝；欣賞；理解；升值
□ **appreciative** [ə`priʃɪˌetɪv] 形 感謝的；有欣賞力的

2	**confirm** [kən`fɝm]	動 證實；確定；確認 源 con (together) + firm

The airline company just called to **confirm** the seats I booked for Flight 1030 from Dallas to Seattle.
航空公司剛打電話來確認我預訂的由達拉斯飛往西雅圖之 1030 航班的機位。

同 □ **verify** [`vɛrəˌfaɪ] 證明；證實；確認
□ **certify** [`sɝtəˌfaɪ] 證明……無誤；查核
□ **ratify** [`rætəˌfaɪ] 確證；認可；批准
□ **corroborate** [kə`rɑbəˌret] 確證；證實
反 □ **deny** [dɪ`naɪ] 否定；否認；否決
□ **refute** [rɪ`fjut] 反駁；駁倒
□ **disprove** [dɪs`pruv] 證明……為誤；駁斥
□ **repudiate** [rɪ`pjudɪˌet] 否認；駁斥；拒絕接受
衍 □ **confirmation** [ˌkɑnfɚ`meʃən] 名 證實；確認；確定
□ **confirmed** [kən`fɝmd] 形 被證實的；根深蒂固的

3 get in touch with 與……取得聯繫

Mike has not been able to **get in touch with** Jennifer, so Jennifer doesn't know that the meeting was canceled.

麥克一直聯絡不到珍妮佛，所以珍妮佛不知道會議取消了。

大師提點

lose touch with 則指「與……失去聯絡」。另，keep in touch with 指「與……保持聯繫」。

4 move up 使提前

Mr. Diaz wants to **move** the meeting **up** to 9:30 because he has another appointment this afternoon.

狄亞茲先生想把會議提前到 9 點半，因為他今天下午另外有約。

大師提點

move up 還可指「晉升」，例如：Kate has been moved up to the position of assistant manager.「凱特已經被升為副理。」

反 ☐ **put off** 使延期；拖延

5 postpone [post`pon]

動 使延期；延緩

源 post (after) + pone (put)

Let's **postpone** the party until after Steve gets back from his vacation so he can join us.

我們等史提夫度假回來再辦派對吧，這樣他就可以參加了。

同 ☐ **put off** 使延期；拖延

☐ **defer** [dɪ`fɝ] 延緩；拖延；展期

☐ **delay** [dɪ`le] 耽擱；延誤

☐ **waive** [wev] 擱置；撤回；放棄

☐ **table** [`tebḷ] 擱置；提交討論

反 ☐ **hasten** [`hesn̩] 使加速；趕緊

☐ **hurry** [`hɝɪ]（使）趕緊；（使）匆忙

☐ **speed up** 加快速度；使不斷地做

☐ **antedate** [`æntɪˌdet] 使提前；發生於……之前

☐ **move up** 使提前

衍 ☐ **postponement** [post`ponmənt] 名 延期；延緩

6	**represent** [ˌrɛprɪˋzɛnt]	動 象徵；意指；代替；代表；代理 源 re (again) + pre (before) + sent (be)

Due to a family emergency, Ms. Ivanov will not be attending the conference, but she has asked Mr. Murphy to **represent** her.

艾凡諾女士因為家中發生緊急事故而不克前來參加會議，但是她已經請了墨非先生代理她。

同
- ☐ **stand for** 象徵；代表；意味
- ☐ **symbolize** [ˋsɪmblˌaɪz] 象徵；作為……的象徵
- ☐ **indicate** [ˋɪndəˌket] 指示；表示；顯示……的徵兆
- ☐ **denote** [dɪˋnot] 指示；意味；為……的象徵
- ☐ **act in place of** 代替……
- ☐ **act on behalf** [bɪˋhæf] **of** 代表……
- ☐ **act as a subsititute** [ˋsʌbstəˌtjut] **for** 代理……

衍
- ☐ **representation** [ˌrɛprɪzɛnˋteʃən] 名 象徵；代表
- ☐ **representative** [ˌrɛprɪˋzɛntətɪv] 形 典型的；代表……的／名 代表；代理人

7	**schedule** [ˋskɛdʒʊl]	動 排定；預定；將……列入計畫

Ms. Green is **scheduled** to meet with Mr. Reed at 4:00, but she won't be able to see him today.

格林女士與李德先生約了 4 點會面，但她今天無法見他。

大師提點

schedule 也可當名詞用，意思是「計畫表；日程表；時刻表」。

同
- ☐ **set down** 記下；制定；排定
- ☐ **put down** 寫下；記下；登記；預定

8	**run late**	晚於預定時間

The doctor is **running late**, but he will see you as soon as he is finished with the patient.

醫生的時間已經晚了，但是他看完這個病人後會見您。

大師提點

run late 除了指「做某事的時間晚了」外，亦可指「到達某地的時間晚了」，例如：I'm running a little late today, so can you wait a few minutes?「我今天會晚一點到，你可不可以等我幾分鐘？」

9	**register** [ˋrɛdʒɪstɚ]	動 登記；註冊；顯示 源 re (back) + gister (carry)

They **registered** for the event online just two minutes before the deadline.
他們在截止時間前兩分鐘才在線上登記參加該項活動。

大師提點

register 也可作名詞用，指「登記（簿）；註冊（簿）」。

同
- □ **record** [rɪˋkɔrd] 記錄；記載；錄音；錄影；顯示
- □ **enroll** [ɪnˋrol] 登記；註冊；（使）入會、入學、入伍
- □ **indicate** [ɪnˋdəˌket] 指出；指示；標示；顯示
- □ **write down** 寫下；登記
- □ **put down** 記下；登記
- □ **sign up** 報名參加

衍
- □ **registration** [ˌrɛdʒɪˋstreʃən] 名 登記；註冊；顯示
- □ **registry** [ˋrɛdʒɪstrɪ] 名 登記名冊；登記處；註冊處
- □ **registrar** [ˋrɛdʒɪˌstrɑr] 名 登記員；註冊主任
- □ **registered** [ˋrɛdʒɪstɚd] 形 登記過的；註冊的；掛號的
  a registered letter 一封掛號信

10	**convene** [kənˋvin]	動 集合開會；召開（會議） 源 con (together) + vene (come)

We need to **convene** first before we face the shareholders.
在面對股東之前我們必須先開個會。

同
- □ **convoke** [kənˋvok] 召集（會議）

反
- □ **adjourn** [əˋdʒɝn] 使（會議等）暫停；使休會

衍
- □ **convention** [kənˋvɛnʃən] 名 定期會議；（代表）大會；習俗；常規

11	**cancel** [ˋkænsḷ]	動 取消；解除（預約、訂購等）；刪除；抵銷

Because her father was sick, Julia decided to **cancel** her trip to the Caribbean to take care of him.
因為茱莉亞的爸爸生病了，所以她決定取消到加勒比海的旅行以便照顧他。

同
- □ **call off** 取消；下令停止
- □ **revoke** [rɪˋvok] 取消；撤銷；解除
- □ **offset** [ˌɔfˋsɛt] 抵銷；彌補
- □ **delete** [dɪˋlit] 刪除；刪去

反 ☐ **sustain** [sə`sten] 維持；支持；確認
☐ **confirm** [kən`fɝm] 確認；確定；證實
☐ **implement** [`ɪmpləmənt] 履行；實行；實施
☐ **enforce** [ɪn`fors] 執行；強制；極力主張
衍 ☐ **cancellation** [ˌkænsḷ`eʃən] 名 取消；註銷；抵銷

12	**seminar** [`sɛməˌnɑr]	名 研討班；專題討論會 源 semin (seed) + ar(y) (place)

There was a special **seminar** at the local bank on personal accounting.
在當地銀行舉辦了一場個人理財的研討會。

大師提點
seminar 由另一名詞 seminary [`sɛməˌnɛrɪ]（神學院）衍化而來。

同 ☐ **forum** [`forəm] 討論會；公共廣場
☐ **symposium** [sɪm`pozɪəm] 座談會；討論會；專題論文集
☐ **colloquium** [kə`lokwɪəm] 座談會；研討會
☐ **panel discussion** [`pænḷ dɪˌskʌʃən] 小組討論會；座談會

13	**symposium** [sɪm`pozɪəm]	名 討論會；座談會 源 sym (together) + pos (drink) + ium (n.)

Dr. Collins is leaving for Chicago tomorrow to attend a cancer research **symposium**.
柯林斯醫生明天要到芝加哥參加一場癌症研討會。

同 ☐ **forum** [`forəm] 討論會
☐ **colloquium** [kə`lowɪəm] 座談會；研討會
☐ **conference** [`kɑnfərəns]（正式）會議；討論會

14	**conference** [`kɑnfərəns]	名（正式）會議；討論會；會談 源 con (together) + fer (carry) + ence (n.)

The journalists' **conference** will be attended by some of the top reporters in the nation.
此次新聞從業人員會議將有國內一些頂尖的記者參與。

大師提點
conference 由動詞 confer [kən`fɝ]（商議；協商）衍生而來。

同 ☐ **meeting** [`mitɪŋ] 會議；集會；會面
☐ **convention** [kən`vɛnʃən] 定期會議；大會
☐ **discussion** [dɪ`skʌʃən] 討論；商議；研討
☐ **symposium** [sɪm`pozɪəm] 討論會；座談會
☐ **talk** [tɔk] 會談；商談；演講

15	**convention** [kən`vɛnʃən]	名（代表）大會；定期會議；習俗；常規 源 con (together) + ven (come) + tion (action)

The International Trade **Convention** will be held in Geneva next month.
國際貿易大會下個月將在日內瓦舉行。

大師提點

convention 由動詞 convene [kən`vin]（集合開會；召開）衍生而來。

同 ☐ **assembly** [ə`sɛmblɪ] 集會；會議；議會
☐ **conference** [`kɑnfərəns] 會議；會談；討論會
☐ **convocation** [ˏkɑnvə`keʃən]（會議的）召集；（宗教、學術）會議
☐ **custom** [`kʌstəm] 風俗；習俗；慣例；習慣
☐ **practice** [`præktɪs] 常規；慣例；實施；練習；開業

衍 ☐ **conventional** [kən`vɛʃənl̩] 形 協定的；慣例的；傳統的

16	**available** [ə`veləbl̩]	形 可用的；可利用的；可得到的；可買到的；（人）有空的

Ms. Thomas isn't **available** to answer the phone right now, but I can ask her to call you back.
湯瑪斯女士現在無法接聽電話，但是我可以請她回電給您。

大師提點

available 由動詞 avail [ə`vel]（有用；有益於；利用）衍生而來，用法如：You should avail yourself of this great opportunity.「你應該利用這一個大好的機會。」

同 ☐ **usable** [`juzəbl̩] 可用的；能用的；合用的
☐ **serviceable** [`sɝvɪsəbl̩] 可使用的；耐用的；實用的
☐ **at hand** 在手頭上；在手邊；在近處
☐ **on hand** 現有；手頭上；在近處
☐ **obtainable** [əb`tenəbl̩] 能得到的；可到手的
☐ **accessible** [æk`sɛsəbl̩] 可取得的；易接近的；容易到達的
☐ **convenient** [kən`vinjənt] 便利的；方便的；合宜的

反 ☐ **unavailable** [ˏʌnə`veləbl̩] 不能用的；無法取得的；（人）沒空的
☐ **unusable** [ʌn`juzəbl̩] 不可用的；不能用的
☐ **unserviceable** [ʌn`sɝvɪsəbl̩] 不能再使用的；沒有用的
☐ **unobtainable** [ˏʌnəb`tenəbl̩] 不能取得的；無法獲得的
☐ **inaccessible** [ˏɪnək`sɛsəbl̩] 無法取得的；難到達的
☐ **inconvenient** [ˏɪnkən`vinjənt] 不方便的；麻煩的

衍 ☐ **availability** [əˏvelə`bɪlətɪ] 名 可用；有效；可得到；便利

17	**convenient** [kən`vinjənt]	形 方便的；便利的 源 con (together) + veni (come) + ent (adj.)

It is more **convenient** for us if you come to our offices for the meeting.

如果您能來我們的辦公室開會，對我們來說會比較方便。

大師提點

convenient 與動詞 convene [kən`vin]（集合開會）同源。

同 □ **handy** [`hændɪ] 便利的；方便的；靈巧的

□ **accessible** [æk`sɛsəbḷ] 可取得的；容易到達的

□ **available** [ə`veləbḷ] 可用的；可得到的；有空的

□ **advantageous** [ˌædvən`tedʒəs] 有利的；便利的；有益的

衍 □ **convenience** [kən`vinjəns] 名 方便；便利

convenience store 便利商店

18	**punctual** [`pʌŋktʃuəl]	形 準時的；精確的 源 punc (prick) + tu (action) + al (of the kind)

Mr. Chen is always **punctual** because he believes that making other people wait for him is a sign of disrespect.

陳先生總是很準時，因為他覺得讓別人等是一種不敬。

同 □ **on time** 準時

□ **prompt** [prɑmpt] 迅速的；及時的

□ **exact** [ɪg`zækt] 準確的；精確的

反 □ **unpunctual** [ʌn`pʌŋktʃuəl] 不守時的；不準時的

衍 □ **punctuality** [ˌpʌŋktʃu`ælətɪ] 名 準時；精確

19	**regarding** [rɪ`gɑrdɪŋ]	介 關於；就……而論 源 re (back) + gard (guard) + ing

We are just checking to see if you have received the letter **regarding** your current financial status.

我們只是要確認一下你是否收到了有關你最近財務狀況的信函。

大師提點

regarding 由動詞 regard「注視；視為；顧慮」之現在分詞轉化而來。

同 □ **about** [ə`baut] 關於；大約；在……附近

□ **re** [ri] 關於（多用於商業、法律）

□ **concerning** [kən`sɝnɪŋ] 關於；有關

☐ **with respect to** 關於；至於
☐ **with/in regard to** 關於；有關
☐ **as regards** 關於；至於

20	**free** [fri]	形 自由的；免費的；空閒的

If you're **free** this weekend, please come join us.
如果你這個週末有空，歡迎加入我們。

大師提點

free 亦可作動詞用，意思為「使自由；解放」；free 還可作副詞用，指「自由地；免費地」。

同 ☐ **at liberty** 自由的
☐ **unrestrained** [͵ʌnrɪˋstrend] 未受抑制的；不受限制的
☐ **gratis** [ˋgretɪs] 免費的
☐ **complimentary** [͵kɑmpləˋmɛntərɪ] 免費的；贈送的；恭維的
☐ **unoccupied** [ʌnˋɑkjə͵paɪd]（人）空閒的；（物）無人占用的
☐ **available** [əˋveləbḷ]（人）有空的；可用的；可得到的

反 ☐ **restrained** [rɪˋstrend] 受限制的；不自由的
☐ **busy** [ˋbɪzɪ] 忙碌的；繁忙的

衍 ☐ **freedom** [ˋfridəm] 名 自由；免除
☐ **freely** [ˋfrilɪ] 副 自由地；隨意地

TOPIC 2 Meetings 會議

Track 48

1	**adjourn** [ə`dʒɝn]	動 使（會議、審訊等）暫停；休會 源 ad (to) + journ (daily)

Even though they hadn't finished, Mr. Lin **adjourned** the meeting until 4:00 p.m. because everyone was falling asleep.

雖然還沒討論完畢，但是大家都已經昏昏欲睡，所以林先生將會議延到下午四點再繼續。

同 □ **suspend** [sə`spɛnd] 使暫時停止；使停職；使休學

□ **recess** [rɪ`sɛs] 休會；休庭；休假

反 □ **convene** [kən`vin] 集合開會；召開

□ **convoke** [kən`vok] 召集（會議）

衍 □ **adjournment** [ə`dʒɝnmənt] 名 延期；休會（期間）

2	**participate** [pɑr`tɪsə͵pet]	動 參加；參與 源 parti (part) + cip (take) + ate (v.)

Joseph really needs to **participate** in more social activities to make friends.

喬瑟夫真的需要參與更多的社交活動才能交到朋友。

同 □ **take part (in)** 參加；參與

□ **join** [dʒɔɪn] 參加；加入；與……會合；接合

□ **partake** [pɑr`tek] 參與；參加；分享；吃、喝

反 □ **pass up** 錯過；放棄

sit out 不參加；一直坐到（不愉快之事）結束

衍 □ **participation** [pɑr͵tɪsə`peʃən] 名 參加；參與；加入

□ **participator** [pɑr`tɪsə͵petɚ] 名 參與者；關係者

□ **participant** [pɑr`tɪsəpənt] 名 參加者；參與者

3	**brainstorm** [`bren͵stɔrm]	動 進行腦力激盪 源 brain + storm

Our last advertising effort failed miserably, so I think we should spend more time **brainstorming** to get the best ideas possible.

我們上回做的廣告慘遭失敗，所以我想我們應該花更多時間做做腦力激盪，以便想出最好的點子。

衍 □ **brainstorming** [`bren͵stɔrmɪŋ] 名 腦力激盪

4	**conduct** [kən`dʌkt]	動 帶領；引導；實施；經營；管理；指揮；行為表現；傳導 源 con (together) + duct (lead)

Ryan's manager asked him to **conduct** the meeting in his place because he had to take his daughter to the doctor.

經理請萊恩代他主持會議，因為他要帶女兒去看醫生。

大師提點

conduct 亦可作名詞，但發音為 [`kandʌt]，可以指「行為；舉止；品性」或「經營；管理；指揮；實施」。

同
- ☐ **lead** [lid] 引導；領導；帶領；率領
- ☐ **guide** [gaɪd] 引導；指導；管理；支配
- ☐ **perform** [pɚ`fɔrm] 實行；履行；運作；表現；表演
- ☐ **execute** [`ɛksɪˏkjut] 實行；執行；完成；處決
- ☐ **operate** [`ɑpəˏret] 運轉；操作；經營；動手術
- ☐ **manage** [`mænɪdʒ] 機營；管理；應付；處理
- ☐ **direct** [də`rɛkt] 管理；指揮；指示；命令；導演
- ☐ **behave** [bɪ`hev] 舉止；表現；守規矩

衍
- ☐ **conductor** [kən`dʌktɚ] 名（樂隊等的）指揮；列車長；經營者；管理人；導體
- ☐ **conduction** [kən`dʌkʃən] 名 傳導；輸送；引流
- ☐ **conductive** [kən`dʌktɪv] 形 傳導性的；有傳導力的

5	**chair** [tʃɛr]	動 擔任（會議、委員會等的）主席

Landon has **chaired** the committee for five years, and he has no intention of stepping down.

藍敦擔任委員會的主席已經五年了，而他並沒有退下來的意思。

大師提點

chair 一般多作名詞用，指「椅子」。

同
- ☐ **preside** [prɪ`zaɪd] 當主席；統轄；管理（後接 over、at）
- ☐ **conduct** [kən`dʌkt] 引導；管理；指揮；主持（會議等）

衍
- ☐ **chairman** [`tʃɛrmən] 名（男）主席；（男）主委；（男）董事長；（男）理事長
- ☐ **chairwoman** [`tʃɛrˏwʊmən] 名 女主席；女主委；女董事長；女理事長
- ☐ **chairperson** [`tʃɛrˏpɝsən] 名 主席；主委；董事長；理事長

6	**jot down** [dʒɑt]	匆匆記下

I **jotted down** some notes while the president was speaking.
總裁在說話的時候，我匆匆記下了一些筆記。

同 ☐ **scribble** [ˋskrɪbḷ] 潦草地書寫；亂寫

7	**suggest** [sə(g)ˋdʒɛst]	動 建議；提議；提出（意見；計畫等）；顯示；暗示 源 sug (under) + gest (carry)

I **suggest** that you show up at the meeting early, as that will really leave a good impression on the boss.
我建議你開會時早些現身，因為這樣會讓老闆留下好印象。

同 ☐ **recommend** [ˌrɛkəˋmɛnd] 推薦；建議
☐ **propose** [prəˋpoz] 提議；提出；提案；求婚
☐ **propound** [prəˋpaʊnd] 提出；提議
☐ **move** [muv] 提議；提出動議；移動；打動；遷移
☐ **indicate** [ˋɪndəˌket] 指示；指出；顯示
☐ **imply** [ɪmˋplaɪ] 暗示；暗指
衍 ☐ **suggestion** [se(g)ˋdʒɛstʃən] 名 建議；提議；示意；暗示
☐ **suggestive** [se(g)ˋdʒɛstɪv] 形 暗示的；引起聯想的

8	**criticize** [ˋkrɪtɪˌsaɪz]	動 批評；指責；非難；評論 源 critic (judge) + ize (make)

Some employees **criticized** the new office policy at the company meeting.
有些員工在公司大會上批判辦公室的新政策。

同 ☐ **find fault with** 指責；挑毛病
☐ **censure** [ˋsɛnʃɚ] 非難；苛責；譴責
☐ **denounce** [dɪˋnaʊns] 指責；譴責；抨擊
☐ **judge** [dʒʌdʒ] 評斷；評價；審理；裁判
同 ☐ **praise** [prez] 讚美；讚揚
☐ **compliment** [ˋkɑmpləˌmɛnt] 讚賞；恭維
衍 ☐ **critic** [ˋkrɪtɪk] 名 評論家；批評者
☐ **critical** [ˋkrɪtɪkḷ] 形 批評的；吹毛求疵的；危急的；決定性的
☐ **criticism** [ˋkrɪtəˌsɪzṃ] 名 批評；批判；評論

9	**agenda** [ə`dʒɛndə]	名 議程；待辦事項

According to today's **agenda**, we are supposed to talk about the new project.
根據今日的議程，我們應該討論那項新企劃案。

大師提點

agenda 源自拉丁文，原意為 do「做」。agenda 實為 agendum 之複數形，今日的用法如指「待辦事項」則 agenda 為複數；若指「議程」則視為單數。

同 □ **docket** [`dɑkɪt] 內容摘要；一覽表；行事程序表；議程
□ **things to be done** 待辦事項

10	**attendance** [ə`tɛndəns]	名 到場；出席；照顧；照料 源 at (to) + tend (stretch) + ance (n.)

Please send an email to all employees to remind them that their **attendance** at the company meeting is required.
麻煩寄一封電子郵件給所有員工，提醒他們都須出席公司大會。

大師提點

attendance 由動詞 attend「出席；到場；看護；照料」衍生而來。

同 □ **presence** [`prɛzn̩s] 出席；與會；到場；存在
□ **appearance** [ə`pɪrəns] 出現；露臉；外表；外觀
□ **care** [kɛr] 照顧；照料；留意；關懷；操心
□ **attention** [ə`tɛnʃən] 關注；照應；專心；注意

11	**second** [`sɛkənd]	動 贊成；支持；附議

If you propose a motion, we will **second** it.
如果你提出動議的話，我們就會附議。

大師提點

second 源自拉丁文，原意為 following「接著的」。second 通常作形容詞（第二的）或名詞（第二）用。另，注意例句中的 motion 指「動議」。

同 □ **favor** [`fevɚ] 贊成；支持；喜歡；偏袒
□ **support** [sə`port] 支持；贊成；支撐；維持
□ **back up** 支持；擁護；複製（備份）；堵塞

12	**overview** [ˋovɚˏvju]	名 概觀；概要 源 over + view

Let's begin this meeting by having each department head give an **overview** of what their department has accomplished this month.

會議一開始，首先請各部門主管概述其部門本月的業績。

同
- ☐ **outline** [ˋaʊtˏlaɪn] 概略；綱要；梗概
- ☐ **summary** [ˋsʌmərɪ] 概要；摘要；總結
- ☐ **synopsis** [sɪˋnɑpsɪs] 概要；梗概；摘要

13	**distraction** [dɪˋstrækʃən]	名 分心；令人分心之事物；消遣；娛樂；心煩意亂；精神錯亂 源 dis (apart) + tract (draw) + ion (action)

The biggest **distraction** at the meeting was the smell of freshly brewed coffee.

會議中最令人分心的事莫過於飄在空氣中剛煮好的咖啡的香味。

大師提點

distraction 由動詞 distract [dɪˋstrækt]（使分心；分散注意力）衍生而來。

同
- ☐ **diversion** [dəˋvɝʒən] 轉向；轉移注意力之事物；消遣；娛樂
- ☐ **amusement** [əˋmjuzmənt] 消遣；娛樂；開心；愉悅
- ☐ **entertainment** [ˏɛntɚˋtenmənt] 娛樂；餘興；招待；款待
- ☐ **recreation** [ˏrɛkrɪˋeʃən] 休閒；娛樂；消遣
- ☐ **pastime** [ˋpæsˏtaɪm] 娛樂；消遣；遊戲
- ☐ **distress** [dɪˋstrɛs] 苦惱；煩惱；憂傷；悲痛
- ☐ **derangement** [dɪˋrendʒmənt] 瘋狂；精神錯亂

反
- ☐ **concentration** [ˏkɑnsɛnˋtreʃən] 集中；專心；專注
- ☐ **absorption** [əbˋsɔrpʃən] 專心一致；凝神；吸收
- ☐ **engrossment** [ɪnˋgrosmənt] 全神貫注；專心致志

14	**presentation** [ˏprizɛnˋteʃən]	名 頒授；提出；介紹；展示；演出；講演；報告 源 pre (before) + sent (be) + at(e) (v.)+ ion (action)

Everyone of us is supposed to make a short **presentation** at the monthly meeting.

月會上我們每一個都得做一個簡報。

大師提點

presentation 由動詞 present [prɪˋzɛnt]（頒發；提出；介紹；呈現；演出；出現）衍生而來。

同
- ☐ **bestowal** [bɪˋstoəl] 授予；給予
- ☐ **submission** [səbˋmɪʃən] 呈送；提交；屈服；順從

☐ **introduction** [ˌɪntrəˋdʌkʃən] 介紹；引進；導論；序文
☐ **demonstration** [ˌdɛmənˋstreʃən] 示範；以實物說明；示威
☐ **performance** [pɚˋfɔrməns] 演出；表演；表現；執行；性能
☐ **report** [rɪˋport] 報告；報導；記事；成績單

15	**chart** [tʃɑrt]	名 圖表；圖解

Please take a look at page 16, where I've included a **chart** of our earnings from last quarter.

請看一下第 16 頁，我在上面放了顯示本公司上一季營收的圖表。

大師提點

chart 亦可作動詞用，指「繪製……的圖表；用圖表表示」。bar chart 指「條形圖表」，pie chart 指「圓形圖表」。另，「曲線圖表」則稱為 graph [græf]。

16	**minutes** [ˋmɪnɪts]	名 會議記錄；議事錄（複數）

Roderick passed around the **minutes** from the last meeting to remind everyone of what they still had left to discuss.

羅德列克把上次會議的記錄發給大家，提醒每一個人還有哪些仍待討論的事項。

大師提點

minute 與 minus「減」、minor「較小的」等字同源，原拉丁文的意思為 small「小」。注意，若為單數形，minute 指「分（時間或角度之單位）」、「一會兒」、「備忘錄」、「摘要」。另，minute 亦可作動詞用，意思是「記錄下來；做會議記錄」。

17	**ASAP** (= as soon as possible)	儘快；愈快愈好

Marie needs to finish the project **ASAP** because the client is already pretty mad that we missed the deadline.

瑪麗必須盡快完成這個案子，因為我們沒有如期完成，客戶已經相當生氣。

18	**keynote speaker** [ˋkiˏnot ˋspikɚ]	名 主講人

Professor David Linsky, the world-renowned economist, will be the **keynote speaker** in our yearly meeting.

世界知名的經濟學家大衛．林斯基教授將是我們年度會議的主講人。

大師提點

keynote 的原意為「基調」，而 keynote speaker 則指在正式場合中做 keynote speech/address「主題演講」的人。

19	**lengthy** [ˋlɛŋθɪ]	形 冗長的；囉唆的 源 leng (long) + th (quality) + y (adj.)

Not only was Jim tired after the **lengthy** meeting, but he was also frustrated that he couldn't finish the work he had planned on doing.

在冗長的會議開完後，吉姆不只覺得疲倦，同時也很沮喪，因為他無法完成之前計畫進行的工作。

同
- ☐ **long-drawn** [ˋlɔŋˋdrɔn] 拖長的；拉長的
- ☐ **drawn-out** [ˋdrɔn ˋaʊt] 持續很久的；延長的
- ☐ **protracted** [proˋtræktɪd] 延長的；拖延的
- ☐ **wordy** [ˋwɝdɪ] 多言的；嘮叨的；冗長的
- ☐ **prolix** [ˋprolɪks] 囉唆的；冗長的
- ☐ **tedious** [ˋtidɪəs] 沉悶的；枯燥乏味的；冗長的

反
- ☐ **brief** [brif] 簡短的；簡潔的；短暫的
- ☐ **condensed** [kənˋdɛnst] 濃縮的；扼要的；簡潔的
- ☐ **concise** [kənˋsaɪs] 簡明的；簡要的；簡潔的
- ☐ **succint** [səkˋsɪŋkt] 簡潔的；簡明的；言簡意賅的
- ☐ **laconic** [ləˋkɑnɪk] 簡短的；言簡意賅的
- ☐ **terse** [tɝs] 簡短的；言簡意賅的

衍
- ☐ **lengthiness** [ˋlɛŋθɪnɪs] 名 冗長；過長
- ☐ **lengthen** [ˋlɛŋθən] 動 加長；延長

20	**promptly** [ˋpramptlɪ]	副 迅速地；立即地；準時地 源 prompt (ready) + ly (adv.)

The concert will begin **promptly** at 8:00 — doors will be closed at that time and latecomers will not be allowed in.

音樂會將在 8 點準時開始，到時入口的門會關上，禁止遲到的人進入。

大師提點

promptly 由形容詞 prompt「迅速的；立即的；準時的」衍生而來。

同
- ☐ **quickly** [ˋkwɪklɪ] 迅速地；急忙地
- ☐ **instantly** [ˋɪnstəntlɪ] 立即地；即時地
- ☐ **immediately** [ɪˋmidɪɪtlɪ] 即刻；立刻；立即地
- ☐ **punctually** [ˋpʌŋktʃuəlɪ] 準時地；如期地
- ☐ **right away** 馬上；立刻
- ☐ **at once** 即刻；馬上

TOPIC 3 Correspondence 通信

Track 49

1	**compose** [kəm`poz]	動 組成；構成；創作（音樂）；寫作；使鎮定；調解（爭端） 源 com (together) + pose (put)

I tried to **compose** a letter to him telling him how I felt, but I didn't know where to begin or what to write.

我試著寫一封信告訴他我的感覺，但是不知道如何開始或寫些什麼。

同 □ **form** [fɔrm] 構成；組織；形成
□ **comprise** [kəm`praɪz] 由……組成；包含
□ **constitute** [`kɑnstə͵tjut] 構成；組成
□ **create** [krɪ`et] 創造；創作；製造
□ **write** [raɪt] 書寫；著述
□ **calm** [kɑm]（使）平靜；（使）鎮定
□ **settle** [`sɛtl̩] 解決；安置；（使）安定；（使）平靜；定居；沉澱
□ **reconcile** [`rɛkən͵saɪl] 調停；調解；使一致；使和解

衍 □ **composition** [͵kɑmpə`zɪʃən] 名 組合；構成；作曲；作文；混合物
□ **composer** [kəm`pozɚ] 名 作曲家；作家；構成者
□ **composite** [kəm`pɑzɪt] 形 合成的；拼湊成的／名 合成物
□ **composed** [kəm`pozd] 形 鎮定的；沉著的

2	**revise** [rɪ`vaɪz]	動 修訂；校訂；審訂 源 re (again) + vise (see)

I want you to **revise** this proposal and see if you can make it a little more financially beneficial to our company.

我希望你能修改這份企劃書，並且看你是否能把它變得對我們公司更有利益些。

同 □ **amend** [ə`mɛnd] 修正；修改；訂正
□ **alter** [`ɔltɚ] 變更；修改；更動
□ **rectify** [`rɛktə͵faɪ] 改訂；改正；矯正
□ **update** [ʌp`det] 更新；補充最新資料

衍 □ **revision** [rɪ`vɪʒən] 名 修訂（本）；校訂（版）
□ **reviser** [rɪ`vaɪzɚ] 名 修訂者；校訂者
□ **revised** [rɪ`vaɪzd] 形 修訂過的；改定的
the revised edition 修訂版

3	**omit** [o`mɪt]	動 省略；刪去；遺漏；忽略 源 o (to) + mit (send)

This part of the report can be **omitted** because the clients don't need this much detail about our finances.

報告的這個部分可以刪掉，因為客戶不需要了解這麼多我們財務狀況的細節。

同 ☐ **leave out** 省略；忽略；遺漏
☐ **delete** [dɪ`lit] 刪除；刪去
☐ **overlook** [ˌovɚ`lʊk] 忽略；遺漏；俯視
☐ **neglect** [nɪg`lɛkt] 忽視；疏忽；不顧
☐ **ignore** [ɪg`nor] 忽視；不理睬

衍 ☐ **omission** [o`mɪʃən] 名 省略；遺漏；疏忽

4	**enclose** [ɪn`kloz]	動 圍住；圈起；把……封入；隨函附寄 源 en (in) + close

Please don't forget to **enclose** the CD in the package along with the contracts and business proposals.

請不要忘了把光碟連同合約和企劃書一起裝入同一個包裹裡。

大師提點

enclose 亦可拼寫成 inclose。

同 ☐ **surround** [sə`raʊnd] 圍住；圍繞；包圍
☐ **encircle** [ɪn`sɝkḷ] 圍繞；環繞；環抱
☐ **encompass** [ɪn`kʌmpəs] 圍繞；包圍；包含；包括
☐ **include** [ɪn`klud] 包含；包括；含有；內含
☐ **insert** [ɪn`sɝt] 插入；放進；附加

衍 ☐ **enclosure** [ɪn`kloʒɚ] 名 圍繞；圈用地；封入物；附件

5	**forward** [`fɔrwɚd]	動 轉交；轉寄；發送；促進；助長 源 for(e) (front) + ward (turn)

After you have finished reading the report, please **forward** it to Irene because she might need the information too.

看完這份報告後請你把它傳給愛琳，因為她可能也需要那項資訊。

大師提點

forward 亦可作副詞（指「向前」）、形容詞（指「向前的」）及名詞（指「前鋒」）用。

同 ☐ **send on** 轉寄；轉送

☐ **send off** 寄發；發送
☐ **advance** [əd`væns] 前進；提升；促進；提出
☐ **promote** [prə`mot] 促進；助長；促銷；晉升
衍 ☐ **forwarder** [`fɔrwədə] 名 運送者；運輸業者；促進者

6	**receive** [rɪ`siv]	動 收到；接收；接受；遭受；接待 源 re (again) + ceive (take)

After waiting for a long time, Bianca finally **received** her college acceptance letter.
在等了許久之後，碧安卡終於收到了她的大學入學許可通知書。

同 ☐ **get** [gɛt] 收到；得到；獲得；取得
☐ **accept** [ək`sɛpt] 接受；收受；承認；認可
☐ **undergo** [ˌʌndə`go] 經歷；遭受；忍受
☐ **greet** [grit] 迎接；致意；打招呼
衍 ☐ **reception** [rɪ`sɛpʃən] 名 接收；收受；接待
☐ **receiver** [rɪ`sivə] 名 收受人；受款人；（電話）聽筒
☐ **receipt** [rɪ`sit] 名 收據；收條（注意 p 不發音）

7	**scan** [skæn]	動 細看；審視；瀏覽；掃描

Susan **scanned** her email to see if anything needed an immediate response.
蘇珊快速瀏覽她的電子郵件，看看有沒有需要立即回覆的信。

大師提點
scan 亦可作名詞用，指「瀏覽；掃描；詳查」。

同 ☐ **scrutinize** [`skrutn̩ˌaɪz] 細查；詳審
☐ **inspect** [ɪn`spɛkt] 檢視；檢閱；視察
☐ **skim** [skɪm] 掠過；擦過；瀏覽；略讀
衍 ☐ **scanner** [`skænə] 名 掃描機；檢測裝置

8	**sort** [sɔrt]	動 把……分類；整理；揀選

Brandon leaves his wife's mail on the kitchen table as she prefers to **sort** through it herself when she returns from her business trips.
布藍登把他太太的信件放在廚房的桌子上，因為她喜歡在出差回來後自己做分類整理。

大師提點
sort 也可當名詞用，指「種類；性質」。片語 sort of 表示「有幾分；多少」，與 kind of 同義。

同 ☐ **separate** [ˋsɛpə͵ret] 分開；區別；分類；分居
☐ **group** [grup] 集合；組合；分類
☐ **classify** [ˋklæsə͵faɪ] 分類；歸類；分等；分級
☐ **categorize** [ˋkætəgə͵raɪz] 列入……範疇；分類；歸類
☐ **arrange** [əˋrendʒ] 整理；安排；配置
☐ **sift** [sɪft] 篩選；過濾；細查

9	**draft** [dræft]	名 草稿；草圖；草案

I have yet to see how well the finished product turns out, but your initial **draft** was very appealing.

我尚未看到你的成品結果到底如何，但是你的草圖非常吸引人。

大師提點

draft 也可當動詞，意思是「起草；草擬」，用法如：I need to <u>draft</u> a speech for the president.「我必須幫總裁草擬一份演講稿。」

同 ☐ **sketch** [skɛtʃ] 草圖；草稿；概略；綱要；素描
☐ **outline** [ˋaʊt͵laɪn] 略圖；草稿；大綱；概要

10	**attachment** [əˋtætʃmənt]	名 附著；連接；附件 源 at (to) + tach (touch) + ment (action)

My email wasn't working well, so I got your message but wasn't able to open the **attachment**.

我的電子信箱有些問題，我收到了你的信，但是附件打不開。

大師提點

attachment 由動詞 attach「附著；連接；貼上；附上」衍生而來。

同 ☐ **fastening** [ˋfæsn̩ɪŋ] 繫牢；固定；黏著
☐ **connection** [kəˋnɛkʃən] 連結；連接；關係；關連
☐ **accessory** [ækˋsɛsərɪ] 附件；附屬品；配件；從犯
☐ **adjunct** [ˋædʒʌŋkt] 附屬品；附加物；助理；助手
☐ **appendix** [əˋpɛndɪks] 附加物；附錄；盲腸
反 ☐ **separation** [͵sɛpəˋreʃən] 分離；脫離；分類；分居
☐ **detachment** [dɪˋtætʃmənt] 分開；分離；派遣；分遣（隊）

11	**spam** [ˋspæm]	名 垃圾郵件

It's a real headache to get so much **spam** every day.

每天都收到這麼多的垃圾郵件真是令人頭疼。

大師提點

spam 原是美國一種肉罐頭的商標名。在二次世界大戰期間人們被迫食用大量的 Spam 罐頭，如今 spam 則被用來指一般人不想收到的「垃圾郵件」。

同 □ **junk mail** [ˋdʒʌŋk ˌmel] 垃圾郵件

12	**response** [rɪˋspɑns]	名 回答；回應；反應 源 re (back) + sponse (promise)

If you do not get a **response** to your email within two days, please contact us by phone.

如果你兩天內沒有收到針對你電子信件的回覆，請打電話跟我們聯絡。

大師提點

response 為動詞 respond [rɪˋspɑnd]（回答；回應）的名詞。

同
- □ **answer** [ˋænsɚ] 回答；答覆；解答
- □ **reply** [rɪˋplaɪ] 答覆；回答；回信
- □ **reaction** [rɪˋækʃən] 反應；回應；反作用力
- □ **feedback** [ˋfidˌbæk] 回饋；反映

13	**postage** [ˋpostɪdʒ]	名 郵資；郵費 源 post (put) + age (charge)

This package is heavier than most letters, so you need to take it to the post office to find out how much **postage** is needed for it.

這包裹比大部分郵件重，所以你必須拿到郵局秤一秤看需要多少郵資。

大師提點

郵票稱為 postage stamp [stæmp]，或直接叫 stamp 。

14	**message** [ˋmɛsɪdʒ]	名 信息；消息；留言；要旨；主題思想

If he is not in the office, you can leave a **message** for him.

如果他不在辦公室，你可以留言給他。

大師提點

用手機傳簡訊叫 text [tɛkst] message 。

同 □ **(a piece of) information**（一則）消息；資訊
□ **note** [not] 便條；通知；筆記；註解；音符
□ **word** [wɝd] 字；詞；通知；消息；諾言
□ **purport** [ˋpɝport] 要旨；意義
□ **main idea** 主旨；主題思想

15	**subject** [ˋsʌbdʒɪkt]	名 主題；學科；實驗對象；子民；主詞 源 sub (under) + ject (throw)

The **subject** of the email was hard to determine as it was so poorly written.
這封電子郵件的主旨很難確定，因為它寫得很糟。

大師提點

subject 亦可當動詞，意思是「使服從；使隸屬；使蒙受；使罹患」，例如：He was subjected to many unfair treatments.「他遭受許多不公平的待遇。」subject 也可作形容詞，指「受支配的；從屬的；易患……的；取決於……的」，例如：The exchange rate is subject to change.「匯率可能會有所變動。」

同 □ **topic** [ˋtɑpɪk] 主題；題目；話題
□ **thesis** [ˋθisɪs] 主題；論點；論文
□ **theme** [θim] 主題；主旨；主旋律；（電影等的）主題曲
□ **motif** [moˋtif]（文藝作品的）主題；主旨；樂旨
□ **discipline** [ˋdɪsəplɪn] 紀律；訓練；學科
□ **course of study** 科目；學科

16	**courier** [ˋkʊrɪə]	名 快遞；快遞公司 源 cour (run) + ier (agent)

This is an urgent matter, so we'd better send for a **courier**.
這是件緊急的事務，所以我們最好找個快遞。

大師提點

courier 指「送急件的人」或「快遞公司」，有別於一般的 postman/mailman「郵差」和 post office「郵局」。

17	**express mail** [ɪk`sprɛs ˏmel]	名 快捷信件；限時郵件

Alan sent his application through the **express mail** in the hopes that it would reach the school before the application deadline.

艾倫用限時郵件寄出他的申請信，希望能在截止日期前送到學校。

大師提點

限時專送叫作 special delivery [dɪ`lɪvərɪ]。

18	**by return mail**	立即付郵回覆

Please let us know your answer **by return mail**.

請您立即付郵告知我們您的答覆。

大師提點

在英國稱為 by return of post 。

19	**in writing**	以書面；用寫的

Eugene always forces his friends to put their promises down **in writing** as he finds verbal promises unreliable.

尤金老是強迫他的朋友把他們的承諾用白紙黑字寫下來，因為他覺得口頭承諾不可靠。

同 □ **in written** [`rɪtn̩] **form** 以書面的形式

20	**legible** [`lɛdʒəbl̩]	形 字跡、印刷等清楚的；易辨讀的 源 leg (read) + ible (able)

Since his handwriting wasn't very **legible**, I had trouble understanding what it said.

因為他的字跡不是很清楚，所以我無法確切了解他寫了什麼。

同 □ **readable** [`ridəbl̩] 易讀的；可讀的
□ **decipherable** [dɪ`saɪfərəbl̩] 可判讀的；可譯解的
□ **comprehensible** [ˏkɑmprɪ`hɛnsəbl̩] 看得懂的；可以理解的

反 □ **illegible** [ɪ`lɛdʒəbl̩] 難以辨讀的；字跡模糊的
□ **unreadable** [ʌn`ridəbl̩] 無法讀的；不能讀的
□ **undecipherable** [ˏʌndɪ`saɪfərəbl̩] 無法判讀的；不能譯解的
□ **incomprehensible** [ɪnˏkɑmprɪ`hɛnsəbl̩] 難以辨讀的；無法理解的

衍 □ **legibility** [ˏlɛdʒə`bɪlətɪ] 名 字跡清晰；易讀性

TOPIC 4 Printed Materials 印刷品

Track 50

1	**proofread** [ˋpruf͵rid]	動 校對；校勘 源 proof + read

No one **proofread** the company newsletter, so there are a lot of mistakes in it, including typos.

公司的通訊報沒有人校對過，所以上面有很多錯誤，包括打字錯誤。

大師提點

例句中的 typo 為 typographical error [͵taɪpəˋgræfɪkḷ ˋɛrɚ]（印刷或打字錯誤）之略。

2	**edit** [ˋɛdɪt]	動 編輯；剪輯 源 e (out) + dit (give)

Cathy has to **edit** the article before it is published in the newspaper, and she has the authority to make any changes she thinks is necessary.

凱西必須在文章見報前做好編輯工作，而她有權限做她認為必要的修改。

同
- ☐ **redact** [rɪˋdækt] 編輯；草擬
- ☐ **revise** [rɪˋvaɪs] 修訂；審訂

衍
- ☐ **editor** [ˋɛdɪtɚ] 名 編輯；主筆
- ☐ **editor-in-chief** 總編輯
- ☐ **editorial** [͵ɛdəˋtorɪəl] 名 社論；評論
- ☐ **edition** [ɪˋdɪʃən] 名 版本；版次

3	**publish** [ˋpʌblɪʃ]	動 出版；發行；公開；發表

Capital Press **publishes** many of the textbooks used in university business and economics courses.

首都出版社出版了許多大學商學及經濟學課程所使用的教科書。

大師提點

publish 源自拉丁文，原意為 make public「公開」。

同
- ☐ **put to press** 出版；印行
- ☐ **print** [prɪnt] 印刷；印行；刊登；用印刷體書寫
- ☐ **issue** [ˋɪʃu] 發行；發布；發放

☐ **publicize** [ˋpʌblɪˏsaɪz] 公開；宣揚；宣傳

☐ **announce** [əˋnaʊns] 公布；發表；宣布

反 ☐ **conceal** [kənˋsil] 隱瞞；藏匿；隱匿

☐ **suppress** [səˋprɛs] 壓制；抑制；隱瞞；禁止發表；查禁

衍 ☐ **publisher** [ˋpʌblɪʃɚ] 名 出版者；出版社；發行人

☐ **publication** [ˏpʌblɪˋkeʃən] 名 出版（品）；刊印；發行；公開；公布

4	**subscribe** [səbˋskraɪb]	動 訂閱；認捐；簽署 源 sub (under) + scribe (write)

I **subscribe** to *Women's Health* magazine but I haven't received this month's issue yet.

我訂了《婦女健康》雜誌，可是還沒收到這個月的這一期。

大師提點

注意， subscribe 指「訂閱」時為不及物，後接介系詞 to 。

同 ☐ **contribute** [kənˋtrɪbjut] 貢獻；捐助；投稿

☐ **donate** [ˋdonet] 捐贈；捐獻

☐ **sign** [saɪn] 簽名；簽署

衍 ☐ **subscription** [səbˋskrɪpʃən] 名 訂閱；認捐；簽名同意

☐ **subscriber** [səbˋskraɪbɚ] 名 訂閱者；捐獻者；簽名者

5	**copyright** [ˋkɑpɪˏraɪt]	名 版權；著作權 源 copy + right

This publication is protected by **copyright**.

這個出版品受著作權的保護。

大師提點

「智慧財產權」為 intellectual property right [ˏɪntəˋlɛktʃʊəl ˋprɑpətɪ ˏraɪt]。

6	**the media** [ˋmidɪə]	名 媒體；傳媒

The media described the designer as Queen of Fashion.

媒體將這位設計師描述為「時尚女王」。

大師提點

media 原為 medium [ˋmidɪəm]（媒介）的複數形，如今用來指大眾傳播媒體時，可作為單數或複數： The media is/are very influential. 「媒體極具影響力。」

7 **document** [ˋdɑkjəmənt]

名 公文；文件；文獻；證件
源 docu (teach) + ment (action)

All **documents** related to this case are in this file, including the original contract and all correspondence.

所有與這案子相關的文件都在這個文件夾裡，包括最初的合約以及所有的信件。

大師提點

document 也可當動詞，意思是「記錄；用文件證明」，用法如：Every one of those cases was very well documented.「那些個案每一件都完整地被記錄下來。」

同
- ☐ **official paper** 官方文件
- ☐ **record** [ˋrɛkɚ] 記錄；記載；成績；唱片
- ☐ **instrument** [ˋɪnstrəmənt] 工具；儀器；證書；文件
- ☐ **file** [faɪl] 檔案；卷宗；文件；文件匣（夾）

衍
- ☐ **documentation** [͵dɑkjəmɛnˋteʃən] 名 文件證據；引證；考證
- ☐ **documentary** [͵dɑkjəˋmɛntərɪ] 形 公文的；文件的；記錄性的 / 名 記錄片

8 **handout** [ˋhænd͵aʊt]

名 講義；（發給出席者的）印刷品；救濟品
源 hand + out

The **handout** contains lots of useful information, so please read it carefully before the conference.

這份講義包含許多有用的資訊，所以請在會議前仔細閱讀。

大師提點

hand out 則為動詞片語，指「分發；發放」，用法如：He is handing out food and drinks to everyone.「他正把食物和飲料分發給每一個人。」

9 **flyer** [ˋflaɪɚ]

名（廣告）傳單
源 fly + er (agent)

The family went around the neighborhood posting **flyers** advertising their garage sale.

這家人在住家附近張貼傳單，為他們的「車庫拍賣」做廣告。

大師提點

flyer 也可拼成 flier。flyer 依字面上的意義可用來指「會飛的東西」（如飛機、鳥等）或「與飛行有關的人」（如飛行員；飛機乘客），在此處則引申作「（隨處散發的）傳單」。另，例句中的 garage sale 指的是「在住宅車庫裡進行的舊物出售」。

同
- ☐ **handbill** [ˋhænd͵bɪl] 傳單；廣告單
- ☐ **circular** [ˋsɝkjəlɚ] 傳單；傳閱的通知
- ☐ **leaflet** [ˋliflɪt] 單張廣告印刷品；摺疊的傳單

10	**brochure** [broˋʃʊr]	名（用來說明、介紹用的）小冊子 源 broch (mention) + ure (tool)

The resort produced a 24-page **brochure** that introduces its facilities and services.
那個度假村製作了一本 24 頁的小手冊介紹那裡的設施及服務。

同 □ **pamphlet** [ˋpæmflɪt] 小冊子
□ **booklet** [ˋbʊklɪt] 小冊子

11	**excerpt** [ˋɛksɝpt]	名 摘錄；節錄；引用（句） 源 ex (out) + cerpt (pluck)

These are just **excerpts** from the book; if you want to know more, you'll need to borrow it from the library.
這些只是那本書的摘錄，如果你想知道更多就得到圖書館把它借出來。

同 □ **extract** [ˋɛkstrækt] 摘錄；粹選
□ **quotation** [kwoˋteʃən] 引用；引語；引文；報價（單）

12	**layout** [ˋleˌaut]	名 版面設計；（房間、建築等的）布局；安排 源 lay + out

Louis suggested hiring a professional to design the **layout** of the report to make it more professional and easier to read.
路易士建議聘請一名專業人員設計報告版面，讓報告看起來更專業、更容易閱讀。

同 □ **format** [ˋfɔrmæt] 版式；格式；安排；設計
□ **plan** [plæn] 計畫；規劃；安排；圖樣；平面圖
□ **arrangement** [əˋrendʒmənt] 安排；籌畫；布置；商定

13	**journal** [ˋdʒɝnḷ]	名 日誌；日報；期刊

Dr. Yamaguchi subscribes to many **journals** so he can keep up with the latest research in pediatrics.
山口醫生訂了很多份期刊以便及時掌握小兒科的最新研究。

大師提點

journal 源自拉丁文，原意為「每日的」。

同 □ **diary** [ˋdaɪərɪ] 日記；日誌；日記簿；記事簿
□ **(daily) newspaper** [(ˋdelɪ) ˋnjuzˌpepɚ]（日）報（daily 亦可指「日報」）
□ **periodical** [ˌpɪrɪˋɑdɪkḷ] 期刊；雜誌

14 **literature** [ˋlɪtərətʃɚ]

名 文獻；圖書資料；文學；文學作品

源 liter (letter) + at(e) (adj.) + ure (result)

I asked Mr. Stewart to send me some **literature** about his company, but he said all of his company's public information is on their website.

我請史都華先生寄一些他們公司的資料給我，但是他說他公司所有的公開資訊都在網站上。

大師提點

literature 由形容詞 literate [ˋlɪtərɪt]（有讀寫能力的）衍化而來。（注意，illiterate [ɪˋlɪtərɪt] 指「不識字的」或「文盲」。）

同
- ☐ **printed material** [məˋtɪrɪəl] 出版的資料
- ☐ **literary** [ˋlɪtəˌrɛrɪ] **work** 文學作品

15 **story** [ˋstorɪ]

名 故事；敘述；（新聞）報導；謊言

The scandal was the front-page **story** in all local newspapers.

那件醜聞成了所有當地報紙的頭版新聞。

大師提點

cover story 指雜誌的「封面報導」，也就是一般人所謂的「封面故事」。

同
- ☐ **tale** [tel] 故事；傳聞；謊言
- ☐ **account** [əˋkaʊnt] 敘述；報告；帳目；帳戶；客戶
- ☐ **report** [rɪˋport] 報告；報導；傳聞；記錄
- ☐ **lie** [laɪ] 謊言；謊話

16 **periodical** [ˌpɪrɪˋɑdɪkḷ]

名 定期刊物；雜誌

源 peri (around) + od (way) + ic (adj.) + al (of the kind)

If you want to find that kind of information, you should try the **periodical** section.

如果你要找那類的資訊，應該到期刊部門去試試。

大師提點

periodical 由名詞 period [ˋpɪrɪəd]（期間；時期）衍生而來。periodical 亦可作形容詞（= periodic [ˌpɪrɪˋɑdɪk]），意思為「週期的；定期的」。

同
- ☐ **journal** [ˋdʒɝnḷ] 期刊；日誌；日報
- ☐ **magazine** [ˌmægəˋzin] 雜誌；彈匣

17	**editorial** [ˌɛdə`tɔrɪəl]	名（報紙的）社論；（廣播或電視上的）評論 源 e (out) + dit (give) + or (agent) + (i)al (of the kind)

His specialty was writing scathing **editorials** that aggravate and anger everyone who reads them.

他的專長是寫能激怒惹惱每一個讀者的嚴苛社論。

大師提點

editorial 由名詞 editor [`ɛdɪtɚ]（編輯；主筆）衍生而來，而 editor 則由動詞 edit「編輯；剪輯」變化而來。editorial 也可當形容詞，意思是「編輯的；主筆的」。

18	**headline** [`hɛdˌlaɪn]	名 頭版頭條新聞；（報紙的）標題 源 head + line

I don't read every article in the newspaper; I just skim over all the **headlines**.

我不看報紙上的每一篇文章，我只瀏覽所有標題。

大師提點

headline 可簡稱為 head。另，headline 亦可作動詞，指「把……做為標題；大力宣傳」。

19	**appendix** [ə`pɛndɪks]	名 附錄；附加物；盲腸 源 ap (to) + pend (hang) + ix (n.)

A chart listing the calories of most common foods is in the **appendix** at the back of this cookbook.

這本食譜後面的附錄中附了常見食物的熱量表。

同
- ☐ **supplement** [`sʌpləmənt] 補充；增補；附刊
- ☐ **addendum** [ə`dɛndəm] 補遺；附錄；附冊
- ☐ **attachment** [ə`tætʃmənt] 附件；附著

20	**classified ad** [`klæsəˌfaɪd `æd]	名 分類廣告

Classified ads are useful tools to promote one's business.

分類廣告是推廣個人事業的有用工具。

大師提點

一種常見的 classified ad 為 want ad「求才廣告」，而 ad 乃 advertisement [ˌædvɚ`taɪzmənt]（廣告）之略。另，注意 commercial [kə`mɝʃəl] 指的是「電視或電臺播出的廣告」。

TOPIC 5 Telephone 電話

Track 51

1	**pick up**	拿起；拾起；收拾；接（人）；取（物）；獲得；買到；收聽到；使增加；有起色；重新開始

Don't **pick up** the phone — I don't want to talk to her right now!

不要接電話──我現在不想跟她說話！

大師提點

pick up 為一多義片語動詞，在此指「將話筒拿起」，也就是「接電話」之意。

2	**hang up**	掛斷電話；擱置

Dora was so angry at her boyfriend that she **hung up** on him when he called to apologize.

朵拉非常氣她的男朋友，以致於在他打電話來道歉的時候，她掛他的電話。

大師提點

hang up 指「把聽筒掛回去」，也就是「掛電話」之意。注意，如本例所示，如果要說掛「某人」電話，必須加介系詞 on 。

3	**dial** [daɪl]	動 撥電話（號碼）

Dial 911 if you have an emergency.

如果你有緊急事件，就撥 911 。

大師提點

dial 也可當名詞，指「電話的撥號盤」或「鐘錶、儀表等的標度度盤」。另，「重撥」叫 redial [ˌriˋdaɪl]，「快速撥號」叫 speed-dial [ˋspidˌdaɪl]。

4	**vibrate** [ˋvaɪbret]	動 震動；顫動；擺動；悸動；激動；動搖 源 vibr (move to and fro) + ate (v.)

My phone still makes a lot of noise when it **vibrates**, so I usually turn it off when I'm in the movie theater.

我的手機震動時還是會發出很大的聲音，所以我在看電影的時候通常把它關掉。

同 □ **shake** [ʃek]（使）震動；搖動；擺脫；發出顫音
□ **quake** [kwek] 搖動；震動；顫抖
□ **tremble** [ˋtrɛmbḷ] 發抖；打顫；震動；搖擺
□ **quiver** [ˋkwɪvɚ] 顫抖；顫動；搖動
□ **swing** [swɪŋ] 擺動；搖擺；搖盪
□ **sway** [swe]（使）搖動；搖擺；使改變（看法）
□ **throb** [θrɑb] 悸動；跳動；震顫
□ **thrill** [θrɪl] 使震顫；使心情激盪
□ **waver** [ˋwevɚ] 擺動；動搖；（聲音等）震顫
□ **vacillate** [ˋvæsḷˏet] 動搖；搖擺；游移不定
□ **oscillate** [ˋɑsḷˏet] 擺動；動搖；猶豫不決
衍 □ **vibration** [vaɪˋbreʃən] 名 震動；顫動；激動；動搖

5	**static** [ˋstætɪk]	名 靜電；靜電干擾 源 sta (stand) + tic (adj.)

The connection was so poor that all he could hear was **static** on the other end.
線路連接效果非常差，以致於他聽到的只是對方那一頭的靜電干擾。

大師提點
static 原為形容詞，指「靜止的；靜態的；不變化的」，用法如：Oil prices have remained static over the past three weeks.「油價過去三個星期來並沒有什麼變化。」

6	**speakerphone** [ˋspikɚˏfon]	名 免持聽筒電話 源 speak + er (agent) + phone

Speakerphones are really convenient since we don't need to use our hands to hold the phone to our ears.
免持聽筒電話真的很方便，因為我們不需要用手把電話拿到耳朵旁邊。

大師提點
「免持聽筒電話」也可叫作 hands-free phone。另，注意 speaker 可指「說話者」或「揚聲器」。

7	**mobile phone** [ˋmobḷ ˋfon]	名 行動電話

Caroline bought her daughter a **mobile phone** to use in case of emergencies.
卡洛琳幫她女兒買了一個行動電話，以備有緊急狀況時可以使用。

大師提點
mobile 源自拉丁文，意思是 movable「可移動的」。mobile phone 在美國通常稱為 cellphone [ˋsɛlˏfon]，即我們一般說的「手機」。

8	**cordless phone** [ˋkɔrdlɪs ˋfon]	名 無線電話

I can walk around the whole house while using the **cordless phone**.

使用無線電話時，我可以在家裡到處走動。

大師提點

cord 的意思是 string [strɪŋ]（線），-less 則指 without。

9	**answering machine** [ˋænsərɪŋ məˏʃin]	名 電話答錄機

Danny's mother left eight messages on his **answering machine** just because he failed to return her call yesterday.

丹尼的媽媽在他的電話答錄機上留言了八次，只是因為他昨天沒有回她的電話。

大師提點

answering machine 屬複合名詞，故主重音應落在 answering 之上。

10	**receiver** [rɪˋsivə]	名 電話聽筒；受話器；接收機；收件人；受領人 源 re (back) + ceiv (take) + er (agent)

I couldn't hear anything through the **receiver** until I got out of that building.

我從受話器聽不到任何聲音直到我走出那棟大樓。

大師提點

receiver 從動詞 receive「收到；接到；接收；接受」衍生而來。「電話聽筒」也可稱為 handset [ˋhændˏsɛt]。

11	**voice mail** [ˋvɔɪs ˏmel]	名 有聲郵件；語音信箱

I don't think she turned on her phone — the call's going straight to her **voice mail**.

我想她並沒有開機——這通電話會直接進入她的語音信箱。

大師提點

voice mail 為複合名詞，故主重音落在 voice 之上。

12	**country code** [ˋkʌntrɪ ˏkod]	名（國際電話的）國碼

The United States **country code** is 1.

美國的國際電話國碼是 1 。

大師提點

country code 為複合名詞，主重音落在 country 之上。另， code 指「密碼；代號」。

13	**area code** [ˋɛrɪə ˏkod]	名（電話的）區域號碼

Simon dialed the wrong **area code**, which is how he ended up calling a stranger in Tuscon, Arizona, instead of his friend in Seattle, Washington.

賽門撥錯了區域號碼，他想打給在華盛頓州西雅圖市的朋友，卻打到了亞利桑納州吐桑市的一個陌生人那兒。

大師提點

area code 為複合名詞，主重音落在 area 之上。

14	**star/pound key** [ˋstɑr/ˋpaʊnd ˏki]	（電話的）米字鍵 (*)／井字鍵 (#)

If you want to leave a message, please press the **star** key.

假如你要留言，請按米字鍵。

To speak with an operator, please press the **pound** key.

要和總機講話，請按井字鍵。

大師提點

「米字」（即「星號」）英文叫作 star sign 或 asterisk [ˋæstəˏrɪsk]；「井字」則稱為 pound sign 或 number sign 。

15	**local** [ˋlokḷ]	形 本地的；當地的；地方性的 源 loc (place) + al (of the kind)

All **local** calls are free of charge as long as you make them after 9 p.m.

只要你是在晚上九點以後打，所有本地的電話全部免費。

大師提點

local 也可作名詞用，指「本地人；當地居民」。

同 □ **regional** [ˋridʒənḷ] 地方的；地區的；地域性的

□ **provincial** [prəˋvɪnʃəl] 地方的；省的；偏狹的

衍 □ **localize** [ˋlokḷˏaɪz] 動 使地方化；使局部化
□ **localism** [ˋlokḷˏɪzṃ] 名 地方色彩；地方至上主義
□ **locality** [loˋkælətɪ] 名 位置；地點；地區

16	**long-distance** [ˋlɔŋˋdɪstəns]	形 長途的

Mrs. Dubois decided to make a **long-distance** call from Paris to her newlywed daughter in Osaka.

杜波依太太決定從巴黎打長途電話到大阪給她剛結婚的女兒。

大師提點

long-distance 亦可作副詞，用法如：He called me long-distance.「他打長途電話給我」

17	**toll-free** [ˋtolˋfri]	形 免付費的

Toll-free numbers in America usually start with 1-800.

在美國免付費電話通常是以 1-800 開頭。

大師提點

toll-free 也可當副詞用，例如：You can call us toll-free.「你可以打免付費電話給我們。」

18	**conference call** [ˋkɑnfərəns ˏkɔl]	名 電話會議

Conference calls are becoming more and more common among business people.

商務人士間舉行電話會議的情況愈來愈普遍。

大師提點

「視訊會議」稱為 videoconferencing [ˋvɪdɪoˏkɑnfərəsɪŋ]。另外，videophone [ˋvɪdɪoˏfon] 則指「視訊電話」。

19	**on the line**	在電話線上

Hurry up and take the call — the boss is **on the line** and she wants to talk about your proposal!

快點接電話——老闆在線上，她想跟你討論你的提案。

大師提點

the line 在此指「電話線」，例如 The line is busy. 指的是「電話忙線中。」另，注意 on line 指「在網路線上」。

20	on hold	稍等，不掛電話

The customer was furious at being put **on hold** for half an hour without anyone picking up to handle his complaint.

那個顧客很生氣，因為他被要求稍等不要掛電話長達半個鐘頭，卻沒人接電話處理他的投訴。

大師提點

如本例所示， on hold 常與動詞 put 連用。另，注意 hold 在此作名詞用。

EXERCISE

I. Short Talk

Questions 1 through 5 refer to the following announcement.

Good morning and welcome to the sixth annual Conference on Workplace Safety. Unfortunately, our keynote speaker missed her flight, so her ___①___ will have to be postponed. Once I get in touch with her and ___②___ her arrival time, I will distribute a revised ___③___ ASAP. In the meantime, I would like to invite everyone to ___④___ the fire safety demonstration, which will be conducted 15 minutes from now in the employee parking lot. I truly do ___⑤___ your patience.

1. (A) attendance (B) brochure
(C) presentation (D) conference call

2. (A) register (B) confirm
(C) move up (D) compose

3. (A) schedule (B) minutes
(C) overview (D) periodical

4. (A) participate (B) adjourn
(C) forward (D) take part in

5. (A) appreciate (B) represent
(C) suggest (D) receive

II. Text Completion

Questions 6 through 10 refer to the following memo.

To: All sales associates
From: Baxter Giles, Director of Public Relations
Subject: Communication guidelines

Whether you are communicating with customers in writing or on the phone, a professional yet friendly demeanor is essential to closing the sale. Please keep the following guidelines in mind.

1. Respond ___⑥___ to any request for information, the same day if possible and never later than 24 hours.
2. Avoid ___⑦___ communication. Keep calls to under 5 minutes, and correspondence to one page.
3. To prevent embarrassing mistakes, ask a colleague to ___⑧___ a draft of important documents before sending them out.
4. If a customer is calling ___⑨___, do not put them on hold or connect them to the voice mail system.
5. If you cannot respond to a customer's phone inquiry, take a ___⑩___, find the answer, and provide them with a response the same day.

6.	(A) punctual	(B) on the line	(C) promptly	(D) attentive
7.	(A) convenient	(B) promotional	(C) free	(D) lengthy
8.	(A) proofread	(B) publish	(C) cancel	(D) sort
9.	(A) available	(B) express	(C) toll-free	(D) long-distance
10.	(A) flyer	(B) message	(C) journal	(D) receiver

答案

1. (C) 2. (B) 3. (A) 4. (D) 5. (A) 6. (C) 7. (D) 8. (A) 9. (D) 10. (B)

翻譯

【短獨白】問題 1 到 5 請參照下列宣布。

早安，歡迎參加第六屆職場安全年會。很不幸，我們的主講人錯過了班機，所以她的講演必須延後。等我一聯絡上她，並確認她的抵達時間後，我會盡快把修改過的時程表發給大家。在此同時，我想請大家參加 15 分鐘後在員工停車場舉行的消防安全示範。十分感激各位的耐心。

1. (A) 出席	(B) 小冊子	(C) 講演	(D) 電話會議
2. (A) 登記	(B) 確認	(C) 使提前	(D) 構成
3. (A) 計畫表	(B) 會議紀錄	(C) 概要	(D) 定期刊物
4. (A) 參與	(B) 休會	(C) 轉寄	(D) 參加
5. (A) 感謝	(B) 代表	(C) 建議	(D) 接收

【填空】問題 6 到 10 請參照下列備忘錄。

收件者：全體業務人員

寄件者：公關主任巴克斯特．蓋爾斯

主　旨：聯繫守則

不管各位是用書面還是電話跟顧客聯繫，專業而親切的舉止都是成案的必要條件。請切記下列守則。

1. 對於任何資料的索取都要迅速回覆，可能的話當天就給，絕對不能拖過 24 小時。
2. 避免冗長的聯繫。電話不超過 5 分鐘，信件不超過一頁。
3. 為了預防尷尬的錯誤，先請同事校對一下重要文件的草稿再寄出去。
4. 如果顧客是打長途電話來，不要讓他們在線上等候，或是把他們轉接到語音信箱系統。
5. 如果你無法回覆顧客的電話查詢，那就要求對方留個訊息，把答案找出來，然後當天回覆。

6. (A) 準時的	(B) 在電話線上	(C) 迅速地	(D) 專心的
7. (A) 方便的	(B) 晉升的	(C) 免費的	(D) 冗長的
8. (A) 校對	(B) 出版	(C) 取消	(D) 把……分類
9. (A) 有空的	(B) 快遞	(C) 免付費的	(D) 長途的
10. (A) 傳單	(B) 信息	(C) 日誌	(D) 受話器

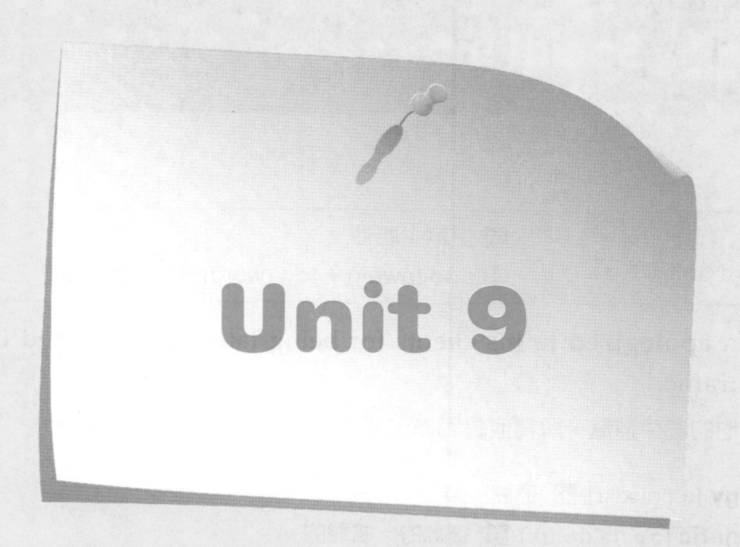

Socializing 社交

TOPIC 1 Social Interaction 社交活動

Track 54

1	**apologize** [əˋpɑləˏdʒaɪz]	動 道歉；賠罪 源 apo (away) + log (word) + ize (make)

Mr. Chen **apologized** to his clients for being late and explained that he had been stuck in traffic.

陳先生向他的客戶道歉，解釋他是因為卡在車陣中才遲到。

衍 □ **apology** [əˋpɑlədʒɪ] 名 道歉；賠罪

□ **apologetic** [əˏpɑləˋdʒɛtɪk] 形 道歉的；賠罪的

2	**compliment** [ˋkɑmpləˏmɛnt]	動 讚美；恭維 源 com (together) + pli (fill) + ment (action)

Everyone **complimented** Cheryl on her new haircut and told her she looked years younger.

大家都讚美雪洛新剪的髮型，說她看起來年輕了好幾歲。

大師提點

compliment 也可以當名詞用，例如：Thank you for your compliment.「謝謝你的讚美。」另外，注意與 compliment 字源與發音皆相同的 complement，後者指「補充；補足物」。

同 □ **praise** [prez] 讚美；讚揚

□ **applaud** [əˋplɔd] 稱讚；喝采

□ **commend** [kəˋmɛnd] 讚賞；推崇

□ **extol** [ɪkˋstol] 讚揚；讚頌

□ **exalt** [ɪgˋzɔlt] 讚揚；提拔

反 □ **ridicule** [ˋrɪdɪkjul] 嘲笑；愚弄

□ **disparage** [dɪˋspærɪdʒ] 輕蔑；貶抑

□ **condemn** [kənˋdɛm] 譴責；非難

□ **denounce** [dɪˋnaʊns] 抨擊；譴責

□ **insult** [ɪnˋsʌlt] 侮辱；辱罵

衍 □ **complimentary** [ˏkɑmpləˋmɛtərɪ] 形 稱讚的；恭維的；贈送的；免費的

3	**embrace** [ɪm`bres]	動 擁抱；包含；採用 源 em (in) + brace (two arms)

It is common to see people **embrace** each other in America.

在美國常見人們相互擁抱。

大師提點

embrace 也可當名詞用，指「擁抱」。注意，動詞用法除原意「擁抱」外，還可引申作「包含；採用」解。

同
- ☐ **hug** [hʌg] 擁抱；緊抱
- ☐ **include** [ɪn`klud] 包含；包括
- ☐ **adopt** [ə`dɑpt] 採用；收養

反
- ☐ **reject** [rɪ`dʒɛkt] 拒絕；不接受；不受理
- ☐ **exclude** [ɪk`sklud] 排除；不予考慮
- ☐ **spurn** [spɝn] 拒斥；嗤之以鼻

4	**intrude** [ɪn`trud]	動 闖入；侵擾；把……強加於；干預 源 in (in) + trude (push)

It's better not to enter a door without knocking so as not to **intrude** on someone's privacy.

在進門之前最好先敲門以免侵犯到他人的隱私。

同
- ☐ **barge** [bɑrdʒ] **in** 闖進；闖入
- ☐ **force into** 強行進入
- ☐ **force on/upon** 把……強加諸於
- ☐ **obtrude** [əb`trud]（使）強行進入；強迫接受
- ☐ **impose** [ɪm`poz] 強迫接受；把……強加於；課徵
- ☐ **interfere** [ˌɪntɚ`fɪr] 干預；干擾；干涉
- ☐ **intervene** [ˌɪntɚ`vin] 介入；干預；干涉

衍
- ☐ **intrusion** [ɪn`truʒən] 名 闖入；侵擾；干擾
- ☐ **intruder** [ɪn`trudɚ] 名 侵入者；干擾者；妨礙者

5	**network** [`nɛtˌwɝk]	動 用廣播網或電視網聯播；使電腦連線；交流；聯繫；建立商業網路　源 net + work

Conferences are an excellent place to **network** with other professionals in your field.

會議是很好的交際場合，可以認識同行的專業人士。

大師提點

network 常當名詞用，指「線路、公路等之網狀系統」；「電視、廣播網」；「電腦網路」。

同 □ **connect** [kə`nɛkt] 連接；連結；使有關連

□ **associate** [ə`soʃɪˏet] 使聯繫在一起；結交

衍 □ **networking** [`nɛtˏwɝkɪŋ] 名 交流；（電腦）網路連線

6	**run into**	偶遇；撞上；遭遇（困難、問題）

Deborah **ran into** her ex-boyfriend at the department store yesterday and was surprised to find out that he had gotten married.

黛博拉昨天在百貨公司巧遇前男友，很驚訝地發現他已經結婚了。

同 □ **bump into** 巧遇；碰見；撞上

□ **come across** 偶然碰見；無意中發現

□ **come upon** 碰見；偶然發現

□ **come up against** 碰到；遭遇（困難、不愉快的事）

7	**gather** [`gæðɚ]	動（使）聚集；召集；收集

Many people **gathered** outside of the White House to protest the new tax cut.

許多民眾聚集在白宮外，抗議新的減稅方案

同 □ **get together** 集合；聚集；彙齊

□ **bring together** 召集；使集合

□ **muster** [`mʌstɚ] 集結；召集

□ **assemble** [ə`sɛmbl̩] 聚集；集合；組合；裝配

□ **accumulate** [ə`kjumjəˏlet] 聚積；累積

□ **amass** [ə`mæs] 積聚；積累；收集

□ **collect** [kə`lɛkt] 收集；聚集；收藏；募集

反 □ **disperse** [dɪ`spɝs] 分散；驅散；消散

□ **scatter** [`skætɚ] 驅散；散開；分散

□ **dissipate** [`dɪsəˏpet]（使）消散；驅散；揮霍；浪費

衍 □ **gathering** [`gæðərɪŋ] 名 集合；集會；聚會

8	**RSVP** (= répondez s'il vous plaît)	動 敬請賜覆（請帖用語）

We asked the guests to **RSVP** as soon as possible, so we could get an estimate of how many people planned on coming.

我們要求客人們盡快賜覆，如此我們才能估算有多少人打算要來。

大師提點

RSVP 為法文，意思是 please reply 。

9	**invitation** [ˌɪnvə`teʃən]	名 邀請；請帖；引誘；招致 源 invit (invite) + ation (action)

They sent out 300 wedding **invitations** yesterday.
他們昨天寄發了三百封結婚請帖。

大師提點

invitation 由動詞 invite [ɪn`vaɪt]（邀請；引誘；招致）衍生而來。

同
- ☐ **incentive** [ɪn`sɛntɪv] 誘因；刺激；動機
- ☐ **inducement** [ɪn`djusmənt] 誘導的事物；動機
- ☐ **enticement** [ɪn`taɪsmənt] 誘惑；引誘物
- ☐ **allurement** [ə`lʊrmənt] 引誘；誘餌

10	**function** [`fʌŋkʃən]	名 功能；作用；場合；社交活動；宴會；慶典；儀式 源 funct (perform) + ion (action)

It's a black-tie **function**, which means that it has a semiformal dress code.
這是打黑領結的場合，也就是說，有穿著半正式服裝的規定。

大師提點

function 也可作動詞用，「（正常）運作；發揮作用」。另，注意正式場合為 white-tie function，必須打白領結，著正式晚禮服。

同
- ☐ **purpose** [`pɝpəs] 目的；意圖；用途；作用
- ☐ **role** [rol] 角色；職責；作用
- ☐ **activity** [æk`tɪvətɪ] 活動；活躍；積極性
- ☐ **occasion** [ə`keʒən] 場合；時機；儀式
- ☐ **gathering** [`gæðərɪŋ] 聚會；集會；聚集
- ☐ **festivity** [fɛs`tɪvətɪ] 歡樂；慶典；慶祝活動（用複數）
- ☐ **ceremony** [`sɛrəˌmonɪ] 典禮；儀式；禮儀

11	**celebrate** [`sɛləˌbret]	動 慶祝；頌揚 源 celebr (honor) + ate (v.)

He gave a big party to **celebrate** his promotion.
他舉辦了一場盛大的派對來慶祝高升。

同
- ☐ **commemorate** [kə`mɛməˌret] 慶祝；紀念
- ☐ **observe** [əb`zɝv] 遵守（規定；習俗等）；慶祝（節日）；紀念（事件）；觀察；注意
- ☐ **praise** [prez] 讚美；讚揚
- ☐ **laud** [lɔd] 讚賞；稱讚

反
- ☐ **disregard** [ˌdɪsrɪ`gɑrd] 漠視；不理會

☐ **denounce** [dɪˋnaʊns] 譴責；抨擊

衍 ☐ **celebration** [ˌsɛləˋbreʃən] 名 慶祝；褒揚

☐ **celebrated** [ˋsɛləˌbretɪd] 形 著名的；馳名的

☐ **celebrity** [səˋlɛbrətɪ] 名 名人；名流

12	**acquaintance** [əˋkwentəns]	名 知曉；相識；認識（但不熟）的人 源 ac (to) + quaint (know with) + ance (n.)

Mr. Clark is just an **acquaintance**, but he seems very nice and I would like to get to know him better.

克拉克先生只是我的點頭之交，但是他似乎人很好，我希望能多了解他。

大師提點

acquaintance 由動詞 acquaint [əˋkwent]（使了解；與……相識）衍生而來。make someone's acquaintance 指「結識某人」。

同 ☐ **knowledge** [ˋnɑlɪdʒ] 知識；理解；通曉

☐ **familiarity** [fəˌmɪlɪˋærətɪ] 熟悉；精通；親密

13	**anniversary** [ˌænəˋvɝsərɪ]	名 週年紀念（日） 源 anni (year) + vers (turn) + ary (n. / adj.)

At their tenth **anniversary** party, Mr. and Mrs. Graham showed everyone pictures from their wedding and talked about how they made their marriage work.

在葛拉漢夫婦結婚十週年紀念的宴會上，他們給大家看他們結婚時的照片，還談到他們維持婚姻的相處之道。

大師提點

anniversary 也可當形容詞，指「週年（紀念）的」。

14	**etiquette** [ˋɛtɪkɛt]	名 禮節；禮儀 源 etiqu (stick) + ette (little)

Proper **etiquette** is very important in business situations, so you must make sure that you understand what is considered good manners in the country you are visiting.

在商場上，適當的禮儀是很重要的，所以你最好確實的了解在你所到的國家裡要怎麼做才符合禮貌。

同 ☐ **courtesy** [ˋkɝtəsɪ] 禮貌；禮儀；殷勤；好意

☐ **protocol** [ˋprotəˌkɑl] 禮節；禮儀；（電腦）通訊協定

☐ **decorums** [dɪˋkorəmz] 禮儀；禮節（複數）

☐ **proprieties** [prəˋpraɪətɪz] 禮儀；禮節（複數）

反 □ **impoliteness** [ˌɪmpəˋlaɪtnɪs] 無禮；沒規矩
□ **rudeness** [ˋrudnɪs] 無禮；粗魯
□ **boorishness** [ˋbʊrɪʃnɪs] 粗野；粗魯
□ **vulgarity** [vʌlˋgærətɪ] 粗俗；粗野

15	**get-together** [ˋgɛttəˌgɛðɚ]	名 聚會；聯歡會

Greg is planning a **get-together** for everyone in his department on Friday night at a nearby restaurant.

葛瑞格正在安排星期五晚上邀請他部門所有的人到附近的一家餐廳聚一聚。

大師提點

get-together 由動詞片語 get together 衍化而來。

同 □ **gathering** [ˋgæðərɪŋ] 聚會；集會
□ **party** [ˋpɑrtɪ] 派對；聚會；宴會

16	**gossip** [ˋgɑsəp]	名 閒話；流言蜚語；八卦

The latest **gossip** is that Diana will be promoted to store manager, and that since she really can't stand James, he'll probably be fired soon.

最新的八卦消息是，黛安娜將升店長，而因為她不能忍受詹姆士，所以他可能很快就會被炒魷魚。

大師提點

gossip 也可當動詞用，意思是「說閒話；散播謠言」。

同 □ **rumor** [ˋrumɚ] 謠言；傳聞
□ **hearsay** [ˋhɪrˌse] 風聞；道聽途說
□ **chitchat** [ˋtʃɪtˌtʃæt] 閒聊；閒談
□ **small talk** [ˋsmɔl ˌtɔk] 閒談；閒話

17	**regards** [rɪgɑrds]	名 問候；致意（複數形） 源 re (back) + gard (guard) + s (plural)

I won't be able to make it to their wedding; please give them this gift as well as my best **regards** and congratulations.

我無法去參加他們的婚禮，請幫我將這份禮物交給他們，順便代我問候他們並致上我最誠摯的祝賀。

大師提點

單數形 regard 指「關心；顧慮；尊敬；敬重；關係；方面」。

18	**reception** [rɪˋsɛpʃən]	名 接待；歡迎；招待會；歡迎會 源 re (back) + cept (take) + ion (action)

The wedding **reception** would have gone beautifully if only Uncle Jeffrey hadn't gotten drunk and obtained control of the microphone.
若不是傑佛瑞叔叔喝醉了還霸占了麥克風，婚宴本來是可以很完美地進行的。

同
- ☐ **greeting** [ˋgritɪŋ] 歡迎；招呼；問候
- ☐ **party** [ˋpɑrtɪ] 派對；宴會；聚會

19	**ceremony** [ˋsɛrəˌmonɪ]	名 典禮；儀式

The graduation **ceremony** is going to be held this coming Saturday.
畢業典禮將於這個禮拜六舉行。

大師提點
ceremony 源自拉丁文，原意為 sacred rite [ˋsekrɪd ˋraɪt]「神聖的儀式」。

同
- ☐ **rite** [raɪt] 儀式；典禮
- ☐ **ritual** [ˋrɪtʃuəl] 正式儀式；例行公事
- ☐ **service** [ˋsɝvɪs] 服務；伺候；幫助；貢獻；服役；禮拜；儀式
- ☐ **observance** [əbˋzɝvəns] 遵守；奉行；宗教的典禮、儀式

20	**informal** [ɪnˋfɔrml̩]	形 非正式的；不拘禮節的 源 in (not) + form + al (of the kind)

It's a very **informal** party, so feel free to wear jeans and flip-flops if you feel like it!
這是很不正式的聚會，所以如果你喜歡的話可以隨意穿牛仔褲和人字拖鞋！

大師提點
「人字拖鞋」也叫作 thongs [θɔŋz]（複數）。

同
- ☐ **casual** [ˋkæʒuəl] 隨意的；非正式的；休閒的；臨時的
- ☐ **unceremonious** [ˌʌnsɛrəˋmonɪəs] 不拘儀式的；隨便的
- ☐ **unofficial** [ˌʌnəˋfɪʃəl] 非官方的；非正式的

反
- ☐ **formal** [ˋfɔrml̩] 正式的；合乎禮儀的；形式上的
- ☐ **ceremonious** [ˌsɛrəˋmonɪəs] 講究禮儀的；禮儀的
- ☐ **official** [əˋfɪʃəl] 官方的；正式的

衍
- ☐ **informality** [ˌɪnfɔrˋmælətɪ] 名 非正式；不拘禮節

TOPIC 2 Dining Out 在外用餐

Track 55

1	**recommend** [ˌrɛkəˋmɛnd]	動 推薦；建議；勸告 源 re (back) + com (together) + mend (entrust)

Pablo highly **recommended** this place — he thinks it's the most authentic Spanish restaurant in the country.

巴布羅強力推薦這個地方──他認為這是國內最貨真價實的西班牙餐廳。

同 ☐ **suggest** [sə(g)ˋdʒɛst] 建議；提出；暗示
☐ **propose** [prəˋpoz] 提議；提案；推薦；求婚
☐ **advise** [ədˋvaɪz] 勸告；忠告；建議

衍 ☐ **recommendation** [ˌrɛkəmɛnˋdeʃən] 名 推薦（信）；建議；勸告
☐ **recommendable** [ˌrɛkəˋmɛndəbl̩] 形 可推薦的；可讚許的

2	**cater** [ˋketɚ]	動 提供飲食；承辦宴席

Who is going to **cater** Mr. Allman's farewell party?

歐曼先生歡送會的宴席將由誰承辦？

大師提點

cater 的原意為 buyer「購買者」。請注意，若在 cater 之後加介系詞 to，則指「迎合」：The publisher refused to <u>cater</u> to popular tastes.「那家出版社拒絕迎合大眾的品味。」

衍 ☐ **caterer** [ˋketərɚ] 名 承辦酒席、宴會的人

3	**appetite** [ˋæpəˌtaɪt]	名 食慾；胃口 源 ap (to) + petite (seek)

Since she was sick, Joan had no **appetite** and refused to eat anything.

因為瓊安生病了，所以沒有胃口，不願意吃任何東西。

同 ☐ **relish** [ˋrɛlɪʃ] 風味；滋味；興趣；食慾；調味品
☐ **zest** [zɛst] 風味；趣味；刺激性；熱情
☐ **gusto** [ˋgʌsto] 興緻；興味；熱忱；風味

4	**appetizer** [ˋæpə,taɪzɚ]	名 開胃菜 源 ap (to) + pet (seek) + iz(e) (make) + er (agent)

This restaurant has excellent **appetizers**, especially the chicken wings and the fried calamari.

這間餐廳的開胃菜一級棒，特別是雞翅和炸花枝。

同 □ **hors d'oeuvre** [ɔrˋdɜv]（法文）前菜；開胃菜

衍 □ **appetizing** [ˋæpə,taɪzɪŋ] 形 開胃的；促進食慾的

5	**buffet** [bəˋfe]	名 自助餐；自助餐檯；自助餐廳

Sharon doesn't think that it's worth it for her to pay for the all-you-can-eat **buffet**, since she can't eat very much.

莎朗覺得花錢上吃到飽的自助餐廳很划不來，因為她吃得不多。

大師提點

buffet 源自法文，注意字尾 t 不發音。另，例句中的 all-you-can-eat 指「吃到飽」。

6	**banquet** [ˋbæŋkwɪt]	名 宴會；酒宴 源 banqu (table) + et (little)

Promotions are usually announced at the company's annual awards **banquet**.

在公司的年度頒獎晚宴上通常都會宣布升遷名單。

同 □ **feast** [fist] 盛宴；酒席；節日；慶典

7	**cuisine** [kwɪˋzin]	名 烹飪；菜餚

The five-star hotel features many restaurants serving American, French, and Italian **cuisines**.

這家五星級飯店有各種餐廳，提供美式、法式及義式等料理。

大師提點

cuisine 源自法文，原意為 kitchen「廚房」。

同 □ **cookery** [ˋkʊkərɪ] 烹調法

□ **food** [fud] 食物；料理

8	**delicacy** [ˋdɛləkəsɪ]	名 精緻；優雅；佳餚；珍饈；嬌弱 源 delica (pleasing) + cy (n.)

Even though escargot is considered a **delicacy** by most, it's still just snails to me.
雖然法國的食用蝸牛被大部分人視為珍饈，但對我來說它只是蝸牛罷了。

大師提點

delicacy 由形容詞 delicate [ˋdɛləkɪt]（優雅；精巧）衍生而來。另，例句中的 escargot [ˌɛskɑrˋgo] 為法文，字尾 t 不發音。

同
- ☐ **fineness** [ˋfaɪnɪs] 細微；細緻；優秀；優雅
- ☐ **elegance** [ˋɛləgəns] 優美；優雅；高雅；典雅
- ☐ **choice food** 美食；佳餚
- ☐ **frailty** [ˋfreltɪ] 脆弱；虛弱

反
- ☐ **coarseness** [ˋkorsnɪs] 粗糙；粗野；粗俗
- ☐ **inelegance** [ɪnˋɛləgəns] 不雅；粗野
- ☐ **vigor** [ˋvɪgɚ] 力氣；精力；活力；元氣；生氣

9	**delicatessen** [ˌdɛləkəˋtɛsn̩]	名 熟食店；現成的食品

The **delicatessen** on the street corner sells fabulous salads.
街角的那家熟食店賣的沙拉棒極了。

大師提點

delicatessen 源自德文 delikatesse (delicacy) 之複數形 delikatessen 。

10	**beverage** [ˋbɛvərɪdʒ]	名 飲料 源 bever (drink) + age (process)

The café is for people to sit and drink cold **beverages** rather than having large meals.
這間小餐館主要是提供人們一個坐下來喝冷飲而不是吃大餐的地方。

大師提點

例句中的 café 原為法文，意思是 coffee 。英文的 café 可指「小餐館」或「咖啡簡餐店」(= coffee shop)。

11	**entrée** [ˋɑntre]	名 主菜

The meal includes a soup, a salad, an appetizer, the main **entrée**, and a dessert.

餐點包括了湯、沙拉、開胃菜、主菜，和飯後甜點。

大師提點

entrée 原為法文，意思是 entry [ˋɛntrɪ]（進入）。

同 ☐ **main course** [ˋmen ˋkors] 主菜

12	**diner** [ˋdaɪnɚ]	名 用餐者；（火車的）餐車；簡便餐廳

If you're hungry, there's a **diner** just around the corner.

如果你餓了，轉角就有一家簡便餐廳。

大師提點

diner 由動詞 dine [daɪn]（用餐）衍生而來。注意，不可將 diner 與 dinner [ˋdɪnɚ]（晚餐）混淆。

13	**specialty** [ˋspɛʃəltɪ]	名 專長；特產；拿手菜；特色菜 源 speci (kind) + al (of the kind) + ty (state)

Roast chicken is their **specialty**, so if you want fish you should go to another restaurant.

他們的特色菜是烤雞，所以如果你想吃魚就得到別家餐廳去。

大師提點

specialty 由形容詞 special「特別的；特殊的」衍生而來。注意，special 本身也可作名詞用，指「特別的東西；特殊的事物」，例如：today's special「本日特餐」。

14	**portion** [ˋporʃən]	名 一部分；一份；一客

American restaurants typically serve **portions** larger than a single person can, or should, eat.

美式餐廳提供的餐點通常會超過一人吃得下，或應該吃，的分量。

大師提點

portion 源自拉丁文，與 part 的字源相關。portion 亦可作動詞用，指「分配；分割」。

同 ☐ **part** [pɑrt]（一）部分；職務；角色；零件

☐ **section** [ˋsɛkʃən] 部分；片段；部門；區段

☐ **share** [ʃɛr]（一）份；分配；分擔；股份

☐ **allotment** [əˋlɑtmənt] 分配；配給；分配到的一份

15 **refreshments** [rɪ`frɛʃmənts]

名 茶點；點心（複數）

源 re (again) + fresh + ment (state) + s (plural)

We are going to just serve light **refreshments** at the reception rather than a lavish meal.

我們在招待會上只會提供簡單的點心而不會提供豪華的大餐。

大師提點

單數的 refreshment 指「恢復精神」或「食物和飲料」(food and drink)。

同 □ **snacks** [snæks] 點心；小吃；零食（複數形）

16 **cafeteria** [͵kæfə`tɪrɪə]

名（學校、醫院等的）自助餐廳

It's usually cheaper to eat at **cafeterias** than at fancy restaurants.

在自助餐廳吃飯通常比在高級餐廳便宜。

大師提點

cafeteria 源自西班牙文 cafetera「咖啡壺」（coffee pot）。

17 **silverware** [`sɪlvɚ͵wɛr]

名 銀器，尤指銀餐具

源 silver + ware (goods)

Could you please put out the napkins and the **silverware** next to each plate?

能不能請你在每個盤子旁邊擺上餐巾和餐具？

大師提點

silverware 指用銀、鍍銀或不鏽鋼製成的餐具，如刀、叉、湯匙等。

18 **on the side**

作為配菜

Could I get fries instead of mashed potatoes **on the side**?

我能不能要炸薯條而不要馬鈴薯泥作為配菜？

大師提點

例句中的 fries 指的就是 French fries 。另， mashed potatoes 的 mash [mæʃ] 是「搗碎；搗成泥狀」之意。

19 **nutritious** [nju`trɪʃəs]

形 有營養的；營養豐富的

源 nutrit (feed) + ious (full of)

A **nutritious** diet should include lots of fruit and vegetables.

營養的飲食應包含大量的蔬果。

同 □ **nourishing** [`nɝɪʃɪŋ] 有營養的；滋養的

□ **wholesome** [`holsəm] 有益於身體的；促進健康的

□ **healthful** [`hɛlθfəl] 有益健康的；能使身心健全的

衍 □ **nutrition** [nju`trɪʃən] 名 營養；滋養品；營養學

□ **nutritionist** [nju`trɪʃənɪst] 名 營養學家；營養專家

20 **gourmet** [`gʊrme]

形 美食家的；講究美味的

Emma's boyfriend took her to an elegant restaurant for a **gourmet** meal to celebrate her birthday.

艾瑪的男朋友帶她到一家高雅的餐廳吃了一頓美食，慶祝她的生日。

大師提點

gourmet 源自法文，原指「管酒的僕人」，在英文中轉指「美食家」，亦可作形容詞用，指「講究美味的」。

TOPIC 3 Dining In / Cooking 在家用餐／烹飪

Track 56

1	**crave** [krev]	動 渴望；熱望；懇求

Akiko had been **craving** ribs all day, so she invited everyone to her place for a barbecue after work.

明子想吃肋排想了一整天，於是邀請大家下班後到她家烤肉。

大師提點

crave 亦可作不及物動詞用，其後常接介系詞 for：Dennis craves for recognition among his peers.「丹尼斯渴望獲得同儕間的認同。」

同 □ **desire** [dɪˋzaɪr] 渴望；期望；想要
□ **hunger for** 熱望；渴望
□ **thirsty for** 渴望；熱望
□ **long for** 渴望；熱望（注意，long 為動詞）
□ **yearn** [jɝn] **for** 熱望；渴望
□ **beg** [bɛg] 乞求；懇求
□ **plead** [plid] 懇求；祈求

衍 □ **craving** [ˋkrevɪŋ] 名 渴望；熱望；懇求

2	**sauté** [soˋte]	動 嫩煎；快炒

Helen lightly **sautéed** the vegetables in oil before decorating them prettily around the plate.

海倫把青菜放在油裡稍微快炒了一下，然後把它們擺在盤子的周圍作為裝飾。

大師提點

sauté 源自法文，原意為 jump「跳躍」。

3	**deep fry**	油炸

French fries are potato strips **deep fried** in oil.

薯條是馬鈴薯條放在油裡炸成的。

衍 □ **deep-fried** [ˋdip ˋfraɪd] 形 油炸的
deep-fried onion rings 炸洋蔥圈

4	**boil** [bɔɪl]	動 烹煮；煮沸

The strange smell was coming from the cabbages that Jenny was **boiling** for dinner.
那奇怪的味道來自珍妮為晚餐所烹煮的高麗菜。

大師提點

boil 也可以當名詞用，指「沸騰」，例如：She waited until the water came to the boil, and then turned off the gas.「她一直等到水燒開，然後把瓦斯關掉。」

衍 ☐ **boiled** [bɔɪld] 形 用水煮熟的；煮沸的
a boiled egg 一顆水煮蛋
☐ **boiling** [ˋbɔɪlɪŋ] 形 沸騰的；激昂的
boiling point 沸點

5	**steam** [stim]	動 蒸；蒸發

The rice cooker can be used to heat food by **steaming** it.
食物可以放在電鍋裡用蒸的方式加熱。

大師提點

steam 亦可作名詞用，指「蒸氣；水氣」。

衍 ☐ **steamed** [stimd] 形 蒸熟的；用蒸的
steamed bun 饅頭

6	**roast** [rost]	動 烤；烘

After a hard day's work, Mr. Taylor came home to smell something delicious **roasting** in the oven and immediately started feeling better.
辛苦工作了一整天，泰勒先生回到家聞到烤箱傳來一陣烤東西的香味，頓時覺得舒服多了。

大師提點

roast 可當名詞用，指「大塊烤肉」或「烤肉野餐」。另，roast 也可當形容詞用，但僅用於名詞前，例如：roast beef「烤牛肉」。

7	**bake** [bek]	動 烘焙；烤（麵包、蛋糕等）

My mother used to **bake** all of our birthday cakes herself.
媽媽以前都親自烘烤我們的生日蛋糕。

衍 □ **baker** [ˋbekɚ] 名 麵包師；製糕餅的人
□ **bakery** [ˋbekərɪ] 名 麵包店；糕餅店

8	**grill** [grɪl]	動（在烤架上）烤；炙烤

Mr. Brown **grilled** the steaks while his wife set the table for dinner.
布朗先生在烤架上烤牛排，他太太則在桌上擺好餐具準備吃晚餐。

大師提點
grill 也可當名詞用，可指「烤架」或「燒烤店」。

9	**barbecue** [ˋbɑrbɪkju]	名 戶外烤肉

We had a **barbecue** in the yard last weekend with some neighbors.
上週末我們和幾個鄰居在院子裡烤肉。

大師提點
barbecue 源自西班牙文 barbacoa 。 barbecue 亦可作動詞用指「烤（肉）」。

10	**peel** [pil]	動 削……的皮；剝……的皮

You need to **peel** the potatoes and carrots, and then cut them into small pieces.
你必須把這些馬鈴薯和紅蘿蔔的皮削掉，然後把它們切成小塊。

大師提點
「切碎；剁碎」叫 chop [tʃɑp] 或 mince [mɪns]；「切成丁」叫 dice [daɪs]；「切成片」叫 slice [slaɪs]。

11	**ingredient** [ɪn`gridɪənt]	名（烹調用的）原料；成分 源 in (in) + gredient (going)

She just won't tell me the secret **ingredients** in her unique fried chicken.
她就是不肯告訴我她的獨門炸雞裡有什麼特殊配方。

同 □ **element** [`ɛləmənt] 要素；成分；元素
□ **component** [kəm`ponənt] 成分；構成要素
□ **constituent** [kən`stɪtʃʊənt] 要素；成分；選民

12	**leftovers** [`lɛftovɚz]	名 剩餘物；剩菜（複數形） 源 left + over + s (plural)

My mother always cooks so much food for Chinese New Year that we eat **leftovers** for weeks afterwards.
每年過舊曆年時媽媽總是做太多的菜，使得之後的幾週我們都得吃剩菜。

大師提點
單數形 leftover 可作形容詞，例如： leftover dough「剩下來的麵糰」。

13	**preservative** [prɪ`zɝvətɪv]	名 防腐劑 源 pre (before) + serv (keep) + at(e) (make) + ive (adj. / n.)

This store sells only products that contain no artificial **preservatives**.
這家店只賣不含人工防腐劑的產品。

大師提點
preservative 由動詞 preserve [prɪ`zɝv]（保存；維護）衍生而來。 preservative 亦可作形容詞用，指「保存的；防腐的」。

衍 □ **preservation** [͵prɛzɚ`veʃən] 名 保存；維護

14	**recipe** [`rɛsəpɪ]	名 烹飪法；食譜；處方；祕訣 源 re (back) + cipe (take)

She didn't follow the **recipe** and the soup came out all wrong.
她沒按食譜的指示，結果做出來的湯一點都不對味。

同 □ **formula** [`fɔrmjələ] 配方；處方；公式；方程式
□ **prescription** [prɪ`skrɪpʃən] 處方；規定；對策

15	**snack** [snæk]	名 點心；小吃；零食

Rita is always hungry in the afternoon, so she keeps some **snacks** in her office.
莉塔每到下午就會肚子餓，所以她在辦公室放了些零食。

大師提點

snack 可作動詞用，指「吃點心；吃零食」，例如：He likes to snack between meals.「他喜歡在正餐之間吃些點心。」

16	**seasoning** [ˋsizn̩ɪŋ]	名 調味料；佐料 源 season + ing (n.)

The **seasoning** on these steamed vegetables tastes almost like parsley mixed with orange juice, but it's hard to tell.
這些清蒸蔬菜上所加的調味料吃起來幾乎像是香菜和柳橙汁的混和，但是我無法確定。

大師提點

season 當動詞時指「調味；增加趣味」。

同 □ **flavoring** [ˋflevərɪŋ] 調味用香料；調味料
□ **condiment** [ˋkɑndɪmənt] 調味品；調味料
□ **relish** [ˋrɛlɪʃ] 調味品；佐料；風味；妙趣；食慾

17	**spice** [spaɪs]	名 香料；調味品；風味；情趣

In Indian cuisine **spices** and seasonings always seem to blend perfectly with the food.
印度菜裡所使用的香料和調味料似乎都和食物搭配得很完美。

同 □ **flavoring** [ˋflevərɪŋ] 調味用香料；調味料
□ **relish** [ˋrɛlɪʃ] 風味；妙趣；調味品；食慾
□ **zest** [zɛst] 風味；趣味；刺激性
□ **savor** [ˋsevɚ] 味道；風味；情趣
□ **tang** [tæŋ] 強烈的味道；特殊的香味
衍 □ **spicy** [ˋspaɪsɪ] 形 加香料的；辛辣的；具有風味的

18	**vegetarian** [ˌvɛdʒəˋtɛrɪən]	名 素食者 源 veget (vegetable) + arian (person)

Brad is a **vegetarian**, so we need to provide some dishes without meat for him.

布萊德吃素，所以我們得幫他準備幾道不含肉的菜。

大師提點

「純素食者」(即連牛奶、蛋等都不吃的人) 稱為 vegan [ˋvigən]。

19	**starving** [ˋstɑrvɪŋ]	形 挨餓的；非常餓的；快餓死的 源 starv(e) + ing (adj.)

Tom was **starving** when he got home because he didn't have time to eat lunch.

湯姆回到家的時候肚子非常餓，因為他沒有時間吃午餐。

大師提點

starving 為由動詞 starve「挨餓；餓死」之現在分詞轉化而成的形容詞。注意，「挨餓的；非常餓的」也可用 starve 的過去分詞 starved 表示。

衍 □ **starvation** [stɑrˋveʃən] 名 飢餓；飢饉；餓死

20	**stuffed** [stʌft]	形 吃飽的；吃撐的；塞滿的；填充的 源 stuff + ed (adj.)

I really shouldn't have eaten that entire cake by myself — I'm so **stuffed** that I could burst!

我真的不應該吃掉那一整個蛋糕的——我好飽，肚子都快撐爆了！

大師提點

stuffed 為由動詞 stuff「塞進；填滿」之過去分詞轉化而成的形容詞，除了指「吃飽的」之外，還可指「填充的」，例如：stuffed animals「填充動物玩偶」。

同 □ **full** [fʊl] 滿的；完全的；吃飽的

EXERCISE

I. Short Conversation

Track 57

Questions 1 through 5 refer to the following conversation.

Woman: Would you care for ___①___ this evening?
Man: Sure, we're ___②___. What do you ___③___?
Woman: The tofu dumplings are our chef's ___④___. First they're steamed, then sautéed with Asian spices, and finally covered with a barbecue sauce.
Man: That does sound good, but my wife is ___⑤___. Could we have the sauce on the side?

1. (A) an ingredient (B) a recipe
(C) an appetizer (D) a calorie

2. (A) informal (B) starving
(C) full (D) nutritious

3. (A) compliment (B) gather
(C) crave (D) recommend

4. (A) cuisine (B) snack
(C) hors d'oeuvre (D) specialty

5. (A) a preservative (B) an acquaintance
(C) a vegetarian (D) an appetite

II. Reading Comprehension

Questions 6 through 10 refer to the following invitation.

A Special Proswitch Invitation

You are cordially invited to attend the Proswitch Systems tenth anniversary banquet and awards ___⑥___ at 7:30 p.m. on August 10. We will ___⑦___ the success we have had over the past decade and also give our regards to the top sales people of the year. The ___⑧___ will be held in the employee cafeteria, but don't worry: The banquet will be catered by one of Toronto's best chefs. Felipe LeClerc will be serving numerous gourmet ___⑨___ from his four-star French restaurant. (His grilled entrées are especially well regarded.) We hope to see you there for what will surly be a great time.

Please ___⑩___ by Saturday, August 1.

6. (A) network (B) etiquette
(C) refreshment (D) ceremony

7. (A) celebrate (B) embrace
(C) intrude (D) run into

8. (A) function (B) seasoning
(C) portion (D) leftovers

9. (A) buffets (B) silverware
(C) delicacies (D) receptions

10. (A) get-together (B) gossip
(C) roast (D) RSVP

答案

1. (C) 2. (B) 3. (D) 4. (D) 5. (C) 6. (D) 7. (A) 8. (A) 9. (C) 10. (D)

翻譯

【短對話】問題 **1** 到 **5** 請參照下列對話。

女：兩位今天晚上想來點開胃菜嗎？
男：好啊，我們餓扁了。你有什麼推薦的？
女：豆腐餃是我們主廚的拿手菜。它們是先用蒸的，再用亞洲的調味料嫩煎，最後塗上一層烤肉醬。
男：聽起來不錯，但是我太太吃素。我們能不能弄另外的醬料？

1. (A) 成分	(B) 食譜	(C) 開胃菜	(D) 卡路里
2. (A) 不拘禮的	(B) 非常餓的	(C) 飽的	(D) 有營養的
3. (A) 恭維	(B) 收集	(C) 懇求	(D) 推薦
4. (A) 菜餚	(B) 小吃	(C) 開胃小菜	(D) 拿手菜
5. (A) 防腐劑	(B) 相識	(C) 素食者	(D) 胃口

【閱讀測驗】問題 **6** 到 **10** 請參照下列邀請函。

普羅史威奇的特別邀請

誠摯邀請您參加普羅史威奇系統的十週年晚宴暨頒獎典禮，時間是八月十日晚上七點半。我們將慶祝過去十年來的成功，並表揚年度頂尖的銷售人員。宴會將在員工自助餐廳舉行，但別擔心：宴席是由多倫多最棒的主廚之一承辦。菲力普・勒克萊爾將從他的四星級法國餐廳帶來許多美食佳餚。（他的燒烤主菜尤其受到推崇。）希望您大駕光臨，這肯定會是一場歡樂的盛宴。

八月一日星期六前，敬請賜覆。

6. (A) 聯繫	(B) 禮節	(C) 恢復精神	(D) 典禮
7. (A) 慶祝	(B) 擁抱	(C) 闖入	(D) 偶遇
8. (A) 宴會	(B) 調味料	(C) 一份	(D) 剩菜
9. (A) 自助餐	(B) 銀器	(C) 佳餚	(D) 接待
10. (A) 聚會	(B) 閒話	(C) 烤肉	(D) 敬請賜覆

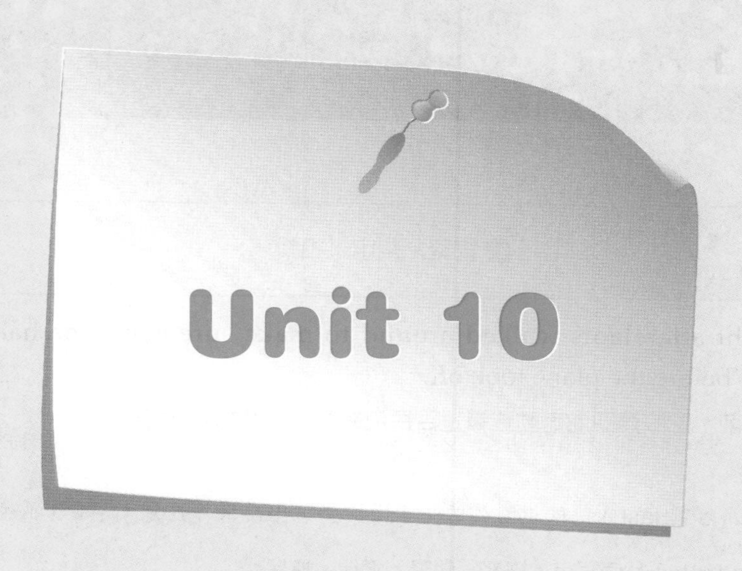

Travel 旅遊

TOPIC 1 Air Travel 空中旅行

Track 59

1	**fasten** [ˋfæsn̩]	動 綁緊；紮牢；扣緊

The flight attendants walked around to make sure everyone had **fastened** their seatbelts before the plane took off.

飛機起飛前，空服員四處走動查看是否每位乘客都已繫好安全帶。

大師提點

fasten 由形容詞 fast「快的；耐久的；牢固的」衍生而來。注意，字母 t 不發音。

同 □ **secure** [sɪˋkjʊr] 使固定；綁緊；關緊；獲得；擔保
□ **affix** [əˋfɪks] 把……固定；貼上；黏上
□ **tie** [taɪ] 繫；拴；紮；綁
□ **clasp** [klæsp] 扣緊；鉤住；抱緊；握緊

反 □ **unfasten** [ʌnˋfæsn̩] 解開；放鬆；鬆開
□ **loosen** [ˋlusn̩] 使鬆弛；放鬆；解開
□ **untie** [ʌnˋtaɪ] 解去束縛；解開；鬆開

衍 □ **fastener** [ˋfæsn̩ɚ] 名 扣件；繫結之物

2	**boarding pass** [ˋbordɪŋ ˏpæs]	名 登機證

They won't let you get on the airplane without a **boarding pass**.

如果你沒有登機證，他們不會讓你上飛機。

大師提點

boarding 由動詞 board「登上（飛機、船等）」的動名詞形成。

3	**itinerary** [aɪˋtɪnəˏrɛrɪ]	名 旅程；旅行計畫 源 itiner (journey) + ary (thing)

Marilyn asked for a copy of the **itinerary** for her trip, so she knows where and how long the layovers will be.

瑪麗蓮有要了一份行程表，所以她知道會在哪裡停留，以及停留多久。

大師提點

itinerary 也可當形容詞，指「旅行的；路線的」。注意，例句中的 layover [ˋleˏovɚ] 指「中途停留」，與 stopover [ˋstɑpˏovɚ]同義。

同 □ **route** [rut] 路程；路線
□ **schedule** [`skɛdʒuəl] 日程；時間表
□ **travel plan** [`trævḷ ˏplæn] 旅行計畫

4	**peak season** [`pik `sizn̩]	名 旺季

If you buy a plane ticket during the **peak season**, it's usually a lot more expensive.
在旺季時買飛機票，通常會貴很多。

大師提點
peak 原為名詞，指「山峰」，作形容詞用則指「達到最高點的」。

反 □ **off-season** [`ɔf `sizn̩] 淡季

5	**connection** [kə`nɛkʃən]	名 連結；關係；門路；接合物；接駁轉運的火車、船、飛機等 源 con (together) + nect (tie) + ion (action)

There is a flight from Taipei to New York City next Wednesday, with a **connection** in Tokyo.
下星期三有一班從臺北經東京到紐約的班機。

大師提點
connection 由動詞 connect [kə`nɛkt]（連結；使有關係；接駁）衍生而來。

同 □ **link** [lɪŋk] 環節；連接物；聯繫
□ **bond** [bɑnd] 維繫；連結物；結合力；證券；公債
□ **nexus** [`nɛksəs] 連結；聯繫；關係
□ **relation** [rɪ`leʃən] 關係；關連；親屬
□ **affinity** [ə`fɪnətɪ] 密切關係；親近；類似
□ **attachment** [ə`tætʃmənt] 附著；附加物；連接物；依戀
反 □ **disconnection** [ˏdɪskə`nɛkʃən] 分離；切斷；斷絕
□ **separation** [ˏsɛpə`reʃən] 分開；分離；分居
□ **detachment** [dɪ`tætʃmənt] 分離；分開；分遣（隊）

6	**restriction** [rɪ`strɪkʃən]	名 限制；限制規定 源 re (back) + strict (draw tight) + ion (action)

There are several **restrictions** on what airlines will allow passengers to bring in and out of foreign countries.
航空公司對於乘客能帶出入境的東西有一些限制。

大師提點
restriction 由動詞 restrict [rɪ`strɪkt]（限制；限定）衍生而來。

同 □ **limitation** [ˌlɪmɪˋteʃən] 限制；限定；極限

□ **restraint** [rɪˋstrent] 抑制；限制；拘束

□ **control** [kənˋtrol] 控制；管制；管控

□ **regulation** [ˌrɛgjəˋleʃən] 規定；管理；調節

7	**cabin** [ˋkæbɪn]	名 船艙；機艙

Special instruments and advanced technology maintain constant pressure in the **cabin** of the plane and prevent the passengers from getting sick.

特殊儀器和高科技使得機艙內能維持恆壓，避免旅客感到不舒服。

大師提點

注意，cabin 還可用來指「小（木）屋」。

同 □ **compartment** [kəmˋpɑrtmənt] 艙位；隔間；隔層

□ **cottage** [ˋkɑtɪdʒ] 鄉間小屋

□ **lodge** [lɑdʒ] 小屋；門房；（海狸等的）巢穴

8	**flight attendant** [ˋflaɪt əˌtɛndənt]	名 空服員

The **flight attendant** tried to calm the passengers as the plane started shaking due to the turbulence.

當飛機因遇到亂流而開始搖晃時，空服員試圖安撫乘客。

大師提點

「男空服員」舊稱 steward [ˋstjuwəd]，「女空服員」（空中小姐）則稱為 stewardess [ˋstjuwədɪs]。

9	**overhead compartment** [ˋovəˋhɛd kəmˋpɑrtmənt]	名 飛機座位上方之行李置物箱

Ladies and gentlemen, please be careful as you take your luggage out of the **overhead compartment** as things may have shifted during the flight.

各位女士先生，當您從置物箱拿出您的行李時請小心，因為在飛行途中東西可能已經移位。

大師提點

overhead 指「在頭頂上方」，compartment 則指「隔層」。

10	**carry-on** [ˋkærɪ,ɑn]	名（登機時）隨身攜帶的行李

Lisa brought three **carry-ons**, but she was forced to leave one behind as the airline only allowed a maximum of two.

麗莎帶了三件隨身行李，但是被迫留下一件因為航空公司只允許最多攜帶兩件。

大師提點

carry-on 也可作形容詞，例如 a carry-on bag「一個隨身攜帶的手提袋」。

11	**take off**	起飛

Hurry up! Your flight is **taking off** in five minutes.

快一點！你的班機五分鐘後就要起飛了。

反
- □ **land** [lænd] 著陸；降落
- □ **touch down** 著陸；降落

12	**baggage claim** [ˋbægɪdʒ ,klem]	名 行李提領處

This airport has its arrival gate and **baggage claim** in two separate buildings.

這個機場的入境門和行李提領處是在兩棟不同的大樓。

大師提點

baggage 與 luggage [ˋlʌgɪdʒ] 同義，指「行李」。注意，兩者皆為不可數名詞。

13	**(baggage) carousel** [(ˋbægɪdʒ) ,kærʊˋzɛl]	名 行李輸送帶

The students waited thirty minutes at the **(baggage) carousel** before they found their suitcases because the first class and business class luggage came out first.

學生們在行李轉盤處等了三十分鐘才找到他們的行李箱，因為頭等艙和商務艙的行李先出來。

大師提點

carousel 源自義大利文 carosello，為一種球類運動。

14	**metal detector** [ˋmɛtḷ dɪˏtɛktɚ]	名 金屬探測器

You'll have to get your keys, coins, etc. out of your pockets before you go through the **metal detector**.
在你通過金屬探測器之前必須將口袋裡的鑰匙、銅板等掏出來。

大師提點

detector 由動詞 detect「偵測出；察覺」衍生而來。

15	**jet lag** [ˋdʒɛt ˏlæg]	名（跨時區飛行後的）生理時差

The trip from the United States to South Africa is always the hardest for me because of the time in the air and the **jet lag**.
因為飛行時間長和時差的問題，所以從美國到南非的航程對我來說總是最困難的。

大師提點

jet 指「噴射機」，lag 指「(兩個事件之間的）時差」。另，注意「時區」叫 time zone [ˋtaɪm ˏzon]。

16	**immigration** [ˏɪməˋgreʃən]	名（自他國）移入；入境檢查站 源 im (in) + migrat (move) + ion (action)

There was a long line at the **immigration** counter because three flights had arrived at around the same time.
在入境檢查的櫃臺處排了一條很長的隊伍，因為有三班飛機幾乎同時抵達。

大師提點

immigration 由動詞 immigrate [ˋɪməˏgret]（移入；遷入）衍生而來。

反 □ **emigration** [ˏɛməˋgreʃən] 移居（他國）

衍 □ **immigrant** [ˋɪməgrənt]（來自他國的）移民

17	**customs** [ˋkʌstəmz]	名 關稅；海關（複數形） 源 custom + s (plural)

That **customs** officer asked Mrs. Wilson if she had anything to declare.
那個海關人員問威爾遜太太有沒有東西須要申報。

大師提點

單數形的 custom 指「風俗；習慣」。注意，customs 指「海關」時動詞須用單數形。

同 □ **duties** [ˋdjutɪz] 關稅（複數形）

□ **customhouse** [ˋkʌstəmˏhaus] 海關

18	**en route** [ɑn`rut]	在途中

Our flight was **en route** to Frankfurt, but we had to land in Brussels due to bad weather.
我們的班機原本要飛往法蘭克福，但是因天候不佳而在布魯塞爾降落。

大師提點

en route 為法文，應注意發音。

同 □ **on the way** 在途中；在路上

19	**overseas** [`ovɚ`siz]	形 海外的；國外的 源 over + sea + s (adj. / adv.)

Security for **overseas** flights is much stricter than it is for domestic flights.
國際班機的安檢較國內航線嚴格。

大師提點

overseas 亦可作副詞，指「在國外；向海外」，例如：The Smiths have decided to live overseas.「史密斯一家人已經決定在國外定居。」另，注意例句中的 domestic [də`mɛstɪk]可指「家庭的」或「國內的」。

20	**via** [`vaɪə]	介 經由；藉由

They flew to New York **via** Seoul.
他們經首爾飛到紐約。

大師提點

via 源自拉丁文，原意為 way。注意，除了指「經由」外，via 還可用來指「藉由」，例如：Your order has been shipped via air mail, so you should receive it in two to three days.「您訂的貨品已經交付空運，所以您在兩、三天內就會收到。」

同 □ **by way of** 經由；經過
□ **by means of** 藉由；使用

TOPIC 2 Public Transportation 大眾運輸

Track 60

1	**transfer** [træns`fɚ]	動 移轉；調動；轉車；轉學 源 trans (across) + fer (carry)

If you want to go to the City Hall, you'll need to **transfer** here.

如果你要到市政府，你必須在這裡轉車。

大師提點

transfer 可作名詞，但必須念成 [`trænsfɚ]。

同 □ **shift** [ʃɪft] 移轉；替換；改變

shift gears 換檔

□ **relocate** [`rilo͵ket] 重新安置；搬遷

□ **change** [tʃendʒ] 改變；（使）變化；換衣服；換乘（火車、公車、飛機等）

change trains 換火車

衍 □ **transference** [træns`fɝəns] 名 轉移；調任；轉讓

□ **transferable** [træns`fɝəbl̩] 形 可轉移的；可轉讓的

2	**book** [bʊk]	動 預約；登記

You'd better **book** the tickets soon because they'll be sold out in no time.

你最好趕快訂票，因為它們一下子就會賣光。

同 □ **reserve** [rɪ`zɝv] 預訂；預約

□ **register** [`rɛdʒɪstɚ] 登記；註冊；掛號

衍 □ **booking** [`bʊkɪŋ] 名 預約；登記

3	**board** [bord]	動 登上（船、車、飛機）；供（人）膳宿；寄宿；以木板鋪、蓋、封上

If you are in a hurry, you can buy a ticket after you **board** the train, but it will cost you a little extra.

如果你在趕時間的話可以先上火車再補票，但是要多付一點錢。

大師提點

board 可作名詞，為多義字，可指「木板；紙板；黑／白板；佈告板；局；部；會；船、車、飛機上；膳食」。

同 □ **embark** [ɪm`bɑrk] 乘船；搭機；從事；著手
□ **get on** 乘；搭
□ **lodge** [lɑdʒ] 寄宿；安頓
□ **put (sb.) up** 讓（某人）留宿

衍 □ **boarder** [`bordɚ] 名 寄宿者；住校生

4	**interchange** [`ɪntɚ,tʃendʒ]	名 互換；交替；（高速公路之）交流道 源 inter (between) + change

We should leave the superhighway at the next **interchange**.
我們應該在下一個交流道下高速公路。

大師提點
interchange 亦可作動詞，但發音為 [,ɪntɚ`tʃendʒ]，意思為「互換；交替」。另，高速公路的出口為 exit [`ɛksɪt]，匝道為 ramp [ræmp]。

同 □ **exchange** [ɪks`tʃendʒ] 交換；互換；兌換；交易所
□ **alternation** [,ɔltɚ`neʃən] 交替；輪流

5	**destination** [,dɛstə`neʃən]	名 目的地；終點；目的 源 de (away) + stinat (stand) + ion (action)

If your final **destination** is Chicago, your connecting flight is at gate A5.
如果你的目的地是芝加哥，你轉接的班機在 A5 號登機門。

大師提點
destination 由動詞 destine [`dɛstɪn]（預定；註定）衍生而來 。 destiny [`dɛstənɪ]（命運；定數）為由 destine 衍生之另一名詞。

同 □ **end** [ɛnd] 結尾；末端；終端；結束；目的
□ **purpose** [`pɝpəs] 目的；意圖；用途；要旨

6	**delay** [dɪ`le]	名 延遲；耽擱；拖延

The storm is likely to cause many **delays** at the airport, so call before you leave to see if your flight is late.
暴風雨可能使機場多班飛機延遲起降，所以你出發前應先打電話確認你的班機是否會誤點。

大師提點
delay 亦可作動詞，用法如： Our plane was <u>delayed</u> for three hours due to the storm.「由於暴風雨的緣故，我們的飛機延遲了三個小時。」

同 □ **postponement** [post`ponmənt] 延期；延遲
□ **deferment** [dɪ`fɝmənt] 延緩；展期
□ **procrastination** [prəˏkræstə`neʃən] 拖延；耽擱

7	**line** [laɪn]	名 路線；航線

The city plans to add a new subway **line** that will run north from downtown to the suburbs.

該城市計畫增加一條從市區往北至郊區的新地鐵線。

大師提點

line 的原意即為「線」，在此延伸指運輸、交通方面的「路線、航線」。注意例句中的 suburb [`sʌbɝb] 常用複數形 suburbs 來指「市郊的住宅區」。另，line 也可用來指一個公司的「產品系列」。

8	**fare** [fɛr]	名（公車、火車；計程車等的）車費；（飛機、船等的）票價

Bus drivers do not carry change, so you have to have the exact **fare**.

公車司機不備零錢，所以車資必須算得剛剛好。

大師提點

注意，勿將 fare 與同音字 fair 搞混，後者為形容詞，指「公平的；公正的」或「（天氣）晴朗的；（皮膚）白皙的」。

同 □ **charge** [tʃɑrdʒ] 費用；管理；充電；罪名
□ **fee** [fi] 費用；酬金；入場費；入會費；學費
□ **ticket price** [`tɪkɪt ˏpraɪs] 票價

9	**ferry** [`fɛrɪ]	名 渡船；渡輪

To reach the other side of the lake, you can drive along the shore or take the **ferry** straight across the water.

要到湖的另一頭，你可以沿著湖岸開車過去，或是搭渡輪直接橫越過湖。

大師提點

「渡船；渡輪」也叫作 ferryboat [`fɛrɪˏbot]。

10	**mass transit** [mæs`trænsɪt]	名 大眾運輸系統

If more people used **mass transit**, there would be a lot fewer traffic jams.
如果愈多人搭乘大眾交通工具，塞車的情況將愈少發生。

大師提點

mass 指「大眾」，transit 指「運輸；運送」；換言之，mass transit 即 public transportation [`pʌblɪk ,trænspɚ`teʃən]（大眾交通工具）。

11	**passenger** [`pæsn̩dʒɚ]	名 乘客；旅客

The plane made an emergency stop in Bangkok because one of the **passengers** became seriously ill and needed a doctor right away.
這架飛機在曼谷緊急迫降，因為有一名乘客突發重病，立即需要就醫。

大師提點

passenger 由法文 passager「通過的人」變化而來。注意，英文的同源字 passage [`pæsɪdʒ] 指「通過；走道」，為由動詞 pass 衍生出之名詞。

同 □ **traveler** [`trævl̩ɚ] 旅行者；旅客

12	**route** [rut]	名 路線；途徑

This bus **route** passes by the university and the shopping mall.
這班公車途經一所大學及購物商場。

大師提點

route 在美國常用於道路編號前，例如：Route 45「45 號公路」。

13	**subway** [`sʌb,we]	名 地下鐵 源 sub (under) + way

Moscow has the world's busiest **subway**, carrying over 9 million passengers a day, but its stations are spotless compared to the streets above.
莫斯科擁有全世界最繁忙的地下鐵，每天載客量超過 900 萬人次，但是與路面的街道相較，地鐵站顯得乾淨無比。

大師提點

英國的倫敦、法國的巴黎、加拿大的蒙特婁、美國的華盛頓，以及許多其他地方的地鐵稱為 metro [`mɛtro]。

14	**terminal** [ˋtɝmən!]	名 航空站；終站；（電腦）終端機 源 termin (end) + al (of the kind)

NKO Airlines has its own small **terminal**, but all of its international flights still leave from the main airport building.

NKO 航空公司擁有自己的小型航站，但是他們的國際航班仍然由主要機場大廈起飛。

大師提點

terminal 可作形容詞用，指「終點的；終端的；末期的」，例如：terminal cancer「癌症末期」。

同
- ☐ **terminus** [ˋtɝmənəs] 終點；終站
- ☐ **end** [ɛnd] 結尾；終端；結束

衍
- ☐ **terminate** [ˋtɝmə͵net] 動 使終止；完結；期滿
- ☐ **terminally** [ˋtɝmən!ɪ] 副 在尾端；終端地

  terminally ill 患不治之症

15	**ticket agent** [ˋtɪkɪt ͵edʒənt]	名 售票員

If you are buying a ticket for a single trip, you can use the machines over here; but if you want to buy a monthly pass you have to buy it from a **ticket agent**.

買單程車票者可使用這邊的售票機，但是如果你要買月票則需透過售票員購買。

大師提點

agent 可指「代辦人；代理人；經理人；推銷員；特勤人員」。

16	**station** [ˋsteʃən]	名 車站 源 stat (stand) + ion (action)

You're too late; the train has just pulled out of the **station**.

你來晚了，火車剛駛離車站。

大師提點

除了「車站」外，station 還可指「警察局」、「廣播電臺」、「電視臺」、「駐地」、「崗位」等，或其他的站、所、臺，例如：gas station 「加油站」。另，注意 station 作車站解時，通常指規模較大、附建築物的正式車站；一般如公車呼叫站的小站則稱為 stop 。

17	**taxi stand** [ˋtæksɪ ˏstænd]	名 計程車等候站

They waited at the **taxi stand** for twenty minutes before a taxi pulled up to take them to the hotel.

他們在計程車等候站等了二十分鐘才有一輛計程車開過來帶他們到飯店。

大師提點

taxi stand 指在機場、車站等處規劃出之固定等候計程車的地方。注意，stand 在此為名詞用法。另，除了指「等候站」外，stand 也可作「攤位」解，例如：newspaper stand「報攤」。

18	**port** [port]	港；口岸；航空站

Ellis Island is arguably the most famous **port** of immigration in American history.

艾利斯島大概是美國史上最有名的移民口岸了。

大師提點

與 port 相關的字非常多，例如：seaport [ˋsiˏport]（海港）、airport [ˋɛrˏport]（飛機場）、import [ˋɪmport]（進口；輸入）、export [ˋɛksport]（出口、輸出）等。

19	**one-way** [ˋwʌnˋwe]	形 單程的；單向的

The day after I graduated from college, I bought a **one-way** ticket to Nepal in an effort to be adventurous and find myself.

我大學畢業的第二天就去買了一張到尼泊爾的單程機票，準備好好地冒險一番並找尋自我。

大師提點

注意，除了指「單程的」之外，one-way 還可指「單向的」，例如；a one-way street「一條單向的街道」。

反 □ **round-trip** [ˋraʊndˋtrɪp] 來回的

□ **two-way** [ˋtuˋwe] 雙向的

20	**round-trip** [ˋraʊndˋtrɪp]	形 來回的；雙程的

The Jones family bought **round-trip** tickets from London to Johannesburg, South Africa, for their annual summer vacation.

瓊斯一家人為他們的年度夏日假期買了從倫敦到南非約翰尼斯堡的來回機票。

反 □ **one-way** [ˋwʌnˋwe] 單程的；單向的

TOPIC 3 Car Travel 開車旅行

Track 61

1	**buckle up** [ˋbʌkḷ]	扣緊；繫好安全帶

I would appreciate it if you would **buckle up** every time you got in my car without me having to remind you.

如果你能在每次上我的車時就繫上安全帶而不用我每次都得提醒你，我會很感激。

大師提點

buckle 原意為「扣環」，作動詞用指「(用扣環) 扣住」。

2	**accelerate** [ækˋsɛlə͵ret]	動（使）加速 源 ac (to) + celer (quick) + ate (v.)

When merging onto the freeway, it is wise to gradually **accelerate** until you are at the same speed as the lane of traffic.

轉入高速公路時最好逐漸加速，直到你的車速和該線道的車流速度一樣為止。

大師提點

freeway [ˋfri͵we]、expressway [ɪkˋsprɛs͵we] 和 superhighway 皆指「高速公路」。

同 □ **speed up** 加快速度

反 □ **decelerate** [diˋsɛlə͵ret]（使）減速

□ **slow down** 放慢速度

3	**commute** [kəˋmjut]	動 名 通勤 源 com (together) + mute (change)

Rob has to **commute** over an hour to work, but he doesn't mind the drive because he likes to listen to the radio.

羅伯必須通勤一小時以上上班，但是他並不介意開這趟車，因為他喜歡邊開車邊聽收音機。

大師提點

commute 也可作名詞，指「通勤（的路程）」。

衍 □ **commuter** [kəˋmjutɚ] 名 通勤者

4	**parking lot** [ˋpɑrkɪŋ ˏlɑt]	名 停車場

Since there are more and more cars entering the city, I think the city government should consider building more **parking lots**.

因為有越來越多的車輛進入這個城市，我認為市政府應該考慮興建更多的停車場。

大師提點

lot 指「(特定用途) 的小塊土地」。另「停車位」為 parking space [ˋpɑrkɪŋ ˏspes]，「停車計時收費器」為 parking meter [ˋpɑrkɪŋ ˏmitɚ]，parking ticket [ˋpɑrkɪŋ ˏtɪkɪt] 則指「違規停車罰單」。

5	**seat belt** [ˋsit ˏbɛlt]	名 安全帶

According to the law, everyone in the front seat of a moving vehicle must have their **seat belts** fastened at all times.

依照法律規定，每個坐在行駛中車輛前座的人都應該隨時繫好安全帶。

大師提點

「兒童安全座椅」為 child safety seat [ˋtʃaɪld ˋseftɪ ˏsit]，「安全氣囊」則叫 air bag [ˋɛrˏbæg]。

6	**vehicle** [ˋviɪkḷ]	名 交通工具；車輛 源 vehi (carry) + cle (means)

Most **vehicles** made today are much better for the environment than those built just ten years ago, but there are still a lot of older cars on the road which are causing serious pollution.

今日製造的車輛大多較十年前的環保，但是在路上仍可見到許多嚴重汙染環境的老舊車子。

大師提點

vehicle 可指任何一種的運輸、交通工具，包括車、船、飛機等。

同
- □ **means of transport** [ˋminz əv ˋtrænsport] 交通工具；運輸工具
- □ **transportation** [ˏtrænspɚˋteʃən] 運輸（系統）；交通（工具）

7	**traffic jam** [ˋtræfɪk ˏdʒæm]	交通阻塞；塞車

An accident caused a huge **traffic jam** on Sixth Avenue, so drivers should avoid that street if possible.

第六大道上發生車禍，導致交通嚴重阻塞，因此駕駛人應盡量避開該道路。

大師提點

jam 在此指「堵塞；阻塞」。另注意，jam 還可用來指「果醬」如 strawberry jam「草莓果醬」。

同 □ **congestion** [kənˋdʒɛstʃən] 堵車；阻塞

□ **backup** [ˋbækˏʌp]（車輛）阻塞；支援；備份

8	**intersection** [ˏɪntɚˋsɛkʃən]	名 道路交叉口；十字路口 源 inter (between) + sect (cut) + ion (action)

Be careful when you cross that **intersection** by the bank because the traffic lights there are not working.

你過銀行旁邊那個十字路口的時候要小心，因為那裡的號誌燈壞了。

大師提點

intersection 由動詞 intersect [ˏɪntɚˋsɛkt]（橫斷；交叉）衍生而來。

同 □ **crossroads** [ˋkrɔsˏrodz] 交叉路；十字路口

□ **junction** [ˋdʒʌŋkʃən] 接合點；交叉點

□ **crossing** [ˋkrɔsɪŋ] 交叉口；穿越道；橫渡

pedestrian [pəˋdɛstrɪən] crossing 行人穿越道

9	**shortcut** [ˋʃɔrtˏkʌt]	名 捷徑；近路 源 short + cut

I found a **shortcut** to school that makes the trip ten minutes shorter.

我發現一條到學校的捷徑，路程因此縮短了十分鐘。

大師提點

shortcut 可用來指電腦的「快速鍵」。

10	**lane** [len]	名 小路；小巷；車道

The police officer stopped Wendy because she made a left turn from the right **lane**.

警察攔下溫蒂，因為她從右車道左轉。

大師提點

lane 用在住址中指「巷」，例如 Lane 23 「二十三巷」。另，「弄」則用 alley [ˋælɪ] 表示，例如：Alley 5「五弄」。

11	**tollbooth** [ˋtol,buθ]	名（道路或橋梁的）收費亭

We'll have to get off the superhighway at the first exit after this **tollbooth**.
我們必須在過了這個收費亭後的第一個出口下高速公路。

大師提點

tollbooth 為複合名詞，toll 指「通行費」，booth 則指「小亭子」；另 telephone booth 指「電話亭」。

12	**convertible** [kənˋvɚtəbḷ]	名 敞篷車 源 con (together) + vert (turn) + ible (able)

I think **convertibles** look cool, but I don't like riding in them because the wind messes up my hair.
我認為敞篷車看來很拉風，但是我不喜歡坐，因為風會把我的頭髮吹亂。

大師提點

convertible 由動詞 convert [kənˋvɝt]（轉換；轉變）衍生而來，原作形容詞用，指「可轉換的；可轉變的」。另，「休旅車」為 sport utility [juˋtɪlətɪ] vehicle (SUV)，「跑車」為 sports car，「轎車」為 sedan [sɪˋdæn]，「豪華大轎車」則稱為 limousine [ˋlɪmə,zin]（或 limo [ˋlɪmo]）。

13	**rush hour** [ˋrʌʃ ,aʊr]	名 尖峰時間

A trip downtown, which normally takes only twenty minutes if there is little traffic, can take more than an hour during **rush hour**.
交通流量小時，到市區通常只要 20 分鐘，但是尖峰時間需一小時以上。

大師提點

rush hour 為複合名詞，rush 指「匆忙」、「熱潮」。

反 □ **off-hour** 離峰時間；下班時間

14	**signal** [ˋsɪgnḷ]	名 信號；交通號誌；手勢；暗號 源 sign + al (of the kind)

The reckless man continued to drive even though the traffic **signal** had turned red.
儘管交通號誌已經轉為紅燈，那個輕率魯莽的人依然繼續往前開。

大師提點

signal 可作形容詞用（指「信號的；顯著的」）亦可作動詞用（指「打信號；打手勢」）。

同 □ **sign** [saɪn] 信號；符號；標誌；標示；徵兆
□ **indicator** [ˋɪndə͵ketɚ] 指示器；指標
□ **gesture** [ˋdʒɛstʃɚ] 手勢；姿勢
□ **cue** [kju] 提示；暗示；暗號

15	**overpass** [ˋovɚ͵pæs]	名 高架橋；高架道路；天橋 源 over + pass

The **overpass** goes over the freeway and takes you all the way into the city, so just stay on it if you're heading for the city.
這條高架道路跨越高速公路，可以直接通市區，所以如果你要到市區去的話，一直開下去就可以了。

大師提點
overpass 可作動詞，但須念成 [͵ovɚˋpæs]，意思是「超越；越過」。另，注意「行人路橋」叫 pedestrian bridge [pəˋdɛstrɪən ˋbrɪdʒ]。

反 □ **underpass** [ˋʌndɚ͵pæs] 橋下車道；地下道路；地下道

16	**mechanic** [məˋkænɪk]	名 機械工；技工；（汽車的）修理技師 源 mechan (machine) + ic (n.)

Because we're such good friends with the **mechanic**, he always gives us a discount when we bring our cars over for him to fix.
因為我們和那個修理技師是好朋友，所以我們每次把車子拿去給他修理的時候他都會給我們打折。

衍 □ **mechanical** [məˋkænɪkḷ] 形 機械的；機械式的
□ **mechanism** [ˋmɛkə͵nɪzṃ] 名 機械結構；機制

17	**back up**	倒車；堵塞；積壓；支持；備份

This is a dead end; you'll have to **back up**.
這是一條死巷；你得倒車。

大師提點
back up 為片語動詞，backup [ˋbæk͵ʌp] 則為名詞。

同 □ **reverse** [rɪˋvɝs] 使倒退；使反轉；顛倒；逆轉
□ **congest** [kənˋdʒɛst] 使阻塞；堵塞；充血
□ **accumulate** [əˋkjumjə͵let] 累積；聚積
□ **support** [səˋport] 支持；支撐；援助

18 **U-turn** [ˋju͵tɝn] 名 迴轉

You're going in the wrong direction; you need to make a **U-turn** here.

你走的方向錯了；你必須在這裡迴轉。

大師提點

U-turn 可作動詞用，例如： He U-turned into oncoming traffic.「他迴轉駛入迎面而來的車流。」

19 **driver's license** [ˋdraɪvɚz ͵laɪsn̩s] 名 駕駛執照

Betty was forty-six years old when she finally overcame her fear of cars and got her **driver's license**.

貝蒂四十六歲的時候終於克服對車子的恐懼，拿到了駕照。

大師提點

「學習駕照」叫作 learner's permit [ˋlɝnɚz ͵pɝmɪt]。

20 **license plate** [ˋlaɪsn̩s ͵plet] 名 車牌

You can tell from the **license plate** that he is from New York.

你可以從車牌看出他是從紐約來的。

大師提點

「行照」為 registration [͵rɛdʒɪˋstreʃən]。另外，「監理處」叫作 Department of Motor Vehicles [dɪˋpɑrtməntəvˋmotɚ͵viɪkl̩z]，簡稱為 DMV。

TOPIC 4 Accommodation 住宿設備

Track 62

1	**check in/check out**	登記住宿／結帳離開

You go **check in** first and I'll park the car.

你先去辦理入住手續，我去停車。

Why don't you run downstairs and **check out** while I pack, so that we can get out of here as fast as possible.

你何不在我打包行李時下樓去退房，這樣我們就可以盡快離開。

大師提點

check in 也可指「辦理登機手續」。

2	**housekeeping** [ˋhaʊsˏkipɪŋ]	名 料理家務；（旅館的）清潔部門 源 house + keep + ing (n.)

Can you call **housekeeping** and ask them to bring us some soap and towels?

你可不可以打電話給清潔部門要他們拿些肥皂和毛巾給我們？

大師提點

幫旅館客人清潔、整理房間的服務生可稱為 maid [med]。（maid 一般指「女僕；侍女」。）

衍 □ **housekeeper** [ˋhaʊsˏkipɚ] 名 管家；（旅館的）清潔人員

3	**room service** [ˋrum ˏsɝvɪs]	名 客房服務

They were very tired from touring the city, so they decided to order dinner from the hotel **room service** instead of going out.

因為參觀這個城市讓他們很累，所以他們決定不出去吃飯而向旅館的客房服務點晚餐。

大師提點

room service 為複合名詞，主重音應落在 room 上。

4	**reservation** [ˌrɛzɚˋveʃən]	名 保留；預訂 源 re (back) + serv (keep) + ation (action)

We have made **reservations** at that new Italian restaurant for 7:30.

我們預訂了那家新義大利餐廳今晚七點半的位子。

大師提點

reservation 由動詞 reserve [rɪˋzɝv]（保留；預訂）衍生而來。

同 □ **booking** [ˋbʊkɪŋ] 預約；預訂；登記

5	**view** [vju]	名 視野；景色

The room we stayed in had a great **view**; we could see the ocean from our bedroom window.

我們住的那個房間視野極佳，可以直接從窗戶看見海洋。

同 □ **outlook** [ˋaʊtˌlʊk] 前景；景色

□ **scenery** [ˋsinərɪ] 風景；景色

6	**amenities** [əˋminətɪz]	名 娛樂設施；便利設施（複數形） 源 amen (pleasing) + ities (conditions)

The hotel provided many different kinds of **amenities** for its guests — each room had everything from video games to a jacuzzi.

這家旅館提供了許多不同種類的設施給它的客人──每個房間從電玩到按摩浴缸一應俱全。

大師提點

注意例句中 jacuzzi「按摩浴缸」的發音為：[dʒəˋkuzɪ]。

同 □ **facilities** [fəˋsɪlətɪz] 方便、便利的設施（複數形）

7	**duration** [djʊˋreʃən]	名 期間；持續時間 源 durat (last) + ion (condition)

The hotel will provide a free breakfast and newspaper every morning for the **duration** of your stay.

在您的住房期間，飯店每天早上會提供免費早餐及報紙。

大師提點

同 □ **period** [ˋpɪrɪəd] 期間；時期

□ **continuance** [kənˋtɪnjʊəns] 持續；延續

8	**suite** [swit]	名 套房

As compensation for the inconvenience, they have booked you in the Presidential **Suite**, which is the best room in the hotel.

為了補償他們所造成的不便，他們替你訂了總統套房，那是整個旅館最棒的一間房間。

大師提點

suite 與 suit [sut]（使合適）字源相同（皆來自拉丁文，原意為 follow「跟隨」），但必須注意 suite 的發音。另，suite 也可指「隨員」、「組曲」或「一套家具」。

9	**concierge** [ˌkɑnsɪˋɛrʒ]	名 門房；旅館服務臺人員 源 con (together) + cierge (serve)

A friendly and courteous **concierge** can represent a hotel's quality.

一個和善有禮的服務人員能代表一間旅館的品質。

大師提點

concierge 借自法文，意思即為「門房」。

同
- ☐ **doorkeeper** [ˋdorˌkipɚ] 看門人；大門警衛
- ☐ **janitor** [ˋdʒænətɚ] 門房；工友；管理員

10	**vacancy** [ˋvekənsɪ]	名 空缺；空房 源 vac (empty) + ancy (state)

Since there was only one **vacancy**, Rob and I had to share a room.

因為只剩一間空房，我和羅伯只好同住。

大師提點

vacancy 由形容詞 vacant [ˋvekənt]（空的；空缺的）衍生而來。

同
- ☐ **opening** [ˋopənɪŋ] 開啓；開幕；職缺
- ☐ **room for rent** 供租用的房間

反
- ☐ **occupancy** [ˋɑkjəpənsɪ] 占有；占用（期間）

11	**lobby** [ˋlɑbɪ]	名 大廳；會客室；門廊

The tour guide asked his group to meet at 9 a.m. in the hotel **lobby** after breakfast.

導遊要他的團員用過早餐後九點鐘在飯店大廳集合。

大師提點

lobby 源自拉丁文，原意為「有遮蔽的通道」。注意，lobby 可作動詞用，但意思為「(向政治人物）遊説」。

同 □ **entrance hall** [ˋɛntrəns ˏhɔl] 入口大廳
□ **reception room** [rɪˋsɛpʃən ˏrum] 接待室；會客室
□ **vestibule** [ˋvɛstəˏbjul] 玄關；門廳
□ **foyer** [ˋfɔɪɚ] 門廳；前廳

12	**front desk** [frʌnt ˋdɛsk]	名 服務臺

The gentleman at the **front desk** kindly showed me the way to the swimming pool after I told him that I was lost.

在我告訴他我迷路之後，服務臺的那位先生很客氣地告訴我怎麼到游泳池。

大師提點

「服務臺」也可稱為 reception desk [rɪˋsɛpʃən ˏdɛsk]。

13	**bell captain** [ˋbɛlˏkæptɪn]	名 旅館男侍領班

The **bell captain** carried the movie star's suitcases himself as a gesture of how delighted the hotel was to have her as a guest.

為了表示這家飯店很高興她來作客，男侍領班親自幫那個電影明星提行李。

大師提點

bell captain 為 bellhop [ˋbɛlˏhɑp]（旅館服務生）的領班。bellhop 也叫 bellboy [ˋbɛlˏbɔɪ]。

14	**business center** [ˋbɪznɪs ˏsɛntɚ]	名 商務中心

The **business center** was beautifully decorated and offered free telephone and internet access to all guests.

這個商務中心裝潢地美輪美奐，並提供所有的客人免費使用電話和上網。

大師提點

business center 指飯店為因應商務人士之需求，如開會，所設置的廳房。

15	**valet parking** [ˋvæle ˋpɑrkɪŋ]	名 代客停車服務

The hotel has **valet parking**, so just leave the key there.

這家飯店有代客停車服務，所以不要把車鑰匙拔掉。

大師提點

valet 可指「(照料男主人的) 貼身男僕」、「(在旅館為客人洗燙衣服的) 服務人員」或「(餐廳或旅館的) 代客停車服務生」。

16	**resort** [rɪˋzɔrt]	名 名勝；度假勝地；人群常去之處 源 re (again) + sort (go out)

For their anniversary, Josh and Carrie went to a **resort** in the Caribbean.

喬許和凱莉前往加勒比海的一個度假勝地慶祝他們的結婚週年紀念。

大師提點

resort 還可作「依賴；求助；手段」解，用法如：As a last resort, I could go home and ask my dad to help.「作為最後的手段，我可以回家找我老爸幫忙。」另，注意 resort 也可作動詞，通常與介系詞 to 連用，意思是「採取；訴諸；求助於」，例如：Whatever you do, you should never resort to violence.「不管你做什麼，絕不可以訴諸暴力。」

17	**motel** [moˋtɛl]	名 汽車旅館 源 mo (motor) + tel (hotel)

Sherry was very tired after driving eight hours, so she decided to spend the night at the nearest **motel** and finish the trip in the morning.

開了八小時的車讓雪莉疲憊不堪，因此她決定在最近的汽車旅館過夜，第二天一早再上路。

大師提點

motel 為所謂的 blend [blɛnd]（混成字）。另一常見的混成字為 brunch (= breakfast + lunch)「早午餐」。

18	**voucher** [ˋvaʊtʃɚ]	名 保證人；證件；收據；憑單；抵用卷 源 vouch (call) + er (agent)

After listening to our complaint, the hotel manager was so apologetic that he gave us **vouchers** for a free meal at their best restaurant.

在聽了我們的抱怨之後，飯店經理覺得非常抱歉，於是送我們可以在他們最好的餐廳免費吃一餐的抵用卷。

大師提點

voucher 由動詞 vouch「保證；擔保」衍生而來。vouch 通常和介系詞 for 連用，例如：I can vouch for his honesty.「我可以為他的誠實作保證。」另，注意「折價券」稱為 coupon [`kupɑn]，「禮券」則叫 gift certificate [`gɪft sə,tɪfəkɪt]。

同 □ **warrantor** [`wɔrəntɚ] 保證人
□ **credential** [krɪ`dɛnʃəl] 證件；憑證（常用複數）
□ **receipt** [rɪ`sit] 收據；收條

19	**complimentary** [,kɑmplə`mɛntərɪ]	形 讚美的；恭維的；免費的；贈送的 源 com (together) + pli (fill) + ment (action) + ary (adj.)

The newly-married couple was pleasantly surprised to find **complimentary** strawberries and champagne in their hotel room, courtesy of the general manager.
承蒙飯店總經理的好意，這對新婚夫婦驚喜地發現在他們房間裡有飯店贈送的草莓和香檳。

大師提點

complimentary 由名詞 compliment [`kɑmpləmənt]（誇讚；恭維）衍生而來。（注意，compliment 也可當動詞用，但發音為 [`kɑmplə,mɛnt]。）另，不可將 complimentary 的發音與字源皆相同的 complementary 混淆，後者指「補充的；互補的」。

同 □ **praiseful** [`prezfəl] 讚美的；讚賞的
□ **laudatory** [`lɔdə,torɪ] 讚賞；讚揚的
□ **free** [fri] 免費的；自由的
□ **gratis** [`gretɪs] 免費的

20	**luxurious** [lʌg`ʒurɪəs]	形 豪華的；奢侈的 源 luxur(y) (abundance) + ious (full of)

The **luxurious** hotel offered a spa, a rose garden, and many gourmet restaurants.
這間豪華旅館附有一個水療館、一座玫瑰花園以及多家美食餐廳。

大師提點

luxurious 由名詞 luxury [`lʌkʃərɪ]（奢侈；豪華）衍生而來。

同 □ **deluxe** [də`lʌks] 豪華的；高級的
□ **extravagant** [ɪk`strævəgənt] 奢侈的；浪費的
□ **sumptuous** [`sʌmptʃuəs] 奢侈的；豪華的；昂貴的
□ **fancy** [`fænsɪ] 華麗的；昂貴的；高級的

反 □ **cheap** [tʃip] 廉價的；便宜的
□ **economical** [,ikə`nɑmɪkḷ] 經濟的；省錢的
□ **frugal** [`frugḷ] 節儉的；簡單便宜的
□ **plain** [plen] 樸素的；清淡的；明白的；相貌平平的
□ **homely** [`homlɪ] 樸實無華的；不漂亮的

EXERCISE

I. Short Talk

Track 63

Questions 1 through 5 refer to the following announcement.

Good afternoon and welcome to Boston's Logan International Airport. The local time is 4:30 p.m. and the current temperature is 55 degrees Farenheit. For your safety, please remain seated until the captain turns off the fasten seat belt sign. Take care when opening the __①__ as carry-on items may have shifted during the flight. For those en route to another __②__, please check with a member of our __③__ to find out which gate your connecting flight departs from. For passengers staying in Boston, please collect your luggage at __④__ A3. Logan offers numerous __⑤__ options, including subway, bus, and ferry. Also, taxi stands are located directly outside of each terminal. We hope you have enjoyed the flight and look forward to flying with you again.

1. (A) overhead compartment (B) concierge
(C) baggage claim (D) cabin

2. (A) connection (B) destination
(C) reservation (D) immigration

3. (A) flight attendant (B) front desk
(C) business center (D) ground crew

4. (A) terminal (B) intersection
(C) baggage carousel (D) ticket agent

5. (A) parking (B) peak season
(C) convertible (D) mass transit

II. Text Completion

Track 64

Questions 6 through 10 refer to the following e-mail.

To: All Club Members
From: Patricia Colmes, Club President
Subject: The Los Angeles-Las Vegas Trip

Hi Everybody,

I hope you're all as excited about the trip this weekend as I am. In order to avoid ___⑥___ traffic, we plan to leave Friday morning at 6:30 sharp, so please be at the clubhouse no later than 6:15. Our ___⑦___ will take us through Primm, Nevada, where we'll stop briefly for food and shopping at the local outlet mall. Unless there is an accident or some other ___⑧___, we should arrive in Las Vegas at about 2:30. The ___⑨___ we'll be staying at isn't very luxurious, but it's conveniently located and offers several ___⑩___, such as a swimming pool and complimentary breakfast vouchers.

I'm sure it's going to be a great trip. Give me a call if you have any questions!

Best,
Patty

6. (A) vehicle (B) rush hour (C) one-way (D) congestion

7. (A) line (B) commute (C) mechanic (D) route

8. (A) itinerary (B) delay (C) fare (D) restriction

9. (A) motel (B) suite (C) lobby (D) stop

10. (A) customs (B) registrations (C) durations (D) amenities

答案

1. (A) 2. (B) 3. (D) 4. (C) 5. (D) 6. (B) 7. (D) 8. (B) 9. (A) 10. (D)

翻譯

【短獨白】問題 1 到 5 請參照下列宣布。

午安，歡迎光臨波士頓羅根國際機場。本地時間現在是下午四點三十分，目前的氣溫是華氏五十五度。為了您的安全起見，請待在座位上直到機長把繫上安全帶的燈號關掉為止。在打開上方置物箱時請留意，隨身攜帶物品在飛行時可能已經移動了位置。要前往另一個目的地的旅客，請向我們的地勤人員查詢，以了解您的轉乘班機是在哪個登機門起飛。要待在波士頓的旅客，請在 A3 行李轉盤處領取您的行李。羅根提供了許多大眾運輸選項，包括地鐵、公車及渡輪。此外，計程車招呼站就緊鄰著各客航站的外側。希望您旅途愉快，並期待您再次搭乘。

1. (A) 飛機座位上方之行李置物箱 (B) 門房
   (C) 行李提領處 (D) 機艙
2. (A) 接駁轉運的火車、船、飛機等 (B) 目的地
   (C) 預訂 (D) 移入
3. (A) 空服員 (B) 服務臺
   (C) 商務中心 (D) 地勤人員
4. (A) 航空站 (B) 十字路口
   (C) 行李輸送帶 (D) 售票員
5. (A) 停車 (B) 旺季
   (C) 敞篷車 (D) 大眾運輸系統

【填空】問題 6 到 10 請參照下列電子郵件。

收件者：全體會員
寄件者：會長派翠西亞．考姆斯
主　旨：洛杉磯－拉斯維加斯之旅

嗨，各位：

希望你們都跟我一樣，對於本週末的旅遊感到興奮。為了避開尖峰時段的交通，我們計畫在星期五早上六點三十分整出發，所以請在六點十五分以前來到會館。我們的路線會經過內華達的普利姆，我們將在那裡做短暫停留，吃點東西並逛一逛當地的購物商場。除非有意外狀況或被其他某種因素所耽擱，否則我們應該會在兩點半左右抵達拉斯維加斯。我們所下榻的汽車旅館不算頂豪華，但地點方便，而且它提供了多項便利設施，比方像游泳池和免費早餐券。

我相信這趟旅遊會很棒。假如有任何問題，請撥個電話給我！

祝 好
派蒂

6. (A) 車輛　(B) 尖峰時間　(C) 單向的　(D) 擁擠
7. (A) 路線　(B) 通勤　(C) 機械工　(D) 路線
8. (A) 旅程　(B) 耽擱　(C) 票價　(D) 限制
9. (A) 汽車旅館　(B) 套房　(C) 大廳　(D) 車站
10. (A) 海關　(B) 登記　(C) 持續時間　(D) 娛樂設施

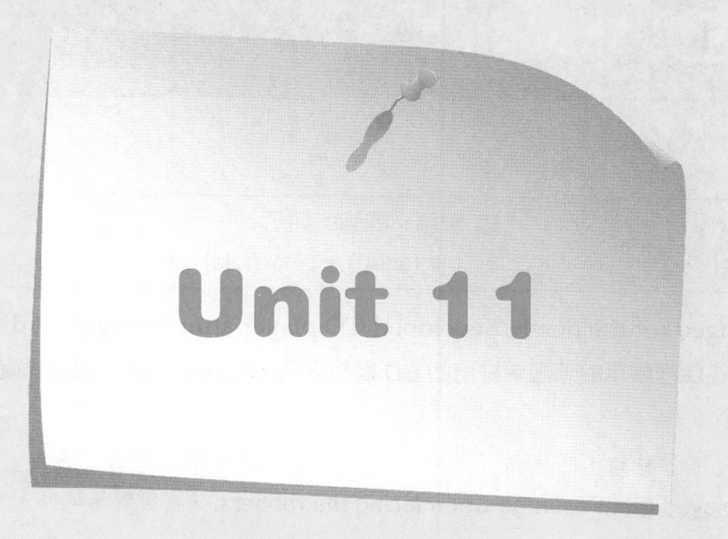

Leisure 休閒

TOPIC 1 Shopping 購物

Track 65

1	**display** [dɪˋsple]	名 展示；陳列；顯示 源 dis (apart) + play (fold)

Mark longed for the newly developed CD player after seeing it on **display** in the store.
自從看到在店裡展示的那個新推出的 CD 唱盤之後，馬克就一直非常想要擁有它。

大師提點

display 也可當動詞，除了指「展示；陳列」外，還可指「顯露；表現」，例如：The bank clerk displayed great courage when facing the robbers.「在面對搶匪時，那個銀行職員展現了無比的勇氣。」

同
- ☐ **exhibition** [ˏɛksəˋbɪʃən] 展示；展覽（會）
- ☐ **show** [ʃo] 展示；演出；（電視、廣播）節目；展覽會
- ☐ **manifestation** [ˏmænəfɛsˋteʃən] 表現；顯現

2	**purchase** [ˋpɝtʃəs]	名 購買；購得物 源 pur (forward) + chase (take)

We will deliver your **purchases** to your home in three days.
我們會在三天之內將你所購買的物品送到府上。

大師提點

purchase 亦可作動詞，指「購買；採購」，用法如：The Hughs purchased a 3-bedroom house in West London for £250,000.「休家花了 25 萬英鎊在倫敦西區買了一幢三房的屋子。」

同
- ☐ **buying** [ˋbaɪɪŋ] 購買
- ☐ **buy** [baɪ] 買到的東西；廉價品
- ☐ **acquisition** [ˏækwɪˋzɪʃən] 取得（物）；購得（物）
  mergers and acquisitions（企業的）合併與收購

3	**bargain** [ˋbɑrgən]	動 講價；討價還價；磋商

If we **bargain** with them, they might reduce the price.
如果我們跟他們討價還價，他們可能會降低價錢。

大師提點

bargain 可作名詞用，指「廉價品；便宜貨；交易；協議」。

同 □ **haggle** [ˋhægḷ] 殺價；討價還價
□ **negotiate** [nɪˋgoʃɪˏet] 商議；磋商；談判；交涉

4	**brand** [brænd]	名 商標；品牌；烙記

Eileen decided to try a new **brand** of soap because it was on sale.
因為那個新品牌的香皂在特價，因此艾琳決定試用看看。

大師提點
brand 亦可作動詞用，指「打上烙印；使留下永久的污名」。另，注意 brand-name [ˋbrændˏnem] 指「名牌的」，brand-new 指「嶄新的」。

同 □ **trademark** [ˋtredˏmɑrk] 商標；（某人的）標記
□ **stigma** [ˋstɪgmɑ] 恥辱；汙名；汙點；（奴隸、犯人等身上的烙印）

5	**coupon** [ˋkupɑn]	名 折價券 源 coup (cut) + on (n.)

Courtney carefully cut a **coupon**, which was good for 25% off jeans at the department store, out of the newspaper.
寇特妮小心翼翼地剪下報紙上的折價券，用那張折價券在百貨公司買牛仔褲可以打七五折。

大師提點
coupon 源自法文，原意為「被切下來的一塊」。coupon 也可念作「ˋkjupɑn」。

6	**customer** [ˋkʌstəmɚ]	名 顧客；買主 源 custom + er (agent)

Jessica helped the **customer** choose a tie to match the suit he had just bought.
潔西卡幫那個顧客挑選領帶以搭配他剛買的西裝。

大師提點
customer 原指 collector of customs「收關稅的人」。

同 □ **shopper** [ˋʃɑpɚ] 購物者
□ **buyer** [ˋbaɪɚ] 購買者；買主
□ **purchaser** [ˋpɝtʃəsɚ] 買方；購買者
□ **patron** [ˋpetrən] 主顧；贊助者
□ **client** [ˋklaɪənt] 客戶；委託人

7	**discount** [ˋdɪskaʊnt]	名 折扣 源 dis (apart) + count

You can get a 10% **discount** on everything you buy today if you sign up for a store credit card.

只要你辦理本商店的信用卡，當天購物全面九折優惠。

大師提點

discount 也可作動詞用，指「打折」，例如：All items have been discounted.「所有的商品都有折扣。」

同
- ☐ **reduction** [rɪˋdʌkʃən] 減少；降價
- ☐ **rebate** [ˋribet] 折扣；部分退款

8	**shopping cart** [ˋʃɑpɪŋ ˏkɑrt]	名 購物推車

Since we need to buy a lot of stuff, we should go get a **shopping cart**.

既然我們得買很多東西，我們應該去拿一臺購物推車。

大師提點

cart 可指「（運貨用的）馬車；牛車」或「手推車」。另，「購物袋」叫作 shopping bag [ˋʃɑpɪŋ ˏbæg]。

9	**workmanship** [ˋwɜkmənˏʃɪp]	名 做工；工藝；技巧 源 work + man + ship (skill)

The **workmanship** on these dining tables and matching chairs is extraordinary.

這些餐桌和配套椅子的做工不同凡響。

大師提點

workmanship 由另一名詞 workman「工匠；技工」衍化而來。

同
- ☐ **craftsmanship** [ˋkræftsmənˏʃɪp] 手藝；手工；做工
- ☐ **handicraft** [ˋhændɪˏkræft] 手工藝；手藝；技巧
- ☐ **handiwork** [ˋhændɪˏwɜk] 手工；手藝；手工藝
- ☐ **technique** [tɛkˋnik] 技巧；技術；手法
- ☐ **skill** [skɪl] 技術；技能；技巧

10	**label** [ˋlebl̩]	名 標籤；籤條

By using plain **labels**, generic food brands can afford to charge less because of the money saved on packaging.

藉著使用簡單的標籤，沒有品牌的食物能低價販售，因為省下了大筆的包裝費。

大師提點

label 可作動詞用，指「貼上標籤；用籤條標明」，例如：It's advisable to label every piece of your luggage.「你的每一件行李最好都貼上標籤。」

同 □ **tag** [tæg] 標籤；附籤

□ **sticker** [ˋstɪkɚ] 黏貼標籤；貼紙

11	**(shopping) mall** [mɔl]	名 大型購物中心；購物商場

The **shopping mall** is always packed with shoppers during Christmas season.

那個大型購物中心在聖誕節期間總是擠滿了購物的人潮。

大師提點

「購物中心」為 shopping center [ˋsɛntɚ]。

12	**cash register** [ˋkæʃ ˏrɛdʒɪstɚ]	名 收銀機

There was a long line at the **cash register** as many people had come out to take advantage of the big sale.

收銀機處有一長排的人，因為很多人都利用大拍賣的機會出門購物。

大師提點

「收銀員」稱為 cashier [kæˋʃɪr]。

13	**change** [tʃendʒ]	名 零錢；找零

He told the taxi driver to keep the **change** and got out of the taxi.

他告訴那個計程車司機不用找零，然後就下了計程車。

大師提點

一般 change 多作「改變；變化」解。注意，作「零錢」解時為不可數。另，動詞用法的 change 除了指「改變；變化」之物，還可指「兌換（貨幣）」，例如：Where can I change my U.S. dollars into Renminbi?「我在哪裡可以把美金兌換成人民幣？」

同 □ **coin** [kɔɪn] 零錢；銅板；硬幣

14	**gift certificate** [ˋgɪft sɚˏtɪfəkɪt]	名 禮券

I didn't know what to get you, so I bought you a $50 **gift certificate** from the department store — you can spend it on whatever you want!

我不知道要買什麼給你，所以就跟百貨公司買了 50 美元的禮券——你想買什麼就買什麼！

大師提點

certificate 可指「證明（書）；憑單」，例如：birth/death certificate「出生／死亡證明書」。

15	**traveler's check** [ˋtrævləz ˏtʃɛk]	名 旅行支票

Sorry, sir, but we don't take **traveler's checks** — we only accept credit card or cash.

對不起，先生，我們不收旅行支票——我們只接受信用卡或現金。

大師提點

注意，美式英文中 check 除了指「支票」外，還可指「餐館的帳單」。另，「把支票兌換成現金」叫 cash a check 。

16	**for sale**	供出售；待售

Sorry, this item is on display; it's not **for sale**.

抱歉，這一件物品是展示用的，並不出售。

大師提點

put sth. up for sale 指「將某物供出售」，例如：They have decided to put their house up for sale.「他們已經決定出售他們的房子。」

17	**on sale**	出售中；拍賣中

He bought the jacket **on sale** for half the price it used to cost.

他在大拍賣的時候以原價的一半買了那件夾克。

大師提點

on sale 指「商店以降價、打折的方式出售物品的拍賣」；「多人以出價競標方式購得物品的拍賣」稱為 auction [ˋɔkʃən]。

18	**affordable** [ə`fɔrdəbḷ]	形 負擔得起的 源 af (to) + ford (further) + able

Erica wants to buy a giant TV but her husband thinks they should find something more **affordable**.

艾莉卡想買一臺超大電視機，但是她先生認為應該買比較負擔得起的。

大師提點

affordable 由動詞 afford [ə`fɔrd]（買得起；承擔得起）衍生而來。afford 常與 can 或 could 連用，例如：We can't afford to lose such as important client like you.「失去像您這麼重要的客户我們可是擔當不起。」

19	**economical** [ˌikə`nɑmɪkḷ]	形 經濟的；節約的 源 eco (home) + nom (law) + ic (adj.) + al (of the kind)

This computer is so old that it might be more **economical** to buy a new one than to try to repair this one.

這臺電腦太舊了，買臺新的可能比把舊的送修划算。

大師提點

economical 由名詞 economy [ɪ`kɑnəmɪ]（經濟；經濟制度；經濟情況；節約；節省）衍生而來。注意，勿將 economical 與另一形容詞 economic 混淆，後者通常用來指「經濟上的；經濟學的」。

同 □ **thrifty** [`θrɪftɪ] 節約的；節儉的
□ **frugal** [`frugḷ] 節儉的；樸實的

反 □ **wasteful** [`westfəl] 浪費的；揮霍的
□ **extravagant** [ɪk`strævəgənt] 奢侈的；浪費的

20	**be out of**	缺貨；用光

The store **was out of** the type of shampoo that Scott usually uses, so he tried something different.

史考特平常用的那種洗髮精店裡缺貨，所以他就試別的牌子。

大師提點

out of 也常與動詞 run 連用，例如：We've run out of gas.「我們的汽油用完了。」

TOPIC 2 Performing Arts 表演藝術

Track 66

1	**applaud** [ə`plɔd]	動 鼓掌；向……喝采 源 ap (to) + plaud (clap)

After the play, everyone stood up and **applauded** the wonderful performance.
表演結束後，所有觀衆起立鼓掌，為絶妙的演出喝采。

同 □ **clap** [klæp] 拍手；鼓掌
□ **acclaim** [ə`klem] 報以掌聲；喝采；歡呼迎接
反 □ **boo** [bu] 向……發出噓聲；喝倒采
□ **disparage** [dɪ`spærɪdʒ] 輕蔑；貶抑
衍 □ **applause** [ə`plɔz] 名 鼓掌喝采；讚賞

2	**audience** [`ɔdɪəns]	名 聽衆；觀衆 源 audi (hear) + ence (n.)

Tonight's **audience** was barely awake, much less attentively watching the play.
今晚的觀衆根本就快睡著了，更別提要專心看戲劇了。

大師提點

audience 如同 class 、 family 、 crowd 、 group 等，為集合名詞，意即，其後動詞依所指的「群體」或「個別成員們」來決定其單或複數。本例句中的 audience 指「群體」，故動詞用單數；複數的用法如： The <u>audience</u> are from all sorts of backgrounds.「觀眾們來自各種不同的背景。」

同 □ **listeners** [`lɪsn̩ɚz] 聽衆（複數）
□ **spectators** [`spɛktetɚz] 觀衆（複數）

3	**auditorium** [ˌɔdə`torɪəm]	名 禮堂；觀衆席 源 audi (hear) + torium (place)

I think the high school **auditorium** was the perfect place for the show because it had enough room for everyone and the lighting was excellent.
我認為這所高中的禮堂是最理想的表演場地，因為不但空間足以容納所有觀衆，燈光效果也一級棒。

大師提點

注意， auditorium 除了指「禮堂」外，還可指「戲院、電影院等的觀眾席」。

同 □ **hall** [hɔl] 會堂；禮堂；大廳；門廳

4	**balcony** [ˋbælkənɪ]	名（劇場等的）包廂、樓座；陽臺

The view from the **balcony** was very good since it was high enough to see the entire stage.
包廂的視野很好，因為高度剛好可以俯瞰整個舞臺。

大師提點

balcony 源自義大利文 balcone。

同 ☐ **gallery** [ˋgælərɪ]（劇場等的）樓座；陽臺；藝廊
☐ **veranda** [vəˋrændə] 陽臺；遊廊

5	**celebrity** [sɪˋlɛbrətɪ]	名 名人；名聲 源 celebr (famous) + ity (n.)

In addition to movie stars, a lot of other **celebrities** came to the opening as well.
除了電影明星之外，還有很多名人來參加開幕儀式。

同 ☐ **luminary** [ˋluməˏnɛrɪ] 名人；傑出人物
☐ **personage** [ˋpɜsn̩ɪdʒ] 名人；要人；（戲劇中之）人物；角色
☐ **personality** [ˏpɜsn̩ˋælətɪ] 個性；性格；名人；名士
☐ **fame** [fem] 名氣；聲譽
☐ **renown** [rɪˋnaʊn] 名聲；名望
☐ **reputation** [ˏrɛpjəˋteʃən] 名譽；名聲
衍 ☐ **celebrated** [ˋsɛləˏbretɪd] 形 有名的；著名的

6	**choreography** [ˏkorɪˋɑgrəfɪ]	名 編舞；舞藝

Their MTV won so many awards not only because of the song but also because of the outstanding **choreography**.
他們的 MTV 贏了這麼多獎項不只是因為歌曲動聽，也因為編舞非常傑出。

大師提點

choreography 由動詞 choreograph [ˋkorɪəˏgræf]（編舞）衍生而來。

衍 ☐ **choreographer** [ˏkorɪˋɑgrəfɚ] 名 編舞者；舞蹈指導

7	**composer** [kəm`pozɚ]	名 作曲家；創作者 源 com (together) + pos (put) + er (agent)

John Williams is a very famous **composer** and symphony conductor who has written many movie soundtracks.

約翰．威廉是一個非常有名的作曲家和交響樂團指揮家，他曾經寫了許多電影配樂。

大師提點

composer 由動詞 compose [kəm`poz]（創作；組成；使鎮定）衍生而來。

衍
- ☐ **composition** [ˌkɑmpə`zɪʃən] 名 作曲；作文；組合；合成物；構成要素
- ☐ **composure** [kəm`poʒɚ] 名 鎮定；沉著
- ☐ **composed** [kəm`pozd] 形 鎮定的；沉著的

8	**conductor** [kən`dʌktɚ]	名 指揮；領導者；列車長；導體 源 con (together) + duc (lead) + tor (agent)

As the audience cheered and applauded, the **conductor** slowly lowered his baton, pivoted and graciously bowed to the crowd.

在觀眾的歡呼鼓掌下，那個指揮家慢慢地放下他的指揮棒，原地轉身，然後優雅地向觀眾行禮。

大師提點

conductor 由動詞 conduct [kən`dʌkt]（指揮；管理；經營；實施；傳導）衍生而來。注意，conduct 可作名詞，但發音為 [`kɑndʌkt]，可用來指「行為；舉止；品行」或「經營；管理；指導；實施」。

衍
- ☐ **conduction** [kən`dʌkʃən] 名 傳導；輸送；引流
- ☐ **conductible** [kən`dʌktəbl̩] 形 可傳導的；可輸送的

9	**critic** [`krɪtɪk]	名 評論家；批評者 源 crit (judge) + ic (n.)

Despite the **critic**'s positive review of the movie, the people who have gone to see it don't really like it.

儘管影評人的評價是正面的，但是去看過那部電影的人並不是那麼喜歡它。

同
- ☐ **reviewer** [rɪ`vjuɚ] 評論者；批評家；檢閱者
- ☐ **commentator** [`kɑmənˌtetɚ] 評論者；實況解說員
- ☐ **criticizer** [`krɪtəˌsaɪzɚ] 批評者；指責者

衍
- ☐ **criticism** [`krɪtəˌsɪzm̩] 名 批評；批判；非難
- ☐ **criticize** [`krɪtəˌsaɪz] 動 批評；批判；指責
- ☐ **critical** [`krɪtɪkl̩] 形 批評的；審慎的；關鍵的；危急的
  in a critical condition 情況危急
- ☐ **critique** [krɪ`tik] 名 批評；評論

10	**cue** [kju]	名 提示；暗示；信號

The singer missed her **cue** from the conductor and started too late in the song.
那個歌手錯過了指揮給她的提示，起頭太慢了。

同
- ☐ **hint** [hɪnt] 提示；暗示；示意
- ☐ **tip** [tɪp] 尖端；小費；祕密消息；訣竅；暗示
- ☐ **signal** [ˋsɪgn̩l] 信號；暗號；號誌
- ☐ **sign** [saɪn] 符號；招牌；手勢；暗號；徵兆

11	**orchestra** [ˋɔrkɪstrə]	名 管絃樂隊

Peter's younger brother plays the violin in the city symphony **orchestra**.
彼得的弟弟在市立交響樂團中拉小提琴。

大師提點

orchestra 源自希臘文，原意為 dance「跳舞」。例句中的 symphony [ˋsɪmfənɪ] 指「交響樂、交響曲」。另，「協奏曲」為 concerto [kənˋtʃɛrto]，「奏鳴曲」則為 sonata [səˋnɑtə]。

12	**premiere** [prɪˋmjɛr]	動 初次上演；首次上映

The movie **premieres** May 12th, but you can buy tickets up to a week early by making an online reservation.
電影首映日是 5 月 12 日，但是一個禮拜之前即可用網路訂票。

大師提點

premiere 源自法文，原意為 first「第一」。premiere 亦可作名詞用，指「（戲劇的）首演」或「（電影的）首映」。另，première 為法文的拼寫方式。

13	**play the lead** [lid]	擔任主角

Isabella, after a very competitive audition process, was chosen to **play the lead** in the director's new film.
經過一場競爭非常激烈的試鏡之後，伊莎貝拉被選出在那個導演的新片中擔任女主角。

大師提點

lead 作為名詞用除了指「主角」外，還有「率先」（如：take the lead「帶頭」）、「榜樣」（如：follow sb.'s lead「效法某人」）、「（在比賽中的）領先」、「頭條新聞」、「線索」等義。另，「配角」叫 support [səˋport]，「男演員」為 actor [ˋæktɚ]，「女演員」為 actress [ˋæktrɪs]，而「卡司（演員陣容）」則是 cast [kæst]。

14	**set** [sɛt]	名（舞臺）布景；（電影）攝影場

It took Jennifer five months to create the elaborate **set** for the new musical.

珍妮佛花了五個月的時間才設計創造出那齣音樂劇精細複雜的舞臺布景。

大師提點

set 作名詞時常指「一套、一組（工具、裝置）」，例如： a set of kitchenware「一套廚房用具」。

同 □ **scenery** [ˋsinərɪ] 風景；景色；舞臺布景

□ **studio** [ˋstjudɪˏo]（畫家、攝影師等的）工作室；錄音室；電影攝影場；單房的小公寓

15	**playwright** [ˋpleˏraɪt]	名 劇作家 源 play + wright (worker)

Arthur Miller, author of *Death of a Salesman*, was no doubt one of the greatest **playwrights** of the 20th century.

《推銷員之死》的作者亞瑟．米勒毫無疑問是二十世紀最偉大的劇作家之一。

大師提點

注意 playwright 的拼法。

同 □ **dramatist** [ˋdræmətɪst] 劇作家

16	**theater/theatre** [ˋθiətɚ]	名 劇場；戲院；戲劇；電影院 源 thea (view) + ter (place)

The old **theater**, with its plush velvet seats and sparkling chandelier, was still beautiful to behold.

有著高級絲絨座椅和閃閃發亮的水晶吊燈的老戲院看起來依然很美。

大師提點

在英國「電影院」用 cinema [ˋsɪnəmə] 表示，在美國則稱為 movie theater 。注意例句中 chandelier「水晶吊燈」的發音為：[ˌʃændl̩ˋɪr]。

同 □ **playhouse** [ˋpleˏhaʊs] 劇場；戲院

□ **drama** [ˋdrɑmə] 戲劇；戲劇文學

17	**rehearsal** [rɪˋhɝsḷ]	名 排練；試演 源 re (again) + hears (strike) + al (n.)

We had a **rehearsal** scheduled for 2 p.m., but our leading actor was so late that we didn't start until 6.

我們原訂下午兩點要排練，但是男主角遲到很久，因此我們一直到六點才開始。

大師提點

rehearsal 由動詞 rehearse [rɪˋhɝs] 衍生而來。rehearsal 指一般的排練，著正式戲服的「彩排」叫作 dress rehearsal [ˋdrɛs ˋrɪhɝsḷ]。

18	**standing ovation** [ˋstændɪŋ oˋveʃən]	名 起立鼓掌

The arrogant actress, expecting a **standing ovation** at the end of her performance, was stunned when not a single person clapped for her.

那個傲慢自大的女演員原本期待在她表演完之後觀眾會起立鼓掌，但是當她發現沒有任何一個人為她拍手時覺得很震驚。

大師提點

standing 指「站立的」、ovation 指「熱烈鼓掌」。

19	**blockbuster** [ˋblɑkˏbʌstɚ]	名 轟動一時的作品（如電影、小說等） 源 block + bust + er (agent)

The biggest summer **blockbusters** are usually the ones that feature lots of special effects and fighting scenes.

夏季最轟動的電影通常都是以特效和打鬥場面為主的一些片子。

大師提點

blockbuster 原指「可炸燬 (bust) 整個街區 (block) 的炸彈」。

20	**box office** [ˋbɑks ˏɔfɪs]	名（戲院、電影院等的）售票處；票房

Let's meet at the **box office**, so we can enter the theater directly.

我們在售票處碰頭，這樣我們就可以直接進入戲院。

大師提點

box office 為複合名詞，可轉化為形容詞用，但需用連字號 (hyphen [ˋhaɪfən]) 連接：box-office。box-office 的用法如：The play received poor reviews, but it was a box-office success.「那齣戲得到的評論很差，但是卻很賣座。」

TOPIC 3 Mass Media 大眾傳播媒體

Track 67

1	**announce** [ə`naʊns]	動 宣布；公布 源 an (to) + nounce (make known)

According to the newspaper, their spokesman **announced** yesterday that there would be an official merger of the two companies.

根據報紙的報導，他們的發言人昨天宣布了這兩家公司將正式合併的消息。

同
- ☐ **declare** [dɪ`klɛr] 宣布；聲明；宣言；申報
- ☐ **proclaim** [prə`klem] 宣言；宣告；聲明
- ☐ **promulgate** [prə`mʌl͵get] 發布；宣揚
- ☐ **publicize** [`pʌblɪ͵saɪz] 宣傳；公布

反
- ☐ **withhold** [wɪð`hold] 扣留；保留；拒給
- ☐ **suppress** [sə`prɛs] 壓抑；抑制；封鎖；鎮壓
- ☐ **conceal** [kən`sil] 隱藏；隱瞞；掩蓋

衍
- ☐ **announcement** [ə`naʊnsmənt] 名 宣布；公布
- ☐ **announcer** [ə`naʊnsɚ] 名 宣告者；廣播員；播音員

2	**reach** [ritʃ]	動 到達；傳到；觸及；延伸到；與……聯繫

The video **reached** millions of people, thanks to the TV station's active involvement.

多虧那家電視臺的積極參與，這支錄影帶才能讓好幾百萬人看到。

同
- ☐ **arrive at** 抵達；到達
- ☐ **get to** 抵達；達到；開始做
- ☐ **touch** [tʌtʃ] 達到；觸及；觸摸
- ☐ **extend** [ɪk`stɛnd] 延長；伸出；擴張
- ☐ **contact** [`kɑntækt] 接觸；聯繫
- ☐ **get in touch with** 與……聯絡

3	**be exposed to** [ɪk`spozd]	暴露於（危險等）

Sarah did not want her children to **be exposed to** violence and sex on TV, so she refused to get cable.

莎拉不希望她的孩子看到電視上的暴力及性愛畫面，所以她拒裝有線電視。

大師提點

expose [ɪk`spoz] 的意思是「使顯露；使暴露；使曝光」，be exposed to 為被動用法。另，例句中的 cable [`kebḷ] 指的是 cable TV（注意，cable 原指「纜繩；電纜」）。

4	**keep up with**	跟上……；趕上……

Events happen so quickly that it's hard to **keep up with** all of the news.

事件發生得非常快，我們很難跟上那麼多新聞的腳步。

大師提點

keep up 本身為「跟上；不落後」之意，例如：We're falling far behind, so we need to try to keep up.「我們落後得很多，所以我們必須努力跟上。」

5	**endorse** [ɪn`dɔrs]	動 支持；贊同；認可；簽名；背書 源 en (on) + dorse (back)

If we can get some superstar to **endorse** our new product in a TV commercial, I'm sure it will sell well.

如果我們能找個超級巨星在電視廣告中代言我們的產品，我相信一定會賣得很好。

同 □ **support** [sə`port] 支持；支撐；維持；贊成；擁護
□ **approve** [ə`pruv] 贊成；認可；批准
□ **ratify** [`rætə͵faɪ] 批准；認可
□ **sign** [saɪn] 簽名；在……上簽署
□ **vouch for** 保證；擔保

反 □ **disapprove** [͵dɪsə`pruv] 不贊成；不認可
□ **repudiate** [rɪ`pjudɪ͵et] 否認；駁斥；拒絕接受
□ **spurn** [spɜn] 拒斥；嗤之以鼻

衍 □ **endorsement** [ɪn`dɔrsmənt] 名 支持；贊同；簽名；背書

6	**correspondent** [ˌkɔrɪˋspɑndənt]	名 通訊記者；特派員 源 cor (together) + re (back) + spond (promise) + ent (agent)

Francine worked for twenty years in Germany as a foreign **correspondent** for our newspaper.

法蘭欣擔任我們報社駐德國的特派員達二十年之久。

大師提點

correspondent 由動詞 correspond [ˌkɔrɪˋspɑnd]（通信；符合；一致）衍生而來。correspondent 亦可作形容詞，意思是「符合的；一致的」，例如：a result correspondent with the expectation「符合預期的結果」。

衍 □ **correspondence** [ˌkɔrɪˋspɑndəns] 名 通信；一致；符合

correspondence school 函授課程

7	**broadcast** [ˋbrɔdˌkæst]	動 廣播；播放 源 broad (widely) + cast (throw)

Broadcast to 150 countries around the world, the Academy Awards is probably the most-watched show each year.

奧斯卡頒獎典禮在全世界 150 個國家轉播，堪稱是每年觀衆最多的節目。

大師提點

broadcast 也可作名詞用，指「廣播（節目）」。注意，例句中的 broadcast 為過去分詞（亦可拼成 broadcasted）。另，simulcast [ˋsaɪml̩ˌkæst] 指「同時播出；同步播放」（= simultaneous [ˌsaɪml̩ˋtenɪəs]（同時的）+ broadcast ）。

同 □ **radio** [ˋredɪˌo] 用無線電通訊；廣播

□ **televise** [ˋtɛləˌvaɪz] 由電視播放

□ **put on the air** 播出；廣播

8	**image** [ˋɪmɪdʒ]	名 影像；圖像；映像；形象

Something is wrong with your TV; the **images** keep flickering.

你的電視有問題；畫面一直在跳動。

大師提點

image 源自拉丁文 imago ，原意為 likeness「相似」。

同 □ **picture** [ˋpɪktʃɚ] 圖畫；照片；畫面；心像

□ **representation** [ˌrɛprɪzɛnˋteʃən] 描述；肖像；心像；代表

□ **reflection** [rɪˋflɛkʃən]（反射的）影像；映像；深思

□ **figure** [ˋfɪgjɚ] 圖形；人形；體態；形象；大人物；數字

9	**impact** [`ɪmpækt]	名 碰撞；衝擊；影響 源 im (in) + pact (strike)

This special report focuses on the possible **impacts** of global warming on world economy.
這篇特別報導的焦點在討論全球暖化對於世界經濟所造成的可能衝擊。

大師提點

impact 可作動詞，但發音為：[ɪm`pækt]，用法如：The rising costs will definitely impact our profitability.「不斷上漲的成本肯定會影響我們的獲利。」

同
- ☐ **collision** [kə`lɪʒən] 碰撞；衝突；牴觸
- ☐ **concussion** [kən`kʌʃən] 衝擊；腦震盪
- ☐ **influence** [`ɪnfluəns] 影響（力）；作用
- ☐ **effect** [ɪ`fɛkt] 效果；影響

10	**the press**	名 新聞界

Twenty seats were reserved for **the press**, so the mayor's speech would get coverage in the newspapers.
市長發表演說時給新聞界保留了二十個座位，如此他的談話便能被刊登在報上。

大師提點

press 原指「印刷；出版」，用來指「新聞界」時必須加定冠詞。另，注意例句中的 coverage [`kʌvərɪdʒ] 在此指「新聞報導」，其動詞為 cover [`kʌvɚ]。

同
- ☐ **the fourth estate** 新聞界（被視為是貴族、教會和平民等三階層之外的「第四階層」）

11	**press conference** [`prɛs ͵kɑnfərəns]	名 記者招待會

The Prime Minister decided to hold a **press conference** and announce his resignation from his post.
首相決定舉行記者會宣布辭去他的職務。

同
- ☐ **news conference** [`njuz ͵kɑnfərəns] 記者會

12	**press release** [ˋprɛs rɪˏlis]	名 新聞稿

They sent out a **press release** to all the local media, announcing the launch of their new PDA.

他們發新聞稿給當地所有媒體，宣布推出他們的新型掌上型電腦。

大師提點

PDA（= personal digital [ˋdɪdʒɪtḷ] assistant）指「個人數位助理」，即「掌上型電腦」。

13	**journalist** [ˋdʒɝnḷɪst]	名 新聞工作者；新聞記者 源 journal (daily) + ist (person)

David works as a sports **journalist** for a local TV station.

大衛在一家本地的電視臺擔任體育記者。

大師提點

journalist 由名詞 journal [ˋdʒɝnḷ]（日報；期刊）衍生而來。

同 ☐ **reporter** [rɪˋportɚ] 記者；報告者

☐ **newsperson** [ˋnjuzˏpɝsṇ] 記者（包括 newsman「男記者」和 newswoman「女記者」）

衍 ☐ **journalistic** [ˏdʒɝnḷˋɪstɪk] 形 新聞的；記者的

journalistic English 新聞英語

☐ **journalism** [ˋdʒɝnḷˏɪsṃ] 名 新聞業；新聞學

14	**program** [ˋprogræm]	名 節目（單）；計畫；方案；（電腦）程式 源 pro (forward) + gram (sth. written)

Jason's favorite **program** is a comedy that is on Fridays at 9:00, and he never misses it.

傑森最喜歡看的節目是星期五晚上九點檔的喜劇，而且他一次都沒錯過。

大師提點

program 可作動詞用，指「安排節目；擬定計畫；編寫程式；設定」，例如：The system is programmed to activate itself at 9:00 a.m. every morning.「這套系統被設定於每天早上九點自行啓動。」

同 ☐ **show** [ʃo] 演出；展示；（電視或廣播）節目；秀

☐ **playbill** [ˋpleˏbɪl] 戲單；節目單

☐ **plan** [plæn] 計畫；規劃；方案

衍 ☐ **programming** [ˋprogræmɪŋ] 名 程式設計；節目策劃

☐ **programmer** [ˋprogræmɚ] 名 程式設計員；節目策劃者

15	**talk show** [ˋtɔk ˏʃo]	名 訪談節目；脫口秀

Larry King is probably the most well-known **talk show** host.

賴瑞・金可能是最有名的脫口秀主持人。

大師提點

talk show 在英國稱為 chat show [ˋtʃæt ˏʃo]。

16	**call-in/call-out**	名 打電話到廣播或電視節目上（扣應）／由廣播或電視節目上撥出電話

Instead of just receiving **call-ins**, the host of the show is going to make some **call-outs** tonight for a change.

為了讓節目有些變化，主持人今晚將在節目中打電話出去，而不光只接扣應。

大師提點

call-in/call-out 為名詞用法，動詞用法為片語形式：call in/call out。另，例句中的 host [host] 除了指「節目主持人」外，還可指「宴會的主人」。

17	**multimedia** [mʌltɪˋmidɪə]	形 多媒體的 源 multi (many) + media

Their **multimedia** approach drew a lot of praise for its creative combination of music, poetry, and pictures.

他們所採用的多媒體方式獲得許多掌聲，因為它非常有創意地結合了音樂、詩和圖片。

大師提點

multimedia 原為名詞，指「多媒體」。

18	**live** [laɪv]	副 以實況（轉播）；在表演現場

We went to hear the band perform **live**, but were very disappointed by their off-key singing.

我們去聽那一個樂團的現場表演，但是對他們唱歌走調感到非常失望。

大師提點

live 也可以當形容詞用，例如：This is live music; it is not pre-recorded or canned music.「這是現場演奏的音樂，並非預錄的或罐頭音樂。」（注意，live 當動詞（「生活；生存」）用時，念成 [lɪv]。）

19	**via satellite** [ˋsætḷ͵aɪt]	經由衛星傳送

The Super Bowl game was broadcast live via **satellite**.

這場超級足球盃經由衛星做實況轉播。

大師提點

注意，via [ˋvaɪə]（經由；藉由）為介系詞。另，所謂的 SNG 指的是 satellite news gathering。

20	**rerun** [ˋri͵rʌn]	名 重播 源 re (again) + run

If you miss the show tonight, you can watch the **rerun** tomorrow morning.

如果你錯過今晚的節目，可以明天早上看重播。

大師提點

rerun 亦可作動詞，但須念成 [riˋrʌn] 例如：They have rerun the movie three times already.「那部電影他們已經重播了三次。」

TOPIC 4 Sports and Fitness 運動與健康

Track 68

1	**exert** [ɪgˋzɝt]	動 運用（力量、技巧等）；盡力 源 ex (out) + ert (bind together)

As it's your first day, try to take it easy — if you **exert** your muscles too much, you'll be in too much pain to run tomorrow.

因為這是你的第一天，所以不要急──如果你過度使用肌肉，明天你就會痛得沒有辦法跑步。

同 □ **exercise** [ˋɛksə͵saɪz]（使）運動；操練；運用（權力、力量等）
□ **make an effort** [ˋɛfɚt] 努力；盡力

衍 □ **exertion** [ɪgˋzɝʃən] 名（力量的）發揮；運用；努力；致力

2	**stretch** [strɛtʃ]	動 伸展；展開

Paula always **stretches** before she jogs in the morning to help loosen her muscles.

早上寶拉慢跑前總要先伸展筋骨，放鬆肌肉。

大師提點

stretch 也可作名詞，用法如：do a few stretches「做幾個伸展運動」。

同 □ **extend** [ɪkˋstɛnd] 擴展；延伸
□ **draw out** 展開；拉長

3	**warm up**	（運動前）做熱身；（機器等）預熱

It's important to **warm up** before doing anything physically strenuous.

在做激烈運動之前一定要先做好熱身。

大師提點

warm-up 或 warmup [ˋwɔrm͵ʌp] 為名詞用法，例如：a five-minute warm-up「五分鐘的熱身／熱機」。

4	**push-up** [ˋpuʃˏʌp]	名 伏地挺身

How many **push-ups** can you do in one minute?

你一分鐘可以做幾個伏地挺身？

大師提點

push-up 也可拼寫成 pushup 。

5	**sit-up** [ˋsɪtˏʌp]	名 仰臥起坐

When you do **sit-ups**, it's better to bend your knees in order not to strain your back muscles.

做仰臥起坐的時候最好膝蓋彎曲，以免拉傷背部肌肉。

大師提點

sit-up 也可拼寫成 situp 。

6	**work out**	鍛鍊；健身

I went to the health club to **work out** and now I feel totally exhausted.

我去了健身房健身，現在覺得筋疲力盡。

大師提點

workout [ˋwɜkˏaut] 為名詞用法，例如： do a workout every day「每天做鍛鍊」。

同 □ **exercise** [ˋɛksəˏsaɪz] 運動；鍛鍊

7	**physical fitness** [ˋfɪzɪkḷ ˋfɪtnɪs]	名 身體健康；體能

In the health conscious Nineties, **physical fitness** was a big concern.

在健康意識抬頭的 90 年代，身體的健康是人們關注的重點。

大師提點

physical 除了指「物理的」之外，還可指「身體的」，例如： physical education 即指「體育」。另， fit [fɪt] 除了指「適合的；恰當的」之外，還可指「健康的；強健的」，例如： He works out twice a week to keep fit.「他每星期做兩次健身以保持身體健康。」

8 **gym**
[dʒɪm]
名 體育館；健身房

There's a **gym** near my office, so it's very convenient for me to get some exercise after work.
我辦公室附近就有一間健身房，所以對我而言下班後做些運動很方便。

大師提點
gym 為 gymnasium [dʒɪm`nezɪəm] 的縮減；同源字 gymnastics [dʒɪm`næstɪks] 指「體操」。

9 **health club**
[`hɛlθ ˌklʌb]
名 健身俱樂部

The **health club** was full of college students trying to release their academic pressures.
這家健身俱樂部滿是到此釋放課業壓力的大學生。

大師提點
相關字還有 health spa [`hɛlθ ˌspɑ]（附水療設施的健身俱樂部）、health farm [`hɛlθ ˌfɑrm]（位於鄉間的健身美容中心；健身莊）。

10 **membership**
[`mɛmbɚˌʃɪp]
名 會員身分；會員資格

Kenny's wife bought him a year's worth of **membership** at the gym as an obvious hint that he needed to lose weight.
肯尼的太太幫他買了健身房一年的會員，明顯地暗示他該減肥。

大師提點
membership 原為 member「會員」的抽象名詞，但可轉指「全體會員；會員人數」，例如：We hope to double our membership this year.「我們希望今年我們的會員人數能夠增加一倍。」

11 **extreme sport**
[ɪk`strim ˌsport]
名 極限運動

Extreme sports are exciting to watch, but they can be very dangerous.
觀賞極限運動非常刺激，但是這些運動相當具危險性。

大師提點
常見的極限運動包括：bungee jumping [`bʌndʒi ˌdʒʌmpɪŋ]（高空彈跳）、skydiving [`skaɪˌdaɪvɪŋ]（高空跳傘）、hang gliding [`hæŋ ˌglaɪdɪŋ]（滑翔翼運動）、rock climbing [`rɑk ˌklaɪmɪŋ]（攀岩）、windsurfing [`wɪndˌsɝfɪŋ]（風帆衝浪）、snowboarding [`snoˌbordɪŋ]（滑雪板運動）、whitewater rafting [`hwaɪwɔtɚ ˌræftɪŋ]（激流泛舟）。

12	**relaxation** [ˌrilæksˋeʃən]	名 放鬆；緩和；消遣；娛樂 源 re (back) + lax (loose) + ation (n.)

Some people consider golf a good form of **relaxation**, but others think it is very stressful because it is so difficult.

有些人認為打高爾夫球是一種有助於放鬆身心的運動方式，但是有些人認為因為它很難打反而會令人倍感壓力。

大師提點

relaxation 由動詞 relax [rɪˋlæks] 衍生而來。

同
- □ **loosening** [ˋlusn̩ɪŋ] 放鬆；鬆弛
- □ **abatement** [əˋbetmənt] 緩和；減輕
- □ **recreation** [ˌrɛkrɪˋeʃən] 消遣；休閒；娛樂
- □ **diversion** [dəˋvɜʒən] 娛樂；消遣；散心

反
- □ **tightening** [ˋtaɪtn̩ɪŋ] 束緊；緊繃
- □ **stress** [strɛs] 緊張；壓力

13	**treadmill** [ˋtrɛdˌmɪl]	名 跑步機 源 tread + mill

I prefer to jog in the open air rather than running on a **treadmill** in a gym.

我比較喜歡在戶外慢跑，而不是在健身房內的跑步機上跑步。

大師提點

treadmill 由 tread 和 mill 這兩個字結合而成。tread 的原意是 step「踏」，而 mill 的原意則是 grind「碾；磨」；tread 今可指「踏；踩；步行」，mill 則指「磨坊；研磨機」。

14	**weightlifting** [ˋwetˌlɪftɪŋ]	名 舉重 源 weight + lift + ing (n.)

Weightlifting is a good way to develop the muscles in your upper body.

舉重是鍛鍊上身肌肉的好方法。

大師提點

舉重用的「槓鈴」叫 barbell [ˋbɑrˌbɛl]。另，啞鈴叫 dumbbell [ˋdʌmˌbɛl]。

15	**stadium** [ˋstedɪəm]	名 體育場；運動場；（棒／足）球場

The new Yankee **Stadium** can hold over 50.000 people.
新的洋基球場可容納五萬多人。

大師提點

籃球、網球、羽毛球等較小型的球場用 court [kort]，如： a tennis court 。

同
- ☐ **arena** [əˋrinə] 競技場；（供運動、娛樂等的）活動場地
- ☐ **coliseum** [ˌkɑlɪˋsiəm] 競技場；運動場
- ☐ **field** [fɪld] 原野；田野；運動場；領域；範圍
- ☐ **ballpark** [ˋbɔlˌpɑrk] 球場；（美）棒球場

16	**spectator** [spɛkˋtetɚ]	名（比賽等的）觀眾；旁觀者 源 specta (look) + tor (agent)

The **spectators** at the basketball game started to boo loudly when they saw their favorite player being fouled.
當觀賞籃球賽的觀眾看到他們最喜歡的球員被犯規的時候，發出了噓聲。

同
- ☐ **viewer** [ˋvjuɚ] 觀看者；觀眾
- ☐ **onlooker** [ˋɑnˌlʊkɚ] 旁觀者；觀看者

17	**coach** [kotʃ]	名 教練

Although the baseball **coach** treated his players like his own sons, he was remarkably strict with them on the field.
雖然那個棒球教練對待他的球員像自己的親生兒子一樣，但是在球場上他可是相當的嚴厲。

大師提點

coach 也可當動詞用，指「指導；當……的教練」，例如： Mr. Wilson used to coach the school baseball team.「威爾遜先生以前是學校棒球隊的教練」。

同
- ☐ **trainer** [ˋtrenɚ] 教練；訓練員

18 **league** [lig]

名 聯盟；（球隊）俱樂部聯合會

The twelve baseball teams in the **league** play each other throughout the summer and compete for the championship in August.

聯盟中的十二支棒球隊在整個夏季期間相互比賽，八月時則競逐冠軍寶座。

大師提點

美國職棒的「小聯盟」叫 minor [ˋmaɪnɚ] league，「大聯盟」叫 major [ˋmedʒɚ] league，而大聯盟中的「國家聯盟」叫 National [ˋnæʃənl̩] League，「美國聯盟」則為 American [əˋmɛrɪkən] League。

同

☐ **coalition** [ˏkoəˋlɪʃən] 聯合；聯盟

☐ **alliance** [əˋlaɪəns] 聯盟；同盟

☐ **association** [əˏsosɪˋeʃən] 聯盟；協會

19 **season** [ˋsizn̩]

名 季節；體育賽季

The **season** for our hockey league runs from October 5 to May 2 and consists of forty-two games.

我們聯盟的曲棍球季從十月五日至五月二日，當中進行四十二場比賽。

大師提點

「棒球季」叫 baseball season，「籃球季」叫 basketball season，依此類推。

20 **out of shape/in shape**

身體狀況不佳／身體狀況良好

I didn't realize I was so **out of shape** until I had to walk to work this morning; I guess I'll have to exercise a little and get back **in shape**.

直到今天早上我得走路去上班時才發現自己體力變得很差；我想我得運動運動讓身體的狀況恢復過來。

同

☐ **unfit** [ʌnˋfɪt] **/fit** [fɪt] 不健康；不強健／健康；強健

EXERCISE

I. Short Conversation

Questions 1 through 5 refer to the following conversation.

Woman: That was an wonderful performance. The ___①___ played beautifully, and the ___②___ was amazing. No wonder the audience gave them a five-minute ___③___.

Man: Watching those dancers made me realize how ___④___ I am. I felt exhausted just looking at them!

Woman: Let's go to the theater gift shop. I have a ___⑤___ that's good for a ten percent discount on any purchase.

Man: Really? I wonder if they sell health club memberships.

1. (A) orchestra (B) composer
(C) journalist (D) correspondent

2. (A) physical fitness (B) broadcast
(C) spectator (D) choreography

3. (A) press conference (B) work out
(C) standing ovation (D) applaud

4. (A) out of shape (B) affordable
(C) influential (D) economical

5. (A) gift certificate (B) coupon
(C) traveler's check (D) label

II. Reading Comprehension

Questions 6 through 10 refer to the following news report.

Sanath Tendulkar, star of the Mumbai Cricket Team, announced yesterday that he has signed an agreement with Global Sports to ___⑥___ its "Cool Image" line of sporting goods and apparel. In a ___⑦___, Mr. Tendulkar cited the excellent value and ___⑧___ of Global Sports products as reasons for his decision. Mr. Tendulkar has been an India cricket celebrity ever since he joined the ___⑨___ five years ago. Media analyst Mihir Parikh believes that Mr. Tendulkar will have an immediate impact on the Global Sports ___⑩___. "Sanath was seen stretching and warming up in Cool Image attire at Mumbai Stadium yesterday, and today customers are already crowding the malls to buy Global Sports clothing" he said.

6. (A) exert (B) display (C) endorse (D) keep up with

7. (A) play (B) rehearsal (C) press release (D) program

8. (A) workmanship (B) blockbuster (C) recreation (D) release

9. (A) coach (B) production (C) season (D) league

10. (A) cast (B) brand (C) critic (D) retail

答案

1. (A) 2. (D) 3. (C) 4. (A) 5. (B) 6. (C) 7. (C) 8. (A) 9. (D) 10. (B)

翻譯

【短對話】問題 **1** 到 **5** 請參照下列對話。

女：這場表演真棒。管弦樂團演奏得很出色，編舞也很棒。難怪觀眾為他們起立鼓掌五分鐘。
男：觀賞這些舞者的表演讓我體會到我的身體有多差。我光是看他們就覺得累！
女：我們去戲院的禮品店吧。我有一張折價券，買什麼都可以打九折。
男：真的嗎？我在想不知道他們有沒有賣健身俱樂部的會員。

1. (A) 管弦樂隊	(B) 作曲家	(C) 新聞記者	(D)特派員
2. (A) 體能	(B)廣播	(C) 觀眾	(D) 編舞
3. (A) 記者招待會	(B) 鍛鍊	(C) 起立歡呼	(D) 鼓掌
4. (A) 身體狀況不好	(B) 負擔得起的	(C) 有影響的	(D) 節約的
5. (A) 禮券	(B) 折價券	(C) 旅行支票	(D) 標籤

【閱讀測驗】問題 **6** 到 **10** 請參照下列新聞報導。

孟買板球隊的明星桑納斯．坦杜爾卡昨天宣布，他已經和全球運動簽約，要為他們的「酷形象」運動產品系列與服裝代言。在新聞稿中，坦杜爾卡先生提到，全球運動產品的卓越價值與做工是他做此決定的理由。打從五年前加入聯盟以來，坦杜爾卡先生就是印度的板球名將。媒體分析師米希爾．帕里克認為，坦杜爾卡先生將對全球運動這個品牌帶來立即的影響。他說：「昨天我們才看到桑納斯穿著酷形象的服裝在孟買體育館裡做伸展與熱身，今天顧客就已經擠滿了賣場要買全球運動的衣服。」

6. (A) 運用	(B) 展示	(C) 背書	(D) 跟上……
7. (A) 戲劇	(B) 排練	(C) 新聞稿	(D) 節目
8. (A) 工藝	(B) 轟動一時的作品	(C) 娛樂	(D) 發表
9. (A) 教練	(B) 製作	(C) 體育賽季	(D) 聯盟
10. (A) 卡司	(B) 品牌	(C) 評論家	(D) 零售

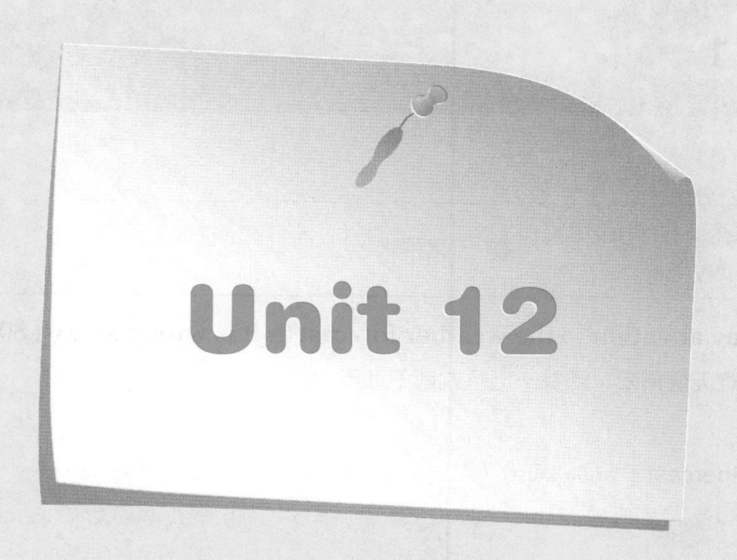

Environment 環境

Track 71

1	**weather forecast** [ˋwɛðɚ ˏforkæst]	名 天氣預報

I don't pay attention to the **weather forecast** as it is wrong at least 80% of the time!

我從不注意天氣預報，因為十之八九都不準確！

大師提點

也有 weathercast [ˋwɛðɚˏkæst]（即，weather + (fore)cast）的說法。另，weather report 指「氣象報告」。

2	**precipitation** [prɪˏsɪpɪˋteʃən]	名 降水（包括雨、雪、冰雹等）；降水量

According to the weather forecast, there will be **precipitation** in the mountain area tonight.

根據天氣預報，今晚山區會降雨。

大師提點

precipitation 由動詞 precipitate [prɪˋsɪpəˏtet]（急速落下；突然發生；降水）衍生而來，故 precipitation 亦可作「輕率；突進」解。注意，「降水」包括 rain「下雨」、snow「下雪」和 hail [hel]（下冰雹）等。

3	**shower** [ˋʃaʊɚ]	名 陣雨；驟雨

Scattered **showers** can be expected later this afternoon.

今天下午稍晚將會有零星陣雨。

大師提點

shower 也可指 shower bath [ˋʃaʊɚ ˏbæθ]「淋浴」。另，例句中的 scattered [ˋskætɚd] 指「分散的；零星的」。

4	**drizzle** [ˋdrɪzḷ]	名 毛毛雨

It's just a light **drizzle**, I don't think I need an umbrella.

只是小毛毛雨，我想我不需要拿雨傘。

大師提點

drizzle 也可當動詞，指「下毛毛雨」，例如：It has started drizzling again; maybe you should carry an umbrella with you.「又開始下毛毛雨了，或許你該把傘帶著。」

5	**downpour** [ˋdaʊn͵por]	名 傾盆大雨；豪雨 源 down + pour

Our outdoor dinner was ruined by the sudden **downpour** of rain.

我們的戶外晚餐被突如其來的傾盆大雨給破壞了。

大師提點

pour 指「傾倒；傾瀉」，pour down 為動詞用法，例如：The rain is pouring down outside.「外面正下著傾盆大雨。」

6	**flood** [flʌd]	名 洪水；水災

The **flood** destroyed more than a million homes and left mud everywhere across the county.

此次水災摧毀了超過一百萬的住家，還在全國各地留下了泥濘。

大師提點

flood 亦可作動詞，指「氾濫；淹沒」，例如：The basement and the first floor were totally flooded.「地下室和一樓完全被水淹沒。」另，注意「海嘯」叫做 tsunami [tsuˋnɑmi]。

同
- ☐ **deluge** [ˋdɛludʒ] 洪水；大水災
- ☐ **inundation** [͵ɪnʌnˋdeʃən] 洪水；淹沒；氾濫
- ☐ **overflow** [ˋovɚ͵flo] 氾濫；洪水

7	**snowfall** [ˋsno͵fɔl]	名 降雪（量） 源 snow + fall

There will be a chance of heavy **snowfall** this evening, so get your snowboard ready and let's go out to have some fun tomorrow.

今天晚上有機會降下大雪，所以趕快把你的滑雪板準備好，咱們明早出去玩玩。

大師提點

rainfall [ˋren͵fɔl] 則為「降雨（量）」。另，snowboard [ˋsno͵board] 為「滑雪板」，snowboarding [ˋsno͵boardɪŋ] 則指「滑雪板運動」。

8	**blizzard** [ˋblɪzɚd]	名 暴風雪；大風雪

The **blizzard** wouldn't stop for three days, so all departing flights were cancelled.
這場暴風雪三天之內不會停，因此所有要起飛的班機全部被取消。

同 □ **snowstorm** [ˋsno͵stɔrm] 暴風雪
□ **snow squall** [ˋsno ͵skwɔl] 暴風雪

9	**barometer** [bəˋrɑmətɚ]	名 氣壓計；晴雨表 源 baro (pressure) + meter (measure)

Do all **barometers** use mercury, or do some of them use no fluid at all?
是不是所有的氣壓計都使用水銀，還是有的根本不使用任何液體？

大師提點

「溫度計」為 thermometer [θɚˋmɑmətɚ]。另，例句中的 mercury [ˋmɝkjərɪ] 為「水銀」。

10	**air pressure** [ˋɛr ͵prɛʃɚ]	名 氣壓

The higher you go, the lower the **air pressure**.
你爬得越高，氣壓就越低。

大師提點

tropical [ˋtrɑpɪkl̩] high/low pressure 指「熱帶性高／低氣壓」。

11	**Celsius** [ˋsɛlsɪəs]	名 攝氏（溫標）

It is 30 degrees **Celsius** now and the mercury is still climbing, so make sure you drink enough water.
現在的氣溫是攝氏 30 度而且還不斷地在上升，所以你一定要補充足夠的水分。

大師提點

Celsius 指瑞典的天文學家 Anders Celsius，由他所發明設計的溫度標示法為 centigrade [ˋsɛntə͵gred]（分為百度的），即，冰點為 0 度，沸點為 100 度。另，注意。例句中的 mercury 原為溫度計中所使用的「水銀」，在此轉指「溫度計」。

12 **Fahrenheit** [ˋfærənˌhaɪt]　名 華氏（溫標）

The thermometer is obviously broken — it points at 80 degrees **Fahrenheit** although it is snowing.

溫度計顯然壞了——現在在下雪，它卻顯示華氏 80 度。

大師提點

Fahrenheit 指德國的物理學家 Gabriel Daniel Fahrenheit，由他所發明的溫度計冰點為 32 度，沸點為 212 度。

13 **chilly** [ˋtʃɪlɪ]　形 冷颼颼的；寒氣逼人的
源 chill + y (adj.)

It's warm during the day but it gets **chilly** at night up here on the mountain.

在山上這裡白天的時候暖和，但是到了晚上就會變得冷颼颼的。

大師提點

chilly 由名詞 chill「寒冷；寒意」衍生而來。

同
- ☐ **cold** [kold] 冷的；寒冷的
- ☐ **frigid** [ˋfrɪdʒɪd] 寒冷的；嚴寒的
- ☐ **freezing** [ˋfrizɪŋ] 冰凍的；極冷的
- ☐ **icy** [ˋaɪsɪ] 冰的；冰冷的

14 **foggy** [ˋfɑgɪ]　形 有霧的；多霧的
源 fog + (g)y (adj.)

San Francisco is a city famous for its **foggy** weather.

舊金山是一個以多霧天氣聞名的城市。

大師提點

foggy 由名詞 fog「霧」衍生而來。（注意，加 y 前須重複字尾的 g 。）

同
- ☐ **misty** [ˋmɪstɪ] 被霧籠罩的；多霧的
- ☐ **hazy** [ˋhezɪ] 霧濛濛的；有薄霧的

15	**humid** [ˋhjumɪd]	形 潮溼的；溼氣重的 源 hum (wet) + id (adj.)

Taipei is so **humid** in the summertime that I always feel like I've stepped into a sauna when I go outdoors.

臺北夏天的時候非常潮溼，以致於每次我到戶外去就感覺像走進了三溫暖似的。

同 □ **moist** [mɔɪst] 濡溼的；有溼氣的
□ **damp** [dæmp] 潮溼的；有溼氣的
□ **dank** [dæŋk] 潮溼的；陰溼的
反 □ **dry** [draɪ] 乾的；乾燥的
□ **arid** [ˋærɪd] 乾燥的；乾涸的
衍 □ **humidity** [hjuˋmɪdətɪ] 名 溼度；溼氣

16	**sultry** [ˋsʌltrɪ]	形 炎熱的；酷熱的；悶熱的 源 sultr (heat) + y (adj.)

The summer here is so **sultry** and uncomfortable that sometimes you don't even seem to be able to breathe.

這裡的夏天非常悶熱而且令人不舒服，有時候你甚至會覺得好像喘不過氣來。

同 □ **hot** [hɑt] 熱的；炎熱的
□ **torrid** [ˋtɔrɪd] 酷熱的；炎熱的
□ **scorching** [ˋskɔrtʃɪŋ] 酷熱的；灼熱的
□ **muggy** [ˋmʌgɪ] 潮溼而悶熱的

17	**cloudy** [ˋklaʊdɪ]	形 有雲的；陰天的 源 cloud + y (adj.)

It'll be **cloudy** tomorrow morning, but the sun will be out in the afternoon.

明天早上會是陰天，但是下午會出太陽。

大師提點

cloudy 由名詞 cloud「雲」衍化而來。mostly cloudy 為「多雲」，partly cloudy 則指「晴時多雲」。

同 □ **overcast** [ˋovɚˏkæst] 陰天的；陰暗的
反 □ **clear** [klɪr] 晴朗的；清澈的
□ **sunny** [ˋsʌnɪ] 出太陽的；晴朗的

18 **thunder and lightning** [ˋθʌndɚ ənd ˋlaɪtnɪŋ] 名 打雷與閃電

Thunder and lightning always come together, but you see the lightning before you hear the thunder.

打雷和閃電總是同時出現，但是你會先看到閃電再聽到打雷。

大師提點

注意，勿將 lightning 與 lighting [ˋlaɪtɪŋ]（燈光；照明設備）混淆。

19 **windy** [ˋwɪndɪ] 形 有風的；多風的 源 wind + y (adj.)

Chicago is often referred to as the "**Windy** City."

芝加哥常被叫作 「風城」。

大師提點

windy 由名詞 wind「風」衍生而來。注意，「微風」叫 breeze [briz]，「陣風」叫 gust [gʌst]。另，「龍捲風」為 tornado [tɔrˋnedo]，「焚風」則為 foehn [fen]。

20 **storm** [ˋstɔrm] 名 暴風雨；暴風

This island suffers from tropical **storms** every year.

這座島嶼每年都受熱帶風暴之苦。

大師提點

「颱風」叫 typhoon [taɪˋfun]，「颶風」為 hurricane [ˋhɝɪˏken]。另，「聖嬰現象」稱為 El Niño [ɛlˋnɪnjo]，而「反聖嬰現象」則叫作 La Niña [lɑˋnɪnjɑ]。

同 □ **tempest** [ˋtɛmpɪst] 暴風雨；大風暴

□ **squall** [skwɔl] 暴風雨；疾風驟雨

衍 □ **stormy** [ˋstɔrmɪ] 形 暴風雨的；狂風暴雨的

TOPIC 2 Cityscape 城市景觀

Track 72

1	**pedestrian** [pə`dɛstrɪən]	名 步行者；行人 源 pedestri (on foot) + an (person)

He let the **pedestrian** cross the street first before driving on.

他讓那個行人先過了街才繼續往前開。

大師提點

pedestrian 亦可作形容詞，指「步行的；徒步的」，例如：pedestrian bridge「行人陸橋」。

同 □ **walker** [`wɔkɚ] 步行者；徒步者

2	**walking distance** [`wɔkɪŋ ˌdɪstəns]	名 步行距離

The library isn't far at all — it's within five minutes' **walking distance**.

圖書館一點都不遠——走路只要五分鐘就到了。

大師提點

walking 為動名詞，distance 為名詞，故 walking distance 應視為複合名詞，主重音在 walking 之上。

3	**block** [blɑk]	名 街區

My elementary school was only four **blocks** from my house, so I never needed to wake up that early for school.

我念的小學離我家只有四個街區，所以我從不需要起那麼早去上學。

大師提點

block 常指「木塊」、「石塊」、「冰塊」等，也可指兒童玩的「積木」。若作為動詞用，則指「阻擋；封鎖」，例如：The road has been blocked since last Sunday.「這條路自從上星期天開始就被封鎖了。」

4 **corner** [ˋkɔrnɚ]

名 角落；拐角處

源 corn (horn) + er (n.)

There's a big supermarket on the **corner** of Franklin Street and Madison Road.

在富蘭克林街和麥迪遜路的轉角上有一家大型超市。

同 □ **nook** [nʊk] 角落；隱蔽處

□ **bend** [bɛnd] 彎曲；彎處

5 **crosswalk** [ˋkrɔs,wɔk]

名 行人穿越道

源 cross + walk

The children waited patiently at the **crosswalk** until their teacher said it was safe to cross the road.

孩子們很有耐心地在行人穿越道處等候，一直到他們的老師說可以安全通過。

大師提點

在英國「行人穿越道」叫 pedestrian crossing [ˋkrɔsɪŋ]。另，「斑馬線」為 zebra [zibrə] crossing。

6 **sidewalk** [ˋsaɪd,wɔk]

名 人行道

The mother ordered her son to stay on the **sidewalk** as she didn't want him running out into the street.

那個母親命令她兒子待在人行道上，因為她不希望他跑到街道上去。

大師提點

在英國「人行道」稱為 pavement [ˋpevmənt]。（注意，在美國 pavement 指「路面；鋪面」。）

7 **curb** [kɝb]

名 路邊；路緣

We pulled up to the **curb**, and honked the horn to tell Ali that we had arrived.

我們把車子開到路邊，按喇叭告訴阿里我們已經到了。

大師提點

注意，curb 在英式英文裡拼成 kerb。curb 也可作動詞用，指「抑制；約束」，例如：You need to curb your curiosity.「你必須克制你的好奇心。」另，例句中的 pull up 指「把車子停下來」，honk [hɑŋk] the horn [hɔrn] 指「按汽車喇叭」。

8	**courtyard** [ˋkort͵jɑrd]	名 庭院；中庭 源 court + yard

The apartment residents hold a party every year in the **courtyard** where each resident brings their own homemade dishes.

這棟公寓的住戶每年都會在中庭舉辦派對，而每一位住戶都會帶他們自家烹煮的菜餚來。

大師提點

「前院」為 front yard [ˋfrʌnt ͵jɑrd]，「後院」則為 back yard [ˋbæk ͵jɑrd]。

9	**bench** [bɛntʃ]	名 長凳；長椅

My grandmother went to sit and rest on the park **bench** after doing her morning exercise.

在做過她的晨間運動後，我祖母過去坐在公園的長椅上休息。

大師提點

注意，bench 可用來指「法官席」或「法官的職位」，例如：He was appointed to the bench just last week.「他上星期才剛被任命為法官。」

10	**hedge** [hɛdʒ]	名 樹籬

The boy tried to leap over the **hedge** gracefully, but ended up landing in the bushes.

那個男孩試圖以美妙的姿勢跳過樹籬，但是結果卻跌落在樹叢當中。

大師提點

hedge 通常作為一種 fence [fɛns]（圍籬；籬笆）。注意，hedge 作動詞用時，除了指「圍樹籬」之外，還可指「規避問題；閃爍其詞」或「規避風險」，例如：He tired to avoid loss by hedging his investments.「他分散投資以避開風險。」

11	**fountain** [ˋfaʊntɪn]	名 噴泉；噴水池 源 fount (spring) + ain (place)

When it's hot outside, the neighborhood kids like to play in the water **fountain** at the town center.

天氣熱的時候附近的小孩都喜歡到鎮民中心的噴水池裡玩水。

大師提點

drinking fountain 指「飲水機」，soda fountain 則指「汽水供應機」。

12	**railing** [ˋrelɪŋ]	名 欄杆；圍欄 源 rail (bar) + ing (n.)

The naughty little boy got his head stuck between the **railings**.
那個頑皮的男孩子的頭被卡在欄杆之間。

大師提點
rail 指「橫杆；扶手；鐵軌」。

同 □ **banister** [ˋbænɪstɚ] 欄杆；扶欄
□ **balustrade** [ˋbæləˏstred] 欄杆；扶欄

13	**skyline** [ˋskaɪˏlaɪn]	名 天際線

The city is famous for its modern skyscrapers and beautiful **skyline**.
這個城市以現代化的摩天大樓與美麗的天際線而聞名。

大師提點
「天際線」指「建築物在天空映襯下的輪廓線」。另，例句中的 skyscraper [ˋskaɪˏskrepɚ] 指「摩天大樓」。

14	**roadwork** [ˋrodˏwɜk]	名 道路施工 源 road + work

Traffic was delayed by the **roadwork** going on at the major intersection downtown.
因市中心的主要十字路口有道路施工，導致交通受到阻礙。

大師提點
roadblock [ˋrodˏblɑk] 指「路障；關卡」。

15	**detour** [ˋditʊr]	名 繞道 源 de (away) + tour (turn)

Traffic is backing up on the main route; maybe we should make a **detour**.
主要道路上堵車，或許我們應該繞道走。

大師提點
detour 亦可作動詞用，例如：We detoured to Danshui to watch the sunset.「我們繞道到淡水去看日落。」

16	**stairway** [ˋstɛr,we]	名 樓梯 源 stair + way

The unfortunate employees were caught smoking in the **stairway** by their boss, who had decided to exercise by taking the stairs that morning.

那些倒楣的員工被老闆抓到在樓梯上抽菸，他們老闆那天早上突然決定要走樓梯運動運動。

大師提點

「一級一級的樓梯」為 stair，多用複數 stairs。stairwell [ˋstɛr,wɛl] 指「樓梯間」。

同 ☐ **staircase** [ˋstɛr,kes]（包括扶手、欄杆的）樓梯

17	**escalator** [ˋɛskə,letɚ]	名 電扶梯

The **escalator** in the shopping mall was broken, so shoppers were forced to use the stairs.

購物商場的電扶梯壞了，所以來購物的客人被迫走樓梯。

大師提點

escalator 原為商標名：Escalator。另，elevator [ˋɛlə,vetɚ] 為「電梯；升降梯」（在英國則稱為 lift [lɪft]）。

同 ☐ **moving staircase/stairway** [ˋmuvɪŋ ˋstɛr,kes/we] 自動扶梯

18	**under construction** [kənˋstrʌkʃən]	興建中

Because the school is currently **under construction**, classes will be temporarily held in another location.

因為現在正在興建校舍，所以暫時必須在另外一個地點上課。

大師提點

construction 除了指「建造」外，還可指「建築物」，例如：The new Fine Arts Museum is a fantastic modern construction.「新的美術館是一棟很棒的現代化建築。」

19 **story** [ˋstorɪ]

名（建築物的）層、樓

Mr. Williams owns a twelve-**story** apartment near the city hall.

威廉斯先生擁有一棟靠近市政府的十二層公寓大樓。

大師提點

story 常作「故事」解，在此則指建築物的「層」（在英國表達此意時拼成 storey）。注意，例句中的 twelve-story 為形容詞，不可加 s；在下列中 story 則可用複數形：His company takes up five whole stories of this building.「他的公司占去這棟建築的整整五層樓。」另，例句中的 city hall [ˋsɪtɪ ˏhɔl] 指「市政府」。

20 **floor** [flor]

名 地板；樓層

You can take this elevator to get to the top **floor** directly.

你可以搭乘這部電梯直達頂樓。

大師提點

floor 多用來指「第幾樓層」，例如：His office is on the seventh floor.「他的辦公室在七樓。」；story 則常用來指「幾層樓」，例如：The warehouse is a building of three stories.「那個倉庫是一棟三層樓的建築。」

TOPIC 3 The Outdoors 戶外活動

Track 73

1	**hiking** [ˋhaɪkɪŋ]	名 健行；徒步旅行 源 hik(e) + ing (n.)

I enjoy **hiking** in the countryside on a sunny day.
我非常喜歡在陽光明媚的日子在鄉野間健行。

大師提點

hiking 由動詞 hike 衍生而來。hike 本身亦可作名詞用，例如：We went on a hike up and down that hill。「我們到那座山丘健行，走上去再走下來。」

同 ☐ **trekking** [ˋtrɛkɪŋ]（漫長艱苦的）徒步旅行

2	**biking** [ˋbaɪkɪŋ]	名 騎自行車 源 bik(e) + ing (n.)

Biking has become a very popular activity in Taiwan.
騎自行車在臺灣已經成為一項風行的活動。

大師提點

biking 由動詞 bike 衍生而來。bike 也可作名詞用，但是指的是「自行車」，為 bicycle [ˋbaɪsɪkḷ] 之略。（注意，bike 也可用來指「摩托車」。）

同 ☐ **bicycling** [ˋbaɪsɪkḷɪŋ] 騎腳踏車
☐ **cycling** [ˋsaɪkḷɪŋ] 騎單車；自由車比賽

3	**trail** [trel]	名 足跡；小徑

If you stick to the **trail** up the mountain, you'll have no problem finding the cabin.
如果你順著這條小徑上山，一定可以找到那棟小木屋。

大師提點

trail 也可當動詞，指「拖曳；留下痕跡；跟蹤」，例如：The police are trailing those criminals.「警方正在追蹤那些罪犯。」

同 ☐ **path** [pæθ] 小路；小徑；路線；軌跡
☐ **track** [træk] 小道；路徑；跑道；蹤跡；軌跡

4	**terrain** [tə`ren]	名 地形；地勢 源 terr (land) + ain (place)

The big, bulky car was built perfectly for the rocky, muddy **terrain**.
這種龐大、笨重的車子就是為遍布岩石的泥濘地形所設計製造的。

大師提點
all-terrain vehicle (ATV) 即所謂的「越野車」。另，dirt bike [`dɝt ,baɪk] 為「越野機車」。

同 ☐ **topography** [to`pɑgrəfɪ] 地形；地勢；地形圖；地形學

5	**altitude** [`æltə,tjud]	名 高度；海拔 源 alti (high) + tude (n.)

Eliza wasn't used to the **altitude**, and had to stop several times to rest because she was so dizzy and nauseous.
伊莉莎不習慣這種高度，所以必須停下來休息好幾次，因為她感覺頭暈想吐。

大師提點
注意，勿將 altitude 與 attitude [`ætə,tjud]（態度）混淆。

同 ☐ **height** [haɪt] 高度；身高

6	**ecology** [ɪ`kɑlədʒɪ]	名 生態（環境）；生態學 源 eco (environment) + logy (study)

Many people were against the building of the railway there for fear of its damage on the local **ecology**.
很多人反對在那裡興建鐵路，因為他們怕這麼一來會破壞當地的生態環境。

大師提點
ecosystem [`iko,sɪstəm] 指「生態系統」。

衍 ☐ **ecological** [,ɛkə`lɑdʒɪkḷ] 形 生態的；生態學的
☐ **ecologist** [ɪ`kɑlədʒɪst] 名 生態學家

7	**wildlife** [`waɪld,laɪf]	名 野生生物

The environmental groups decided to give a presentation on endangered **wildlife** as a way to educate people on the importance of environmental protection.
那個環保團體決定針對瀕臨絕種的野生動植物做一次介紹，以藉此教育民眾了解環境保護的重要。

大師提點
endangered species [ɪn`dendʒɚd `spiʃiz] 指「瀕臨絕種的物種」。（注意，species 單、複數同形。）另，wildlife preserve [prɪ`zɝv] 指「野生動物保護區」。

8	**habitat** [hæbəˌtæt]	名 棲息地

I've always wanted to go on a safari trip to Africa — wouldn't it be great seeing animals in their natural **habitat**?

我一直想到非洲做一次觀獸之旅──能夠看到動物在牠們自然的棲息地上不是很棒嗎？

大師提點

habitat 源自拉丁文，原意為 dwell [dwɛl]（居住）。例句中的 safari [səˋfɑrɪ] 指「(非洲的）原野觀獸或遊獵旅行」。另，safari park 為「(可開車遊覽、觀賞的）野生動物園」。

9	**beach** [bitʃ]	名 海濱；海灘

In summer Monica likes to go to the **beach** and sunbathe.

夏天的時候莫妮卡喜歡到海灘上做日光浴。

同
- ☐ **seaside** [ˋsiˌsaɪd] 海邊；海濱
- ☐ **seashore** [ˋsiˌʃor] 海濱；海岸
- ☐ **coast** [kost] 海岸；海濱

10	**coastline** [ˋkostˌlaɪn]	名 海岸線 源 coast + line

We drove along the **coastline**, stopping occasionally to eat and enjoy the beautiful views.

我們沿著海岸線駛過去，沿途偶爾停下來吃東西並觀賞美麗的景色。

大師提點

注意，sealine [ˋsiˌlaɪn] 指「水平線」。

同
- ☐ **shoreline** [ˋʃorˌlaɪn] 海岸線

11	**riverbank** [ˋrɪvɚˌbæŋk]	名 河岸；河堤 源 river + bank

My grandfather's favorite activity is fishing on the **riverbank** at dusk.

我爺爺最喜歡的活動就是黃昏時在河堤上釣魚。

大師提點

bank 在此指的是「(河、湖等的）岸；堤」，與「銀行」無關。

12	**estuary** [ˋɛstʃʊˌɛrɪ]	名 河口；海口灣 源 estu (tide) + ary (place)

Many scientists are interested in studying our local **estuary** for the remarkable variety of biological life there.

很多科學家對於研究本地的河口很感興趣，因為那兒有各式各樣的生物。

同 ☐ **river mouth** [ˋrɪvɚ ˏmaʊθ] 河口

☐ **inlet** [ˋɪnlɛt] 海口；峽灣

13	**delta** [ˋdɛltə]	名（河口的）三角洲

The Mississppi **Delta** is a region of cotton, rice and sugar farming.

密西西比河三角洲是個生產棉花、稻米和蔗糖的農業地區。

大師提點

delta 原為希臘文的第四個字母△，可用來指在河口形成的三角狀「沖積平原」（alluvial plain [əˋluvɪəl ˋplen]）。

14	**tide** [taɪd]	名 潮汐

Did you know that water **tides** are created by the sun and the moon's gravitational forces?

你知不知道潮汐是因為太陽和月亮的引力所產生的現象？

大師提點

「漲潮」為 flow [flo]，「退潮」為 ebb [ɛb]；「滿朝」是 high tide，「低潮」則叫 low tide。

衍 ☐ **tidal** [ˋtaɪdl̩] 形 潮汐的

tidal wave 海嘯 (= tsunami)

15	**tributary** [ˋtrɪbjəˌtɛrɪ]	名 支流 源 tribut (tribe) + ary (place)

The Yangtze River (or Chang Jiang), the longest river in China and Asia, has many **tributaries**.

中國及亞洲最長的河流揚子江（即長江）有許多的支流。

大師提點

tributary 由另一名詞 tribute [ˋtrɪbjut]（貢物；禮物；稱頌；敬意）衍化而來。

16	**creek** [krik]	名 小河；小溪

We used to swim in this **creek** when we were kids.
我們小時候常在這條溪裡游泳。

同 ☐ **stream** [strim] 小河；溪流
☐ **brook** [brʊk] 小溪流
☐ **rivulet** [ˋrɪvjəlɪt] 小河流

17	**glacier** [ˋgleʃɚ]	名 冰河 源 glac (ice) + ier (agent)

The **glaciers** are majestic to behold, which is why so many tourists pay to see them each year.
冰河看起來很壯觀，這就是為什麼每一年許多觀光客願意花錢看它們的原因。

衍 ☐ **glacial** [ˋgleʃəl] 形 冰河的；冰河時代的
glacial period/epoch [ˋpɪrɪəd/ˋɛpək] 冰河期 (= ice age [ˋaɪs ˏedʒ])

18	**peak** [pik]	名 山頂；山峰；最高點

By the time we reached the **peak** of the mountain, we were all too tired to appreciate the view.
等我們到達山頂的時候，大家都已經累得沒力氣欣賞風景了。

同 ☐ **top** [tɑp] 頂峰；頂端；頂點；上端；上部；上層
☐ **summit** [ˋsʌmɪt] 頂峰；山頂；頂點；最高階層
a summit meeting 高峰會議
☐ **apex** [ˋepɛks] 頂點；最高點
☐ **acme** [ˋækmɪ] 頂點；最高點；極致
☐ **pinnacle** [ˋpɪnəkl] 頂峰；頂點；極點
☐ **zenith** [ˋzinɪθ] 天頂；頂峰；極點
反 ☐ **foot** [fʊt] 腳；山腳；底部；英呎
☐ **bottom** [ˋbɑtəm] 底部；基部；底層；盡頭
☐ **base** [bes] 底部；基礎；基地
☐ **nadir** [ˋnedɚ] 天底；最低點

19 **waterfall** [ˋwɔtɚ,fɔl]
名 瀑布
源 water + fall

The yoga student was asked by his teacher to sit underneath the **waterfall** and meditate.
那個學瑜珈術的學生被他的老師要求站在瀑布底下打坐冥想。

大師提點
例句中的 meditate [ˋmɛdə,tet] 指「沉思；冥想；打坐」。

同
- ☐ **falls** [fɔlz] 瀑布（複數形，如 Niagrara Fall 尼加拉瀑布）
- ☐ **cataract** [ˋkætə,rækt] 大瀑布；白內障
- ☐ **cascade** [kæsˋked] 小瀑布

20 **swamp** [swɑmp]
名 沼澤；溼地

There are alligators in the **swamp**, so be careful not to fall out of the boat.
沼澤裡有短吻鱷，所以要小心不要掉到船外去了。

大師提點
一般的鱷魚稱為 crocodile [ˋkrɑkə,daɪl]，美洲產的鱷頭部較短，稱為 alligator [ˋælə,getɚ]（短吻鱷）。

同
- ☐ **marsh** [mɑrʃ] 沼澤；溼地
- ☐ **bog** [bɑg] 沼澤；沼泥
- ☐ **everglade** [ˋɛvə,gled] 溼地；沼澤地
- ☐ **morass** [məˋræs] 沼澤；困境
- ☐ **quagmire** [ˋkwæg,maɪr] 沼澤地；困境

衍
- ☐ **swampy** [ˋswɑmpɪ] 形 沼澤的；多沼澤的

EXERCISE

I. Short Talk

Track 74

Questions 1 through 5 refer to the following news report.

I'm Alex DeWitt and you're listening to Weather Radio 95. First, your weekly ___①___. ___②___ worsening across the region. The ___③___ we experienced in the valley this afternoon has already become a downpour, and will likely turn to snowfall in high ___④___ areas overnight. City officials have reported flooded ___⑤___ in several buildings downtown, and have closed several sidewalks to pedestrian traffic. The bad weather is likely to stay with us throughout the week, with temperatures dropping to as low as 10 degrees Celsius, or 50 degrees Fahrenheit, on Thursday.

1. (A) forecast (B) blizzard
(C) tributary (D) barometer

2. (A) Hedges are (B) Air pressure is
(C) Conditions are (D) Ecology is

3. (A) drizzle (B) runoff
(C) fountain (D) waterfall

4. (A) habitat (B) altitude
(C) tide (D) story

5. (A) roadwork (B) construction
(C) precipitation (D) basements

II. Text Completion

Track 75

Questions 6 through 10 refer to the following e-mail.

To: All Hiking Club Members
From: Randy Wheeler, Guide
Subject: Tomorrow's Hike

Dear Hikers,

I hope everyone is ready for our hike tomorrow. It should be warm and clear in the morning, but later in the afternoon it's likely to be chilly and ___⑥___. Please be prepared for inclement weather. We'll begin by walking north along the ___⑦___ for about a mile, where we'll see several species of sea birds and other ___⑧___. When we reach the bank of the Moseley River, the ___⑨___ then turns east, and we'll hike up into the mountains. The ___⑩___ there is more rugged, so please remember to wear sturdy shoes. Weather permitting, we'll have a chance to climb Mt. Sanders, the highest peak in the region.

We'll meet at 8:00 at the Foggy Harbor bus stop. It's within walking distance of Cecil's café, where I'll be having breakfast at 7:00. If you arrive early, I'll see you there!

Best,
Randy

6. (A) railing (B) glacier (C) overcast (D) estuary

7. (A) crosswalk (B) bench (C) coastline (D) block

8. (A) wildlife (B) shores (C) roofs (D) courtyards

9. (A) stairway (B) corner (C) trail (D) curb

10. (A) natural resources (B) path (C) terrain (D) preserve

答案

1. (A) 2. (C) 3. (A) 4. (B) 5. (D) 6. (C) 7. (C) 8. (A) 9. (C) 10. (C)

翻譯

【短獨白】問題 1 到 5 請參照下列新聞報導。

我是艾力克斯．狄威特，您所收聽的是氣象 95 電台。首先是一週預報。整個區域的天氣狀況都在惡化當中。今天下午在山谷區所下的毛毛雨如今已經變成傾盆大雨，並且可能在入夜後在高海拔地區轉為降雪。市府官員表示，市區有好幾棟大樓的地下室淹水，他們也已經封閉了幾條人行道，禁止行人通行。惡劣的天候可能會持續整個星期，而且氣溫會在週四下降至攝氏 10 度，也就是華氏 50 度。

1. (A) 預報　(B) 暴風雪　(C) 支流　(D) 氣壓計
2. (A) 樹籬　(B) 氣壓　(C) 狀況　(D) 生態
3. (A) 毛毛雨　(B) 溢流　(C) 噴泉　(D) 瀑布
4. (A) 棲息地　(B) 海拔　(C) 潮汐　(D) 樓層
5. (A) 道路施工　(B) 營造　(C) 降水　(D) 地下室

【填空】問題 6 到 10 請參照下列電子郵件。

收件者：健行社全體社員
寄件者：導遊藍迪・惠勒
主 旨：明天的健行

各位健行客好：

希望大家都已經準備好明天的健行了。明天早上的天氣應該會溫暖而晴朗，但是晚一點到下午的時候，可能會又冷又陰。請為惡劣的天候做好準備。我們一開始會沿著海岸線往北走一英里左右，我們會在那裡看到幾種海鳥與其他的野生動物。等我們到達莫斯里河岸的時候，步道會往東轉，我們就會往上走進山區裡。那裡的地勢比較崎嶇，所以請記得穿上結實的鞋子。如果天候允許，我們將會有機會攀登當地的最高峰桑德斯山。

我們八點在霧港公車站集合，它就在塞西爾咖啡店的步行距離內，我七點鐘的時候會在這家店裡吃早餐。假如各位提早到，咱們就在那兒見面！

祝 好
蘭迪

6. (A) 欄杆	(B) 冰河	(C) 天陰的	(D) 河口
7. (A) 行人穿越道	(B) 長凳	(C) 海岸線	(D) 街區
8. (A) 野生生物	(B) 濱岸	(C) 屋頂	(D) 庭院
9. (A) 樓梯	(B) 角落	(C) 小徑	(D) 路緣
10. (A) 天然資源	(B) 小徑	(C) 地勢	(D) 保護區

實戰評量

Test 1

1. Since you and your family members have money in the bank, you are not _________ for financial help.
(A) deductible (B) eligible (C) removable (D) reputable

2. There seems to be considerable _________ in size, design, and method of construction.
(A) variation (B) determination (C) insertion (D) penetration

3. The committee is facing a difficult decision: the _________ of the funds.
(A) expedient (B) efficiency (C) installment (D) allocation

4. Today many people hold the view that _________ ill patients have the right to a physician-assisted suicide.
(A) eventually (B) previously (C) terminally (D) routinely

5. The plan has been OK'd by the board, but when it will be _________ is a different issue.
(A) implemented (B) fabricated (C) manipulated (D) incorporated

6. The recently proven recoverable oil reserves might _________ create a drop in prices.
(A) stealthily (B) arrogantly (C) potentially (D) vigilantly

7. They have confidence that the new mediator will be able to _________ the communication between the two parties.
(A) facilitate (B) resolve (C) subtract (D) condemn

8. According to the regulations, it's _________ to pay the debt within six months.
(A) complimentary (B) innovative (C) mandatory (D) provocative

9. In order to reduce labor costs, the boss has decided to ________ some of the workers.
(A) get away (B) cut out (C) let down (D) lay off

10. They are not sure whether it is economically ________ to continue with the project.
(A) submissive (B) feasible (C) circumspect (D) solicitous

11. We are going to ________ the databases so that you can work in one system instead of two.
(A) integrate (B) impose (C) disregard (D) curtail

12. The signing of the trade agreement was an act of ________ between the two countries.
(A) opposition (B) conspiracy (C) reconciliation (D) amendment

13. It's always important to ________ a policy for errors or defects before announcing it.
(A) undertake (B) breach (C) repel (D) scrutinize

14. There are thousands of ________ that take place on the stock market every day.
(A) transactions (B) constituents (C) torments (D) perquisites

15. It was found that the signature was not ________, so the bank did not have to pay him the money.
(A) deliberate (B) authentic (C) relevant (D) liable

16. Our new Magic Lamp has been build according to strict ________, and I'm sure you will be satisfied.
(A) subsidiaries (B) certificates (C) furnishings (D) specifications

17. The workers have been in _________ with the management over pay.

(A) replacement (B) enclosure (C) dispute (D) revision

18. Unfortunately, the defense attorney could not find anyone to _________ his client's alibi.

(A) compose (B) attain (C) corroborate (D) dissolve

19. The performance was _________, but Natasha said she could get a couple tickets for us.

(A) sold out (B) done for (C) backed up (D) paid off

20. Margret's bank account began to _________ when she made several large purchases.

(A) inflate (B) diminish (C) perish (D) delegate

Test 2

1. The ________ of the dollar plunged the country into its deepest recession since 1990.
   (A) expenditure (B) reimbursement (C) devaluation (D) symptom

2. After Joe's heroic act, people started to treat him like a(n) ________ wherever he went.
   (A) enterprise (B) celebrity (C) replica (D) auditor

3. Harry said that a 30% ________ was guaranteed on the investment, but nobody seemed to believe him.
   (A) agenda (B) distribution (C) component (D) yield

4. The ________ blood test showed that the patient was healthy, but a more complete examination was needed.
   (A) preliminary (B) ignorant (C) sustainable (D) synthetic

5. The Watanabes had their daughter's wedding ________ by an excellent business specializing in Japanese cuisine.
   (A) disposed (B) catered (C) revoked (D) idealized

6. That resort hotel even offers ________ for pets, so you can bring your furry friend along.
   (A) amenities (B) opponents (C) illusions (D) protests

7. In case they might go back on their word, I think we'd better have the agreement ________ on paper.
   (A) set up (B) cut in (C) let off (D) put down

8. Many of the careers ________ followed by men are now taken up by women.
   (A) definitely (B) tentatively (C) conventionally (D) ignorantly

9. The new president hopes his healthcare plan can ________ the problems that prevent the poor from having medical insurance.
(A) affect (B) rectify (C) simulate (D) disclaim

10. It is so sad that the salary increase we receive is ________ by the rise of cost of living.
(A) offset (B) disregarded (C) overthrown (D) downsized

11. The truth is that our company has been wavering ________ on the verge of bankruptcy for some time.
(A) ludicrously (B) sufficiently (C) precariously (D) impulsively

12. This opportunity is too good to ________, and once it's gone, it's gone—so go for it.
(A) make out (B) hold on (C) come off (D) pass up

13. To be frank with you, being interviewed by a panel of experts was a(n) ________ experience for me.
(A) liberal (B) acclaimed (C) profuse (D) excruciating

14. I'm sorry, but your proposal is not ________ with our long-term plans.
(A) compatible (B) permanent (C) hesitant (D) appropriate

15. Because of the ________ clauses in the contract, we had no choice but to finish everything before the deadline.
(A) retention (B) penalty (C) disclosure (D) tenant

16. Many in that country believe that their government is constantly passing laws that ________ on the right of the people.
(A) infringe (B) appeal (C) distract (D) utilize

17. It seems that the price of broccoli is less subject to ________ than that of other vegetables.

(A) inundation (B) hazard (C) fluctuation (D) deposit

18. That company has developed a system for the annual ________ of their employees' work.

(A) directory (B) retrieval (C) appraisal (D) etiquette

19. The clerk was suspicious of the guy, and when she tried to ________ his credit card, he ran off.

(A) infuriate (B) verify (C) differentiate (D) transfer

20. That restaurant has a ________ menu that includes entrées from all over the world.

(A) forthright (B) vigorous (C) crunchy (D) diverse

Test 3

1. Our staff ________ rates are very low because the company offers a rather competitive salary.
   (A) checkup (B) walkout (C) comedown (D) turnover

2. The flight attendants checked to make sure that everyone was sitting down, ________.
   (A) buckled up (B) paired off (C) shaken up (D) driven off

3. The plumber was pretty upset when Mrs. Chaudhary didn't pay him ________ for the work he had done.
   (A) promptly (B) hilariously (C) intimately (D) mournfully

4. By providing 300 more jobs, the new factory will be able to ________ the town's unemployment problem.
   (A) accelerate (B) prosper (C) alleviate (D) coordinate

5. Stanley wants to start a ________ business, but the fees are simply too high.
   (A) bureaucrat (B) franchise (C) solvency (D) acquaintance

6. The financial crisis we are now facing ________ wise judgment on the part of the management.
   (A) calls for (B) looks over (C) makes up (D) talks down

7. In order to ________ which applicant was most qualified for the position, Mr. Chang spent a long time reviewing the resumes.
   (A) recognize (B) ratify (C) ascertain (D) collaborate

8. After visiting his friend's home, Stephen decided to ________ the décor in his apartment.
   (A) procure (B) impel (C) waive (D) revamp

9. The new administration is actually considering raising taxes to decrease budget ________.

(A) inventory (B) equity (C) acquisition (D) deficit

10. To my disappointment, the prime minister's ________ statement did not give any reason for his resignation.

(A) lucrative (B) terse (C) sultry (D) immense

11. An angry stock exchange spokesman said yesterday that the trades were not ________ reported.

(A) typically (B) prominently (C) accurately (D) domestically

12. Due to the present economic climate, the magazine has been losing advertising ________ for months.

(A) revenue (B) transition (C) intensity (D) fortitude

13. Vincent fell asleep while driving and, as a result, rammed into a ________ vehicle that was parked on the roadside.

(A) unauthorized (B) stationary (C) gratifying (D) invisible

14. One way to make people want to buy your product is to ask some famous person to ________ it.

(A) derive (B) refute (C) endorse (D) withdraw

15. All of the employees will get a salary increase ________ with their additional responsibilities.

(A) equivalent (B) successive (C) appreciative (D) commensurate

16. As we all know, long-term investing can be rather risky, so careful planning is ________.

(A) thorough (B) detrimental (C) imperative (D) superficial

17. You will have to take the ________ this time if you don't want to lose the game again.
   (A) heritage (B) syndrome (C) precipitation (D) initiative

18. Proofreading isn't fun—it could be really boring and ________, to say the least.
   (A) magnificent (B) tedious (C) consistent (D) fabulous

19. We are a long-established publishing company that is now ________ into the mobile app market.
   (A) diversifying (B) prolonging (C) mobilizing (D) commuting

20. After a long series of negotiations, the two rival companies finally reached a ________.
   (A) discrepancy (B) compromise (C) enumeration (D) prerequisite

ANSWER KEYS

Test 1

1 答案 (B)

【解析】既然在銀行有存款，自然無法享有財務上的補助，正確答案應為 (B) eligible「有資格的」。選項 (A) deductible「可扣除的」、(C) removable「可移除的」及 (D) reputable「有聲望的」皆與句意無關。

2 答案 (A)

【解析】在大小、設計及製造方法上能有的應該是「變化」，選項 (A) variation 為正確答案。選項 (B) determination 指「決心」，(C) insertion 乃「插入」之意，(D) penetration 則指「穿透」，三者明顯皆與大小、設計等不相干。

3 答案 (D)

【解析】funds 指的是「專款」、「資金」，而該 committee「委員會」所面臨的困難抉擇應該是該筆款項的「分配」問題。本題選 (D) allocation。選項 (A) expedient「權宜之策」、(B) efficiency「效率」、(C) installment「分期付款」與 funds 及 committee 搭不上關係。

4 答案 (C)

【解析】physician-assisted suicide 指「由醫生協助的自殺」，故而本題應選的是 (C) terminally「末期地」，也就是說，只有在病人已無法治療時 (terminally ill) 才會要求醫生協助其自殺。選項 (A) eventually「最終地」、(B) previously「先前地」及 (D) routinely「例行地」皆不適合用來修飾 ill。

5 答案 (A)

【解析】計畫被 OK'd「批准」與何時會 implemented「實行」當然是兩件事。本題選 (A)。選項 (B) fabricated 指「編造」，(C) manipulated 指「操縱」，(D) incorporated 則指「組成公司」，三者皆不符題意。

6 答案 (C)

【解析】recoverable oil reserves 指的是「可開採石油之儲量」，而既有可開採之石油，自然「可能」能使石油價格下降。選項 (C) potentially 為「可能地」之意，為本題正解。選項 (A) stealthily「悄悄地」、(B) arrogantly「自大地」及 (D) vigilantly「警戒地」皆與句意不相干。

7 答案 (A)

【解析】mediator 指的是「調停人」，而調停者的主要工作當然是「促進」雙方的溝通。本題應選 (A) facilitate。選項 (B) resolve 指「決議」，(C) subtract 指「扣除」，(D) condemn 指「譴責」，三者明顯皆與題意無關。

8 答案 (C)

【解析】既然是 regulations「規定」，在六個月內還清欠款自然是「強制性的」，正確答案為 (C) mandatory。選項 (A) complimentary 指「恭維的」，(B) innovative 指「創新的」，(D) provocative 為「挑釁的」之意，三者皆與還債毫不相干。

9 答案 (D)

【解析】labor costs 是「勞動成本」的意思，而要減低勞動成本的方法之一就是 lay off「解雇」一些員工。本題選 (D)。選項 (A) get away「脫身」、(B) cut out「戒除」、(C) let down「使失望」皆與句意無關。

10 答案 (B)

【解析】任何的 project「企劃案」都必須考慮在財務上是否「可行」。選項 (B) feasible 即為「可行的」之意，故為本題正解。選項 (A) submissive 指「順從的」，(C) circumspect「謹慎的」，(D) solicitous 則為「關切的」之意，三者皆與企劃案扯不上關係。

11 答案 (A)

【解析】將兩個資料庫「整合」當然會使得使用者覺得較為方便，選項 (A) integrate 為正確答案。選項 (B) impose「強加於……」、(C) disregard「無視於……」與 (D) curtail「削減」皆不適用於本句中。

12 答案 (C)

【解析】兩國既簽了貿易協定，自然是意味兩國之間已達成了「和解」，選項 (C) reconciliation 即是「和解」之意。選項 (A) opposition 指「敵對」，明顯與句意相反；選項 (B) conspiracy 指「密謀」，邏輯亦不通；選項 (D) amendment 指「修正」，同樣不知所云。

13 答案 (D)

【解析】任何政策都可能有錯誤或瑕疵 (errors or defects)，因此都必須「仔細審視」一番。四個選項中的 (D) scrutinize 即為正解。(A) undertake「承擔」、(B) breach「違背（承諾、協議等）」、(C) repel「逐退」皆與句意不相符。

14 答案 (A)

【解析】在股市中每天進行的當然是 transactions「交易」，本題選 (A)。選項 (B) constituents「選民」、(C) torments「折磨」與 (D) perquisites「津貼」皆與股市每日所進行之事無關。

15 答案 (B)

【解析】簽名 (signature) 非「真實的」，銀行當然不會付錢。選項 (B) authentic 為正解。選項 (A) deliberate「故意的」、(C) relevant「相關的」與 (D) liable「負有責任的」皆不符句意。

16 答案 (D)

【解析】為了讓顧客滿意，產品當然必須依「規格」來製造，選項 (D) specifications 即為此意。選項 (A) subsidiaries 指「子公司」，(B) certificates 指「證照」，(C) furnishings 指「家具」，三者皆與題意不相干。

17 答案 (C)

【解析】工人與管理階層 (the management) 之間最常發生的問題之一就是薪資方面的「糾紛」。選項 (C) dispute 指的就是「爭端」、「糾紛」。選項 (A) replacement「替換」、(B) enclosure「封入（物）」及 (D) revision「校訂」明顯皆非題意所需。

18 答案 (C)

【解析】本句中的 alibi 指的是「不在場證明」。如果辯方律師 (defense attorney) 不能找到證據可以「證實」他的當事人不在犯罪現場的話，要打贏這場官司大有困難。選項 (C) corroborate 即為「證實」、「確證」之意，故為本題正解。選項 (A) compose「組成」、(B) attain「達成」、(D) dissolve「溶解」顯然與 alibi 扯不上關係。

19 答案 (A)

【解析】本句中的 performance 指的是「演出」、「表演」。由逗號之後的 but 可知，其前之子句與其後之子句所呈現的應該是相反方向的邏輯。因此，本題應選 (A) sold out「賣光」；也就是說，雖然表演的門票已經沒得買了，但是 Natasha 還是可以搞到幾張票。選項 (B) done for 指「精疲力竭」，(C) backed up 指「支持」，(D) paid off 指「還清（債款）」，三者皆與句意不相干。

20 答案 (B)

【解析】一個人花大錢購物，存在銀行裡的錢自然會「變少」。選項 (B) diminish 即為「減少」、「變少」之意，乃本題正解。選項 (A) inflate 指「膨脹」，邏輯相反；(C) perish 指「腐壞」，與題意不相干；(D) delegate 指「委派」，同樣與題意扯不上關係。

Test 2

1　答案 (C)

【解析】本句中的 plunged 是「使陷入」之意，recession 則指「（經濟）衰退」。空格中只有填入 (C) devaluation「貶值」，整句話才具意義。本句表達的是：由於美元的貶值使得該國陷入自 1990 年以來最嚴重的經濟衰退。選項 (A) expenditure「開銷」與 (B) reimbursement「償還」雖然都跟錢有關，但與句意完全不搭軋。選項 (D) symptom 指「症狀」，更與本句風馬牛不相及。

2　答案 (B)

【解析】一個人有了英勇的事蹟自然會受萬人景仰，所到之處肯定會像「名人」般大受歡迎。選項 (A) enterprise 為「企業」之意，(C) replica 指「複製品」，二者明顯與句意無關。選項 (D) auditor「稽核員」雖然指「人」，但是與本句內容卻毫不相干。(B) celebrity 為本題正解。

3　答案 (D)

【解析】不論做任何投資 (investment)，獲利應是最大的目的，但保證獲得 30% 的「收益」就不免令人懷疑了。本題應選 (D) yield。選項 (A) agenda「議程」、(B) distribution「分配」與 (C) component「零件」皆與句意不符。

4　答案 (A)

【解析】要看一個人是否罹患了某種疾病，只做「初步的」血液檢驗當然不夠，應該做更完整的檢查。選項 (A) preliminary 即為本題正解。選項 (B) ignorant 指「無知的」，(C) sustainable 指「永續發展的」，(D) synthetic 指「合成的」，三者與 blood test 毫不相干。

5　答案 (B)

【解析】婚禮的喜宴當然是由專門的餐飲業者來承辦，四個選項中的 (B) catered 指的就是「承辦宴席」。選項 (A) disposed「處置」、(C) revoked「取消」與 (D) idealized「理想化」明顯與句意無關。（句中提到的 Japanese cuisine 即「日本料理」之意。）

6　答案 (A)

【解析】出外旅遊若帶著寵物當然不是很方便，但是如果飯店旅館可以提供寵物們需要的「便利設施」，那帶你的 furry friend「毛朋友」（「毛小孩」的英文是 furkid）一起去豈不皆大歡喜。選項 (A) amenities 即為本題正解。選項 (B) opponents 指「敵手」，(C) illusions 指「幻覺」，(D) protests 指「抗議」，三者皆與題意相去甚遠。

7 答案 (D)

【解析】所謂 go back on one's word 意思是「違背承諾」，因此把任何協議白紙黑字「寫下」來就不用擔心對方不認帳。四個選項中的 (D) put down 即可作「寫下」、「記下」解，為本題正解。選項 (A) set up「設立」、(B) cut in「插嘴」及 (C) let off「排放」皆不符句意所需。

8 答案 (C)

【解析】時代在變，男女漸趨平等，「傳統上」許多只有男性從事的行業如今也有女性不讓鬚眉。四個選項中之 (C) conventionally 即為本題正解。選項 (A) definitely 指「確實地」，(B) tentatively 指「試探性地」，(D) ignorantly 則為「無知地」之意，三者皆不適用於本句。

9 答案 (B)

【解析】窮人無法享有醫療保險 (medical insurance) 當然是不合理的。做為一個國家的領導人自然會希望他／她所推動的健保方案 (healthcare plan) 能夠「導正」任何造成這種不合理現象的任何問題。選項 (B) rectify 即為「匡正」、「導正」之意，為本題正解。選項 (A) affect「影響」、(C) simulate「模擬」及 (D) disclaim「拒絕承認」三者皆非題意所需。

10 答案 (A)

【解析】薪資所得增加卻被生活費用「抵銷」(cost of living) 當然是件悲哀的事。(A) offset 即為「抵銷」之意，故為本題正解。選項 (B) disregarded「漠視」、(C) overthrown「推翻」、(D) downsized「裁減（員工）人數」明顯皆與句意不符，故皆不可選。

11 答案 (C)

【解析】所謂 waver 指的是「搖擺」、「搖晃」，而 on the verge of bankruptcy 則是「在破產邊緣」之意。一家公司如果是「在破產邊緣上搖搖晃晃」，那就意味這家公司正面臨破產的可能。四個選項中最適合用來修飾 wavering 的應該是 (C) precariously「危險地」。選項 (A) ludicrously「可笑地」、(B) sufficiently「充足地」、(D) impulsively「衝動地」皆非題意所需。

12 答案 (D)

【解析】既然是個稍縱即逝的機會，當然不應該輕易「放過」。選項 (D) pass up 即「放棄」、「錯過」之意，為本題正解。選項 (A) make out 指「認出」，(B) hold on 指「等一等」，(C) come off 指「脫落」，三者皆與句意不符。

13 答案 (D)

【解析】被一群專家面試會是什麼樣的感覺？四個選項中應以 (D) excruciating「極痛苦的」最適合用來描述這種經歷。選項 (A) liberal「開明的」、(B) acclaimed「受到讚揚的」、(C) profuse「極豐富的」三者明顯與句意有落差。（句中之 panel 指「專門小組」。）

14 答案 (A)

【解析】由說話者先說了一句抱歉可推知，他／她認為聽話者所提的 proposal「提案」與他／她們的 long-term plans「長期計畫」並不「相容」。正確答案為 (A) compatible。選項 (B) permanent「永久的」、(C) hesitant「猶豫不決的」明顯與句意內容不相干。選項 (D) appropriate「合適的」則與句意邏輯相悖。

15 答案 (B)

【解析】由前後文意來判斷，本句要表達的應該是：因為合約中有「處罰」條款，所以我們別無選擇，只得在最後期限之前完成所有的事。空格中若填入選項 (A) retention「保留」或 (C) disclosure「揭露」，則句意不通；若填入 (D) tenant「房客」，則更不知所云。本題正確答案為 (B) penalty。

16 答案 (A)

【解析】本題四個選項單字皆為動詞，而由於空格之後為介系詞，故為「及物」動詞之選項 (C) distract「使分心」及 (D) utilize「利用」可先排除。而選項 (B) appeal「吸引」雖為不及物動詞，但其後應接的介系詞為 to，故亦與本句無關。本題應選 (A) infringe「侵犯」。infringe on the right of someone 是「侵犯某人之權利」之意。

17 答案 (C)

【解析】be subject to 是「易受……的」、「可能……的」之意。與其他蔬菜的價格比較，broccoli「花椰菜」的價格應該是比較不易受 (C) fluctuation「波動」。選項 (A) inundation 指「洪水氾濫」、(B) hazard 指「危險」及 (D) deposit 指「沉澱物」，三者皆不適用於本句。

18 答案 (C)

【解析】annual 是「一年一度的」之意，而依前後文意，最適合填入空格中的應該是 (C) appraisal，也就是說，那家公司開發了一種能夠針對員工年度的表現做出「評鑑」的系統。選項 (A) directory「人名地址錄」、(B) retrieval「取回」及 (D) etiquette「禮儀」明顯皆與句意無關。

19 答案 (B)

【解析】由於該女店員對那個人起疑，所以當她想「確認」他的信用卡時，他拔腿就跑。選項 (B) verify 即為「證實」、「確認」之意。選項 (A) infuriate 是「使極度憤怒」之意；(C) differentiate 指「區分」；(D) transfer 指「轉移」。此三者皆與句意不相干。

20 答案 (D)

【解析】entrée原為法文，指的是「主菜」。該餐廳既然可以提供來自世界各地的entrées，就表示他們的menu相當的「多樣化」。正確答案為 (D) diverse。選項 (A) forthright「直率的」、(B) vigorous「精力充沛的」及 (C) crunchy「鬆脆的」明顯與menu扯不上關係。

Test 3

1 答案 (D)

【解析】由於公司提供了具競爭力的薪資，因此員工的「流動率」自然比較低。選項 (D) turnover 指的就是「（人員）流動（率）」，故為本題正解。選項 (A) checkup「健康檢查」、(B) walkout「聯合罷工」、(C) comedown「令人失望的事物」皆與句意無關。

2 答案 (A)

【解析】flight attendants 指的是「空服人員」。在飛機起飛和降落時，空服員必須確定乘客都坐在位子上，而且都繫上了安全帶。選項 (A) buckled up 就是「繫好安全帶」的意思，為本題正解。選項 (B) paired off 指「配成對」；(C) shaken up 指「受驚嚇」；(D) driven off 指「被趕走」。此三者明顯皆不符句意。

3 答案 (A)

【解析】一般而言，當水電工 (plumber) 在做完工作時應該「立即」獲得報酬。在本句中，該水電工由於沒有即刻拿到酬勞所以感到不快。選項 (A) promptly 即為「迅速地」、「立即地」之意，為本題正解。選項 (B) hilariously 指「極滑稽地」；(C) intimately 指「親密地」；(D) mournfully 則為「悲淒地」之意。三者皆與句意相去甚遠。

4 答案 (C)

【解析】企業提供工作機會當然能夠「舒緩」失業問題，四個選項中的 (C) alleviate 即為「減輕」、「緩解」之意，故為本題正確解答。選項 (A) accelerate 指「加速」，邏輯與句意背道而馳。選項 (B) prosper 指「繁榮」、「昌盛」，與句意亦極不相符。選項 (D) coordinate 指「協調」，仍與解決失業問題不搭軋。

5 答案 (B)

【解析】本句中提到的 fees 指的是「手續費」、「入場費」、「加盟費」之意，而四個選項中唯一需要「費用」的乃 (B) franchise「加盟權、店」。整句話的意思是：Stanley 想開一家加盟店，但是加盟金太高。選項 (A) bureaucrat 指的是「官僚」；(C) solvency 指「償付能力」；(D) acquaintance 則指「認識（但不太熟）的人」。此三者明顯皆與語意差距甚遠。

6 答案 (A)

【解析】本句中提到的 the management 指的是「管理階層」，而一個公司在面臨 financial crisis「財務危機」時，當然「需要」這些高階人員做出明智的判斷。選項 (A) calls for 即為

「需要」之意，故為本題正確答案。選項 (B) looks over「仔細檢查」、(C) makes up「組成」、(D) talks down「以高聲壓倒」皆非題意所需。

7 答案 (C)

【解析】審視應徵者的履歷 (resume)，目的當然是為了能「確定」找到適才適所的人。四個選項中的 (C) ascertain 即為「查明」、「確定」之意，符合句意需要。選項 (A) recognize 指「認出」，意思雖然有些接近，但並不正確。選項 (B) ratify「批准」的對象是「事物」，故亦不可選。選項 (D) collaborate 指的是「合作」，與本句內容毫不相干，更不可選。

8 答案 (D)

【解析】décor 原為法文，指的是「室內裝潢」。依前後文意來推斷，Stephen 在參觀過朋友家之後，應該是決定要「翻修」一下自己住的公寓。選項 (A) procure「取得」、(B) impel「驅使」及 (C) waive「放棄（權利）」明顯與 décor 毫不相干，故皆不可選。本題正確答案為 (D) revamp「翻新」、「翻修」。

9 答案 (D)

【解析】本句中的 administration 指的是「行政機構」，也就是「政府」之意。政府提高課稅的目的之一就是用來減少預算「赤字」。選項 (A) inventory「存貨清單」、(B) equity「資產淨值」、(C) acquisition「獲得」皆與句意無關。本題應選 (D) deficit。

10 答案 (B)

【解析】本句中的 statement 指的是「正式的聲明」，而本題需找出的是適合用來修飾 statement 之形容詞。選項 (A) lucrative「有利可圖的」及 (C) sultry「悶熱的」明顯與 statement 毫不相干。選項 (D) immense 指的是「廣大的」，也不適合用來修飾 statement。本題應選的是 (B) terse「簡短的」。整句話主要要表達的是：首相在簡短的聲明中並未說明他辭職的原因。

11 答案 (C)

【解析】stock exchange 指的是「證券交易所」，spokesman 則為「發言人」。依前後文意，應該是在該所所進行的交易並未被「準確地」報導，所以該發言人才會生氣。選項 (C) accurately 即為「準確地」、「精確地」之意，故為本題正解。選項 (A) typically「典型地」、(B) prominently「顯著地」及 (D) domestically「在國內」皆不適合用於本句中。

12 答案 (A)

【解析】本句中的 economic climate 指的是「經濟情勢」(climate 原指「氣候」)。依前後文意推斷，應該是由於目前的經濟情勢不佳，所以該雜誌社幾個月以來失去了不少廣告「收入」。選項 (A) revenue 即指「收入」，故為本題正確答案。選項 (B) transition「過渡 (時期)」、(C) intensity「強度」、(D) fortitude「剛毅」明顯皆與句意無關。

13 答案 (B)

【解析】開車時睡著了，結果當然是出意外。依前後文意，Vincent 應該是撞上了 (rammed into) 停在路邊的一輛「靜止的」車子，(B) stationary 為正確答案。選項 (A) unauthorized 是「未經授權」之意，與車輛無關。選項 (C) gratifying「令人高興的」也不適用於本句。選項 (D) invisible 指的是「隱形的」，不合常理。

14 答案 (C)

【解析】產品要賣得好，找名人「代言」應該是一個好方法，選項 (C) endorse 的原意是「背書」，可引申指「支持」，而若所「支持」的對象為某一產品而「支持」者又是名人時，就是「代言」的意思了。選項 (A) derive「衍生」與句意不相干。選項 (B) refute「駁斥」明顯與句意背道而馳。選項 (D) withdraw「撤回」邏輯亦相反。

15 答案 (D)

【解析】由於員工有額外的職務，所以老闆提供與這些工作「相稱的」職務加給給員工相當合理。選項 (D) commensurate 指的就是「同量的」、「相稱的」，故為本題正解。選項 (A) equivalent「相等的」意思雖然對，但其後應接的介系詞為 to 而非句中的 with，故不可選。選項 (B) successive「連續的」與 (C) appreciative「感謝的」則語意不通。

16 答案 (C)

【解析】做長期投資 (long-term investing) 既然有風險 (risky)，小心謹慎的計畫當然就會是十分「必要的」。正確答案為 (C) imperative。選項 (A) thorough「完全的」與句意不搭。選項 (B) detrimental「有害的」與句意所需相反。選項 (D) superficial「表面的」邏輯亦不通。

17 答案 (D)

【解析】告訴對方如果他／她不想再輸掉比賽，要他／她 take the initiative「採取主動」應該是最合理的。正確答案為 (D)。選項 (A) heritage「遺產」、(B) syndrome「併發症狀」及 (C) precipitation「降水」明顯與句意毫不相干。

18 答案 (B)

【解析】由說話者所說的「校正的工作並『不』好玩」(Proofreading isn't fun) 即可斷定，其後說明中所使用的必屬「負面」的字眼。而由空格前的「對等連接詞」and 則可知，空格中應填入的乃與 boring 邏輯方向相同的字詞。四個選項中具「負面」意義而與 boring 能夠搭配的只有 (B) tedious「冗長乏味的」。選項 (A) magnificent「壯麗的」、(C) consistent「一致的」及 (D) fabulous「極棒的」皆屬「正面」字眼，故皆不可選。

19 答案 (A)

【解析】老字號的出版公司採「多元化」的經營模式，開闢手機的 APP 市場在當下應是一聰明之舉。diversify 為「多樣化」、「從事多種經營」之意，選項 (A) 即為本題正解。選項 (B) 的 prolong 指「延長」；(C) 的 mobilize 指「動員」；(D) 的 commute 指「通勤」。此三者皆非題意所需。

20 答案 (B)

【解析】依句意，兩家競爭敵對的公司 (rival companies) 在幾經談判 (negotiations) 之後，最後應該是 reached a compromise「達成和解」。正確答案為 (B)。選項 (A) discrepancy 指「不相符（之處）」，與句意邏輯方向相反。選項 (C) enumeration 指「列舉」也與句意不相干。選項 (D) prerequisite 指「先決條件」亦與句意不符。

附錄

關鍵字源

多益高分語彙補充

關鍵字源

以下提供構成英文單字的重要字首 (prefix)、字根 (root) 和字尾 (suffix)。大部分的字首和字根來自拉丁文和希臘文，而大多數字尾則為英文本身所謂的詞類變化。我們先從英文的字尾變化看起。

英文的字尾變化

形成名詞的字尾

Suffix	Meaning
-age	action or condition
-al	process or action
-ant	one who
-ence / -ance	state or quality
-er / -or / -ar	one who
-er / -or / -ar	something that
-ery / -ory / -ary	a place where
-hood	state or quality
-ian	one who

Suffix	Meaning
-ice	state or quality
-ics	study
-ist	one who
-ity	state or quality
-ment	process or state
-ness	state or quality
-ship	state or quality
-sion / -tion	action or process

形成形容詞的字尾

Suffix	Meaning
-able / -ible	capable of or fit for
-al	relating to
-ary	relating to
-ent / -ant	like or relating to
-ful	full of or tending to
-ic / -ical	like or relating to
-ile / -ine	like or relating to

Suffix	Meaning
-ish	like or relating to
-ive	causing or performing
-less	without
-ous	full of
-y	full of
-ly	like

☑ 注意，若是形容詞加 -ly，結果則為副詞，例如：

amply 廣大地、correctly 正確地、gradually 逐漸地、nicely 好地、perfectly 完美地、similarly 類似地。

形成動詞的字尾

Suffix	Meaning
-ate	make
-fy	make

Suffix	Meaning
-ize	make
-en	make

☑ 注意，有些動詞則是在字根前加 en-，例如：endanger 危及、endure 忍受、engender 使發生、enrage 激怒、entrap 使陷入、envision 想像。還有些動詞前後都有 en（en- 和 -en），例如：enliven 使有生氣、enlighten 啓蒙。

源自拉丁文與希臘文的字首與字根

	Prefix / Root	Meaning
01	a, an	not, without
02	ab, abs	away, from
03	acr, acu	sharp
04	acro	high
05	ad, ab, ac, af, ag, al, an, ap, ar, as, at	to
06	aer	air
07	am	love
08	ambi, amphi	both, around
09	anim	life, mind
10	ann, enn	year
11	ante	before
12	anthrop	man
13	anti, ant	against
14	apo	from
15	aqua, aque	water
16	arch	ancient, chief, rule
17	aster, astro	star
18	audi	hear
19	auto	self
20	bell	war, beautiful
21	bene	good, well
22	bi	two
23	bio	life
24	caco	bad
25	cap, cep, ceive	take
26	card	heart
27	carn	flesh
28	cata, cat	down
29	ced, ceed, cess	go, yield
30	cent	hundred, one hundredth
31	chron	time
32	cide	kill
33	circum	around
34	claim, clam	shout
35	clin, cliv	slope
36	clud, clus	close
37	co, com, con, col, cor	together
38	counter, contra	against
39	cord, cour	heart
40	corp	body
41	cosm	universe

42	cracy, crat	rule
43	cre, crue	grow
44	cred	believe
45	cub, cumb	lie
46	cur	run
47	de	down, away
48	dec, deca	ten
49	dem	people
50	di	two
51	dia	through
52	dict	speak
53	dis, dif	apart, not
54	dog, dox	opinion
55	duce, duct	lead
56	dur	last
57	dys	bad
58	e, ex, ec, ef	out
59	epi	upon
60	equ	equal
61	eu	good, well
62	extra, extro	outside
63	fac, fec, fic	do, make
64	fer	carry
65	fid	faith
66	fin	end
67	flect, flex	bend
68	flict	strike
69	flu	flow
70	fore	before
71	frag, fract, frang, fringe	break
72	fus, fund, found	pour

73	gam	marriage
74	gen	race, born
75	geo, gee	earth
76	gest	carry
77	gno, gni	know
78	grad, gress	step
79	graph, gram	write
80	grav	heavy
81	greg	flock, herd
82	gyn	woman
83	her, hes	stick
84	hetero	different
85	homo	same
86	hydr	water
87	hyper	over
88	in, il, im, ir	not
89	inter	between
90	intro, intra	inside
91	ject	throw
92	junct, jug	join
93	jur	swear, law
94	leg	law, read, choose
95	lev	light
96	logue, logy	word, study
97	loqu	speak
98	luc, lumin	shine, light
99	magni, magna	great
100	mal, male	bad
101	man	hand
102	mania	madness
103	medi	middle
104	meta, mete	beyond
105	micro	small

106	meter, metr	measure
107	mini, minus	little
108	mis	bad, wrong, hate
109	mit, miss	send
110	mono	one
111	morph	form
112	mort	death
113	mob, mov, mot	move
114	multi	many
115	nat	born
116	neo, nov	new
117	nom	law
118	ob, oc, of, op	against, to
119	oct	eight
120	omni	all
121	onym	name
122	pan	all
123	para	beside
124	pati, pass, path	suffer, feel
125	ped	foot, child
126	pel, puls	drive
127	pend, pens	hang
128	penta	five
129	per, pel	through
130	peri	around
131	pet	seek
132	phil	love
133	phobia	fear
134	phon	sound
135	phot	light
136	plet, plen	full
137	ple, ply, plic	fold
138	poly	many

139	port	carry
140	pos, pon, pound	place, put
141	post	after
142	pre	before
143	prim; prin	first, chief
144	pro	forward
145	prob, prov	test
146	pseudo	false
147	punct, pung	prick
148	quart, quadr	four
149	quasi	seeming
150	quir, quest, quis	ask
151	re	back, again
152	rect	straight
153	retro	backward
154	rog	ask
155	rupt	break
156	sacr, secr	holy
157	sang	blood
158	scend	climb
159	scien, scious	know
160	scop	look
161	scrib, scrip	write
162	se	apart
163	sec	cut
164	sed, sid	sit, settle
165	semi	half
166	sens, sent	feel
167	sept	seven
168	sequ, secu	follow
169	solu, solv	loosen

170	son	sound
171	spec, spic	look
172	spir	breathe
173	sub, suc, suf, sug, sum, sup, sur, sus	under
174	super, supra, supre	above
175	syn, sym	together
176	tact, tang	touch
177	tain, ten	hold
178	tele	far
179	tempor	time
180	tend, tens, tent	stretch
181	terr	earth
182	the	god
183	therm	heat

184	tort	twist
185	tract	draw
186	trans, tra	across
187	tri	three
188	trud, trus	push
189	turb	disorder
190	ultra	beyond
191	uni	one
192	vac, van	empty
193	val, vail	strong
194	ven	come
195	ver	true
196	vers, vert	turn
197	via, vey, voy	way
198	vid, vis	see
199	viv, vit	live
200	voc, vok	call, voice

多益高分語彙補充

聽力測驗

Part 1 照片題大體分為「以人物為主」的照片和「以事物為主」的照片，在瀏覽照片時，應注意照片中之前景與背景。由前景可看出人物的動作、穿著、事物的位置、狀態；由背景可推測地點、景觀及交通、天候等狀況。照片題通常不會出現由照片中無法判斷的職業類別或地點，但一般容易辨識的還是會出現在選項中，應予熟記。

職業類別

☐ nurse 護士
☐ chef 廚師
☐ vendor 小販
☐ optometrist 驗光師
☐ policeman / woman 男／女警察
☐ dentist 牙醫
☐ firefighter 消防隊員
☐ mechanic 技工
☐ lab technician 化驗師
☐ bus / taxi / truck driver 公車／計程車／卡車司機
☐ waiter 服務生
☐ salesclerk 店員
☐ plumber 水電工

地點

☐ department store 百貨公司
☐ bank 銀行
☐ subway station 地下鐵車站
☐ construction site 建築工地
☐ clinic 診所
☐ food court 美食街
☐ supermarket 超市
☐ office 辦公室
☐ airport 機場
☐ stadium 運動場
☐ harbor 港口
☐ restaurant 餐廳
☐ hospital 醫院
☐ park 公園
☐ gym 健身房
☐ café 咖啡廳

交通工具

☐ car 汽車
☐ train 火車
☐ airplane 飛機
☐ patrol car 巡邏車
☐ streetcar 電車
☐ helicopter 直昇機
☐ bus 公車
☐ ship 大船
☐ motorcycle 摩托車
☐ ambulance 救護車
☐ yacht 遊艇
☐ hot-air balloon 熱汽球
☐ taxi 計程車
☐ boat 小船
☐ bicycle 腳踏車
☐ tow truck 拖吊車
☐ oil tanker 郵輪
☐ jet 噴射機

道路相關

☐ intersection 十字路口
☐ lane 車道
☐ interchange 交流道
☐ curb 路緣
☐ ramp 匝道
☐ toll booth 收費亭

- ☐ traffic light 紅綠燈
- ☐ road sign 道路標誌
- ☐ parking meter 停車計時器
- ☐ pedestrian 行人
- ☐ crosswalk 行人穿越道
- ☐ sidewalk 人行道

辦公室相關

- ☐ receptionist 接待員
- ☐ operator 接線生
- ☐ cubicle 辦公隔間
- ☐ workstation 工作臺
- ☐ bulletin board 布告欄
- ☐ whiteboard 白板
- ☐ file cabinet 檔案櫃
- ☐ overhead projector 投影機
- ☐ paper shredder 碎紙機
- ☐ calendar 行事曆
- ☐ binder 活頁筆記本
- ☐ Post-it 便利貼
- ☐ stapler 訂書機
- ☐ paper clip 迴紋針
- ☐ mug 馬克杯
- ☐ copying / Xerox machine 影印機
- ☐ coffee maker 咖啡機

由於 Part 2 為應答題，而 Part 3 由語音播出的部分為對話，所以會出現較多的口語，比如「延期」可能會用 put off 而不用 postpone 來表達、「取消」用 call off 而不用 cancel 等。因此，掌握重要常用的口語表達方式就成為理解這部分對話的關鍵。我們將「關鍵詞語」分成「片語動詞」、「常用片語」和「慣用語句」三部分介紹於下，讀者須熟記。

片語動詞

- ☐ bail out 協助脫困；紓困
- ☐ bump into 撞到；偶爾遇到
- ☐ come up with 想出（主意；辦法等）
- ☐ count on 依靠；倚賴
- ☐ do without 將就（不……）；沒有……也可以
- ☐ dress up 盛裝打扮
- ☐ drop off 載卸（人、物）
- ☐ end up 結果變成……；以……收場
- ☐ fall apart 崩壞；瓦解
- ☐ figure out 了解；弄清楚
- ☐ follow up 追蹤；連續確認
- ☐ get along (with)（與人）相處；相處愉快
- ☐ go for 熱衷；喜愛（事物）
- ☐ hang out 閒晃
- ☐ hang up (on) 掛（人）電話
- ☐ head for 前往（某地）；遭遇（處境）
- ☐ lay off 解雇；裁員
- ☐ line up 排隊；排成一線
- ☐ look over 檢查；仔細看一遍
- ☐ make up for 補償
- ☐ pick up 拾起；接（人）；習得；收聽；（情況等）好轉
- ☐ pull over（把車）開到路邊
- ☐ put away 收好；放回原處；大吃、大喝；關進（監牢等）
- ☐ run into 開車撞上；不期而遇
- ☐ stick around 逗留
- ☐ stop over 中途（短暫）停留
- ☐ take off 脫掉（衣物）；起飛；不去上班、上課
- ☐ take over 接管、接任、接手
- ☐ work out 成功；解決（問題）；鍛鍊身體
- ☐ wrap up 包裹（物）；結束（活動、事務等）

常用片語

- ☐ blow one's top 發脾氣
- ☐ cut corners 以簡便方法行事
- ☐ day in and day out 日日夜夜；日復一日
- ☐ for starters/openers 首先

- □ get down to business 開始做正事
- □ give sb. a heads-up 向某人示警
- □ hit rock bottom 降到最低點
- □ in the red/black 虧損／有盈餘
- □ keep track of sth./sb. 掌握某事／人的動向
- □ off the record 非正式的；私底下
- □ out of the question 不可能
- □ put sb. through 幫某人接通（電話）
- □ straighten things up 把事情弄清楚
- □ take a rain check 改天（再接受邀請）
- □ to the point 適切；中肯；扼要的
- □ twenty-four-seven 全年無休
- □ win-win situation 雙贏
- □ get it over with 把事情做完
- □ give the green light 批准；准許（做某事）
- □ in the long run 長遠看來；終究
- □ ins and outs 詳細情形
- □ off limits 禁區的；禁止的
- □ on the spot 當場
- □ pros and cons 優缺點；贊成和反對的意見
- □ start from scratch 從一無所有開始；白手起家
- □ surf the net 上網隨意搜尋、瀏覽
- □ tie up loose ends 把事情了結
- □ travel light 輕裝旅行
- □ ups and downs 盛衰；得意與失意
- □ zero-sum game 零和遊戲

慣用語句

- □ Do you have the time? 請問現在幾點？
- □ I couldn't agree more. 我非常同意。
- □ It's a deal. 一言為定。／成交。
- □ Let's face the music. 咱們面對現實吧。
- □ My lips are sealed. 我不會說出去的。
- □ Check it out! 你瞧瞧！
- □ Give it a shot! 試試看！
- □ No way! 不會吧！／門兒都沒有！
- □ Take it easy! 別急！／輕鬆一點！
- □ Will do! 沒問題，我會處理！
- □ Does the name ring a bell? 記得這個名字嗎？
- □ I second that. 我贊成。／我附議。
- □ Let's call it a day. 咱們今天就到此為止吧。
- □ My feet are killing me. 我的腳痛死了。
- □ What's the bottom line? 最重要的是什麼？
- □ Good job! 做得好！
- □ Lighten up! 別把事情看得那麼嚴重！
- □ Sit back and relax! 往後坐，放輕鬆！
- □ Well done! 幹得好！
- □ You bet! 當然！／一定！

由於 Part 4 獨白的部分由語音播出，雖然其內容方向大致可以掌握，但是細節部分卻無法預知，因此如果對於一些關鍵的字詞不夠熟悉的話，應考時可能會措手不及，甚至驚慌失措。以下是 Part 4 獨白部分常出現的一些字詞，請讀者在正式參加多益考試前務必熟記。

機場、飛機上相關字彙

- □ boarding pass 登機證
- □ check-in counter 報到櫃檯
- □ carousel 旋轉式行李輸送帶
- □ customs 海關
- □ shuttle bus 接駁巴士
- □ terminal 航廈
- □ carry-on 隨身手提行李
- □ baggage claim 行李提領處
- □ immigration 入境管理處
- □ connecting flight 接駁班機
- □ runway 跑道
- □ non-stop 中途不停留的

☐ turbulence 亂流
☐ first / business / economy class 頭等／商務／經濟艙
☐ declare 申報
☐ cruising altitude 巡航高度
☐ upgrade 升級
☐ duty-free 免稅的

鐵、公路交通相關字彙

☐ sleeper/sleeping car 臥車
☐ compartment 包厢
☐ level/railroad crossing 平交道
☐ tunnel 隧道
☐ underpass 地下道路
☐ expressway 快速道路
☐ interstate 州際公路
☐ toll booth 收費站
☐ should 路肩
☐ pileup 連環撞車
☐ pull over 停在路邊
☐ commuter 通勤者
☐ diner/dining car 餐車
☐ express 特快車
☐ junction 交叉口
☐ overpass 高架道路
☐ freeway 高速公路
☐ turnpike 收費道路
☐ route 道路
☐ exit 出口
☐ congestion 擁塞
☐ back up 回堵
☐ overturn 翻覆
☐ motorist 駕駛汽車者

氣象、天候相關字彙

☐ overcast 陰天的
☐ partly cloudy 晴時多雲
☐ shower 陣雨
☐ thunder storm 雷雨
☐ hurricane 颶風
☐ tornado 龍捲風
☐ m.p.h = miles per hour 每小時英哩速
☐ blizzard 暴風雪
☐ landfall/landslide 山崩
☐ cold front 冷鋒
☐ barometer 氣壓計
☐ Fahrenheit 華氏
☐ clear up 轉晴
☐ most cloudy 多雲
☐ drizzle 毛毛雨
☐ torrential rain 豪雨
☐ tropical storm 熱帶性暴風雨
☐ typhoon 颱風
☐ gust 陣風
☐ precipitation 降雨、雪等
☐ inundation 氾濫
☐ mudslide 土石流
☐ humidity 溼度
☐ thermometer 溫度計
☐ Celsius/centigrade 攝氏
☐ taper off 逐漸變小

新聞報導相關字彙

☐ head-line news 頭條新聞
☐ on the scene 在現在
☐ live by satellite 衛星實況報導
☐ petroleum 石油
☐ OPEC = Organization of Petroleum Exporting Countries 石油輸出國組織
☐ per barrel 每桶
☐ breaking news 重大新聞
☐ reporting live 現場報導
☐ crude oil 原油
☐ gasoline 汽油
☐ stock 股票

□ securities 有價證券
□ fund 基金
□ index 指數
□ buyout 買下全部或大部分的股份
□ merger 合併
□ bond 公債
□ futures 期貨
□ stockholder/shareholder 股東
□ acquisition 購得
□ restructuring 重組

商品、促銷相關字彙

□ clearance sale 清倉大拍賣
□ anniversary sale 週年慶大拍賣
□ listed price 定價
□ coupon 折價券
□ voucher 優待券
□ house wares 居家用品
□ linen 家用織品
□ cutting-edge 尖端的
□ custom-made 訂製的
□ authentic 真正的
□ closing-down sale 結束大拍賣
□ tag price 標價
□ mark down 降價
□ gift certificate 禮券
□ groceries 食品雜貨
□ appliances 家用電器
□ state-of-the-art 先進的
□ hand-made 手工的
□ one-of-a-kind 獨特的
□ genuine 真實的

旅遊、導覽相關字彙

□ amusement park 遊樂園
□ theme park 主題樂園
□ admission 入場費
□ roller coaster 雲霄飛車
□ exhibit 展覽
□ collection 收藏品
□ artifact 手工藝品
□ docent 解說員
□ scenic spot 景點
□ historic site 古蹟
□ accommodation 膳宿
□ premises 建築物及周圍所屬土地
□ assembly line 組裝線
□ ID badge 身分識別證
□ ocean park 海洋樂園
□ turnstile 旋轉門
□ waterslide 滑水道
□ Ferris wheel 摩天倫
□ display 展示
□ replica 複製品
□ original 原作
□ tour guide 導遊
□ resort 渡假地
□ sights 名勝
□ facilities 便利設施
□ factory floor 工廠內工人工作之處
□ production line 生產線
□ questionnaire 問卷

致辭、講演相關字彙

□ award 獎項
□ employee / teacher / album of the year
年度最佳員工／教師／專輯
□ acknowledge 表示感謝
□ distinguished 卓越的
□ recipient 接受者
□ honor 給予榮耀
□ recognize 表揚
□ outstanding 傑出的
□ prominent 顯著的

- ☐ specialist 專家
- ☐ colleague 同事
- ☐ contribution 貢獻
- ☐ expertise 專業知識
- ☐ appreciation 感謝
- ☐ retirement 退休
- ☐ relocation 調動
- ☐ replacement 代替者
- ☐ pioneer 先驅
- ☐ mentor 良師益友
- ☐ dedication 奉獻
- ☐ track record 成績記錄
- ☐ gratitude 感激
- ☐ promotion 晉升
- ☐ transfer 調職

會議、簡報相關字彙

- ☐ seminar 研討會
- ☐ convention 代表大會
- ☐ agenda 議程
- ☐ memorandum 備忘錄
- ☐ move 提案
- ☐ vote 投票
- ☐ sales strategy 銷售策略
- ☐ budget 預算
- ☐ funding 資金
- ☐ turnover 銷售總額
- ☐ lay off 解雇
- ☐ figure 數字
- ☐ slide 幻燈片
- ☐ conference 討論會
- ☐ symposium 專題研討會
- ☐ minutes 會議記錄
- ☐ preliminaries 準備工作
- ☐ second 附議
- ☐ veto 否決
- ☐ customer retention rate 顧客維持率
- ☐ capital 資本
- ☐ revenue 營收
- ☐ cutback 削減
- ☐ redundancy 裁撤冗員
- ☐ chart 圖表
- ☐ pointer 指示棒

語音留言相關字彙

- ☐ reach 聯絡上
- ☐ tone 播號音
- ☐ extension 分機
- ☐ inquiry 查詢
- ☐ office hour 上班時間
- ☐ recall 商品回收
- ☐ urgent 緊急的
- ☐ transfer 轉帳
- ☐ register 登記註冊
- ☐ deposit 存款
- ☐ star key 米字鍵
- ☐ ATM = automated teller machine 自動櫃員機
- ☐ PIN = personal identification number 個人密碼
- ☐ beep 嗶聲
- ☐ operator 接線生
- ☐ customer service 客服
- ☐ business hours 營業時間
- ☐ refund 退款
- ☐ defective 有瑕疵的
- ☐ transaction 交易
- ☐ sign up 報名參加
- ☐ withdraw 提款
- ☐ pound key ＃字鍵

➲ 閱讀測驗關鍵語彙

由於文章理解部分有許多主題皆與商業有關，因此熟悉商業相關用語自然有助於理解文章，同時可以提升閱讀速度。以下列出常見商業語彙：

□ affiliate 子公司；附屬機構
□ appreciation 升值／ depreciation 貶值
□ assets 資產／ liabilities 負債
□ audit 查帳；審計／ auditor 查帳員；稽查員
□ bail out 紓困
□ balance sheet 資產負債表
□ bank statement 銀行結算單
□ bear market 熊市／ bull market 牛市
□ bill of lading (B/L) 提貨單
□ blue chip 藍籌股；績優股
□ bottom line 盈虧一覽結算線
□ box office 售票處；票房
□ broker 掮客；股票經紀人
□ budget 預算
□ buyout 收購全部股份
□ capital 資本；資金／ principal 本金；資本
□ care of (c/o) 由……轉交
□ cargo/freight（由飛機、船、車裝載的）貨物
□ cash on delivery (COD) 貨到付現
□ cash register 收銀機
□ certified public accountant (CPA) 檢定合格會計師
□ Chief Executive Officer (CEO) 執行長
□ Chief Financial Officer (CFO) 財務長
□ Chief Information Office (CIO) 資訊長
□ Chief Operating Officer (COO) 營運長
□ Chief Technology Officer (CTO) 科技長
□ commission 佣金
□ complementary 免費的；贈送的
□ conglomerate 合併企業
□ consolidation 聯合公司
□ consortium 企業聯盟
□ consumer price index 消費者物價指數
□ contractor 承包商／ subcontractor 轉包商
□ cost, insurance, and freight (CIF) 到岸價格（成本、保險費加運費）
□ courtesy of 由於……的好意（不收取費用）
□ deflation 通貨緊縮／ inflation 通貨膨脹
□ depression 蕭條／ recession 衰退／ stagnation 停滯
□ derivative 衍生性金融商品
□ distributor 經銷商／ wholesaler 批發商／ retailer 零售商
□ dividend 股利／ bonus 紅利
□ downsize 縮減；縮編
□ downturn 下降；衰退
□ embargo 禁止貿易／ sanction 貿易制裁
□ estimate 估價（單）
□ exclusive agent 獨家代理
□ financial statement 財務報表
□ fiscal year 會計年度
□ fluctuation 波動
□ foreign exchange 外匯
□ franchiser 加盟店
□ free on board (FOB) 船上交貨價格
□ futures 期貨
□ giveaway 免費贈品
□ gross domestic product (GDP) 國內生產總值
□ gross national product (GNP) 國民生產總值
□ holding company 控股公司
□ human resources (HR) 人力資源
□ information technology (IT) 資訊科技
□ infrastructure 基礎建設
□ initial public offering (IPO) 股票初次公開發行；新上市股票
□ insolvency 無力償還／ bankruptsy 破產
□ inventory 庫存；存貨盤點；財產或商品目錄
□ invoice 發貨單；發票
□ itinerary 預定行程
□ joint venture 合資企業
□ labor union（美）／ trade union（英）工會
□ layoff 臨時解雇

☐ letter of credit (L/C) 信用狀
☐ letter of intent 意向書
☐ listed company 上市公司
☐ logistics 物流
☐ logo 標誌／
(registered) trademark（註冊）商標
☐ merger & acquisition 合併與收購
☐ nonprofit organization 非營利機構
☐ order 訂貨；訂單
☐ outlet 經銷店
☐ output 生產（量）
☐ overhead 經常費用；總開銷
☐ private sector（社會經濟中心之）私營部分／
public sector 政府資助或控制的企事業
☐ proforma invoice 估價單；暫開發票
☐ protectionism 保護主義
☐ public relations (PR) 公關
☐ quota 配額；定量
☐ quote 報價／ quotation 報價單
☐ real estate 不動產
☐ realtor 房地產經紀人
☐ rebate 折扣；（期票的）貼現
☐ recall（商品的）召回
☐ receipt 收據
☐ refund 退款
☐ reimburse 付還；補償
☐ research and develovepment (R&D) 研發
☐ revenue 收益；歲入
☐ shipment 裝運；裝載的貨物
☐ speculation 投機
☐ stock 現貨；股票
☐ stock exchange 證券交易所
☐ strategic alliance 策略聯盟
☐ subsidiary 子公司
☐ subsidy 補助；津貼
☐ syndicate 企業聯合（組織）
☐ takeover 接管；接收
☐ tariff 關稅
☐ trade-off 交換；權衡
☐ turnover 成交量；銷售額；人事變動率
☐ venture capital 風險資本；創業投資
☐ yield 產量；收益

索　引

D

E

M

N

O

P

Q

R

S

T

U

V

W

Y

國家圖書館出版品預行編目資料

新多益大師指引：字彙滿分關鍵=New TOEIC® master : vocabulary/
王復國, David Katz 合著. -- 三版. -- 臺北市：波斯納出版有限公司,
2024.11
面； 公分

MP3 數位下載版
ISBN: 978-626-7570-03-6（平裝）

1. 多益測驗 2. 詞彙

113016000

新多益大師指引：字彙滿分關鍵

【MP3 數位下載版】

NEW TOEIC® Master—Vocabulary

作　　者／王復國
合　　著／David Katz
執行編輯／朱曉瑩

出　　版／波斯納出版有限公司
地　　址／台北市 100 館前路 26 號 6 樓
電　　話／(02) 2314-2525
傳　　真／(02) 2312-3535
客服專線／(02) 2314-3535
客服信箱／btservice@betamedia.com.tw
郵撥帳號／19493777
帳戶名稱／波斯納出版有限公司

總 經 銷／時報文化出版企業股份有限公司
地　　址／桃園市龜山區萬壽路二段 351 號
電　　話／(02) 2306-6842

出版日期／2024 年 11 月三版一刷
定　　價／560 元
I S B N／978-626-7570-03-6

貝塔網址：www.betamedia.com.tw

喚醒你的英文語感！

Get a Feel for English !

喚醒你的英文語感！

Get a Feel for English !